KB170923

범우비평판 한국문학 44-❶

손진태 편

우리 민족의 걸어온 길

책임편집 김정인

 종합출판 범우

한민족 정신사의 복원
―범우비평판 한국문학을 펴내며

한국 근현대 문학은 100여 년에 걸쳐 시간의 지층을 두껍게 쌓아왔다. 이 퇴적층은 '역사'라는 이름으로 과거화 되면서도, '현재'라는 이름으로 끊임없이 재해석되고 있다. 세기가 바뀌면서 우리는 이제 과거에 대한 성찰을 통해 현재를 보다 냉철하게 평가하며 미래의 전망을 수립해야 될 전환기를 맞고 있다. 20세기 한국 근현대 문학을 총체적으로 정리하는 작업은 바로 21세기의 문학적 진로 모색을 위한 텃밭 고르기일 뿐 결코 과거로의 문학적 회귀를 위함은 아니다.

20세기 한국 근현대 문학은 '근대성의 충격'에 대응했던 '민족정신의 힘'을 증언하고 있다. 한민족 반만년의 역사에서 20세기는 광학적인 속도감으로 전통사회가 해체되었던 시기였다. 이러한 문화적 격변과 전통적 가치체계의 변동양상을 20세기 한국 근현대 문학은 고스란히 증언하고 있다.

'범우비평판 한국문학'은 '민족 정신사의 복원'이라는 측면에서 망각된 것들을 애써 소환하는 힘겨운 작업을 자청하면서 출발했다. 따라서 '범우비평판 한국문학'은 그간 서구적 가치의 잣대로 외면당한 채 매몰된 문인들과 작품들을 광범위하게 다시 복원시켰다. 이를 통해 언어 예술로서 문학이 민족 정신의 응결체이며, '정신의 위기'로 일컬어지는 민족사의 왜곡상을 성찰할 수 있는 전망대임을 확인하고자 한다.

'범우비평판 한국문학'은 이러한 취지를 잘 살릴 수 있도록 다음과 같은 편집 방향으로 기획되었다.

첫째, 문학의 개념을 민족 정신사의 총체적 반영으로 확대하였다. 지난 1세기 동안 한국 근현대 문학은 서구 기교주의와 출판상업주의의 영향으로 그 개념이 점점 왜소화되어 왔다. '범우비평판 한국문학'은 기존의 협의의 문학 개념에 따른 접근법을 과감히 탈피하여 정치·경제·사상까지 포괄함으로써 '20세기 문학·사상선집'의 형태로 기획되었다. 이를 위해 시·소설·희곡·평론뿐만 아니라, 수필·사상·기행문·실록 수기, 역사·담론·정치평론·아동문학·시나리오·가요·유행가까지 포함시켰다.

둘째, 소설·시 등 특정 장르 중심으로 편찬해 왔던 기존의 '문학전집' 편찬 관성을 과감히 탈피하여 작가 중심의 편집형태를 취했다. 작가별 고유 번호를 부여하여 해당 작가가 쓴 모든 장르의 글을 게재하며, 한 권 분량의 출판에 그치는 것이 아니라 작가별 시리즈 출판이 가능케 하였다. 특히 자료적 가치를 살려 그간 문학사에서 누락된 작품 및 최신 발굴작 등을 대폭 포함시킬 수 있도록 고려했다. 기획 과정에서 그간 한번도 다뤄지지 않은 문인들을 다수 포함시켰으며, 지금까지 배제되어 왔던 문인들에 대해서는 전집발간을 계속 추진할 것이다. 이를 통해 20세기 모든 문학을 포괄하는 총 자료집이 될 수 있도록 기획했다.

셋째, 학계의 대표적인 문학 연구자들을 책임 편집자로 위촉하여 이들 책임편집자가 작가·작품론을 집필함으로써 비평판 문학선집의 신뢰성을 확보했다. 전문 문학연구자의 작가·작품론에는 개별 작가의 정신세계를 보다 구체적으로 살펴볼 수 있는 한국 문학연구의 성과가 집약돼 있다. 세심하게 집필된 비평문은 작가의 생애 · 작품세계 · 문학사적 의의를 포함하고 있으며, 부록으로 검증된 작가연보 · 작품연구 · 기존 연구 목록까지 포함하고 있다.

넷째, 한국 문학연구에 혼선을 초래했던 판본 미확정 문제를 해결하기 위해 최선의 노력을 기울였다. 특히 일제 강점기 작품의 경우 현대어로 출판되는 과정에서 작품의 원형이 훼손된 경우가 너무나 많았다. 이번 기획은 작품의 원본에 입각한 판본 확정에 특별한 노력을 기울여 근현대 문학 정본으로서의 역할을 다했다.

신뢰성 있는 선집 출간을 위해 작품 선정 및 판본 확정은 해당 작가에 대한 연구 실적이 풍부한 권위있는 책임편집자가 맡고, 원본 입력 및 교열은 박사 과정급 이상의 전문연구자가 맡아 전문성과 책임성을 강화하였다. 또한 원문의 맛을 최대한 살리기 위해 엄밀한 대조 교열작업에서 맞춤법 이외에는 고치지 않는 것을 원칙으로 했다. 이번 한국문학 출판으로 일반 독자들과 연구자들은 정확한 판본에 입각한 텍스트를 읽을 수 있게 되리라고 확신한다.

'범우비평판 한국문학'은 근대 개화기부터 현대까지 전체를 망라하는 명실상부한 한국의 대표문학 전집 출간을 목표로 한다. 따라서 권수의 제한 없이 장기적이면서도 지속적으로 출간될 것이며, 이러한 출판 취지에 걸맞는 문인들이 새롭게 발굴되면 계속적으로 출판에 반영할 것이다. 작고 문인들의 유족과 문학 연구자들의 도움과 제보가 지속되기를 희망한다.

2004년 4월

범우비평판 한국문학 편집위원회 임헌영 · 오창은

1. 이 책은 손진태의 논저 중 신민족주의 사학의 이론을 대표하는 글과 민속학 관련 글 중 문학 분야에서 주목하는 것들을 선별하여 묶은 것이다. 시기적으로는 민속학 관련 글이 앞서지만, 신민족주의 역사가로서의 손진태의 위상을 확인하는 차원에서 주요 저서의 자서自序와 서설序說을 모아 먼저 실었다. 그리고 실천적 역사가로서의 면모를 보여 줄 수 있는 글 3편도 함께 실었다. 민속학 관련 글은 우리말과 일본어로 발표된 것 중 문학적으로 주목받았으되, 현학적이거나 난해하지 않아 읽기 편한 작품을 실었다.

2. 이 책은 1981년에 발간된 《손진태선생전집》(1~6권, 태학사)을 저본으로 하고 있다. 전집은 손진태의 저서와 논문 중 우리 말로 발표된 것들은 현대적인 표기법으로 바꾸고, 일본어로 발표된 것들은 번역해서 싣고 있다. 그러므로 이 책은 선별된 작품을 전집과 원본을 비교하여 되도록이면 원본의 문체를 훼손하지 않은 범위에서 독자들이 읽기 쉬운 현대 표기로 바꾸고자 하였다.

3. 현대 표기로 고치되, 내용 이해에 필요한 한자는 부기하였다. 어려운 내용이나 한자 구절에는 주석을 달았다.

우리 역사의 입문

국사대요國史大要

자서自序

우리 민족은 지난 4~5천 년 동안 만주와 반도라는 동일 지역 내에서 성장하였고, 동일한 혈족체로서 동일한 문화 속에서 변함없이 공동운명체의 생활을 하여 온 단일 민족이므로, 우리 역사는 곧 우리 민족사가 되는 것이다. 그러므로 우리 역사는, 우리 민족이 과거에 민족으로서 어떻게 생활하였으며 어떠한 경우에 민족으로서 강하고 또 그 생활이 행복하였으며, 어떠한 경우에 약하고 불행하였으며, 어떠한 문화를 건설하였고, 다른 민족과는 어떠한 문화적 투쟁적 관계를 가졌더냐 하는 것을 사실 그대로 분명하게 또 아무런 숨김없이 인식하고, 또 그 사실에 대하여 진정한 민주주의적인 민족적 입지에서 엄정한 과학적 비판을 가하여, 그 잘못된 일은 깊이 반성하게 하고, 좋은 것을 조장하여, 앞으로의 민족 생활에 가장 참다운 길을 찾는 데에 그 연구의 목적과 의의와 과학적 가치가 있는 것이다. 그러므로 역사학은 지난날 사실의 이야기 주머니가 되어서는 안 될 것이요, 민족의 장점만을 자랑하는 선전서가 되어도 안 될 것이요, 오직 진실하고 엄정한 과학이어야 할 것이다.

우리 민족사는 우리 민족만으로 만들어진 것이 아니요, 우리 민족이 세계 여러 민족 중의 하나임과 마찬가지로, 우리 민족사도 또한 세계사 속의 하나인 것이다. 우리는 고대로부터 이웃한 여러 다른 민족과 직접·간접으로 복잡한 문화관계 투쟁관계를 맺어 왔으므로, 세계사를 통하여서만 비로소 우리 민족사를 이해할 수 있고, 또 우리 민족사를 빼고는 세계사를 완전하게 이해할 수 없는 것이다. 수천 년 전 옛날부터도 그러하였거늘 하물며 세계가 이웃화한 금일에 있어서랴. 우리는 쇄국적인 배타적 독선적 사이비한 민족사상을 버리고, 개방적이요, 세계적이요, 평등적인 신민족주의 입지에서 우리 민족사를 연구하고 이해하여야 할 것이다. 그래야만 비로소 우리 민족이 살아 나아갈 참다운 행복의 길을 찾아 낼 수 있을 것이요 우리 민족사 연구의 과학적 사명을 이룰 수 있을 것이다.

상술한 민주주의적 민족주의 곧 신민족주의의 입지에서, 나는 이 책에서 우리 민족사의 대강령大綱領을 논술한 것이다.

1948년 12월

서설緒說—민족 역사의 대강

1. 우리 민족의 인종적 지위

인류가 지구 위에 나타난 것은 지금으로부터 백만 년쯤 이전이라고 한다. 어디서 처음 생겼느냐 하는 것은 알 수 없으되, 중앙아시아 지방에서 일어나 거기서 사방으로 점점 퍼져서 지금의 3대 인종을 이루었으리라는 것이 보통 학자들이 하는 말이다.

그러면 우리 민족의 조상들은 언제쯤 이리로 오게 되었을까. 이것은 똑똑하게는 알 수 없는 일이로되, 지금부터 4~5천 년 이전이나 혹은 만 년 전에 중국의 북쪽을 통하여 동으로 온 것이라고 생각되고, 그 수는 수백만이나 되었던 모양 같다. 이 큰 무리의 사람들은 얼굴과 체격이 서로 같고, 핏줄기가 서로 가까우며, 말과 풍속도 서로 비슷하였다. 그래서 비록 피부 빛이 누르고 머리카락이 검고 곧은 같은 황색 인종(Mongoloid)이지만 한족漢族과도 다르고, 몽고족과도 다른 종족이었다. 그러므로 한족들은 이들을 옛날부터 동이東夷라고 하였으며, 지금 인종학자들은 그들을 원시 퉁구스족이라고 한다. 퉁구스족은 지금 만주滿洲 북쪽 시베리아 지방에 수십만 사는 민족인데, 그들은 우리와 체격, 말 그 밖의 여러 점에 있어 서로 가까우므로 그들의 이름을 따서 붙인 것에 지나지 않는다.

동이 종족들은 양자강揚子江 이북의 중국 동쪽과 만주 및 조선에 들어와 수십 명 또는 수백 명이 한 덩어리가 되어 공동생활을 하였는데, 중국에 살던 그들은 2천 2~3백 년쯤 전에 한족에게 흡수되어 버리고, 나머지 만주와 조선 반도에 들어온 종족만이 민족으로서 자라나게 되었다. 그러나 7세기에 고구려 왕조가 망한(668) 뒤에 만주에 살던 그들은 발해 · 금金 · 청淸 등 큰 왕국과 제국을 건설하기는 하였으나, 청나라의 망함(1911)과 함께 민족도 중국에 흡수되어 없어지고, 동이 계통의 종족으로서는 오직 우리 민족만이 뚜렷하게 큰 민족을 이루고 있다. 우리 민족의 3천만이라는 수는 세계에서 수백이나 되는 여러 민족 가운데서 17, 18번째를 차지하는 큰 민족이요, 더구나 그 사는 땅은 산이 아름답고, 물이 맑고, 또 기후가 봄 · 여름 · 가을 · 겨울이 고르고, 산물이 풍부하여, 세계에서 이만한 땅은 결코 그리 흔하지 않다.

2. 민족 시조 단군檀君 전설

옛날 동이 종족들이 동으로 왔을 적으로부터, 그들의 조상이 하늘에서 내려온 하느님의 아들과 곰과의 사이에 난 단군이라는 생각을 갖고 있었던 모양이다. 짐승을 조상이라고 하는 사상은 원시 시대의 모든 종족들이다 같이 가졌던 것이니, 단군 전설이 얼마나 오래 된 것인지는 이 원시 사상으로도 알 수 있다. 그런데 이 단군 시조 사상은 천년 쯤 전 고려 처음으로부터 민족단결 운동을 위하여 선전되어, 뒷날에 여러 가지 꾸며 붙인 말도 있으나, 그 골자가 되는 유치한 신화적 부분만은 적어도 4 · 5천년의 전통을 가진 것이다. 우리는 이 전설을 원시시대 사람들의 설화 그대로 사실이라고 믿을 것은 아니요, 사상적인 전통으로서 과학적으로 이해하여야 할 것이니 (1) 우리 조상들은 시조의 초인간적 신비성을 말하기 위하여 단군을 하느님의 손孫이라 하고, 수壽를 천년 이상이라고 하였으며, (2) 따라서 그들 자신을 천손天孫이라고 자존 자부하였고, (3) 단군은 중국의 최초의 왕인 요堯와 동시에 즉위하였다 하여, 민족 역사의 장구함을 자랑하였으며, (4) 단군은 그 신성한 덕으로 정치를 행하여 민족의 생활이 행복하였다고 모원慕遠의 염念을 일으키게 하고, (5) 백두산의 신성성을 강조하여 거기를 시조의 하강지라 하였다. 천강설天降說, 천손설天孫說, 웅모설熊母說 등은 비현실적이라 하겠지마는, 위와 같은 사상이 민족의 전통으로서 장구한 동안 전승되어 온 것은 움직일 수 없는 사상적 사실이므로, 단군전설은 이 의미에서 엄연한 역사적 민족적 중대한 사실이 되는 것이다. 고대여러 민족이 각자로 전승하던 그들의 건국 시조에 관한 전설은, 대개 가견적可見的 사회적 사실이었기 보다는 사상적인 소산이요 사상 상의 전통이었던 것이다.

3. 사회의 발전과 왕조의 변혁

우리는 앞으로 여러 시대의 역사를 연구하겠거니와, 미리 우리는 지난날 우리 민족들이 경영하여 온 사회의 발달한 과정과, 그 과정에 따른 영토의 변함과 정치와 문화의 특수성과 또 왕조의 변천을 대강 알아 두는 것이 필요할 것이다.

인류의 문화는 돌연히 발달된 것이 아니요, 백만 년이라는 세월을 두고 한 걸음 한 걸음 극히 천천히 발전하여 오늘의 문명을 이루게 된 것이다. 우리 조상들이 만주와 반도로 들어왔을 때에는, 그들은 벌써 자연석기 시대와 구석기(깨뜨려 만든) 시대를 지내고, 신석기(갈아서 만든) 문화를 가졌던 모양이다. (현대는 금속기 시대다) 우리 땅에서는 아직 구석기 시대의 유물이 발견된 것이 없다.

신석기 시대의 사람들은 그 사회생활이 아직도 매우 유치하여, 수십 명 혹은 수백 명으로서 된 같은 혈족이 한 덩이가 되어, 산에서 사는 자는 사냥을 주되는 생산으로 하고, 바닷가에 사는 자는 물고기잡이와 조개 캐는 것을 주생산으로 하였다. 그리고 몇 마리 가축을 기르고 조그만치 정원의 농사를 지었다. 그런데 그러한 일은 모두 공동으로 하였던 것이다. 그래서 이 사회를 씨족氏族공동사회라고 한다. 공동으로 생산하는 것이므로 그 얻은 물건은 씨족의 공동소유가 되었다. 이러한 시대가 우리 역사 위에서는 적어도 4·5천년 이전으로부터 서력西曆 기원전 4·5세기쯤까지 계속된 것 같다. 우리는 이 시기를 원시시대, 신석기 시대, 씨족 공동사회시대 등으로 일컬을 수 있다.

금속기를 우리 조상들이 쓰게 된 것은 서기전 3·4세기쯤부터였다. 그리고 그것은 한민족漢民族으로부터 배운 것이었다. 한민족은 서기전 12세기쯤부터 이미 금속기를 사용하였는데, 중국의 전국시대戰國時代 끝에 한민족의 압력이 동으로 미치게 되자, 우리 조상들도 그들의 우수한 금속 무기와 금속 농구를 배웠던 모양이다. 그리하여 두 민족 사이에 싸움도 일어났거니와 우리 생산도 크게 발달되었다. 석기로 하는 생산은 씨족의 공동 협력에 의하여 겨우 씨족의 생활을 유지할 수 있는 빈약한 것이었지만, 금속기에 의한 생산은 사냥과 물고기잡이의 양을 크게 증가하고 또 농사의 깊이 가는 것과, 토지의 새로 일으킴을 가능하게 하여, 공동 생산을 하지 않더라도, 한 가족이 생산하여 그 가족의 생활을 얻을 수 있게 되었다. 그래서 이로부터 가족제도가 점점 일어나게 되고, 또 재산사유제도財産私有制度가 생기게 되었다. 그리고 재산 사유 제도는 재산을 다투는 싸움을 일으켰다. 그리하여 혹 다른 씨족을 정복하기도 하고, 또 혹은 가장 가까운 씨족끼리 연합하여 다른 씨족 또는 다른 종족에게 대항하게 되었다. 이렇게 몇 씨족의 연합으로 된 것을 부족部族이라 한다. 전과 같은 이유로 몇 부족이 연합하여 작은 국가를 이룬 것을 부족국가라 한다. 부족국가는 작은 자는 6·7백호, 큰 자라야 1만여 호로 이루어졌다. 이러한 부족국가는, 만주 및 평안도지방 같은 다른 민족들과의 싸움이 많았던 곳에서는 기원 전세기前世紀에 벌써 왕국으로 발전하였으나, 경기도 이남지방에는 기원후 2세기쯤까지 계속되었다.

부족국가 가운데서 몇몇 강한 자가 앞과 같은 이유로 연맹하여 초기적인 왕국을 세운 것을 부족연맹왕국部族聯盟王國이라 한다. 그러나 이때까지도 왕이란 것이 아직 세습적으로 되지 않고, 부족장들에 의하여 부족장 가운데서 선거되었으므로 완전한 귀족국가貴族國家는 아니었다. 그래서 우리는 이 시기까지를 부족국가시대라 하고자 하며, 그 시기는 북쪽의 부여夫餘·고구려高句麗에서는 1세기경까지 있은 듯하고, 남쪽에는 3세기경까지 있은 듯하나, 고조선에서만은 한족漢族인 위씨衛氏 왕조가 생김으로 인하여 완성된 귀족국가는 아니지만 기원전 194년으로부터 왕위 세습 국가가 일어나게 되었다. 그러나 위씨왕국衛氏王國에 있어서도 지방에서는 여전히 부족 자치적인 정치가 행하여졌다. 그리고 초기의 부족국가 시대에는 석기와 금속기를 아울러 썼을 것이므로, 그 시기를 금속병용시기金屬倂用時期라고 할 수 있고, 그 뒤는 금속기시대에 속하며, 농업을 주생산으로 하였다.

이 부족국가 시기에 우리 조상들은 대략 아홉의 큰 족속으로 나뉘어 있었으니, 지금 만주의 제2 송화강松花江 유역의 장춘長春·농안農安 평야를 중심으로 그 일대의 지방에 부여족이 살았고, 압록강 중류 맞은편 동가강佟佳江 유역의 회인懷仁 평야를 중심으로 하는 지방에 고구려족이 살았고,

흑룡강黑龍江 이남의 만주 동북지방에 숙신肅愼(또는 읍루挹婁)족이 살고, 함경도지방에 옥저족沃沮族이, 강원도지방에는 동예족東濊族이, 평안·황해도지방에는 조선족朝鮮族이, 경기·충청·전라도지방에는 마한족馬韓族이, 경상도지방에 진한족辰韓族이, 그리고 낙동강 중류 및 하류지방에 변한족弁韓族이 각각 살고 있었다. 이 마한·진한·변한을 삼한三韓이라 하며, 마한이 가장 커서 54국, 진한이 12국, 변한도 12국, 합하여 78국으로 되어 있었으며, 그 작은 것은 겨우 6·7백 호요, 큰 것이래야 1만여 호를 지나지 못하였으니, 한 나라의 인구가 적은 것은 3·4천 명, 큰 것이래야 5만 명 가량이었던 모양이다. 우리는 이 아홉 족속들을 남북 9족이라고 불러두고 싶다.

남북 9족 가운데서 가장 먼저 부족연맹왕국으로 단결된 것이 조선과 부여와 고구려였으니, 조선과 부여는 기원전 3세기쯤부터, 고구려는 기원전 1세기쯤부터였고, 그것은 한漢민족의 강한 세력이 동으로 뻗어 옴에 대항하기 위함이었던 것이다. 이 세 나라는 자주 한민족·몽고민족들과 싸우면서, 한편으로는 내부에서 주위에 있는 여러 약한 부족들을 정복하여 그 토지와 인민을 얻어 점점 힘이 강하여져서, 그들이 왕위를 세습하는 귀족국가의 형태를 완전히 이루게 된 것은 기원후 1세기쯤으로 추측된다. 그리고 남쪽에서는 3세기쯤에 마한 땅에서 백제 왕국이 일어나고, 진한 땅에서 신라 왕국이 일어나고, 변한 땅에서 가락駕洛(가야伽耶 또는 금관국金官國이라고도 하였다) 왕국이 일어나서 6왕국이 아울러 서고, 숙신·옥저·동예들은 고구려에 붙게 되었다. 그러므로 이 시대를 6국시대라고 하여야 되겠지만, 부여·낙랑樂浪(조선이 B.C. 108년부터 낙랑으로 이름을 고쳤다)·가락 삼국은 역사 위에 큰 활동이 없는 채, 낙랑은 313년에 부여는 494년에 고구려에 합쳐지고, 가락은 532년(혹은 562년)에 신라에 병합되었으므로 백제(660년에 망함)와 고구려(668년에 망함)가 망하고, 신라가 삼국을 통일할 때까지를 예로부터 삼국시대라고 일컬어 온 것이다. 이 삼국시대(2·3세기쯤~668)로부터 신라 통일시대(668~935)와 고려시대(918~1392) 및 이씨조선시대(1392~1910)까지를 우리는 귀족국가시대라 이르고자 하는 것이니, 그것은 그 정치가 온전히 귀족계급에 의하여 지배되었던 까닭이다. 이 시대의 생산은 물론 농업이 주였고, 모든 문화는 왕실중심, 귀족중심적으로 고도로 발달되었다. 지금까지 말한 바 요령要領을 다음에 쓰겠다.

씨족공동사회 기원전(80 세기경) 30세기 경 – 기원전 4(5) 세기 경

　　(신석기시대, 공동생산, 재산공유)

부족사회 · 부족국가 · 부족연맹왕국

　　(북) 기원전 3(4)세기 – 1세기 경

　　(남) 기원전 2(3)세기 – 3세기 경

　　(금 · 석기 병용, 계급과 재산 사유의 시작, 남북 9족)

귀족국가

　　(북) 기원전 2세기 경으로부터

　　(남) 3세기 경으로부터

　　고조선과 낙랑　　B.C. 194 – A.D. 313

　　부여　　　　　　　? – A.D. 494

　　고구려　　　　　 1세기경 – 668

　　백제　　　　　　 3세기경 – 660

　　가락　　　　　　 ? – 532 혹은 562

　　신라　　　　　　 3세기경 – 935

　　고려　　　　　　 918 – 1392

　　이씨조선　　　　 1392 – 1910

　　(금속기시대, 왕국시대, 귀족정치시대)

4. 민족의 성장한 과정과 영토의 변천

위에서 나는 우리 민족이 생활하여 내려오는 4·5천년 동안에 발전시킨 사회의 자라난 과정과 아울러 왕조의 변천으로 대강을 말하였다. 그동안에 민족은 어떻게 성장하였으며, 또 그에 따라 영토는 어떻게 변천되었을까.

우리 겨레는 만주와 조선반도로 들어온 뒤로 비교적 순조롭게 민족으로서 성장하였다. 큰 이동을 한 일도 없고, 다른 민족과 큰 혼혈을 일으킨 일도 없이, 같은 지역에서 같은 피로 맺어진 단체로서 같은 문화(특히 말, 흰옷, 상투, 고인돌 등은 우리 주위에 있는 여러 민족과 전연 다른 것이었다)를 가지고 생활하였다. 그러나 민족이란 것은 처음부터 이루어진 것이 아니요, 사회의 발전에 따라서 점차로 자라난 것이었다, 씨족사회 시기에는 오직 종족으로서 자랐을 따름이나 그러나 그 종족을 이룬 무수한 씨족들은 뒷날의 민족을 이루고자 하는 씨였으므로 그 시기는 민족 형성의 배태기였다. 부족국가 시대를 통하여 씨족은 서로 합치기 비롯하였다. 이러한 움직임은 민족을 이루려는 처음 동작이었다. 그래서 우리는 그 시기를 민족 형성의 시초기라고 할 수 있다.

수백의 작은 부족국가가 6국으로 합쳐지고, 다시 삼국으로 합쳐서 이 나라들이 서로 다투는 동안에 점점 동이종족의 통일운동이 벌어지게 되었다. 그래서 우리는 이시기를 민족 통일의 추진기라고 할 수 있다. 이때까지의 우리 민족사의 무대는 대체로 요하遼河 동쪽 제2 송화강 이남의 만주와 조선반도였다.

그런데 7세기에 이르러 삼국의 종족 내부 싸움이 끝나고, 신라의 통일(668)에 의하여 지금 우리 민족의 모체가 결정되었다. 그러나 신라의 통일이 완전한 동이종족의 대통일은 아니었고 겨우 대동강 이남과 원산元山 이남의 영토 및 인민이 신라에 속하고, 그 이북의 반도와 만주의 땅은 떨어져 나가게 되어, 뒤에 비록 거기서 발해(699~926), 금金(1114~1234), 청淸 (1618~1911) 등 큰 왕국과 여러 국가들이 일어나기는 하였으나, 결국에 있어 그것은 우리 민족으로부터 떨어져 나갔다. 그래서 우리는 신라통일 시기 를 민족결정기라 부르고 싶다.

10세기 고려 처음으로부터 북방 회복운동이 일어나서 몽고의 거란민족 契丹民族 및 만주의 여진민족女眞民族 등과 싸우면서 평안북도의 동쪽 일부 분을 뺀 평안도 대부분과 영흥永興까지의 함경도지방을 겨우 도로 찾았으 나, 몽고민족의 대제국 원元(1206~1368)이 일어남으로부터 이 민족발전 운 동은 정지되지 아니할 수 없었다. 그러다가 14세기 원나라 말년에 원이 쇠 약해진 틈을 타서 다시 맹렬한 운동을 일으키어 평안북도 전부와 길주吉 州까지의 함경도를 회복하고, 계속하여 만주를 도로 찾고자 두 번이나 요 동지방을 쳤으나, 이때 일어난 한漢민족 명明나라의 압박 때문에 저지되었 다. 그리고 고려는 거란 및 원과 50년 동안 무서운 투쟁을 하였고(거란과는 1010~1019, 몽고와는 1261~1270), 그들에게 고려 왕실이 신복臣服[1]하여 있는 동 안에도 민족적 반항사상이 매우 맹렬하였으며, 또 고려는 만주의 여진민 족과도 크고 작은 충돌이 거의 그 전시기를 통하여 수없이 되풀이 되었을 뿐 아니라, 더욱이 그 끝으로 약 40여 년에 걸쳐서 일본민족인 왜구倭寇에 게 참혹한 약탈을 입었으므로, 고려 사람들의 다른 민족에 대한 적개심은 극히 맹렬하였다. 그래서 우리는 고려시대를 민족의식의 왕성기旺盛期라고 하고자 한다.

우리 민족의 영토가 지금의 경계선으로서 결정된 것은 1434년 이조 세 종대왕 때였다. 세종은 고려가 남겨둔 사업을 잇고자 장군 김종서金宗瑞로 하여금 북쪽 땅을 개척하게 하여, 압록강, 두만강선 이남을 완전히 회복하 였다. 이리하여 지금 우리 민족은 완성되었다. 그러나 이조시대는 국제관

---

1) 신하로서 복종하다.

계가 평화하여 그 5백여 년 동안에 일본과의 7년전쟁(1592~1598), 청나라와의 5개월 전쟁(1627년 1월부터 3월까지. 1636년 12월부터 1월까지)이 있었을 뿐이었으므로 무인은 경시되고 전시기를 문신들이 지배하였다. 그래서 문신 귀족들 사이에 사대사상이 팽창하여져서 민족사상의 활동을 누르게 되었다. 그러므로 이 시기는 민족의식의 침체기였다.

그러나 19세기 끝으로 들어온 구歐·미美의 자본주의 침략이 몹시 조선 사람의 신경을 날카롭게 하던 차에 1910년 드디어 한일합병이라는 민족적 비극이 일어났다. 이것은 우리 민족의 역사가 있은 뒤 처음 당하는 주권 상실, 민족 피지배의 비통한 일이었다. 그래서 피지배 36년 동안 민족적으로 반항운동이 벌어졌다. 우리는 이 시기를 민족운동 전개기라고 할 수 있을 것이다.

5. 다른 민족과의 관계

위에서 말한 바와 같은 길을 밟아 우리 민족의 사회가 발전되고 또 민족이 자라남에 따라 민족의 세력은 점점 크고 강하여졌다. 이에는 같은 종족 내부에서 서로 영토와 인민을 빼앗기 위한 이유도 있지마는, 동시에 다른 민족에 대항하고자, 또는 그것을 정복하고자 하는 민족의식에서 점점 국가적으로 크고 강하게 된 것이었다. 종족 내부의 싸움은 삼국시대의 역사에서 말하려니와 여기서는 외민족과의 관계를 대강 살펴볼까 한다.

무릇 민족과 민족 사이의 관계는 항상 투쟁이 많고 친선은 드물었다. 우리 주위에는 중화 민족, 몽고 민족, 일본 민족, 및 중고中古 이후의 만주 민족인 여진이 있었다. 일본은 삼국시대부터 우리의 선진한 문화를 항상 배워가고, 또 우리 학자와 승려들도 많이 건너가서 그들의 문화를 지도하였다. 그러나 민족으로서 우리와 일본 민족 사이에 친선한 일은 없었으니, 그것은 그들이 너무 간사하고 싸움을 좋아하는 까닭이었다. 몽고 민족은 미개하여 야만적 호전적好戰的이었으므로 이 또한 우리와 친선한 적이 없고 문화를 서로 주고받은 것도 매우 적다. 여진 민족은 옛날에 우리와 피를 같이하였으므로, 나라가 없고 어지러울 때에는 자주 침략하나, 통일된 국가가 서게 되면 서로 친화親和하였다. 그리고 중화민족과의 사이는 여러 번 큰 전쟁도 하였지마는, 문화적으로 크나큰 은혜도 입었으니, 우리의 고급문화인 지난날의 귀족문화는 모두 그들로부터 배운 것이었다. 정치 · 제도 · 불교 · 언어 · 문자 · 예술 · 풍속 · 습관 등에 이르기까지 여러 방면으로 그들의 문화는 우리에게 영향을 주어, 우리 문화 속에는 중국 문화가 깊이 뿌리를 박고 있으며, 중국 주위의 여러 민족 가운데 중국 문화를 가장 완전하게 받아들이고, 소화시킨 자는 우리 민족이었다. 그래서 예로부터 중국 사람은 우리를 존경하여 어진 나라, 예의의 국민이라 하였다. 이것은 우리 민족의 선천적 우수성을 말하는 것이 아니요, 우리 민족의 꾸준한 노력을 의미하는 것이다. 그 뿐 아니라 우리와 중국 사이에는, 고구려가 당나라에게 망한(668) 뒤, 신라와 당 사이에 영토 싸움이 있었으나, 670년으로부터 지금에 이르기까지 1,300년 가까이 한 번도 민족적으로 전쟁을 한 일이 없었으니, 이것만 보더라도 두 민족이 모두 평화적이요, 두 민족 사이가 얼마나 친선하였던가를 알 수 있다. 전쟁이 없었다고 해서 서로 교통이 끊어진 것이 아니요, 이 동안에 우리는 끊임없이 중국의 문화를 수입하였던 것이다. 두 민족은 앞으로도 영구한 평화와 친선관계를 이어가야 할 것이다.

다음은 우리와 외민족 사이의 투쟁관계에 대하여 그 중요한 것을 추려서 표로 적어 보겠다.

(1) 중화 민족과의 투쟁
① B.C. 194(고조선, 위만 사이)
② B.C. 109~B.C. 108(위씨조선, 한漢 사이)

③ 246(고구려, 위魏 사이)

④ 302~315(고구려의 요동, 낙랑, 대방 탈취)

⑤ 598~614(고구려, 수隋 사이 4차례, 17년 전쟁)

⑥ 644~668(고구려, 당唐 사이 10차례, 25년 전쟁)

⑦ 660(백제, 당 사이)

⑧ 1359~1362(고려, 홍두적紅頭賊 모거경毛居敬[2] 사이)

(2) 몽고 민족과의 투쟁

① 293~296(고구려, 모용씨慕容氏 전연前燕[3] 사이)

② 342~400(고구려, 모용씨慕容氏 북연北燕 사이 65년 분쟁)

③ 378~392(고구려, 거란 사이 15년 충돌)

④ 993(고려, 거란 사이)

⑤ 1010~1019(고려, 요遼 사이 10년 전쟁)

⑥ 1216~1220(고려, 대요목국大遼牧國 사이 5년 싸움[4])

⑦ 1231~1270(고려, 원 사이 40년 전쟁)

⑧ 1362~1371(고려, 원 사이 때때로 충돌. 고려의 두 번 남만주 및 요동 정征)

(3) 만주 민족[5]과의 투쟁

① 10세기 초~12세기 초(자주 고려 국경을 침략)

② 1107~1108(고려 윤관의 정벌, 9성 축조)

---

2) 홍두적은 곧 홍건적을 이르는 말이다. 중국 원나라 말기인 1351년 한산동이 백련교도를 모아 반란을 일으켰는데, 이들이 홍건을 머리에 둘러 표식을 삼았기 때문에 홍건적 혹은 홍건군이라 하였다. 홍건적은 고려를 2번 침입했는데, 모거경은 1359년 12월에 4만의 병력을 이끌고 침입하여 의주, 정주, 인주, 철주 등에 이어 서경까지 함락한 인물이다.

3) 3세기 말 중국 선비족 추장인 모용외가 극성에 도읍을 정하고 세운 나라를 일컫는다.

4) 1216년 거란 왕자 금산, 금시가 대요목국왕을 칭하며 몽고에 쫓겨 고려 국경을 넘어 침입하면서 전개된 전쟁을 일컫는다.

5) 원문에는 일본민족으로 오기되어 있다.

③ 13세기 초(금 말에 자주 국경을 침략)

④ 14세기 중엽(원 말에 자주 국경을 침략)

⑤ 1434(이조 세종 때 김종서의 정벌)

⑥ 1627. 1월~3월(이조, 청 사이)

⑦ 1636. 12월~1637. 1월(이조, 청 사이의 소위 병자호란)

(4) 일본 민족의 투쟁

① 1세기~562(신라에 침략하기 27차)

② 1274(고려 · 몽고 연합군의 제1차 일본 원정)

③ 1281(고려 · 몽고 연합군의 제2차 일본 원정)

④ 1389(왜구로 인하여 고려가 대마도對馬島 정벌)

⑤ 1419(왜구로 이조 세종 때 대마도 정벌)

⑥ 1350~1399(고려 끝에 무수히 침략한 소위 왜구)

⑦ 1592~1598(이조 선조 때의 7년 전쟁, 소위 임진왜란)

⑧ 1910. 8월 29일~1945. 8월 15일(민족적 수난)

위의 표를 음미하여 보면 기원후부터 지금에 이르는 약 이천 년 동안에 우리는 수많은 민족투쟁을 겪었다. 그 가운데서도 가장 참혹한 해를 입은 것은 7세기 수 · 당과의 40년 전쟁, 11세기 요와의 10년 전쟁, 13세기 원과의 40년 전쟁, 14세기 후반기 50년에 걸친 왜구, 16세기 일본과의 7년 전쟁 등이었다.

2천 년 동안 우리가 외민족과의 사이에 평화를 얻었던 시기는 신라 통일 이후 676년으로부터 그 말년에 이르는 약 260년 동안과, 고려와 원이 강화한 1270년 이후 왜구가 치열하여지던 1350년까지의 약 80년 동안과, 이조의 약 5백 년 동안과 합하여 겨우 840년 사이 뿐이요, 나머지 1,100여 년은 전란으로 보냈다. 신라 때에 평화는 당의 크게 통일된 안정 세력에 인하여 그때 아시아적으로 장기 평화가 계속되었던 까닭이요, 고려 때의 평화는 원의 전 아시아 통일이라는 안정 세력으로 말미암은 것이요, 이조의 평화는 명·청 등의 안정 세력에 인함이었다. 우리 역사는 항상 중국의 역사와 떠나서 생각할 수 없는 이 깊은 관계를 우리는 명념銘念하여야 할 것이다.

우리 민족은 이러한 투쟁을 겪으면서 자라난 것이다. 우리 민족 뿐 아니라, 대륙으로 서로 이웃하여 있는 세계의 모든 민족은 거의 다 이러한 고난을 치렀으며, 중화민족은 우리보다 더 큰 수난(영토를 크게 잃음과, 민족의 큰 이동과, 주권의 상실과, 민족적 피지배)을 전후前後 800년 동안이나 겪었다. 과거의 역사는 그 반면半面이 실로 민족투쟁의 역사였다. 민족의 단결이 강하면 외적을 막을 수도 있고, 혹 싸움에 패하더라도 뒤에 다시 일어날 수 있으나, 단결이 약한 민족은 민족으로서의 생명을 잃어버리는 것이다. 우리가 1910년 이전까지 남에게 민족적 지배를 한 번도 받지 아니하였다는 것은 우리의 민족적 단결력의 강함을 말하는 것이다.

그러면 840년의 국제평화 때에 우리는 민족으로서 행복하였느냐 하면 그것은 결코 그렇지 않다. 국제적으로 평화할 때에는 반드시 내부에서 싸움이 일어났다. 왕실 내부에서는 왕위싸움이 일어나고, 치자계급治者階級인 귀족 사이에는 권력 싸움이 일어나고, 치자治者 귀족의 혹독한 착취로 말미암아 귀족과 국민 사이에 반목과 싸움이 끊이지 아니하였다. 그리고 몽고와 같은 야만국가에 대하여서는 평화한 가운데도 정신적 싸움이 계속되었다. 이 점은 뒤에 다시 말하겠거니와 역사의 사명은 국제적으로 국내적으로 참된 평화와 행복의 길을 찾는 데 있다.

끝으로 우리가 또 특히 주의할 것은 구歐·미美 민족과의 관계니, 러시아(지금 소련)는 1654년(효종 5년) 영토를 얻기 위하여 흑룡강黑龍江 연안에 침략하였을 때, 청나라의 요구에 응하여 우리 포수砲手 3백 명이 나가 그들과 싸운 것을 비롯하여, 19세기 끝으로부터는 영英, 미美, 불佛, 독獨 등 여러 국가와 함께 조선에 욕심을 내기 시작하였다. 그래서 1900년에는 진해만鎭海灣에 해군 근거지를 얻었으니, 이것은 러시아에 있어서의 단 하나인 부동항不凍港으로서 태평양 진출을 위하여 필요한 근거지였던 것이다. 그리고 1903년에는 의주義州 용암포龍岩浦에 포대砲臺를 건설하였다. 이러한 침략으로 말미암아 1904년에 러일전쟁이 일어났거니와, 비록 우리와의 사이에 전쟁은 없었다 할지라도 러시아가 조선에 대하여 큰 야심을 가졌던 것만은 사실이다.

프랑스와는 1866년에 강화도에서 그 해군과 충돌한 일이 있었고, 미국과는 1871년 또한 강화도 앞에서 그 해군과 충돌하였다. 이렇게 구미민족과 우리 사이에는 큰 전쟁은 없었으나, 세계가 이웃으로 되고, 아직도 인류의 평화가 확실하게 서지 못한 오늘에 있어 우리가 민족으로서 살아나가려면, 남에게 의뢰하는 사상을 버리고, 자주적인 새로운 민족사상을 세워야 할 것이다.

6. 귀족 국가의 본질

인류는 왜 이렇게 국제적으로 또 국내적으로 싸움만을 하여 왔는가. 그것은 그 정치가 민주적이 아니요, 소수한 귀족에 의하여 행해진 까닭이었다.

재산사유제도가 일어남으로부터 거대한 재산을 가진 자만이 정치상의 지위를 차지하게 되고, 또 그 재산으로 군대를 양성하여 이것을 자기의 가병家兵으로 하여, 그 지위와 재산을 보호하였을 뿐 아니라, 부족을 압박하여 무리한 세를 받고, 또 다른 부족을 정복하여 그 토지와 인민을 빼앗아, 그 부력富力과 권력이 점점 커지기를 원하였다. 이리하여 씨족이 부족으로, 부족이 부족국가로, 부족연맹왕국으로, 그리고 귀족국가로 발전함에 따라, 치자治者 귀족들의 권력과 부력은 더욱 커짐에 반하여 피치자被治者

인민계급의 생활은 누질리고[6] 좁혀지게 되었다. 치자계급 곧 귀족계급이란 것은 왕과 부하인 대신 및 고급관리들이었다. 이렇게 귀족들은 같은 겨레의 피와 기름을 짜다가 그것을 밑천으로 하여 그들의 힘과 부력이 된 것이므로, 귀족정치의 본질은 결코 민족적이 아니요, 이기적이었다. 또 귀족정치는 인민의 정치 참여를 허락하지 않고 오직 그들 소수한 귀족만으로써 행하였으므로 그것은 민주적이 아니요, 특권계급적이었다. 그리고 또 귀족정치는 왕만이 절대의 전제권을 가졌으므로 그것은 인민이나 민족을 본위로 한 정치가 아니요, 왕실중심의 정치였다.

그러므로 국민의 생활이 편안함과 괴로움은 전혀 왕에게 달려 있었다. 좀 현명한 왕이 나서 농민에게 토지를 고르게 나누어 주고, 자기의 생활을 검소하게 하여, 세를 적게 하고, 또 침략을 삼가 전쟁을 일으키지 아니할 때에는 인민의 생활이 약간 편해지나, 악하거나 불초한 왕이 서면, 자기의 호화하고 방탕한 생활을 위하여 인민을 무도하게 착취할 뿐 아니라, 그 관리들도 왕의 본을 떠서 농민의 토지를 마음대로 빼앗고, 고리대곡高利貸穀을 하여, 그것을 갚지 못하는 자를 노예로 하는 등 무도한 짓을 하게 되었다. 그런데 그 현명한 임금이란 것은 극히 있기 드문 일이요, 대개는 용렬한 자가 아니면 방탕한 자들이었다. 그리하여 인민은 귀족을 미워하여 때로는 소동을 일으키게 되므로 민족으로서의 단합이 강할 수 없었다. 그뿐 아니라, 귀족계급 저희들끼리도 항상 권력 다툼의 싸움질을 하였으니, 국세가 어려울 때에는 서로 삼가 그런 일이 적으므로 국민의 단결도 강해지나, 국제관계가 평화하여지면, 왕실 내부에서는 부자, 형제 사이나 근친 사이에 왕위 싸움질이 일어나고, 혹 다른 성姓의 권력자가 모반하기도 하며 대신과 관리들 사이에도 지위와 권력 다툼이 벌어졌다. 그리고 이러한 귀족 내부의 싸움은 정치를 문란하게 하여 귀족들의 횡포한 짓을 더욱 조

---

6) '지리고'가 맞는 맞춤법, 누르다의 경남 방언.

장하게 되므로 국민의 생활은 도탄에 빠지게 되었다. 귀족왕조가 망한 것은 예외 없이 이 내부 싸움질이 그 가장 중요한 원인이 되었던 것이다. 우리는 2천 년 가까이 이러한 귀족정치 속에서 생활하였다. 그러나 앞으로의 우리 민족국가에 있어서는 이러한 폐악이 바로 잡혀야 할 것이다.

7. 우리 문화의 특수성

귀족정치는 이렇게 이기적, 비민주적, 소수 특권계급의 전제적이었던 것이나, 귀족도 민족의 한 부분이었음에는 틀림이 없어, 민족은 두 계급으로 이루어져 있었다. 그래서 우리의 문화는 완전한 하나의 민족문화가 되지 못하고, 둘로 나뉘어 있었으니, 고급문화는 귀족에 독점되어 고도로 발달되었으나, 일반 국민의 문화는 저급한 채 발달되지 못하고 지금에 이르렀다. 그러나 그 두 가지가 모두 우리 민족의 문화임에는 틀림이 없고, 오직 하나는 귀족적이요 다른 하나는 민중적이었던 불평등이 있었을 따름이며, 또 이러한 모양은 옛날의 모든 민족에 있어서도 마찬가지였다. 민족의 내부가 평등하여야 할 앞으로의 민족문화는 이러한 폐악을 바로잡은 것이어야 할 것이다. 다음에 문화를 정치·경제·사회·종교·학문·예술 등으로 나누어 설명하여 보겠다.

정치

씨족공동사회가 차차 발달하여 귀족국가를 이루게 되는 것은 세계 모든 민족이 같은 길을 밟았던 것이다. 그런데 다른 민족들은 모두 봉건제도封建制度를 그 역사 위에 가졌었다. 그러나 우리 민족에게는 그러한 시기가 없었다. 봉건제도는 제실帝室이나 왕실이 그 차지한 광대한 영토를 중앙에서 단독으로 다스리기 어렵거나, 또는 지방에 예로부터 있는 토호귀족土豪貴族의 세력을 어찌할 수 없는 경우에, 국가의 공신이나 친척이나 또는 토호에게 어떤 지방의 정치권·군사권·조세권 등을 맡기어서, 한 나라 속에 다시 여러 나라를 쪼개어 만들어서, 외적을 막기에 강한 힘을 이루게 하고, 또 조세를 받기에 편리하게 한 것이다. 그래서 그들에게 왕王·공公·후侯·백伯·자子·남男 등의 벼슬을 주어 그들을 제후라 하였다. 그런데 우리 민족사 위에서는 이러한 경향이 약간 있었을 뿐이요, 제도로서 그것이 발달한 적은 없었다. 삼국시대, 신라통일시대, 고려시대에 공신에게 어떤 지방의 토지를 주어 그 조세를 받게 하여 그것을 식읍食邑이라 하고, 또 그들에게 벼슬을 주기도 하였으나, 그러나 그것은 다른 나라의 그것처럼 자치적인 제후국으로 발달하지는 아니하였다. 그러므로 그것은 비록 봉건적이나마 봉건국가는 아니었다. 이러한 특수한 모양은 우리의 영토가 크지 못하였던 것과, 또 주위에 큰 민족들이 있었던 까닭이었을 것이니, 좁은 지역에서는 중앙집권이 실질적으로 용이하게 행해질 수 있고, 또 외민족의 위협이 있으면 분산적인 정치행동과 군사행동보다는 굳센 통일적인 그것이 요청되었던 것이다. 그런데 이러한 통일적인 정치는 분산적인 봉건적 제도보다 민족으로서의 단결을 강하게 하였다. 우리 민족의 민족의식이 매우 강한 것은 혈연적 문화적 지리적 단일성과 또 이러한 역사적 통일성에 그 주요한 이유가 있을 것이다. 우리는 개인적으로 다소의 고통을 참을 수는 있으나 민족의 분열은 견딜 수 없는 일이다.

경제

우리의 주위에는 유목민족이 상당히 많다. 몽고민족과 시베리아의 여러 원주민과 중앙아시아의 여러 민족들은 다 가축을 주요한 산업으로 하여 물과 풀과 기후를 따라 이동하는 민족들이다. 아라비아와 아프리카에도 이런 민족이 많다. 그것은 모두 토지가 나빠 산물이 적은 까닭이다. 그러나 우리는 다행히 살찐 평야에 살아 석기시대 끝으로부터 농업을 시작하였고 부족국가시대로부터는 농업을 주산업으로 하였다. 고대 문명은 모두 농업국에서만 일어난 것이니, 우리가 예로부터 문명국으로서 성장한 것은 우리 국토의 혜택이었다. 또 우리는 산과 바다를 가져 예로부터 금, 은, 동, 철과 소금과 풍부한 해산물을 생산하였다. 앞으로의 문명국은 농업국임과 동시에 공업국이어야 할 것이다. 그런데 우리는 지하에 무진無盡한 광산물을 또 가졌다. 그리고 우리는 통일신라시대에 8세기로부터 10세기 사이에 황해와 동중국해[7]의 상업권을 장악한 경험을 가졌다. 지금 우리는 비록 약소하지만 앞으로 우리의 노력에 따라 우리는 반드시 세계적인 민족이 될 것이다.

사회

지난 시대의 우리 사회에 계급이 있었던 것은 여러 번 말하였다. 치자계급에는 왕실과 귀족들이 이에 속하였고, 피치자계급에는 농민·장사·공인·노예 등이 속하고 둘 사이에 하급 관리로 된 중인계급中人階級이 있었다. 지금은 상인·공인 가운데서 거대한 자본가가 많이 나와 특권계급을 이루었지마는, 옛날의 그들은 대체로 농토를 잃은 빈궁한 사람들이었다. 노예에는 정복에 의하여 얻은 포로노예, 범죄에 인한 형벌노예, 귀족의 빚(곡물을 꾸어 먹은)을 갚지 못해서 채무노예, 귀족끼리의 매매에 의한 매매노예, 노비의 낳은 자식들을 노예로 하는 출생노예 등 여러 가지가 있어, 그들은 혹 국가(왕실)의 관노비官奴婢로, 혹은 귀족들의 사환노비使喚奴婢로, 대부분은 농사노예로 자자손손에 이르기까지 짓밟힌 생활을 하였다. 그들 가운데는 귀화한 외민족도 있었지마는 대부분은 동포였다. 비록 서양 사람처럼 노예의 발목에 쇠사슬을 채우고 짐승 같이 학대한 포악한 일은 없었다 할지라도 동족을 짓밟고 개인의 향락만을 취한 그들을 우리는 미워 아니할 수 없다. 그러나 지난날의 원한에 대하여 같은 수단으로 부자계급

---

7) 중국 동쪽 태평양 연해를 일컫는 말로 중국에서는 둥하이東海라고 한다. 황해 남쪽에서 이어지는 해역이다.

에 복수를 꾀한다는 것은, 과거의 치자계급과 같은 민족적 범죄행위가 될 것이요, 또 민족의 내부분열을 일으키어 필경은 민족의 파멸을 스스로 불러들일 것이다. 민족이 갈리어 싸우지 않고 민족 전체의 고른 행복의 길을 찾는 것이 민족역사의 임무인 것이다. 조선의 귀족이 유럽의 귀족에 비하여 노예에게 온정적이던 증거로서, 우리는 저들의 역사에는 허다하게 대규모의 노예 반란이 있었지마는, 우리의 역사에는 그것이 없었던 것을 들 수 있다.

사회문제 가운데서 우리가 또 한 가지 주의할 것은 여성문제다. 원시시대에 남녀의 지위가 평등하였던 것은 이미 말하였다. 그러나 거대한 재산이 귀족들의 사유가 되고, 장자에게 상속하는 제도가 생김으로부터 여자에게는 점점 재산권이 없어지게 되어, 아비·남편·아들에게 옷과 밥을 의탁하게 되었으므로 여기서 소위 삼종지례三從之禮라는 것이 생겼다. 그리고 또 가장은 그 권력으로 많은 첩을 둘 수 있었을 뿐 아니라 처에 대하여 다른 남자와의 교제를 금지하고 가정 안에서만 일생을 보내도록 강요하였다. 이것이 소위 내외법內外法이었다. 그리고 그들은 학문의 교육과 정치로부터 멀리 떨어지게 되어, 무식 문맹한 채 출산과 아이 기르기와 가정일과 복종하는 의무만을 짊어지게 되었다. 이것은 결코 사람으로서의 완전한 생활이 못되고, 반노예적인 생활이었다. 그래도 이것이 풍속이 되어 일생을 문 밖에 나와 보지 못한 자를 귀부인貴婦人·귀낭자貴娘子라고 하게 된 것도 우스운 일이거니와, 이조李朝 처음으로부터는 과부를 다시 혼인하지 못하게까지 하게 되어, 청춘의 여자로 하여금 일생을 불행으로 지내게 한 것은 더욱 놀라운 일이니, 이것은 여자의 정조貞操를 비인도적으로까지 강제한 귀족정치의 포악이었다. 민족국가에 있어서는 정치·경제·교육 그 밖의 모든 면으로부터 여성은 해방되어 민족으로서의 임무와 역량을 충분히 발휘하여야 할 것이다.

종교

불교가 들어온 것은 고구려에는 372년, 백제에는 384년, 신라에는 528년이라고 한다. 그리하여 삼국시대에도 성하였거니와, 신라통일시대와 고려시대를 통하여서는 극히 왕성하였다. 불교가 치자계급에 불리하였더라면 이렇게 왕성할 리가 없다. 불교에는 사종四種(승려·무사·상공민·노예) 평등이라는 계급평등사상이 있다. 그러나 한편으로는 인과응보설因果應報說·윤회설輪回說 같은 숙명사상이 있어, 현실생활이 빈천한 것은 전세前世의 죄악에 대한 갚음(報)이라는 치자계급에게 극히 유리한 설도 있다. 그래서 귀족들은 다투어 화려한 절을 짓고, 토지를 기부하고, 노예까지도 주어 중들의 생활을 보호하고 귀족 출신의 중들을 높은 지위에 앉히었으므로 그들은 치자계급에 불리한 설은 버리고, 오직 지배계급에 유리한 사상만을 선전하였다. 그래서 불교 자신이 귀족화하여, 광대한 토지와 농노를 가지게 되었다. 그리하여 인민으로부터 반항사상을 빼앗아 단념적이요 복종적인 민중을 만들려고 꾀하였다. 그러나 불교는 이러한 허물만을 남긴 것은 아니요, 사람의 현실고現實苦와 죽은 뒤의 생활에 대하여 아무런 철학이 없었던 옛날의 민중들에게 소극적이나마 그에 대답을 주고, 또 죽은 뒤의 극락왕생極樂往生을 설명하여 그들의 생활에 안심을 주고, 또 그들의 세계를 넓히어 주었다. 그 뿐 아니라, 불교는 예술 부면에 있어 커다란 공헌을 하였다. 불교는 그 때의 민족문화보다 훨씬 고급한 음악과 노래와 문학(이야기) 등을 갖고 와서 민중의 생활을 풍부하게 윤택하게 하였을 뿐 아니라, 고도의 건축과 조각·그림 등을 또한 발달하게 하여, 특히 통일신라 때에는 산이 아름답고 물 맑은 아시아의 동쪽 끝에 화려한 귀족미술의 왕국을 건설하게 하였다. 앞으로의 우리 불교는 평등사상을 강조함으로 민족의 생활과 문화에 이바지하여야 할 것이다.

기독교는 고도로 발달된 현대 구미의 사상과 문화를 여러 방면으로 유입하여 우리 문화수준을 세계적으로 끌어 올렸다. 더욱이 그것은 민주주의와 민족주의 사상을 갖고 왔으므로 현대 우리의 정치적 사상적 생활에 대하여 커다란 민족사적 공헌을 하였다. 그러나 그것은 자본주의적인 점에 결함이 있었다. 앞으로의 우리 기독교는 이에 대한 바로잡음이 있어야 할 것이다.

학문

지난날의 우리의 학문은 19세기 말까지 오직 유학이 있었을 뿐이다. 유교에도 민본주의적民本主義的인 훌륭한 사상이 있어, 맹자 같은 이는 정전주의井田主義를 주장하여, 농민에게 토지를 고르게 분배하고 귀족의 횡포를 눌러서 인민의 생활을 보장하는 것이 인정仁政의 근본이라고 하였다. 그러므로 맹자는 같은 유가이면서도 귀족계급들에게 환영을 받지 못하고 1,300년이나 지난 뒤에 겨우 아성亞聖으로 존경되었다. 그러나 그의 정치 이상은 끝까지 현실되지 못했다. 유교는 혁명사상을 거부하고 왕실에 대한 충성을 가장 높은 도덕이라 하고, 인민은 복종이 있을 따름이요, 정치에 대한 비판은 할 수 없고, 오직 치자계급이 좋은 정치를 행할 것이라 하고, 또 제왕은 하늘의 아들로서 하늘의 명에 의하여 되는 것이요, 계급의 빈부는 하늘이 그렇게 한 것이라 하여, 인민을 정치와 교육으로부터 떨어지게 하였다. 그리고 극단의 형식주의를 취하여, 귀족적인 관제官制와 복제服制와 예법과 남녀의 차별 같은 것을 극히 엄격하게 만들어 내고, 가족제도도 극단으로 엄격하게 형식화하여, 민족의 조상은 무시하면서도 가족의 조상에 대하여는 장사葬事와 상례喪禮와 제사에 복잡다단한 규정을 만들었다. 유교는 고려 때까지 힘이 없었으나 그 폐해는 유신儒臣귀족의 집정시기이었던 이조에 이르러 민족을 문약에 빠지게 하고, 사람의 자유로운 활동과 민족문화의 발전을 막고 해쳤거니와, 그나마 이 유교의 교육은 삼국의 옛날부터 이조 끝까지 귀족계급에 독점되어 민족대중은 일생을 무식으로 마쳤다. 불교는 예술에 있어 중국 이상의 위대한 민족문화를 건설하였으나 유교는 아무런 민족적 독창도 나타내지 못하고 중국의 모방으로 끝까지 떨치지 못하였다. 그러나 관리의 청백과 사람의 절개를 고취하는 데에 약간 공헌이 있었다.

예술

우리 민족은 여러 가지 문화 중에서 예술상에 특별하게 그 우수성을 나타내었다. 고구려는 상무국尚武國이었음에 불구하고 예술적으로 우수하여, 음악은 아시아에서 중국에 버금하는 지위에 이르렀으나, 건축과 그림에 있어서는 중국의 그것을 돌파하고 세계독보적인 경지를 이루었으니, 고구려 왕실의 석조건축과 그 벽화에서 우리는 그것을 볼 수 있다. 목조 건축은 지금 남은 것이 없으되, 고분 석실의 기교함과 웅장하고 아름다움은 동양에서 그에 비할 만한 류類를 구할 수 없다. 오직 유감인 것은 석조 건축이 왜 일반 가옥 위에도 서양처럼 발달되지 아니하였더냐 하는 것이다.

백제의 예술은 유물이 거의 없어 자세한 것은 모르되, 궁전 건축과 정원 만들기와 음악은 상당히 발전하였던 모양이다.

신라 미술이 세계적 독보적이었던 것은 지금 남아 있는 그 때의 유물로 알 수 있으니, 신라 사람은 돌로 무덤을 짓지 아니하였기 때문에, 그림은 남은 것이 없으되, 통일 이후의 석탑·석불·석굴 등은 놀라운 것이며, 동양서는 물론이요 세계적으로도 우수한 독자적인 것이다. 음악도 고도로 발달되어, 한 사람으로 수백 곡조를 창작한 자도 있고, 시민생활까지가 예술적으로 풍부하였다.

통일신라의 미술은 고도로 귀족적이어서 섬세하고 화려하고 유아柔雅하고 순결하고 온화하여, 방자한 신라 귀족의 특색을 나타내었으나, 웅장하고 굳센 기백이 적은 것이 결점이다. 그러나 민족예술로서의 특수성을 가장 강렬하게 표현한 것이었다.

고려 미술의 우수성은 불상·석탑보다도 그 자기磁器에 있었다. 그 아려

雅麗하고[8] 유장悠長[9]한 품은 몹시 귀족적이요, 또 그 독보적인 소위 비청색 祕靑色은 유현幽玄한[10] 불교적 선미禪味임과 동시에, 그 형체의 불안정한 느낌과 함께 고려 귀족의 고민의 상징이었다. 고려 사람은 외민족의 압박 아래 있으면서도 능히 세계수준을 돌파하여 민족의 특수성을 발양發揚하였다. 이것은 굳센 민족정신의 산물이었다.

이조 미술의 특색은 신라·고려처럼 불교적임에 있지 않고, 유교적임에 있었다. 불상·석탑의 조각과 주조는 거의 정지되고, 그 대신 서書·화畵가 발달되었다. 그림은 우아하고 담백하고 깨끗한 특수성을 가졌고, 글씨는 이름난 사람이 허다하였으나, 19세기 김정희金正喜에 이르러 중국의 그것을 훨씬 뛰어넘는 독창적 경지를 열었다. 자기는 두텁고 무겁고 담백하여, 안정된 고상한 느낌을 주고, 목제 공예물은 견고·소박하고 또한 담아 淡雅[11]하여, 모두 독자적인 민족성을 나타내었다.

여러 왕조를 통하여 예술 위에 서로 시대의 특수성은 있으나, 그것을 일관한 우리 민족예술의 특징은 견고와 우아와 깨끗함에 있다. 탑을 만들 때에 중화민족이 벽돌과 나무를 썼음에 대하여, 우리 민족이 특히 돌을 쓴 것은 작품의 견고를 말함과 함께 민족으로서의 견고성을 또한 말하는 것이며, 우아함과 깨끗함은 신사적임과 평화를 좋아하는 민족성을 말하는 것이다.

우리는 이렇게 우수한 민족문화를 허다하게 창조하였으나, 지금 우리의 처지가 약소함으로 말미암아 우리의 문화는 세계적으로 선전되지 못하고, 따라서 그것이 세계 여러 민족의 정신적 양식이 되지 못하고 있다. 그러나 앞으로 이것은 반드시 세계문화에 큰 공헌을 하게 될 것이다.

---

8) 아담하고 고운.
9) 길고 오래된.
10) 깊고 그윽하며 미묘한.
11) 맑고 아담한.

그런데 여기서 이상하게 느껴지는 것은, 모든 귀족문화가 이렇게 발달하면서 국어문학은 왜 미미하였던가 하는 것이다. 신라 때에는 향가鄕歌라는 국어 노래가 성행하여 국민문학이 왕성하여질 가망이 있었다. 그러나 고려 때까지도 그것은 떨치지 못하였다. 이조 후기에 약간 일어났으나 다른 나라처럼 큰 발전은 없었다. 고려 때에 떨치지 못한 이유로는 외민족과의 허다한 전쟁과 무신귀족들의 전성을 들 수 있을 것이요, 이조 때에 조금 성한 것은 국문國文의 제정이 중요한 원인이 되었을 것이다. 그러나 보다 더 근본적인 이유는 국문학의 발전을 지지하는 중산계급이 발달되지 못한 데 있었다. 귀족계급에서는 그들이 독점하였던 한문학漢文學이 있으므로 국문학이 필요 없었다. 신라 때에는 무역의 왕성으로 상업과 수공업이 흥성하였기 때문에 도시에 중산계급이 많이 일어나 그들을 독자로 또는 지지자로 하여 향가가 발달되었을 것이요, 또 그 때의 귀족들은 반드시 한문에 통한 놈들도 아니었으므로 귀족층도 그것을 지지하고 노래하였을 것이다.

　고려 때에도 송 · 원과의 무역으로 부상富商이 많았으나, 국문이 없었던 것과 중소 시민층이 없었던 까닭으로 국문학은 발달되지 못한 모양이다. 이조 때에 다시 국제평화기가 돌아와서 대륙과의 무역이 행하여졌으나, 그것은 대체로 소수 대상인에게 독점되어, 이 또한 중소 상공계급이 일어남을 보지 못하였고, 지금에야 겨우 그것이 일어나기 비롯하였다. 그러한 중산계급이 약간 많아진 것과 또 국문의 알기 쉬운 특색으로 하여 이조에서는 소설과 시조 등 국문학이 조금 발달되기는 하였으나, 유자儒者계급이 이것을 지지하지 아니하였기 때문에 큰 발전은 보지 못하였다. 국문학의 전성은 지금으로부터일 것이다.

과학
　아시아 문명의 특색으로서 우리 역사상에도 과학은 극히 미미하였다.

신라의 첨성대瞻星臺는 지금 남은 동양 최고最古의 천문관측대요, 이조 세종 때에 북극측정기北極測定機와 측우기測雨器와 누각漏刻(물시계)과 일구日晷[12] 등을 창조하고, 천문도天文圖를 새로 만드는 등, 천문과 기상학에 상당한 연구를 보이었고, 역학曆學·의학·농학에도 볼만한 것이 있었다. 그리고 고려 때부터의 목판인쇄술과 금속인쇄술, 16세기 말의 철갑선 제조술 같은 것은 세계적으로 놀라운 것이었으나 모두 꾸준한 계속적 발달을 보지 못하였다. 이것은 오로지 치자 귀족들이 벼슬과 정권에만 머리를 박고, 민족문화의 발달에 관심하지 아니한 까닭이었다. 우리 민족은 과학적으로도 우수한 소질을 가졌다. 이것의 발양은 앞으로의 우리의 노력에 달려 있을 뿐이다.

8. 여러 왕조의 특수성

고구려는 부여와 가장 가까운 겨레였으나, 부여가 농안평야農安平野를 점거하여 농업 국민의 특성으로서 관대·정직하고 평화적이었음에 반하여, 고구려는 그 중심지인 동가강佟佳江 벌판 환인桓仁의 작은 평야에서 일어나, 주위는 모두 산악이라 농업 생산물이 적었을 뿐 아니라, 한민족漢民族·몽고민족들의 압력이 또한 강하였으므로 극히 호전적好戰的이었다. 초기의 그들은 큰 국가를 건설하기 위하여 굳센 부족적 단결을 지키고 일상 생활에 긴장하고 자존심이 강하여 남에게 굴하지 않는 국민정신을 굳게 가졌었다. 그래서 3세기 이래 6세기까지 중국의 삼국·양진兩晉·5호16국五胡十六國의 혼란기 및 남북조시대南北朝時代 등 4백 년 사이의 어지러운 전쟁 시기에 있어 수많은 투쟁을 용감하게 행하면서, 그 동안 중국에서는 30여의 국가가 흥망하였으나, 고구려는 일관하여 점점 강국으로 되어 갔다.

---

12) 해시계.

이렇게 하여 해동의 최대한 강국이 되어, 6세기 끝으로부터 7세기 중엽까지 수 · 당의 큰 세력과 70년 동안이나 투쟁할 기력이 있었던 것이나, 처음 그들이 일어날 때에 귀족의 횡포를 강압하여 국민의 단결을 굳세게 하였던 국정신國精神은 차차 풀어지고, 말기에는 귀족정치의 본성을 나타내어 치자계급의 사치와 포악이 심하여져서 국민의 단결이 허물어졌을 뿐 아니라, 귀족 내부에 정권 다툼이 벌어져 결국 당 · 신라 연합군에게 망하였다. 고구려는 그 모든 시기를 거의 투쟁으로 시종하였다. 그러면서도 예술 부면에 고도의 창조성을 나타내었다.

　백제도 상무적인 국가이었으나 그들은 그 넓고 기름진 평야에 산물이 풍부하여 국민성이 온후하였고, 그것은 저절로 또 귀족계급의 사치한 생활을 조장하게 되었다. 그리고 한편으로 그 지리적 호조건好條件에 인하여 중국 · 일본과의 무역이 왕성하였을 터이므로 상업술과 사교술에 능하고 일찍부터 수공업이 발달되었던 모양이다. 신라 때에 황해와 동중국해상의 무역을 지배한 자도 그들이었을 것이다. 그들이 신라 사람보다 우수한 예술적 재질을 가졌던 것은 신라의 대사찰들이 그들의 손으로 흔히 이루어진 것으로 미루어 알 수 있다. 백제가 당 · 신라연합군에 망한 것도 그 근본 이유는 치자층의 사치와 횡포에 있었던 것이다.

　신라는 처음에 삼국 가운데 가장 약하였을 뿐 아니라, 금관국金官國(駕洛)과 왜라는 강적까지 있어 그 국세國勢는 자주 위험하였으나, 치자계급의 자중과 국민의 참을성과 끊임없는 노력에 의하여 필경 삼국통일의 큰 사업을 이루었다.

　그리고 통일 이후는 아시아의 평화기를 만나 당나라의 화려한 민족문화를 열심히 유입하여 아름다운 이 반도에 독특한 불교미술의 왕국을 건설하였을 뿐 아니라, 그 상인들은 바다에 활동하여 황해와 동중국해의 지배권을 잡아 3세기 동안이나 그것을 누리었다. 이 시대의 동양역사는 당나라를 중심으로 하여 전 아시아적으로 해방되었으므로 신라의 문화와 상업은 아라비아 이동以東의 대 아시아의 공기를 마시면서 성장하고 피차의 경쟁도 맹렬하였다. 그리고 신라는 그에 승리한 자였다. 여러 나라의 상인 · 승려 · 학자가 신라에 출입하고, 신라의 그들도 무수하게 당나라로 혹은 인도 · 서역으로 왕래하고 유학하였다. 그래서 신라의 서울 경주는 당의 장안長安과 낙양洛陽에 버금하는 세계적 대도시가 되어 인구 8 · 9십만을 포용하였다. 그러나 귀족국가의 이러한 번영은 그것이 본질적으로 가진 독소의 성장을 의미하는 것이었으므로 귀족의 사치와 방종한 생활은 민중의 생활을 괴롭게 하고 귀족 내부의 왕위싸움과 정권 싸움을 일으키어 당 · 발해와 거의 동시에 935년 신라왕조는 저절로 허물어졌다.

고려시대는 다시 전란기를 만났던 것이니, 만주의 여진족은 작은 적이었으나 북쪽의 거란과 몽고는 큰 적이었다. 고려는 그들과 10년 전쟁, 40년 전쟁을 행하고 또 정신적 싸움도 오랫동안에 걸쳐 행하였다. 그래서 고려 왕실의 힘도 피폐하고 국민의 생활도 괴로웠으나, 오직 무신귀족들만은 막대한 재산을 가졌던 것이니, 그것은 그들이 왕실의 약한 틈을 타서 아무런 간섭도 받지 않고 무력으로써 위협하여 인민의 기름을 짜내고 피를 뽑은 것이었다. 원나라와의 40년 전쟁 중에 정권을 잡았던 최이崔怡의 아들 만종萬宗 · 만전萬全 두 명이 경상도에서 50여만 석의 쌀을 빼앗았다는 것을 보더라도 일반을 추측할 수 있다.

무신귀족은 1170~1270년의 백년 사이에 정권을 잡아 그 횡포는 극도에 이르렀다. 정권을 잡는 무신이 바꾸어질 때마다 대량으로 반대당을 죽이고 왕도 죽었다. 이러한 공포시대가 지나고 왕실이 원에 신속臣屬한 이후로는 방탕 · 사치 · 호색 · 변태의 임금들이 계속하여, 고려 귀족정치의 부패는 절정에 이르렀다. 그러할 즈음에 남쪽에서 왜구가 침략하였던 것이니, 40여 년에 걸쳐 무수한 방화 · 약탈 · 살육이 무인지경처럼 행하여졌다. 고려는 온 시기를 거의 난리 속에 보냈으니, 이러한 사회에 불교가 왕성한 것은 당연한 일이었다. 그리고 그 예술이 명랑할 수 없었다. 우리 역사 위에 계급 싸움이 고려시대에 가장 심하였던 이유도 이로써 이해할 수 있다. 고려왕조가 자연히 무너진 근본이유도 또한 치자계급의 사치와 무도에 있었던 것이다.

이씨조선은 다시 국제평화기를 만났다. 그래서 무신은 천대를 받게 되고 문신 귀족들이 5백 년을 지배하였다. 유학이 전성함에 따라 불교는 쇠약하고 인민에의 착취는 완화되었다. 왕위 싸움도 적어지고 방탕하고 횡포한 임금의 수도 줄었다. 그러나 유신 지배의 폐해는 그 도에 지나치는 형식주의와 세습적인 오랫동안의 당파싸움과 사대사상으로 나타났다. 그들은 관冠 · 혼婚 · 상喪 · 제祭의 의례와 가족의 윤리, 사회도덕 등에 대하여 무수한 형식을 만들어, 그것을 참된 문화라 하였다. 청년들은 그것을 배우고 행하기에 다른 여유가 없었다. 그들의 당파 싸움은 15세기 끝으로부터 일어나 20세기 처음에 이르렀다. 모함 · 중상 · 시기 · 살육 등으로 정권 싸움에 몰두하고 자자손손이 당파를 계승하여 서로 원수가 되어 교제를 끊고 혼인을 피하고 풍속까지를 달리하였다. 국가나 민족을 위한 정정당당한 싸움이 아니요, 아비 · 할아비의 복수를 위한 이기적 가족적인 것이었다. 그들의 당파 싸움의 가장 큰 이유의 하나가 상복문제였던 것을 보더라도 얼마나 분반噴飯[13]할 일이며 얼마나 비민족적이었던가를 알 수 있을 것이다. 국제관계가 평화로울 때에 치자계급들의 하는 일이란 것은 정권 싸움하는 연극 밖에 없었으며 사대사상이 일어나지 아니할 수 없었다. 이조의 유학이 민족적으로 끼친 공헌은 극히 미미하고 민족을 문약화 · 나태화 · 비겁화 하고 당파의 싸움 버릇을 남겼을 따름이다. 말기에 이르러서는 당쟁 위에 왕실의 외척에 의한 세도정치가 나오고, 또 그 위에 대원군大院君과 민비閔妃의(시아버지 · 며느리 사이의) 정권 싸움까지 일어나게 되어 정치는 극도로 문란하고 치자층의 착취는 무도하여 각지에 반란이 일

---

13) 우스워서 입에 물었던 밥이 튀어나온다는 뜻으로 웃음이 터짐을 이르는 말.

어나 귀족정치의 말기적인 본성을 폭로하였을 때, 외민족의 독한 이빨에 깨물리게 된 것이다. 이조의 망한 원인도 근본은 계급 착취와 계급투쟁에 있었다. 계급투쟁은 민족의 내부 분열을 초래하므로 이것은 어떠한 경우에 있어서도 비민족적 죄악이다.

조선민족사개론

자서自序

　나는 신민족주의新民族主義 입지에서 이 민족사를 썼다. 왕자王者 1인만이
국가의 주권을 전유하였던 귀족정치기에 있어서도 민족사상이 없었던 것
은 아니요, 자본주의 사회에도 또한 민족주의란 것이 있다. 그러나 그러
한 민족사상은 모두 진정한 의의의 민족주의는 아니었다. 그것은 민족의
미명하에 그들 지배계급만의 권력과 부력을 획득 유지하려는 극히 불순한
가면적假面的이요 무마적撫摩的인 것이었다.

　진정한 민족주의는 민족 전체의 균등한 행복을 위하는 것이 아니면 안
될 것이다. 민족 전체가 정치적으로 경제적으로 사회적으로 문화적으로
균등한 의무와 권리와 지위와 생활의 행복을 가질 수 있을 때에 비로소 완
전한 민족국가의 이상이 실현될 것이요, 민족의 친화와 단결이 비로소 완
성될 것이다.

　가장적假裝的인 민족주의 하에서 민족의 친화 단결이 불가능한 것은 과
거의 역사와 금일의 현실이 명백하게 이것을 증명하고 있다. 민족의 단합
이 없이 민족의 완전한 자주독립은 있을 수 없고, 따라서 민족문화의 세계
적 발전 기여도 있을 수 없는 일이다. 그리고 민족의 단합은 오직 진정한

신민족주의에서만 얻을 수 있을 것이다.

조선민족사는 결국 우리 민족이 과거에 민족으로서 어떻게 생활하였느냐 하는 사실史實을 민족적 입지에서 엄정하게 비판하여 앞으로 우리 민족의 나아갈 진정한 노선을 발견하는데 그 연구가치와 의의가 있는 것이다. 민족보다 왕실을 중요시하던 봉건시대에는 제왕을 위한, 제왕중심의 역사만이 존재하였고, 자본주의의 극성기에는 피착취계급을 위한 계급사관이 일세를 풍미하였다. 그러나 지금 세계는 모든 민족의 자유 독립과 공동번영을 지향하고 움직이고 있다.

지금 우리는 자본주의적 지배를 꿈꿀 때도 아니요, 계급투쟁만을 일삼을 때도 아니다. 계급투쟁은 민족의 내부 분열을 초래할 것이며, 민족의 내쟁內爭은 필연적으로 민족의 약화에 따르는 외민족으로부터의 수모를 초래할 것이다. 계급투쟁의 길을 우리가 반드시 취해야 할 필요는 없고, 민족균등이 실현되는 날 그것은 자연 해소되는 문제다. 계급의 생명은 짧고 민족의 생명은 긴 것을 인식할 때 우리는 우리 민족사의 나아갈 길이 오직 신민족주의에 있을 것을 스스로 알게 될 것이다. 진정한 민족의 번영은 민족 내부의 반목과 투쟁에 있지 않고, 민족의 전체적 친화와 단결에 있는 것이다. 이 세계적 기운과 민족의 요청에서 민족사관은 출발하는 것이며, 민족사는 그 향로와 방법을 명백하게 과학적으로 지시하여야 할 것이다.

내가 신민족주의 조선사의 저술을 기도한 것은 소위 태평양 전쟁이 발발하던 때부터이었다. 동학同學인 몇몇 친구들과 더불어 때때로 밀회하여 이에 대한 이론을 토의하고 체계를 구상하였다. 민족해방 이후 미구未久에 이 저술에 착수하였던 것이나 해방 이후 폭주하였던 공사公私의 일보다는 주로 나의 위장의 병으로 인하여 3년의 세월을 소비해서 지금이야 겨우 상권이 탈고되었다. 나로서는 이 저술에 상당한 노력을 하였다. 그러나 이러한 신기도新企圖에 적지 않은 결함을 예기하지 아니할 수 없다. 이 저술에 대한 결점은 내 자신도 앞으로 고치어 가려니와 동학과 국민 여러분의 엄정한 질정이 또한 많이 계시기를 충심으로 바라는 바이다.

(1948년 1월)

서설緒說

종래의 우리 역사가 온전히 왕실중심주의였다는 것은 다언多言할 필요도 없다. 역사의 기술 형식이 모왕某王 기년幾年 하월何月에 무슨 일이 있었다고 하는 소위 기년체紀年體[14]임을 보더라도 그것은 명백하거니와 지금 우리가 보아서 하등의 흥미도 가치도 느끼지 않는 무수한 왕실관계의 기사가 그 내용이 되어 있는데 반하여, 민족생활에 관한 기사가 극히 희귀한 것으로 보더라도 또한 명백하다. 이러한 왕실중심주의는 하필 우리 역사에 한해서만 볼 수 있는 일이 아니요, 이것은 세계 모든 민족의 공통적인 사상事象이었으나, 그 중에서도 특히 한漢민족에 있어 그 사상과 전통이 엄격하였으며 극동의 여러 민족은 한민족의 이 사상을 그대로 습용襲用하였던 것이다.

역사의 체제와 기록 내용에 있어서만 아니라 과거의 모든 문화 – 이를테면 사상 · 도덕 · 정치 · 경제 · 법률 · 예술 등등 모든 것이 또한 왕실 중심적이요, 따라서 귀족적 지배계급적이었으나, 이것은 본론의 곳곳에서 상술하겠거니와, 이렇게 과거의 모든 문화가 왕실 중심적이요 귀족적 지배계급적이었던 것은 당시 국가형태 정치형태가 나의 이른바(王者와 귀족을 포함한) 귀족국가였던 까닭이다. 이 사상은 귀족국가시대에 있어서 역사적 필연의 소산이었다. 그리고 우리는 과거 2천 년 동안 귀족정치의 발생 초기 이래 이러한 생활에 사상적으로 정치적으로 침지沈漬[15]되어 왔고 마취

---

14) 역사적 사실을 연대기순으로 기록하는 방법을 말한다.
15) 물 속에 담가 적심.

되어 온 것도 부정할 수 없는 사실이다. 그러므로 이 침지 마취 상태에서 온갖 부문을 통하여 우리가 「우리 자신」을 냉정하게 또 진정하게 발견한다는 것은 결코 용이한 일이 아니다. 지금 이것을 우리 역사부분에 한해서 볼지라도 이 구각舊殼을 파탈破脫한 저술이 과연 몇이나 되며, 또 이 구각을 파탈하려고 진지한 노력을 하는 학도는 몇 사람이나 되는가.

내가 아는 한에 있어 용감하게 이 구각을 깨뜨린 선구자는 오직 백남운白南雲씨 한 사람이었다. 이 의미에 있어서 나는 씨氏의 저작 《조선사회 경제사》와 《조선봉건사회 경제사》에 대하여 경의를 갖는다. 그러나 나의 견지로 보면 씨는 「우리 자신」의 일부분만을 발견하였고 「우리 자신」의 전체를 발견하지는 못했다. 그것이 씨의 의식적 결과인지 아닌지는 모르되, 씨는 피지배계급을 발견하기에 너무나 열중한 나머지 「민족의 발견」에 극히 소홀하였다. 나는 이 소저小著에서 이 「민족의 발견」에 노력하였으며, 또 이 「민족」의 입지에서 우리 역사를 개론하여 본 것이다. 내 깐으로는 이 새로운 견지의 민족사를 개척하느라고 상당한 심력을 경주하였고 집필 도중에 몹시 건강을 해하여 병고와도 장기의 분투를 행하였다. 그러나 내 역량의 부족은 내 스스로가 잘 알고 있는 바이므로 과연 어떤 정도의 성과를 거두었는지를 생각하면 혼자 부끄러움을 금하지 못하며, 만일 건강과 시간이 허락한다면 앞으로 좀더 변변한 민족사의 저술에 매진하여 보려고 자기自期하는 바이나, 지금 나의 바라는 것은 이 소저가 혹 조선민족사의 선구적 역할이나 하게 되었으면 하는 것뿐이다. 그리고 앞으로 많은 국사학자가 배출되어 나의 이 졸렬한 저작을 하루 바삐 휴지로 화化하게 하여 주기를 심원하여 마지 않는다. 다음으로 몇 마디 말할 것은 민족사의 방법론이다. 역사학은 오직 과거의 사실의 나열만으로 되는 것도 아니요, 어떤 계급의 이익만을 중심으로 술작述作될 것도 아니요. 또 일국민이나 민족만의 복리를 위해서 고구攷究될 바도 아니다. 모든 사실史實을 사실 그대로 공정하게 파악하여, 또 그 복잡한 사실을 종합 비판하여, 거기서 민족의 참된 행복의 길을 발견하고, 겸하여 인류사회의 발전 향상과 평화를 재래齎來할 수 있는 이론과 방법을 획득하는 것이 사학의 지고至高 목적일 것이다.

역사에는 평화와 전란의 양면이 있었다. 그리고 이 양면은 각각 다시 국제적과 국내적인 양면을 가지었다. 국내적임과 국제적임을 막론하고 평화가 있을 때에는 민족생활의 행복과 국제친선, 그리고 문화의 건설 성장 및 교류가 있었다. 그러나 전란이 있을 경우는 국내적으로는 계급알력階級軋轢과 귀족의 정권쟁탈이 일어나고 국제적으로는 민족투쟁과 문화의 파괴가 야기되었다. 그러므로 우리가 국내적으로 민족의 행복을 꾀하려면 계급알력과 정권쟁탈을 제소除掃하여야 할 것이요, 국제적으로까지 행복을 향취하고자 함에는 전 세계가 지배 · 착취 · 투쟁의 구악을 버리고, 모든 민족의 자주독립과 민족친선의 길을 강구하지 않으면 안 될 것이다. 후자가 우리의 단독으로 성취할 수 없는 곤란한 일임에 대하여, 전자는 우리 자신의 힘으로 해결할 수 있는 일이요 또 비교적 용이한 일이다. 그렇다면 조선사의 당면한 근본명제는 국내의 계급알력과 정권쟁탈을 청산하고 민족자존의 정신을 견지하면서 앞으로 인류 평화의 이상사회 건설에 공헌할 이론을 발견하는데 있어야 할 것이다. 그래서 다음과 같은 견지에서 나는 우리 민족사를 짜보려고 한다.

⑴ 조선사는 곧 조선민족사이니 우리는 유사 이래로 동일한 혈족이 동일한 지역에서(비록 삼국시대 말년에 영토의 북반과 그 주민을 이실離失하기는 하였지만) 동일한 문화를 가지고 같은 운명하에서 같은 민족투쟁을 무수히 감행하면서 같은 역사생활을 하여 왔고 이민족의 혼혈은 극소수인 까닭이다. 그러므로 조선에 있어서는 국민 즉 민족이요, 민족사가 곧 국사가 되는 것이다. 이 엄연한 역사적 사실을 무시하고는 조선 역사를 과학적으로 이해할 수는 없다. 비록 민족이란 말이 과거에는 사용되지 아니하였을지라도

그것은 왕실중심적인 과거의 귀족지배국가의 본질이 그러한 사상과 용어의 발달을 장해하였던 때문이요, 민족 자체는 말의 유무에 관계없이 엄연히 존재하였던 것이다. 민족의 존재가 현실 또는 장래에 있어 우리의 복이냐 불행이냐 하는 것은 딴 문제요, 과학으로서의 역사학에 있어 이 역사적 중대 사실을 무시하거나 간과할 수는 없는 것이니, 그것은 과거의 왕자王者 주권제도와 귀족지배정치를 역사에서 무시할 수 없는 것과 마찬가지다. 역사학도는 역사적 사실을 비판할 수는 있지만 사실을 거부할 수는 없다. 사실을 사실 그대로 이것을 인식하여 거기에 비판을 가하는 것이 진정한 과학자로서의 취할 바 당연한 태도이다. 하물며 민족해방 민족자립 운동이 세계적으로 맹렬하게 진전되고 있는 지금에 있어서랴. 그러므로 조선사에 있어 민족문제는 그 연구의 핵심이 되는 것이며, 따라서 제일의적第一義的 근본적인 중대성을 가지는 것이다. 조선사가 경과한 모든 민족투쟁·계급투쟁·정치·문화 등 사실을 모두 민족의 입지에서 비판되고 가치가 판단되어야 할 것이니, 민족은 실로 조선사의 근본적인 안목이 되는 것이다.

(2) 삼국 이래의 정치형태를 나는 귀족지배정치라 규정하였다. 귀족지배정치란 것은 왕자전제정치·권력귀족지배형태의 정치를 이름이니, 1,500~600년에 걸친 이 시대의 모든 문화는 왕실중심 귀족중심으로 개전開展되었다. 이 귀족중심의 정치 및 문화는 민족문제와 동등으로 중대한 역사적 사실에 속하는 것이다. 그러므로 역사과학은 이에 대하여 엄정한 비판을 가할 의무를 가졌을 뿐이요, 이 사실을 무시 또는 간과할 권리는 갖지 못하였다. 나는 이 저술에서 귀족정치 귀족문화의 본질에 취就하여 민족적 입지에서 이것을 비판 규명하여 보았다.

(3) 무제한적인 사유재산의 기초 위에 개전된 귀족정치는 필연적으로 내

부에 있어 계급알력의 불행을 야기하였다. 이것은 비록 세계 공통의 필연적 사실이지만 또한 인류의 역사가 범한 최대의 죄과임에는 틀림없다. 그리고 동시에 이것은 중대한 역사적 사실의 하나이다. 이 죄과적 사실이 조선민족의 역사상에서는 어떻게 전개되었으며 또 그것이 민족의 생활과 민족의 생존에 얼마나 큰 악영향을 미쳤는가 하는 것을 나는 또한 이 저술에서 검토할 것이다.

(4) 다음은 민족문화 일반에 관한 견해인데, 과거의 조선 문화의 주류가 비록 귀족 중심적이라 할지라도 (이것도 세계 공통적이다) 이것은 결코 피지배민중과는 하등의 관계도 없는 단순한 귀족계급만의 문화는 아니다. 지배귀족계급이란 것이 피지배계급을 토대로 하여 성장된 것과 같게 그 문화도 민중을 토대로 하여 성장된 것이다. 그러므로 그 문화는 비록 귀족적이나 귀족계급만으로 조성될 수는 없었던 것이요, 두 계급의 관계상에 있어서만 조성할 수 있었던 것이다. 혹은 이것을 계급문화라고 하나 나는 이것을 일종의 민족문화라 하고자 한다. 민족은 한 계급만으로 형성된 것이 아니요 두 계급으로 구성된 까닭이다. 그러나 그 민족문화가 민족적으로 보아 결코 이상적인 것도 아니었고, 이상에 가까운 것도 아니었다는 것은 다시 말할 필요도 없다. 그것은 어디까지나 귀족주의적이요 지배계급적이었고, 민족이라든지 민중이란 것은 항상 종속적이며 제이의第二義적이었다. 하지만 그렇다고 해서 이것의 민족적 의의를 부정할 수는 없다. 우리는 오직 이 사실에 취하여 민족적 입지에서 비판할 의무를 가졌을 따름이다. 나는 이러한 견지에서 민족문화의 우수한 것을 선양함과 동시에 그 그릇된 것에 대하여 명정한 비판을 가하려고 한다. 사실의 나열은 토막 토막의 고담古談에 불과한 것이다.

(5) 이상은 민족 내부에 관한 사항이나, 다음에 대외관계를 보면 대외적

관계에 있어서는 부단히 민족 투쟁과 민족 친선이 반복되었다. 그러나 진실한 의미의 민족 친선이란 것은 유감이나마 과거의 역사에서는 거의 존재하지 아니하였으니, 비록 신라 통일 이래 1,300년 동안 중화민족과의 사이에만은 큰 전란이 없고 평화가 유지되었으나, 이러한 이례異例에 있어서도 사대事大 칭신稱臣으로 인한 굴욕감은 없을 수 없었다. 이러한 민족 사이의 투쟁과 반감은 귀족국가의 본질상 불가피한 일이었다. 귀족정치는 그 민족을 항상 귀족 지배의 수단으로서만 이용하였으므로 동일 민족의 내부에 있어서도 오히려 계급알력이 끊이지 않고 계속되었거늘 하물며 외민족과의 관계에 있어서랴. 이러한 견지로 본다면 귀족지배기의 역사는 내부적으로는 계급알력 또는 계급투쟁의 연속이요, 대외적으로는 민족투쟁의 반복이었다. 이것도 귀족정치가 범한 역사적 죄과의 중대한 하나이었다. 그러나 이것 또한 엄연한 역사적 사실이며, 이것이 우리의 감정에 불쾌하다고 해서 이 사실을 역사학에서 거부할 도리는 없다. 이 사실의 근원을 구명하여 다가올 세계 민족 친선의 참다운 향로를 발견하는 것이 과학자의 사명이며 민족사 연구의 종극적 목적일 것이다. 귀족 국가들은 제왕과 그 부하 귀족들의 영토욕·인민욕人民慾 때로는 허영욕을 위하여 타민족의 생활과 생존을 위협하는 전쟁을 자주 행하였으나 결과에 있어 그것은 인류사 상에 죄악을 남겼을 뿐이요, 모든 민족은 각자의 거주지에서 각자의 생활을 자주自主 영위하게 되어가는 것이 현재 세계사의 동향이다. 이러한 견지에서 나는 민족투쟁의 사실에 대하여 또한 주의를 가하였다. 세상에서는 흔히 이러한 사실의 기술을 인류 불화의 원인이 될까 염려하여 역사서에서 이것을 제거하려고 하는 이상주의 인사도 있고 또 일방에서는 그와 반대로 민족의 자존심을 앙양하기 위하여 그 전쟁에 승리하는 경우만을 극구 찬양하고 그 패배한 사실을 극력 은폐하려는 애국주의 인사도 허다하나, 나의 견해로서 본다면 이 양자는 모두 과학적 방법은 아니다. 과학은 공정하여야 할 것이요, 편협하여서는 안 될 것이다. 이러한 견지에서 나는 민족투쟁의 사실史實을 사실事實 그대로 취급하여 승리와 패배의 원인을 규명함과 동시에 그 본질의 파악에 노력하여서 민족의 행복과 인류의 친선에 관한 일단의 이론을 발견하고자 노력하였다. 개인이나 민족을 막론하고 자기가 경험한 사실에 대하여 그 승리와 실패에 불문하고 능히 그것을 냉정하게 반성 비판할 여유를 가진 자는 진취할 것이요, 승리에 도연徒然히 취하기만 하고 실패의 수치는 은폐하기로만 힘쓴다면 거기에는 진보가 없고 오직 다시 패배의 함정이 기다리고 있을 뿐이다. 우리처럼 승리보다 실패의 역사를 더 많이 가진 민족으로서는 더욱이 이 점에 투철한 자아반성과 각오를 가져야 한다.

나는 대체로 앞서 말한 5개 조항의 견지에서 우리 역사를 술작述作하여 보려고 노력하였다. 그러나 지금 성과는 역량 부족으로 내 자신에게도 만족을 주지 않는다. 이러한 저작을 세상에 보내는 것은 심히 한안汗顔[16]한 일이나 그러나 서사書肆[17]의 전하는 바에 의하면 세간에서는 나의 민족사 개론에 대하여 상당히 조급한 대망待望도 있는 모양이요, 주위의 몇몇 학우들도 열심히 이것을 권설勸說하며 또 한편으로 생각하면 이것도 우리 역사의 계몽운동에 있어 약간의 도움이 될 것 같기도 하고 후래의 학도에게도 무슨 참고가 될 듯도 해서 용기를 내어 조급하게 이것을 조판에 올리기로 한 것이다. 앞으로 나의 건강이 허락하는 한에 있어 좀더 내용이 충실한 민족사를 지어 볼까 하고 내 자신에게만 스스로 약속을 하는 바이다.

끝으로 나는 본서의 서술 형식에 관하여 몇 마디 말할 필요를 느낀다.

(1) 나는 본서에서 서기西紀만을 취하였다. 세상에서는 더러 단기檀紀만을 쓰는 이가 있으나 이것은 너무나 편협한 국수사상이니, 국민의 역사적 시야를 우물 안의 개구리로 만들고, 그 지식을 혼란하게 하는 과오를 범하는 것이다. 조선사는 조선사만으로 단독 존재하는 것이 아니요, 항상 세계사

---

16) 썩 부끄러워하는 얼굴.

17) 서점.

와 동시에 공존하는 것이며, 또 세계사와의 관련상에 동시에 이해하여야 될 것이기 때문이다. 만일 우리가 단기를 쓰고 중국은 요기堯紀를 쓰고 일본은 신무기神武紀를 쓰고 이슬람국가는 마호메트기紀를 쓰고 구미인은 서기를 쓴다면, 역사의 지식에 있어 극히 중요한 시대의 이해가 착란錯亂하여 부질없는 환산換算의 노력을 가중하게 될 뿐 아니라, 만일 그러한 방법으로 국민교육을 행한다면, 그들이 동양사나 서양사 등 외국사를 학습할 경우에 막대한 혼란과 지장을 초래할 것이다. 금일이 20세기 중엽이라 하면 전 세계는 모두 이것을 알지만 13세기 말엽이라 하면 조선인 중에서도 이해할 사람이 적다. 지금 우리에게 만일 뇌고牢固 불발不拔[18]한 단기에 대한 전통이 있어 그것이 역사 이해에 지극히 편리하다면 모르되, 일부러 유해무익한 전통을 신창新創할 필요는 없으며, 또 그것은 결국에 있어 도로徒勞가 될 것이다. 민족생활과 민족역사가 세계적 방향으로 진전하는 이때에 이 세계적 동향에 역행 고립하려는 것은 석일昔日의 사대굴욕(외민족 연호를 굴욕적으로 사용하던)에 대한 반동인 것 밖에 아무것도 아니다. 석일昔日은 그것이 굴욕적이었지마는 지금 우리가 예수 기원을 쓴다는 것은 하등의 치욕도 되지 않는 것이다. 교육적 능률과 효과를 위하여 우리는 세계 공통인 서기를 사용하는 것이다. 또 이렇게 하여야만 외국인이 우리의 역사서를 읽을 때에도 용이하게 그 시대를 이해할 수 있을 것이다.

(2) 나는 사실史實을 서술할 때에, 그 사실事實이 일어난 연대를 모왕某王 몇 년이라 하는 구래의 방법을(특별한 필요가 없는 이상) 전폐하고 서기 몇 년으로 표기하였다. 모왕 기년식幾年式은 벌써 그 사상이 왕실중심의 노예적인 표현법이니, 우리가 취급하는 역사적 사실은 왕자王者 개인에 속하는 것이 아니요, 민족 전체에 속하는 것이며, 또 모왕 기년으로는 시대를 이해할 수 없다. 그러한 표현은 부지不知 중 왕실사상을 부식扶植하게 되어 민족교

---

18) 의지가 굳어 흔들리지 않고 굳센.

육상 극히 유해한 것이거늘, 근일의 교과서에 허다하게 이 방법이 중세기의 역사서처럼 여전하게 사용되고, 심하게는 역대 왕명표를 부록하여 이 것을 암송하게 하는 것은 무지 무정견無定見이 심한 것이다. 왕자 중에서도 민족적 의의나 가치를 가진 자는 이것을 기억할 필요가 있으나 그 밖의 것은 반드시 기억하여야 할 아무 이유도 없거늘, 하물며 왕가의 세계世系를 무슨 까닭으로 민주주의 민족국가의 국민으로서 기억하여야 할 것인가. 그것은 전문가의 연구 이외에 하등의 소용도 없는 일일뿐더러 민주주의에 역행하는 것이다.

(3) 나는 조선민족사의 시대를 대체로 씨족공동사회시대(신석기시대) · 부족국가시대(금 · 석기 병용기) · 귀족국가시대(금속기 사용 · 농업 주생산기)로 삼대별三大別 하였으니, 그것은 종래의 왕실중심주의를 폐하고, 그 시대의 정치 · 경제형태와 민족의 발전을 중심으로 하여 시대를 구별한 것이다. 그래서 종래의 삼국시대부터를 모두 귀족국가시대로 하여, 그 속에서 왕조를 구별하는 형식을 취하였다.

조선민족문화의 연구

자서自序

　민속학은 민족 문화를 연구하는 과학이다.

　여기서 민족이라고 하는 술어術語는 지배 귀족 계급을 포괄하는 광의의 말이 아니요, 민족의 대다수를 구성하는 농민과 상공어민 및 노예 등 피지배 계급을 의미하는 것이니, 따라서 민족 문화란 것은 귀족 문화에 대한 일반 민중의 문화를 이르는 것이다. 다시 말하면 민속학은 민중 일반의 경제적·사회적·종교적·예술적 생활의 모든 형태와 내용을 탐구하고 비판하는 학문이다.

　그러므로 일부 학자 간에는 민속학이라는 명칭의 부당성을 말하여 이것을 민족학이라 고치자고 하는 이도 있고, 내 자신은 이것을 민족문화학이라고 부르고 싶기도 하다. 그래서 이 책을 조선 민족문화의 연구로 제명題名한 것이다.

　전세기까지는 세계를 통하여 문화라고 하면 오직 귀족 계급이 향유하였던 고급문화만을 의미하였고 대다수의 민족이 소유하였던 저급 문화는 염두에 있지 아니하였다. 따라서 기록상에도 이에 관한 것은 극히 희소하니, 그것은 학문 계급인 봉건주의 학자들이 오직 왕실과 소수한 귀족계급의 어용御用[19]에만 몰두하고 다수한 민족의 생활에는 하등의 관심이 없었던 까닭이다. 19세기 말로부터 인류학의 연구가 일어나자 학자는 비로소 원시 문화에 취就하여 중대한 관심을 갖게 되고 따라서 민족 문화에 대해서도 그 중요성을 인식하게 되었다. 하지만 아직까지도 민속학의 연구는 겨우 출발기에 있다고 아니할 수 없다. 그러나 지금까지의 선구자들의 업적에 인하여 민속학이 역사학·문학·예술학·사회학·종교학·윤리학·경제학·법률학 등 모든 인문과학의 바탕이 되는 것을 명백하게 알게 되었다. 민족의 생활 역사를 떠나서 모든 인문과학의 참된 의의와 가치와 그 발전을 인식하기 어려운 까닭이다. 문화의 진화설을 부정하지 못한다면 이것은 용이하게 이해할 수 있는 일이니, 소위 고급문화는 평지에서 돌출한 것이 아니요 저급한 민족 문화에서 진전한 것이며 민족 문화는 민중의 생활 그것이요 또 그 발전이기 때문이다. 그리고 이 민족 문화가 귀족 문화에 대비하여 아직도 미개 저급 상태에 방황하는 이유는 종래의 귀족 지배 정치가 그들의 권력욕과 지배욕을 위하여 동일민족인 또는 동일국민인 다수 민중을 부력富力과 정치로부터 구축驅逐하고 교육과 학문으로부터 격리하고 그 모든 것을 그들의 손에 독점하였던 까닭이었다.

내가 민속학 연구에 종사한 지 이미 12여 년, 아직 《조선 민속학 개론》1편을 내지 못한 것은 주로 내 두뇌의 졸둔拙鈍함과 성질의 태만과 방법론의 불확립에 그 이유가 있겠지만 또 구태여 다른 이유를 찾아본다면 조선학을 연구하는 동학이 영성零星한 것도 중대한 이유의 하나가 될 것이니, 조선학 연구가 세계적으로 개방된 지 이미 30·40년이나 되었지만 그 동안 이 방면의 학자가 몇 사람이 나왔으며 또 그 업적이란 것이 얼마나 되는가. 생각하면 실로 한심한 일이다. 더구나 그 전책임이 부가된 조선인으로서는 이 방면에 과연 몇 사람의 학자를 내었는가. 열 손가락으로 꼽아서

---

19) 임금이나 정부에서 쓰는 것을 이르던 말

오히려 손가락이 남을 형편이 아닌가. 국사학·국문학·국어학 전반을 통하여서도 이러하거늘 하물며 민속학계에 있어서랴. 그러나 나는 앞날을 비관하지는 않는다. 과거에는 우리들의 환경이 — 정치적·경제적으로 타민족에 예속되었던 환경이 그렇게 한 것이었다. 자주 독립 민족으로서의 장래의 조선학 학계는 반드시 강성할 것을 뉘 능히 의심할 수 있으랴…(이하 중략…)

(1947년 4월)

조선민족설화의 연구

서설

　민족설화民族說話라는 것은 한 민족 사이에서 설화되는 신화·전설·고담古談·동화·우화·소화笑話·잡설雜說 등의 총칭이지만 이것의 특질은 이것을 사회학적으로 볼 때에는 한 생활군단에서 집단적 자연발생적 또는 자연발전적인 것이어야 할 것이니, 다시 말하면 한 사회군단社會群團의 집단생활에서 자연적으로 생장한 그 집단의 사상·감정 또는 생활사상을 표현한 것이다. 그리고 또 외민족의 그러한 설화를 수입할 지라도 그것이 그들의 집단생활에 합치되어 자신이 설화화한 경우에 그것은 그 집단의 민족설화가 되는 것이다. 그러므로 민족설화는 개인적이나 지배귀족계급적인 것이 아니요 집단적이며 평등적이며 민족적인 것이다. 또 이것을 역사적으로 볼 때에는 역사적 민족설화와 현실적 민족설화가 있을 것이니, 민족의 현실생활에서 이미 생명을 잃고 오직 기록상에만 그 존재를 남긴 것은 전자에 속할 것이요, 민족의 현실생활에 살아 있는 것은 후자에 속할 것이다. 또 이것을 문학적으로 볼 때에는 이것은 지식계급이 문자를 통하여 기록을 읽어서 느끼는 문학이 아니요 무식無識계급이 말을 통하여 느끼는 소위 구비문학口碑文學이다. 그러므로 이 구비문학은 문학적·과학적 교양, 사상적·감정적 교양, 역사적·지리적 교양, 윤리적·도덕적 교양, 민족적·사회적 교양 및 인격적 교양 등 다각적 생활교양을 공여하는 것이다. 민족설화는 실로 민족생활상 중요한 하나의 소임을 가졌던 것이다. 더구나 이것은 지배계급을 제외한 일반 민족층의 직접 생활에서만 취사선택되고 성장발달되는 예술이므로 해서 그 민족의 성격과 사상·감정을 가장 순직淳直하게 표현하고 있는 것이다.

이 민족설화를 연구하는 방법에는 인류학적 방법, 민속학적 방법, 사회학적 방법, 문학적·종교학적·언어학적·심리학적·역사학적·지리학적·경제학적·윤리학적·정치학적·법률학적 모든 각도의 방법이 있으려니와 문화사적 방법도 또한 중요한 방법의 하나이니 한 개의 민족설화가 어떻게 어느 곳에서 발생하여 어느 시대에 어떠한 까닭으로 어느 곳으로 전파된 경로를 고구考究하는 방법이다. 내가 이 책자의 협제挾題를 문화사적 연구라 한 것은 나의 취한 바 방법의 중심이 그것에 있다는 것을 의미함이요 필요에 따라서 나는 나의 지식범위 내에서 각종의 방법을 종속적으로 채용하였다.

그리고 나는 이 책자에서 단군전설, 동명왕전설, 혁거세전설, 수로왕전설 등 상고시대의 건국전설을 고치姑置하였으니 다른 기회에 별도로 상론詳論할 생각이 있다.

끝으로 일언一言하고 싶은 것은 독자 제위諸位가 이 졸렬한 소연구를 통해서라도 다음 몇 가지의 우리 문화의 특색을 이해하여 주실 줄 알며 또 이해하여 주시기를 바라는 바이니 그것은 첫째, 조선의 민족문화는 요원遙遠한 고석古昔으로부터 결코 독립한 문화가 아니요 실로 세계문화의 일환으로서 존재하였다는 것이니 세계적으로 분포된 공통설화 ― 말하자면 세계적 설화의 모든 종류를 우리가 소지한 것으로 미루어 알 수 있다. 둘째, 우리 주위에 있는 타민족과의 문화관계에서 이것을 보면 우리 문화는 중국문화와 가장 깊고 복잡한 친밀관계를 가졌다는데 질로나 양으로나 우리가 중국에 끼친 영향은 극히 적으나 한漢민족이 우리에게 준 영향은 극히 크다는 것이다. 그리고 몽고민족과의 관계를 보면 그것이 양으로 보아 한민족의 그것에 대해서는 도저히 비교가 되지 아니하나 한민족의 감화感化는 주로 문자나 기록을 통하여 들어왔음에 대하여 몽고민족의 그것은 전혀 사람 자신을 통하여 입으로 말로 이 땅에 퍼진 것이므로 특히 인격적 혈연적 친밀을 느끼게 된다. 끝으로 일본민족과의 관계를 보면 그것은 대체로 조선으로부터 일본에 수출된 것이요, 일본으로부터 우리에게 수입된 것은 극히 소수이며 또 그 수출은 혹은 기록으로 혹은 사람에 의하여 되었을 것이나 과거의 일본문화가 조선과의 관계에 있어서 항상 피수적被受的 지위에 있었다는 것을 알 수 있을 것이다.

과거, 현재 그리고 미래

우리 민족의 걸어 온 길

처음말

나는 이 짧은 책에서 우리 민족이 민족으로서 오천 년 동안 걸어 온 대강을 말하였다. 사람은 제 잘못을 반성할 줄 모르고 잘한 것만 내세우는 것이 보통이나, 그런 사람은 결단코 큰 사람이 되지 못한다. 그와 마찬가지로 민족도 잘한 것을 지키고 잘못한 것을 뉘우쳐 고쳐야만 위대한 민족이 될 수 있는 것이니, 그 때문에 나는 우리 역사의 사실을 잘 되고 잘못된 것을 그대로 솔직하게 비판하였다. 더욱이 민족의 생활은 다른 나라와 지중한 관계가 있는 것이므로 이 점에 또한 특히 주의하였다. 민족 생활은 민족 싸움이 그 반을 차지하였다. 조금만 마음을 놓으면 적의 침노를 받았다. 이러한 일이 앞으로 없어지리라고 단언할 사람은 아무도 없을 것이다. 우리는 우리가 지내온 역사를 거울삼아 우리 민족의 처지를 바르게 똑똑하게 알아 다시는 앞날의 실패를 되풀이하지 않게 하여야 할 것이다. 그리고 그렇게 하는 것은 결코 일부 정치가의 책임이 될 것이 아니요, 앞으로는 민족 전체의 책임이 될 것이며, 더욱이 민족의 대부분을 이루는 우리 농민과 노동자들의 책임이 되는 것을 나는 이 책에서 밝히고자 하였다. 또 나는 우리가 민족으로서 뭉치면 살 것이요, 계급으로 쪼개져서 싸우면 망할 것을 밝히었으며, 빼앗는 계급과 빼앗기는 계급이 있으면 민족이 쪼개어질 것이요, 그런 계급이 없고 민족이 고르게 살면 저절로 뭉쳐질 것을 또한 밝혔으리라고 생각한다.

1948년 5월 1일 손진태 씀

(1) 우리는 언제 이 땅에 들어왔나

사람이 이 지구 위에 나타난 것은 백만 년이쯤 전이라고 한다. 그리고 처음 나타난 곳은 자세히 알 수 없으나 혹 여러 곳에서 났다기도 하고, 혹 중앙아시아에서 나서 거기서 사방으로 퍼졌다고도 한다. 지금부터 만년이나 혹 5천 년쯤 이전에 중앙아시아 방면에서 살던 한 겨레의 사람들이 서서히 동쪽으로 옮겨 와서 중국의 동쪽과 만주와 조선 반도에서 살게 되었는데, 이 겨레들을 중국 사람들은 동이東夷라고 하였다. 그런데 중국 땅에 살던 동이사람들은 2천 수백 년 전까지 완전히 중국 사람이 되어 버리고 만주와 조선에 들어 온 사람들만은 따로 한 덩이가 되어 차차 자라나서 지금 우리 조선 민족을 이루게 된 것이다.

처음으로 만주와 한국 땅에 들어온 우리 조상들의 수효는 백만이나 2백만 쯤 되었던 모양 같은데, 그 때 형편으로는 다른 여러 민족에 비교하여 이 수효는 대단히 큰 것이었다. 이것이 2천 년 쯤 전에는 2백만 가량으로 늘고, 천년 쯤 전에는 1천만으로 늘고, 이 1천만이 40년 전까지 그대로 계속하다가, 40년 전부터 배워야 된다는 민족의 깨달음과 위생사상의 보급으로 말미암아 3천만이라는 놀라운 수효로 늘게 되었다. 지금 우리는 세계에서 수백이나 되는 많은 민족 가운데서 17번째쯤 되는 큰 민족이 되었다. 이렇게 늘어 간다면 앞으로 백년 뒤에는 세계에서 몇째 안 가는 큰 민족이 될 것이다.

더구나 우리가 사는 땅은 산이 아름답고 물의 맑음이 세계에서 제일이요, 또 봄·여름·가을·겨울의 기후가 골라서 건강에 매우 좋으며, 여러 가지 산물이 풍부하여 우리 땅에 나는 것으로 우리가 먹고 살 수 있으니, 이만한 복스러운 땅은 그리 흔하지 않다.

그리고 또 우리는 처음부터 같은 피와 같은 문화로 맺힌 한 겨레니, 흰 옷을 입고, 남자는 상투를 쌓고 여자는 머리를 땋고, 옛날 무덤으로서 고인돌을 만들었다는 것은 우리 민족만이 특별하게 가진 문화니, 이것은 우리 이웃에 사는 다른 민족들은 가지지 않고, 옛날부터 오직 만주와 한국에서만 공통한 것이었다. 만년이나 5천년을 두고 한 땅에서 한 겨레가 자라났다는 것도 드문 일이다. 그러므로 우리는 다른 사람들보다 몹시 민족 정신이 강한 것이다.

(2) 민족 시조 단군 전설

우리 조상들이 동쪽으로 왔을 때부터 그들은 그들의 외할아버지로서 단군이란 이를 세웠던 모양이다. 그들은 단군을 하느님의 손자라고 하여 자기들은 스스로 하느님의 자손이라고 생각하였다. 그리하여 그들은 세계 여러 겨레 속에서 가장 뛰어난 겨레로 믿었고, 백두산을 단군이 나신 곳이라 하여 매우 성스러운 산으로 위하였고, 단군은 중국의 첫 임금인 요임금과 한 때에 임금이 되었다 하여 민족의 역사가 오랜 것을 자랑하였다.

(3) 마을 나라 시절의 살던 모양

우리 조상들이 처음 들어왔을 시절에는 아직 큰 나라라는 것이 없고, 농사짓는 법도 없었다. 수십 명이나 수백 명의 사람들이 따로 따로 한 마을에 모여 짐승과 새와 물고기와 조개를 함께 나가 잡고 여자와 늙은이들은 산과 들에 나는 과일과 풀뿌리를 캐고, 또 개·돼지·소·말·염소·닭 같은 것을 집에서 길렀다. 이때를 우리는 마을 나라 시절이라고 할 수 있다. 마을과 마을이 따로 따로 조그마한 나라를 이루었던 까닭이요, 그 수효는 만주와 반도를 합해서 아마 1만 가까이나 있었을 것이다.

마을 나라 시절에는 쇠로 물건 만드는 법을 모르고, 돌을 날카롭게 갈아서 활촉과 창끝과 도끼·칼·송곳·대패·끌 같은 것을 만들었다. 그리고 짐승의 뼈로도 칼·바늘·통 같은 것을 만들어 이러한 물건들은 지금 땅속에서 흔히 나온다. 이 밖에 나무와 풀·참대·가죽들로도 그릇을 만들었을 터이나 다 썩고 지금 남은 것은 없다. 그리고 큰 조개껍질도 그릇으로 썼으며, 바가지도 썼을 것이다. 이런 시절을 돌(석기)시대라 한다.

이런 유치한 연장을 가지고는 짐승을 잡거나 물고기를 잡아서 한 식구가 살아 나갈 수 없으므로, 마을 사람 모두가 함께 짐승을 몰이하여 잡고, 물고기를 잡고, 짐승을 길렀다. 그 가운데도 돼지는 극히 소중한 것이라 돼지우리를 가운데 두고 사람들은 그 테두리를 둘러싸고 살았다. 이렇게 먹을 것을 공동으로 얻고 모든 일도 공동으로 하였으므로 이것을 공동사회라 하며, 또 네 것, 내 것이 있을 수 없으므로 모든 재산은 마을나라 사람들의 공동의 것이었다.

그래서 이것을 마을 나라 시절의 공산주의라고 하며, 젊은 사람들을 다른 데 뺏겨서는 안 되겠으므로 혼인도 마을 안에서만 하게 되어, 마을 사람은 모두가 한 집안이었고, 남자와 여자는 서로 평등하고 우두머리 되는 사람은 나이 먹고 지혜가 있고 힘센 이를 나라 사람 모두가 함께 뽑아서 세웠다. 그리고 그 우두머리가 일을 잘못하여, 잡는 것이 적다든지 싸움에 진다든지 하면 나라 사람들은 그를 갈아 내었다.

그때 사람들은 겨울에는 개가죽 같은 털옷을 입고 혹은 털을 엮어서 입기도 하였으며, 여름에는 굵은 삼베와 칡베로 지은 옷을 입었다. 그리고 사는 집은 산골에서는 나무가 흔하니까 통나무를 우물 틀처럼 쌓아 올려서 귀틀집을 지었고, 들에서는 땅을 조금 파서 방으로 하고 그 위에 지붕을 이은 움집이나 또는 김치 덮이처럼 지은 오막에서 살았다.

이 시절에 살던 모양이 지금까지 전해 내려오는 것이 더러 있으니, 돌절구 · 돌절구통 · 맷돌 · 다듬이돌 · 돌솥 · 돌화로 · 벙거지꼴(조개 껍질 냄비) 같은 것도 그렇거니와, 얼마 전까지도 동내산이라는 것이 있어 그 산의 나무는 동내 사람들이 함께 베어다 때었고 또 두레와 품앗이라는 것이 있어 길쌈할 때와 농사지을 때에 서로 도와주는 좋은 풍속이 있다.

(4) 고을나라 시절의 살던 모양

여러 천 년 동안을 우리 조상들은 마을 나라로 살아 왔었는데, 지금부터 2천 수백 년 전으로부터 농사짓기를 시작하였다. 이보다 이전에는 돌 끝으로 땅을 파고 파 · 무 같은 푸성귀를 심어 먹는데 지나지 못하였으나, 쇠로 연장을 만들기 시작한 뒤로는 땅을 깊이 갈 수 있으므로 곡식 농사를 짓게 되었다. 쇠로 연장을 만드는 법은 아마 중국 사람으로부터 배웠을 것이다. 그리하여 활촉 · 도끼 · 창 · 칼 같은 것을 모두 쇠로 만들었을 뿐 아니라, 괭이 · 호미 · 보습 · 낫 같은 농사 연장을 만들게 되어 짐승도 많이 잡을 수 있었거니와, 농사도 크게 지을 수 있어 한 식구가 짓는 농사로 한 식구가 먹고도 남는 것이 있었다. 이렇게 되면 식구 많고 부지런한 사람은 제가 지은 곡식을 남들과 함께 먹기를 싫어하게 되어 사람들은 모두 마을 나라를 원하지 않고, 한 가족끼리 따로 재산을 가지고 따로 살기를 원하게 되었다. 이리하여 마을 나라 공산 사회는 차차 허물어지고 가족을 중심으로 하는 재산 사유제도가 일어나게 되었다.

그런데 이렇게 되면 자연히 부자와 가난한 사람의 구별이 차차 생기게 되어, 부자는 가난한 사람을 부리고 가난한 사람은 그 명령을 쫓게 되었다. 그리고 부자의 여자들은 놀고도 먹을 수 있으므로, 먹고 입는 것을 모두 남편에게 얻게 되어 그 지위는 떨어지게 되었엿. 그리하여 남편의 명령에 순종하여야 될 뿐 아니라, 남편이 첩을 얻더라도 어찌 할 수 없게 되었다.

지금까지 지혜 있고 착한 사람을 뽑아서 우두머리에 세우던 것이, 이때부터는 자연히 부자가 뽑혀 위에 서게 되었다. 부자는 그 재산으로 군사를 길러 힘이 강한 까닭이었다. 그리고 또 그 부자는 재산을 대대로 그 아들에게 물려주었으므로, 그 아들은 잘 났건 못 났건 간에 그 재산의 힘으로 아비의 자리를 물려받게 되었다.

그뿐 아니라, 부자는 그 군사의 힘으로 다른 나라를 빼앗아 땅과 사람을 더 늘리기 위하여 자주 전쟁을 하였다. 그러면 다른 나라는 그것을 막기 위하여 여러 가까운 나라가 서로 합치게 되어, 처음에는 면만이나 하다가, 차츰 커져서 큰 고을 만하게 되었다. 이렇게 된 나라를 우리는 고을 나라라고 하여도 좋다. 고을나라는 2천 2백 년쯤 전부터 1천 7·8백 년 전까지 계속한 듯하며, 지금 경기도·충청도·전라도 땅에는 54개 나라가 있었고, 경상도 땅에는 24개 나라가 있었다고 한다.

이때는 조·보리·콩·밀·수수·팥·피 같은 농사가 주장이 되고, 누에 먹이는 법도 알았으며, 남쪽에서는 1,800년쯤 전으로부터 벼를 심게 되었다. 그리고 다스리는 계급과 다스림을 받는 계급이 생기게 되고, 농민들은 거둔 곡식의 아마 10분의 1을 나라에 바치게 된 모양 같다. 이때 벌써 임금이란 것이 생겼는데, 임금을 뽑을 권리는 백성에게는 없어지고, 다스리는 계급의 사람들이 모여서 가장 힘 있고 어진 사람을 뽑아 세웠다. 그리고 3년마다 한 번씩 고쳐 뽑았는데, 그 안에도 일을 잘못하면 쫓아내고 다른 사람을 뽑았다.

이 고을나라는 서로 가까운 나라끼리 맺어서 옛날 우리 땅에는 아홉 큰 족속이 나뉘어 있었는데, 지금 만주 장춘의 넓은 벌판에는 부여라는 족속이 살았고, 압록강 북쪽의 남쪽 만주 지방에는 고구려 족속이 살고, 만주 동쪽과 북쪽에는 숙신 족속이 살고, 함경도에는 옥저, 강원도에는 예, 평안도·황해도에는 조선, 경기도·충청도·전라도에는 마한, 경상도 동쪽에는 진한, 경상도 서쪽의 낙동강 흐르는 벌판에는 변한 족속이 살고 있었다.

전에는 짐승의 고기와 물고기를 주장 먹던 것이, 고을나라 시절부터는 곡식을 주장 먹게 되고, 명주와 모시옷도 입게 되었다. 우리가 미녕[20] 베를 입고 솜을 쓰게 된 것은 겨우 지금부터 6백 년쯤 이전의 일이며 그것은 문익점文益漸이란 이가 중국에 사신으로 갔다가 돌아오는 길에 씨를 얻어 가지고 와서 퍼지게 한 것이니, 그는 실로 우리 민족 자손만대의 은인이었다.

이 시절의 농민들의 살던 모양을 잠깐 살펴보면, 그들은 봄이 와서 땅이 풀리면, 농사 지을 여러 가지 준비를 하였다가, 5월에 씨를 뿌린 뒤에는 무당으로 하여금 산신님과 조상님들에게 금년 농사를 잘 되게 하여 달라고 마을이 공동으로 고사를 드리었다. 이것은 작은 봄 고사요, 큰 고사는 가을에 거둔 뒤 10월에 지내는 것이니, 이때는 새 곡식과 새 과일을 풍성하게 차려 놓고 산신과 조상님들께 농사를 잘 되게 하여 주셔서 고맙다는 큰 굿을 하였다. 마을 사람들은 어른·아이·남자·여자 할 것 없이 모두 제터에 모여서 새옷 입고 술 마시고 노래하고 춤추면서 낮과 밤을 여러 날 동안 함께 즐기었다. 지금 우리가 가을·봄으로 고사 지내는 것과, 삼 년 들이 동내굿을 하는 것은 그때부터 일어난 일이다.

(5) 여섯 나라가 일어나다

2천 3백 년쯤 전에 우리에 이웃한 중국의 여러 나라 세력이 점점 동으로 뻗어 오므로, 우리는 이에 대항하고자 하여 고을 나라들이 혹 서로 동맹을

---

20) 무명을 뜻하는 강원, 경기, 제주, 황해의 사투리

맺기도 하고, 혹 싸워 항복 받기도 하여, 1천 7~8백 년쯤 전에는 여섯 큰 나라로 되었으니, 부여는 여전하게 북쪽 장춘(신경) · 농안 벌판에 있고, 고구려는 숙신과 옥저와 예를 복속시켜 큰 나라가 되어, 지금 압록강 중류 건너편 만주의 동가강 벌판에 서울을 정하여 환도성이라 하였고, 반도로 들어와서는 조선은 평양에 서울을 두고, 그전 마한 땅에는 백제가 일어나 경기도 광주에 도읍하였다가 뒤에 지금의 서울로 옮겼다가 또 충청남도 공주로 옮기고, 끝에는 충청남도 부여로 옮겼다. 그전 진한 땅에는 신라가 일어나고, 변한 땅에는 가락이 일어났다.

이 여섯 나라는 서로 땅을 빼앗느라고 같은 겨레끼리 많이 싸우기도 하였으나, 다른 민족들과도 자주 싸웠으니 부여와 고구려는 몽고민족 및 한민족(중국 사람)과 자주 싸우고, 조선은 2천170년쯤 전에 한민족의 위만이란 자에게 속아 한참 동안 임금자리를 빼앗기었다가, 2천 50년쯤 전에 한나라의 십만 대군과 크게 싸워, 위만의 손자를 쫓아내고 왕의 자리를 도로 찾은 뒤로는 중국과 화친하여, 중국의 악낭군이라는 조그마한 고을을 평양 건너편에 두게 하여, 중국 사람들이 많이 거기 와서 살면서 장사를 하게 되었다. 이때부터 조선은 없어지고, 나라 이름을 낙랑이라고 고쳤다. 중국으로부터는 비단과 그 밖의 여러 가지 사치품을 가져 오고, 우리로부터는 돈피 · 수달피 · 범가죽 · 표범가죽을 실어 갔다. 신라는 일본과 자주 싸웠는데 일본 사람은 우리의 철과 곡식을 탐내어 자주 침노한 것이었다.

그런데 1천630여 년 전에 고구려는 중국이 약해 진 틈을 타서 낙랑국과 중국 사람의 낙랑군을 빼앗고(313), 1천500여 년 전에 도읍을 평양으로 옮겨 서울로 정하고(427), 70년쯤 뒤에는 부여가 와서 항복하여(494), 아주 큰 나라가 되고 한편으로 신라는 1천400년쯤 전에 가락국을 쳐 빼앗고(562), 이어서 북으로 나아가 함경도의 함흥 · 이원까지를 점령하고, 또 한강 벌판으로 나와 서울을 점령하여 북한산을 경계로 하여 고구려와 마주 서게 되었다. 이리하여 세 나라는 떨어지고 북쪽의 고구려와 남쪽의 신라 및 백제 세 나라가 씨름을 붙게 되었으니, 이때부터를 삼국 시절이라고 한다.

(6) 삼국 시절의 살던 모양

1천600년쯤 전으로부터 세 나라가 싸우게 되었는데 가장 큰 것이 고구려로서 고구려는 요하遼河 동쪽의 만주 전부와 서울 북쪽의 반도를 차지하여, 땅은 대단히 넓었으나 농사 되는 벌판이 적었기 때문에 사람은 그리 많지 아니하여 약 350만 가량이었고, 처음 나라를 세운 임금은 동명왕東明王이었고 이름은 고주몽高朱蒙이었다고 전한다. 그리고 백제는 땅은 좁으나 전라도·충청도의 기름진 넓은 농토가 있어, 인구는 350만이나 되었고 처음 임금은 온조왕溫祚王이라 전한다. 신라의 인구는 300만 가량이었고 첫 임금은 박혁거세朴赫居世 왕이라고 전한다. 그러나 이것은 모두 전설이니까 그들이 대번에 큰 나라를 세웠다고 믿을 것은 아니요, 여러 고을 나라가 합쳐서 점점 큰 나라가 되었는데, 그 때 왕의 집에 전하던 그들의 조상을 나라의 조상이라고 내세운 것에 지나지 않을 것이다.

삼국 시절에는 왕을 뽑아 세우는 선거제도가 없어지고, 잘 났으나 못 났으나 임금의 자리를 대대로 물려받는 버릇이 생겼으니, 그것은 강한 자가 재산과 군사를 많이 가지고 여러 번 왕으로 뽑혀서 다른 여러 귀족보다 뛰어나게 힘을 가졌던 것과, 또 그 자리를 아들이 여러 번 물려받는 일이 자꾸 되풀이 된데서 시작하였다. 이때부터를 임금 정치 시절, 또는 귀족정치 시절이라고 할 것이요, 이러한 정치는 한국이 일본에 망할 때까지 2천년 가까이 계속되었다. 왕이 절대적인 힘을 가지고 정치를 하게 되므로 말미암아 백성들은 정치에서 영영 떨어져 나가고, 적은 수효의 귀족들이 정치를 맘대로 하게 되었다. 그러므로 귀족들은 남의 땅과 백성을 빼앗기 위하여 서로 싸우게 된 것이니 삼국은 같은 겨레이면서 한데 뭉치지 못하고 서로 쪼개져서 300여 년 동안을 싸웠던 것이다. 이렇게 싸우지 않고 서로 뭉

쳤더라면 지금 조선은 만주를 합친 큰 나라가 되었을 것이요, 지금처럼 다른 강한 나라들의 수모도 받지 아니할 것이어늘, 지금 우리가 이렇게 적고 약한 것은 모두 옛날의 임금정치·귀족정치라는 것이 민족을 무시하고, 저희들의 이익만을 꾀하여 동포끼리 서로 싸운 때문이었다.

우리는 앞으로 백성들이 모두 나라의 정치를 하게 되는 민주주의의 민족 국가를 만들어야만 우리 민족이 굳세게 행복스럽게 살아나갈 수 있을 것이다. 이리하고자 함에는 무엇보다도 우리 농민들이 깨어야 할 것이요, 깨기 위하여는 배워야 할 것이요, 책을 읽어야 할 것이다.

화랑

삼국이 같은 겨레끼리 서로 싸운 것은 다스리는 계급인 귀족들의 욕심 때문이었지만 그것은 저절로 민족 통일 운동이 되었던 것이니, 만이나 되던 마을 나라가 수백의 고을 나라로 합치고, 그것이 아홉 족속으로 여섯 나라로, 그리고 세 나라로 되어, 이 세 나라가 다시 하나로 되려는 움직임이었다. 그리하여 1,300년쯤 전에 신라가 필경 삼국을 통일하였는데(676), 제일 작은 신라가 삼국을 통일하였다는 것은 그들이 적고 약하였기 때문에 힘을 다하여 애쓰고 단결하였던 까닭이었다.

그때 신라는 북에 고구려가 있고, 서쪽에 백제가 있고, 남쪽에 일본이 항상 침노하여 매우 위태하였다. 이 곤경을 깨뜨리기 위하여 그들은 농민에게 땅을 고르게 나눠 주고 세를 적게 하여, 국민의 단결에 힘쓰는 한편으로 소년들을 훈련하는 법을 생각해 내었다. 귀족의 아들 중 똑똑한 소년을 뽑아서 그를 화랑이라 하여 우두머리에 세우고, 수백 명 혹은 수천 명의 농민의 아이들을 낭도라 하여, 14~15세 때부터 말 달리기·활쏘기·창 쓰기·돌팔매질·산 오르기 같은 여러 가지 무술을 훈련하였다. 이러한 화랑 단체가 여기 저기 많이 생겨 신라 사람은 어렸을 때부터 강하였으며 그들 소년군은 자주 전장에 나갔다. 가락국(지금 경상남도 김해)을 깨뜨리고, 거기 구원하러 와 있던 일본 군사들을 우리 땅에서 몰아냈을 때에도 (562) 화랑군들이 첫머리에 서서 싸웠으며, 백제를 쳐서 망하게 하였을 때에도(660) 황산벌에서 백제 계백장군의 결사대와 용감하게 싸워 깨뜨린 것도 화랑 소년군의 힘이었다. 신라에는 이 소년들로부터 큰 인물이 많이 나왔다. 신라가 삼국을 통일한 것이 화랑의 힘이라면 그것은 곧 농촌 소년들의 힘이었던 것이다. 나라가 흥하고 망하는 것은 민족의 열에 아홉을 차지하는 농민에게 달렸다. 농민이 깨어서 민족을 위하여 일어나면 흥하는 것이요, 귀족이 농민을 빼앗기만 하여 농민이 나라 사랑하는 마음을 잃어서 일어나지 아니할 때에는 나라는 망하는 것이다. 이것은 옛날 말이지만 지금 우리는 사람마다 나라의 주권을 가진지라, 우리는 아무런 폭력을 쓰지 않고라도 선거를 통하여 우리들의 생각하는 바 빼앗는 계급이 없는 훌륭한 나라를 우리 손으로 만들기가 아주 쉬운 것이다.

다른 민족과의 관계

신라가 삼국을 통일한 것을 말하기 전에 잠깐 우리와 다른 민족과의 관계를 말할 필요가 있다. 먼저 신라와 일본의 관계를 보면, 일본 민족은 본시 간사하고 포악한지라, 우리가 강하면 와서 빌붙고 약하면 침노하는 것이 그들의 버릇이었다. 신라가 처음 약했을 때 백제와 고구려가 자주 침노하여 몹시 괴로운 것을 보고, 왜인들은 이것을 기회로 바다를 건너 쳐들어 와서, 신라왕의 어린 아들을 인질로 데려 가서(390) 30년 동안이나 돌려보내지 아니하였다. 그래서 신라의 박제상이란 이가 일본으로 가서 그 왕에게 거짓 신라에 죄를 짓고 도망하여 왔노라 속이어 신라 왕자와 가까이할 수 있음을 얻게 되자 그는 안개 낀 어떤 날 아침에 왕자를 몰래 배에 태워 도망하게 하고, 자기는 왕자의 방에 누워 있었다. 둘이 다 없어지면 왜인들이 쫓아 올 것을 두려워한 때문이었다. 나중에 이것을 안 왜왕은 온갖 형벌을 다하면서 박제상에게 일본의 신하가 되면 큰 상을 주리라 하였다.

그러나 박제상은 "신라의 개·돼지가 될지언정 왜국의 신하는 될 수 없다"고 하였다. 그래서 왜왕은 박제상의 다리 가죽을 벗기고, 싸릿대를 날카롭게 깎아 그 위에 걷게 하고, 또 쇠를 빨갛게 달구어서 그 위에 서게 하였으나, 그는 끝까지 굴하지 않고 신라 사람이라고 하였다. 그래서 필경은 불에 태워 죽였다. 이 말을 들은 박제상의 처와 세 딸은 치술령고개[21] 위에 올라가 일본을 바라보고 울다가 죽었으므로, 신라 사람들은 그들을 치술령의 산신으로 위하게 되었다고 한다. 이것만 보더라도 일본이 신라 때로부터 우리의 원수이었던 것을 알 수 있다.

다음에 고구려와 중국 및 몽고와의 관계를 보면 몽고와 고구려는 자주 싸우기는 하였으나 그리 대단한 것은 아니었다. 그러나 중국과는 목숨을 걸고 40년이나 싸운 일이 있어(598~668) 이 때문에 고구려는 삼국 통일의 큰일을 이루지 못하고 애석하게도 망하였다. 그리하여 우리는 만주라는 큰 땅을 영영 잃어버리게 되었다.

1천350년쯤 전에 그때 중국의 수隋라는 나라가 중국을 통일하였으나, 북에는 아직 돌궐이라는 강한 적국이 있고, 동에는 고구려가 있어 이 두 나라가 어울리면 큰 화가 되겠으므로, 먼저 고구려를 치고자 처음에는 30만의 큰 군사로 바다와 육지를 덮어 쳐들어 왔으나, 아무 소득이 없고 죽은 군사가 열에 여덟이나 되었다. 다음에는 200만이라는 놀라운 군사를 수나라 황제 양광이 스스로 거느리고 쳐들어 왔다. 그때 고구려의 인구가 모두 해서 겨우 350만이요, 정병은 불과 30만이었다. 고구려 국민은 모두 일어나지 아니할 수 없었다. 그런데 수나라 해군은 고구려의 꾀임에 빠져 평양성 안으로 들어갔다가, 거리마다 복병이 일어나 4만명의 해군이 다 죽고, 육군은 을지문덕 장군의 거짓 패하여 달아나는 꾀임 수에 빠져 30만 군사로 평양 가까이까지 쫓아 들어왔다가, 산마다 복병이 일어나 치는 바람에

---

21) 경북 경주시 외동읍과 울산광역시 울주군 두동면 경계에 있는 산으로 내륙에 있으면서도 동해가 내려다보이고 날씨가 좋으면 일본 쓰시마 섬이 보일 정도로 전망이 좋다.

크게 패하여 하룻밤 하룻날 사이에 청천강에서 압록강까지 300여 리를 달아났는데 무던히 급하기도 하였겠지만, 30만이 다 죽고 살아간 자는 겨우 2천700명이었다고 한다. 그리고 다른 곳의 군사들도 무수히 죽어 돌아간 사람은 얼마 되지 못하였다. 을지문덕 장군도 위대하지마는 이것은 국민 전체의 힘, 다시 말하면 농민들의 힘이었던 것이다. 수효가 비록 적어도 한데로 뭉치면 이렇게 위대한 힘을 나타내는 것을 우리는 명념하여야 할 것이다. 수나라 황제는 크게 분하여 또 두 번이나 들어 왔으나 번번이 패하였다.

그런데 이 전쟁 때문에 수나라가 곧 내란으로 망하고, 그 대신 당唐나라가 일어났는데, 당나라는 고구려를 무서워하여 처음은 감히 덤비지 못하였는데 고구려의 연개소문이라는 세도를 부리던 정치가가 너무 교만하여 당나라를 업수이 여긴 까닭으로 다시 큰 전쟁이 일어나게 되었다. 이때 을지문덕 장군은 벌써 죽었다. 당나라 황제 태종은 스스로 30만 대군을 거느리고 왔으나(645) 압록강도 건너지 못하고 패하여 돌아갔으니, 그것은 양만춘이라는 장수가 지키는 요동의 조그마한 안시성(지금 탕지)이 대군의 공격을 받기 88일이 되어도 빠지지 아니하여, 그것을 그대로 두고는 남으로 나아갈 수 없었던 까닭이었다. 당나라 군사가 물러 갈 때 양만춘 장군은 성 위에 올라서서 당나라 황제를 전송하였다. 당나라 황제는 비단을 보내면서 당신 나라를 위하여 충성을 다하라고 하였다. 이 싸움에 당나라 황제는 고구려 군사의 화살에 맞아 한 눈을 다쳤다고 한다. 당나라는 분하여 그 뒤로 자주 침노하였으나 번번이 패하여 돌아갔다. 그런데 필경 고구려가 당나라와 신라 연합군에게 망한 것은 다음에 말하고자 한다.

백제가 망하다
중국에 당나라가 일어나므로 말미암아 백제와 고구려의 운명이 가까워졌다. 그것은 삼국이 집안싸움을 하는 틈에 당나라가 이것을 이용하여 세

나라를 한꺼번에 먹어 보려고 계획한 때문이었다. 고구려의 정권을 독차지한 연개소문은 미련하게도 당나라에 대하여 너무나 교만하였기 때문에 두 나라 사이가 나빠지고, 백제는 고구려와 당나라 틈에 끼어서 어찌할 수 없어 당나라에 신용을 잃었는데, 오직 신라만은 백제와 고구려의 침노를 받아 원수가 되었으므로, 당나라를 꾀어서 연합군으로 백제와 고구려를 치자고 하였다. 당나라는 이것을 반갑게 여겼다. 같은 겨레의 나라를 치기 위하여 외국 군사의 힘을 빌린다는 것은 지극한 죄악이며 위험한 일이다. 당나라가 무슨 까닭으로 신라를 위하여 큰 군사를 낼 리는 없는 것이니, 당나라는 신라를 이용하여 백제와 고구려를 먹고, 또 될 수만 있으면 신라까지도 삼키고자 한 것이었다.

신라와 당나라 연합군은 먼저 백제를 쳤다(660). 당나라는 소정방을 총사령관으로 하여 군선 1천900척에 30만 대군을 싣고, 황해 가운데 있는 덕물섬을 중계지로 하여, 백제 서울 앞에 있는 백마강으로 쳐들어가고, 신라 군사 5만은 백전백승하는 노장 김유신을 총사령관으로 하여, 탄현炭峴고개를 넘어 황산黃山벌에 이르렀다. 이때 화랑군사들도 많이 따라 갔던 것이다. 그런데 이때까지 백제는 두 나라 군사의 들어옴을 몰랐으니, 그때 백제의 의자왕이 술 먹기와 계집 데리고 놀기만 좋아하여, 고구려와 당나라가 죽기로 싸우는 것을 보면서도 강 건너 불구경하듯 하고, 성충 같은 충신이 국제형세가 위급하니 국방을 단속하여야 하겠다는 말을 싫어하여 옥에 가두어 죽게 하였다. 그리고 간사한 무리들을 조정에 차게 하여 백성의 피·땀을 긁어 먹기에만 힘썼던 까닭이었다. 의지왕은 아들만 마흔 둘이나 되었다고 하니, 딸까지 합하면 얼마나 되었는지 알 수 없는, 이렇듯 호색하던 인물이었다.

신라 군사가 쳐들어온다는 말을 듣고 그제야 정신이 나서 계백 장군에게 겨우 5천 군사를 주어 막게 하였다. 계백 장군은 질 것을 각오하고 싸움에 나가기 전에 처와 아들을 모두 자기 손으로 죽였다. "신라의 종이 되는 것보다 쾌히 죽으리라"고 그는 결심하였던 것이다. 이것을 본 군사들도 목숨을 아끼지 않고 10배나 되는 적과 용감하게 싸웠다. 그러나 필경 패하여 계백과 5천 군사는 한 사람도 도망하지 않고 모두 죽었다. 이것은 실로 백제의 꽃이며 또 조선의 혼이었다. 이리하여 싸움을 시작한 지 겨우 닷새 만에 당나라·신라 연합군에 의하여 서울 부여성은 떨어지고 열흘 만에 백제는 망하였다(660). 1천300년쯤 전의 일이며, 뒤에 백제 사람들의 독립 전쟁이 있었으나 성공하지 못하였다. 의자왕과 그 여러 아들과 대신·장수 등 88인과 백성 1만 3천 명은 포로가 되어 당나라 서울 낙양으로 끌려가서 당나라 귀족들의 종이 되고, 의자왕은 낙양에 간지 수일 뒤에 화병으로 죽었다. 정치가의 잘못으로 아까운 백성들이 남의 노예가 된 것은 원통한 일이었다. 그들은 모두 나라를 사랑하여 싸우던 농민들이었다. 우리는 백제의 망한 원인을 다른 데서 구할 수 없다. 의자왕은 그 아버지 되는 무왕 때로부터 술과 계집을 좋아하고, 궁궐 짓기와 놀이 하는 정자 짓기와 정원 꾸미기를 일삼아, 백성의 피를 긁었으므로 국방도 허술하였거니와 백성들이 나라를 위하여 충성하는 마음이 풀렸던 것이다. 귀족 정치는 인민이 정치에 간참[22]할 수가 없으므로 이렇게 지배계급들이 타락하여 나라를 망하게 한 것이었다.

고구려가 망하다

안시성에서 당나라 태종 황제가 패하여 돌아간 뒤로 17년 동안에 8번이나 당나라는 고구려에 침노하였다. 이 사이에도 싸우기 좋아하는 연개소문은 북으로 몽고 족속인 계단(거란이라고도 한다)과도 싸우고, 신라와도 큰 전쟁을 여러 번 하였다. 그리고 부여에서 발해에 이르는 서북 국경에 1천 수백 리의 장성을 쌓았는데 16년의 세월이 걸렸으며, 그 동안에 남자들

---

22) 참견이라는 뜻.

은 성을 쌓고 여자들이 농사를 지었다고 하니, 백성들이 얼마나 괴로웠을까 짐작할 수 있다. 거기다가 연개소문은 얼굴이 무섭게 생기고 성질이 교만하고도 포악한 사람이라, 온 몸을 금으로 치레하고 허리에는 칼을 다섯씩이나 차고 아무도 감히 쳐다보지 못하게 하였으며, 출입할 때에는 사람을 땅에 엎드리게 하여 그들을 밟고 말을 타고 내리게 하였고, 길 가는 백성들을 몰아 쫓았으므로 그가 한번 출입하게 되면 백성들은 엎치락뒤치락 다투어 구렁탕으로 뛰어 들어 갔다고 하니, 얼마나 포악한 전제정치를 하였을런지 짐작할 것이다. 농민들의 고달픔에도 불구하고 귀족들은 백성들을 빼앗아 몹시 사치한 생활을 하였다고 한다. 이때에 벌써 고구려의 망조는 들었던 것이다. 백성을 빼앗고 괴롭게 하여 나라가 강하게 되는 일은 없다.

고구려 사람들은 대단히 용감하였다. 그들의 보통 걸음걸이가 마치 달음박질하는 것처럼 빨랐다고 하며 행동이 재빠르고 절을 할지라도 엎드려서 천천히 하는 것이 아니라, 한 다리는 꿇고 한 다리는 뒤로 뻗어서 두 손을 땅에 집고 고개를 숙였다. 이것은 명령만 떨어지면 곧 행동을 할 수 있는 긴장한 태세를 차린 것이니, 그들은 보통 때에도 전장에 있는 차림을 잊지 아니 하였던 것이다. 이러하였으므로 그들은 10배나 되는 적과 싸워 항상 이겼던 것이다. 그런데 연개소문의 꾀 없고 지나치게 교만한 외교정책은 당나라와 부질없는 싸움을 일으키게 하고 급하게 성을 쌓느라고 백성을 괴롭게 하였다. 게다가 연개소문이 죽으매 그 아들 삼형제 사이에 정권 다툼이 일어나서 둘째 · 셋째 아들 연남건과 연남산이 그 맏형되는 연남생을 죽이려고 군대로 쳤으므로, 연남생은 그 부하의 군사를 거느리고 고구려의 원수되는 당나라에 가서 구원을 청하였다. 당나라가 이 좋은 기회를 놓칠 리가 없었다. 그리하여 대군을 보내어 연남생의 군사와 함께 고구려를 치게 하고, 또 신라에도 군사를 내라고 하였다. 신라는 남에서 쳐올라오고 당나라는 북에서 쳐 내려와서, 3년 동안을 두고 죽을 힘을 다하여 싸우다가 필경 서울 평양이 빠지고 고구려는 망하였다(668). 백제가 망한 지 8년 뒤였다. 송장으로 산을 이루고 피로 바다를 이룬 무서운 전쟁이었다.

8년 전 백제와 같은 모양으로 고구려왕과 그 가족과 연남건·연남산 형제 및 다른 귀족들과 그 가족들, 그밖에 용감한 고구려 백성 20만 가까운 사람이 당나라로 끌려가서 적국의 노예가 되었다. 그리고 나머지 귀족들과 농민들은 나라를 잃고, 많이 신라로 혹은 멀리 일본으로 흩어져 살 길을 구하였다. 독립 운동도 일어났으나 성공하지 못하였다. 한국 민족 역사 위에 이렇게 슬프고 원통한 일은 없었으니, 큰 땅덩이와 많은 동포를 영구히 잃어버리게 된 까닭이다.

어리석은 연남생은 제가 정권을 쥐어 보겠다고 외국 군사를 청해 왔던 것이나, 막대한 재물을 쓰고 동포의 피를 흘려서 얻은 땅을 당나라가 거져 내어놓을 리가 만무하다. 당나라는 고구려를 자기 영토로 하고, 남생은 당나라 서울로 데리고 가서 크게 대접은 하였으나 그가 바랐던 권력은 주지 아니하였다. 그렇다고 해서 아무 호소할 곳도 없었다.

고구려는 연개소문의 독재정치와 무지한 외교와 인민을 학대하였음과, 귀족이 백성들을 빼앗아 인민을 고달프게 하며 사치한 생활을 일삼았던 것과 연씨 형제의 싸움으로 힘이 갈리었던 것 등으로 나라가 망한 것이니, 모두 귀족 정치의 죄악이었다.

당나라 군사를 쫓고 신라가 삼국을 통일하다

당나라가 대군을 내어 백제와 고구려를 친 것은 결코 신라를 위하여 그 약한 것을 도와주려고 한 것은 아니었다. 옛날이나 지금이나 나라와 나라 사이는 제 이익이 중심이 되는 것이지 남을 위하여 싸우는 법은 없다.

당나라는 과연 욕심을 부리기 시작하였다. 신라와 연합하여 두 나라를 빼앗았음에도 불구하고, 신라를 작은 나라라고 만만히 보고 한 조각 땅도 주지 아니하였을 뿐 아니라, 신라까지도 자기 영토처럼 여겼다. 신라는 크게 분하였으나 실력으로 땅을 뺏는 수밖에는 아무 도리가 없었다. 그리하여 외면으로는 공손한 척하면서 8년 동안을 두고 당나라 군사와 크고 적은 싸움을 백여 번이나 거듭하여 실력으로 백제 땅에서 당병을 몰아내고, 북으로 쫓아 올라가 대동강 남쪽의 땅을 겨우 찾았다. 그리고 또 고구려에 새 왕을 세워 그것을 후원하여서 당병을 물리치고 고구려 전부를 찾으려고 꾀하였으나, 당나라에서도 같은 방법으로 왕을 세워 대항하였으므로, 이렇게 나아가다 가는 필경 신라와 당나라 사이에 큰 전쟁이 일어날 수밖에 없어 신라는 거기까지 힘이 미치지 못하는 것을 깨닫고 당나라와 화호하여 대동강과 원산 이남으로 경계를 정하였다(676). 이렇게 하여 신라는 비록 삼국을 통일하였다 하지만 실상인즉 반쪽 통일밖에 되지 아니하였다. 수십 년 뒤에 고구려 땅에서 발해渤海나라가 일어나 고구려를 이었으나 300년 가까이 서로 큰 싸움이 없었고, 영토에는 아무런 변함이 없었으며, 백만 인구를 자랑하던 평양 도시는 고려 처음까지 300년 동안 빈 벌판이 되었다.

이상의 삼국 역사에서 우리가 배울 것은 비록 나라가 적고 약할지라도 낙심하거나 비관할 필요는 없고 단결하고 노력하면 반드시 강하게 된다는 것, 그리고 그렇게 단결하려면 정치가의 정권 싸움이 없어야 되고 백성을 빼앗는 계급이 없어야 될 것, 제 민족의 일은 제 민족 스스로가 해결할 것이지 남의 힘을 빌려서 정권을 쥐려고 하면 반드시 뒤에 민족에게 돌아 오는 것을 명념하여야 될 것 등이다.

중국과 영구한 친선

그런데 고구려가 망한 뒤로 지금까지 1,300년 가까이 중국 민족과 우리 사이는 한 번도 전쟁이 없고 영구히 친하게 되었으니, 이것은 인류의 역사 위에 볼 수 없는 일이며 앞으로도 우리와 중국 사이는 친선이 계속될 것이니, 이 일은 중국이나 우리가 모두 평화를 사랑하고 신사적인 민족인 까닭일 것이다.

(7) 신라 통일 시절의 살던 모양

민족이 결정되다

신라가 대동강 남쪽과 원산 남쪽으로 삼국을 겨우 반 통일한 뒤로 지금 우리 한국 민족이란 것이 결정되어 버렸다. 천 년쯤 전 고려 시절 처음에 북쪽 나라들의 허술한 틈을 타서 함경도 쪽으로는 함흥까지를 찾고, 또 평안남도 전부와 평안북도의 서쪽 반을 겨우 찾았다가, 570년쯤 전 고려 시절 끝에 북쪽 원元나라의 망하는 틈을 타서 평안북도 나머지 전부와 함경북도 절반을 찾고, 더 나아가서 만주까지 찾으려고 하였으나, 그때 마침 중국에 명明나라가 일어나서 우리 일을 방해 하였으므로 좋은 기회를 그만 놓쳤다. 그러다가 500년쯤 전 이조李朝 처음에 세종대왕 때 김종서金宗瑞로 하여금 함경북도 나머지를 마저 찾아, 지금 모양으로 압록강과 두만강으로 국경을 삼게 하였다. 그리고 50년쯤 전 이조 끝에 간도 지방을 찾으려고 그때 청나라와 수십 년을 두고 승강을 하다가 뜻을 이루지 못하였다. 이렇게 하여 우리 민족과 강토는 결정이 되었으나 만주 땅은 어떻게 되었느냐 하면, 고구려가 망한 수십 년 뒤에 거기서 발해 나라가 고구려의 뒤를 이어 일어났다가, 200년쯤 하여 망하고, 계단이라는 몽고 민족의 영토가 되었다가, 또 200년 뒤에 만주에서 금나라가 일어나서 계단을 몰아내고 중국 북쪽까지를 빼앗아 큰 제국을 이루었으나, 백 년 뒤에 몽고에게 망하여 150년 동안 몽고 영토가 되었는데, 중국에 명나라가 일어나 몽고를 쫓고 만주까지 차지하여 250년 동안이나 지내다가 만주에서 청나라가 일어나 중국까지 모두 먹게 되어, 300년 동안 만주 민족은 크게 떨쳤으나, 지금 중화민국이 일어나자 만주 민족은 송두리째 중국 사람으로 동화하여 버리고, 만주 땅도 중국 것이 되었다. 이러한 형편이므로 고구려가 망하던 때로부터 만주의 땅과 사람은 조선 민족으로부터 떨어지게 된 것이다.

신라의 융성하였던 시절

신라가 통일한 뒤로부터 아시아에는 당나라를 중심으로 하여 200여 년 동안 태평 시절이 들었다. 신라·발해·몽고·서역의 여러 나라 및 인도·일본까지가 모두 전쟁을 원하지 않고, 문화 정치를 행하였다. 그리하여 서역의 여러 나라와 몽고·발해·신라의 수많은 사람들은 끊임없이 당나라 서울인 장안과 낙양으로 왕래하였으니, 장사도 있고, 불교를 연구하는 중도 있고, 학문을 공부하는 유학생도 있고, 나라 사이의 사신도 있고, 돈벌이를 위한 광대와 기생도 있고, 불상과 탑과 집 짓는 기술을 배우러 가는 사람, 수공手工을 배우러 가는 등 여러 방면의 여러 나라 사람들이 모이고 흩어지고 하였다. 그리고 그에 따라 여러 나라의 여러 가지 물건이 당나라로 모이고, 거기서 서로 바꾸어 사방으로 흩어지고 하였다.

그리하여 장안 서울은 1백 수십 만의 인구를 가진 큰 도시가 되었고, 중국의 바닷가의 여러 항구들도 많은 외국 장사들의 출입으로 매우 번성하였다. 이렇게 되면 도시에 사는 장사와 공업하는 사람들 사이에 자연히 조그마한 부자가 많이 생기기도 하거니와 나라에서는 세금이 많이 들어오매 임금의 생활도 풍성하고, 귀족들은 큰 자본으로 장사를 하여 이를 남기게 되매 귀족의 생활도 풍성하여져서, 도시 사람들의 생활은 모두 사치하고 신기한 것을 좋아하게 되어, 당나라 사람들은 서역 복색을 입고, 유리잔에 서역 포도주를 마시면서 서역 기생들의 노래와 춤을 즐기는 것을 하이칼라라고 생각하였다. 젊은 부자 자식들은 흰 말에 비단 안장을 지어 타고 술집과 청루[23]로 다니면서 돈 쓰기와 돈 걸고 닭싸움 붙이기 같은 것을

---

23) 푸른 다락이라는 뜻으로, 기생집을 비유적으로 이르는 말.

큰 낙으로 여겼다. 계집들은 분 바르고 술 마시고 놀기와 앵무나 공작 같
은 새 기르기와 모란·작약 등 꽃구경하기 같은 것을 즐기었다.

임금과 귀족들의 생활은 더 말할 것도 없으니, 날마다 술 먹기와 연회하
기에 바빴으며, 큰 땅을 가져 수만 명의 종으로 하여금 농사를 지었다고
하니 그 토지가 얼마나 되었던 지를 짐작할 것이다. 당나라 명황과 양귀비
의 이야기도 이때 일어난 일이다 이러한 틈에서 오직 항상 가난한 것은 농
민과 노예들뿐이었다.

신라 사람의 생활도 결국 이와 비슷하였던 것이니, 신라의 사신은 해마
다 술·인삼·모시·비단·마이 치장(금·은으로 만든) 그 밖의 기묘한 물건
을 가지고 가서 당나라 임금에게 바치고, 당나라 임금으로부터 비단과 술
과 보물이며 책 같은 것을 얻어왔고 유학생과 기술 공부하러 가는 사람도
많이 있었고 중들은 당나라에는 물론이요, 멀리 인도에까지 많이 유학하
였다. 장사치도 많이 당나라와 일본으로 왕래하면서 무역을 하였으므로,
신라에도 당나라 물건과 서역 물건이 많이 들어오고, 또 신라의 공업도 무
척 발달하여 온갖 세공품을 만드는 공인들이 서울 경주로 모여 들었다. 그
리고 당나라와 서역 장사들도 경주로 많이 왕래하였다.

그리하여 경주는 18만 호, 8·90만의 인구로 번창하였고, 초가집이라고
는 없었으며, 나무를 때지 않고 숯으로 음식을 지었고, 술 마시고 놀고 노
래 부르는 소리가 밤낮으로 끊이지 아니하였다. 아마 지금 도회지 사람들
의 생활과 비슷하였던 모양이다. 이것을 옛날 귀족들은 태평성대라고 하
였다. 그러나 그것은 부자 사람들의 태평 성대였던 것이요, 민족이 모두
그렇게 행복하게 산 것은 아니니, 이때 신라의 농민과 노예들은 전날보다
더 심한 착취를 당하여 극도로 가난하였던 것이니, 귀족과 도시 사람들의
태평성대는 민족으로서는 가장 불행한 시대이었던 것을 나는 다음에 말할
것이다.

귀족의 사치와 민족의 가난함

신라의 귀족과 도회지 시민들의 생활은 당나라의 그것을 조그맣게 한 것이었다. 당나라 귀족이 수만 명의 노예를 부렸음에 대하여, 신라 귀족은 3천 명의 노예를 부리고, 소·말·돼지 같은 것도 3천씩이나 가졌다고 하니, 얼마나 큰 토지를 가진 큰 부자이었던 것을 알 수 있다. 그뿐 아니라, 그들은 또 3천이나 되는 군사를(나라의 군사가 아니라) 사사로 갖고 있었으니, 그 군사들을 기르기 위해서도 큰 토지와 농사하는 종들이 필요하였을 것이다. 신라에는 이러한 부자들이 39명이나 있었으며, 삼국 통일에 큰 공을 세운 김유신 장군의 집도 그 하나였고, 신라 끝에 이름 높은 경주 불국사와 석굴암을 지은 김대성의 집도 그 하나였다. 이들은 모두 김씨 집단이었으니 신라 때는 김씨들이 높은 벼슬을 독차지하고, 다음 벼슬은 박씨에게 주고 혼인도 김씨·박씨끼리만 하였고, 다른 성바지[24] 사람들에게는 아무리 재주가 뛰어나도 높은 벼슬을 주지 않고, 또 서로 혼인도 하지 아니하였다. 이렇게 하고서야 같은 민족으로서 고르게 행복할 수 없었을 것은 명백한 일이다.

그들은 봄에 농민들에게 곡식을 꾸어주고, 가을에 비싼 이자를 받았으며, 그것을 갚지 못하면 종으로 몸을 빼앗았다. 노예들은 말할 것도 없겠거니와 농민들도 풍년이 들어야 겨우 먹고, 흉년이 들게 되면 풀뿌리와 나무껍질을 먹고도 모자라서 불량한 사람은 도적이 되고, 그렇지 않은 사람은 자식을 팔고 제 몸을 팔고 굶어 죽는 사람이 무수하였다. 어떤 효자는 흉년에 아버지가 병이 들어 고기를 먹일 수 없어 제 허벅다리 살을 베여 먹였다고 해서 나라에서는 상을 주었다고 한다. 또 어떤 효자는 홀어머니를 기르는데, 그 하나 있는 어린 아들이 할머니 먹는 것을 빼앗아 먹으므로 할 수 없이 마누라와 의논하고 아들은 낳으면 또 얻을 수 있지만 어

---

24) 성(姓)의 종류라는 뜻.

머니는 다시 구할 수 없다 하여, 아이를 산으로 데리고 가서 파묻고자 하다가, 이 일을 나라에서 알고 많은 곡식과 집을 주고 효자로 표창하였다고한다. 고구려와 백제 끝에는 흉년에 흔히 사람을 서로 잡아먹기까지 하였다. 효자에게 상을 주는 것은 착한 일이나, 그 착한 마음이 온 민족에게 미치지 못하였으며, 효자를 그렇게까지 가난하게 만들고 사람을 서로 잡아먹게 한 죄는 누구에게 있는 것인가. 그것은 민주주의로, 민족을 위하여 민족이 정치를 스스로 할 수 있는 나라가 아니요, 임금과 귀족을 위하여 왕과 귀족들이 정치를 독차지하던 귀족나라, 귀족정치의 죄악이었다. 농민은 가장 착한 백성이며 가장 나라를 사랑하였다. 이것은 우리 4천 년 역사에 한결 같은 사실이며 지금도 그러하다. 나라가 잘 되고 민족이 잘 된다는 것은 결국 농민이 잘 살고 농민이 깨는데 달려있는 것이거늘, 귀족정치는 농민을 굶주리게 하고, 농민의 피와 땀을 긁어 빼앗았다. 그리하여 귀족들은 크나 큰 집에서 좋은 음식과 아름다운 옷을 입고, 봄이면 꽃놀이, 여름이면 소풍놀이, 가을에는 단풍놀이, 겨울에는 눈놀이, 별에 별 핑계로 서로 모여서 놀았다. 그러나 많은 민족들은 예나 지금이나 별 다름 없는 돼지우리 같은 초가집에서 입에 풀칠하기까지 어려웠으니, 어느 여가에 놀이를 하며, 자식들을 공부시킬 수 있었겠는가. 과연 신라 끝에는 농민과 노예들의 난리가 곳곳에서 일어났다. 그러나 이러한 난리는 귀족들이 일으키는 난리처럼 임금 자리를 빼앗겠다는 것도 아니요, 민족을 팔아먹겠다는 것도 아니요, 또 무슨 높은 벼슬을 하겠다는 것도 아니었고, 오직 순진하게 정치를 좀 더 잘 해 달라는 것에 지나지 아니하였다. 그때 우리는 정치에 간참할 권리가 없었으므로 이렇게 폭동을 일으킬 수밖에 도리가 없었으나, 지금 우리는 어리석은 폭동을 하지 않더라도, 진실로 국민을 위하여 일할 대표를 뽑아서 국민의회에 보내면 우리들이 바라는 민족나라가 될 수 있는 것이다.

신라 장삿배가 바다를 지배하다

신라 통일 뒤에 200여 년 아시아 여러 나라가 화친하매 저절로 장사가 흥성하게 된 것은 이미 말하였다. 멀리서는 아라비아까지 중국과 한국으로 배를 가지고 왕래하였다. 그런데 황해 바다와 그 앞의 동쪽 중국 바다는 온통 신라 사람의 장삿배가 이것을 지배하였으니, 그때 일본은 나라 힘이 약해서 감히 바다에까지 나오지 못하였고, 북쪽 발해 사람은 동해 바다로 일본에 무역을 하였고, 중국(당나라) 사람들은 앉은 장사를 주장으로 하고, 뱃장사는 그리 힘쓰지 아니하였다. 신라의 장삿배들은 수십 척 혹은 수백 척이 한 떼가 되어 많은 병정을 싣고, 남·북 중국의 여러 항구와 일본의 여러 항구로 다니면서, 중국과 조선의 물건을 일본의 비단·구슬·곡식 같은 것과 바꾸어 그것을 중국에 팔고 중국 물건과 조선 물건을 서로 바꾸었다. 그때는 지금처럼 바다 위가 안전하지 못하므로 군사들로 하여금 배를 보호하였던 것이다. 지금 전라남도 완도섬에 근거지를 둔 장보고라는 장사는 사사 병정을 만 명이나 넘게 두고, 바다의 왕 노릇을 하였으니, 이 큰 군사 때문에 중국과 일본의 장삿배들은 감히 꼼짝할 수 없었던 것이다. 그래서 일본서 중국으로 보내는 사신들도 신라 배편으로 왕래하였고, 중국의 여러 항구에는 신라 사람들이 사는 동네가 있어, 그것을 신라방이라 하였다. 한 번 신라 배가 일본 항구에 닿으면, 일본 귀족들은 좋은 물건을 사겠노라고 다투어 덤벼들어 수만 필의 비단, 그 밖의 일본 물건이 산더미 같이 쌓였다고 한다. 우리는 바다에서도 이러한 역사를 가졌다. 앞으로의 바다 위의 발전은 오직 굳세 민족나라를 세우는데 달렸다. 그러나 이러한 외국과의 장사가 신라 때처럼 오직 귀족들과 장사꾼만을 배불리는 것이 되지 않고, 민족 전체를 이롭게 하는 것이 되어야 할 것이다.

귀족들의 정권 싸움질

신라는 통일 전까지는 농민의 착취를 삼가고 귀족들끼리도 정권 싸움을 조심하여 국민이 서로 단결하였으므로 능히 삼국을 통일하였던 것이나, 통일을 한 뒤에는 그 망할 때까지 260년 동안에 27번이나 내란이 일어났으니, 임금의 자리를 다투는 싸움과 정권을 다투는 싸움질들이었다.

이렇게 정치하는 사람들의 싸움이 잦으면 정치가 어지러워지고, 정치가 어지러워지면 귀족들이 이 틈을 타서 백성들의 재산과 토지를 빼앗아 민족의 생활이 도탄에 빠지게 되는 것이니, 신라 끝에는 백성의 난리가 벌떼같이 일어났다. 그리하여 나라가 세 쪽으로 갈라졌다가 필경 천 년쯤 전에 망한 것이다.

신라가 삼국으로 쪼개지다

민족의 생활이 도탄에 빠졌음에 불구하고, 귀족들은 여전히 농민들의 땅 빼앗기와 술 먹고 계집질하기에만 머리를 박고 있었다. 그들에게는 민족과 나라보다도 땅과 재물이 더 귀여웠던 것이다. 그리하여 수없이 일어난 난리 가운데서 강원도 철원에 서울을 둔 궁예의 후고구려(뒤에 마진 또는 태봉이라고 나라 이름을 고쳤다) 나라와 전라북도 전주에 서울을 둔 견훤(진훤이라고도 한다)의 후백제 나라가 가장 크고 강하여 세 나라가 다투게 되었다. 이 것을 후삼국이라 하며 후삼국의 난리는 40년가량 계속되었다. 천년 전의 일이다(892~936).

궁예는 처음 일어날 때 고구려의 옛 터를 찾아 큰 조선 나라를 만들겠 노라 부르짖고, 또 실지로 청천강까지 땅을 찾기도 하였으나 그는 의심이 지나쳐서 아랫사람을 많이 죽이고, 또 미신으로 백성을 속이고자 하여 자기를 미륵이라 하고 아들들을 보살이라 하여 출입할 때에는 흰 말을 타고 어린 계집아이와 사내아이들로 하여금 꽃과 깃대를 들고 앞서게 하고 중 200여 명에게 주문을 외우게 하는 등 괴상한 짓을 일삼다가 부하들에게 쫓겨나 도망하다가 죽고 여러 장수들은 왕건이라는 어질고 훌륭한 장수를 왕으로 올려 세웠으니 이가 곧 고려 태조였다. 1천30년 전이다(918).

후백제 임금 견훤은 농민의 아들로 처음 졸병으로 지내다가 신라의 어지러운 것을 보고 큰 뜻을 일으키어 백성을 구하겠다고 일어나 힘이 매우 강하였으나 그 아들놈들이 불초하여 애비를 절에 가두고 왕의 자리를 빼앗았으므로 견훤은 크게 분하여 왕건에게로 도망하여 고려의 군사를 청해서 후백제를 쳤다. 그리하여 경상북도 선산에서 한번 싸움에 후백제 군사를 무찌르고 나아가 전주를 빼앗아 후백제는 망하였다(936).

신라가 망하다

이보다 1년 전에 신라 임금 경순왕은 여러 번 후백제 군사의 침노를 받아 많은 땅을 잃어버리고, 겨우 수백 리 밖에 영토가 남지 않았을 뿐 아니라 인민들은 충성이 없어져 적군이 들어와도 알리는 자도 없으며 군사도 없고 고려 태조 왕건의 이름은 날로 높아가서 백성들이 모두 고려의 신하가 되기를 원하는 것을 보고 왕건에게 편지를 보내어 나라를 바치겠다 하였다. 이때에 신라의 왕자는 천년의 조국을 어찌 남에게 주리요, 충신과 의사로 더불어 한번 싸운 뒤에 뺏기더라도 늦지 않다하고 통분하였으나 그것은 어린 사람의 헛된 생각이요, 그때 신라에는 귀족들의 오랜 악한 정치로 충신도 없고 의사도 없었던 것이다. 경순왕은 그것을 잘 알므로 고려에 항복할 것을 작정하였던 것이다. 이에 왕자는 크게 실망하여 금강산으로 들어가 바위로 집을 삼고 삼베로 옷을 입고 풀을 캐어 먹으면서 평생을 보내었다. 그래서 이 왕자를 세상 사람들은 마의麻衣태자라 하였다.

신라왕은 백관과 가족들을 데리고 향기로운 수레와 보배로운 말들을 타고 경주를 떠나 고려 서울 개성으로 향하였다. 그 슬픈 행렬은 수십 리에 뻗었다고 하며, 그것을 보내며 구경하는 사람은 간 곳마다 사람의 담을 이루었다고 한다. 그러나 백성들이 슬퍼 울었다는 말이 전하지 않은 것은 당연한 일이다.

(8) 고려 시절의 살던 모양

고려 통일의 뜻과 북쪽 회복 운동

천년 전 신라 끝에는 우리 반도도 쇠약하고 어지러웠거니와 북쪽 만주에 있는 발해 나라도 쇠약하고 중국의 당나라도 어지러웠다. 그것은 모두 귀족들이 문약文弱에 빠지고 사치만 좋아하여 농민들을 못살게 빼앗은 까닭이었다. 이러한 틈을 엿보고 북쪽에서 일어난 것이 계단契丹민족이었으니, 그들은 몽고의 한 겨레로 농사지을 줄도 모르고, 말과 낙타(약대)와 양치기를 주장으로 하고 어려서부터 말 달리기와 활쏘기를 배우며, 물과 풀과 기후를 따라 이리 저리 옮아 다니는 야만 민족이나, 그들은 먹을 것이 적은 사막(모래 벌판)에 살므로 자연히 그 성질이 강하고 포악하였다. 그들은 중국이나 우리가 강할 때에는 감히 마음을 내지 못하나, 한번 약해지기만 하면 남쪽으로 쳐들어오려는 행동을 일으키었다. 이것은 민족이 살아 나가려고 하는 데 있어 떳떳한 일이었다. 그래서 그들은 크게 민족의 힘을 모아 가지고 먼저 발해 나라를 빼앗았으니, 그것은 1,030년쯤 전이요, 그때 우리는 세 나라가 한참 싸우던 판이었다. 그들은 또 중국을 쳐서 북쪽 땅을 크게 빼앗았다. 이때에 만일 강한 고려의 통일이 없고, 쇠약한 신라가 그대로 있었더라면 우리 민족은 계단 사람의 종이 되었을 것이다. 이 의미에서 고려의 통일은 조선 민족을 야만 적국의 짓밟음으로부터 구한 것이라고 하지 아니할 수 없다.

고려는 포악한 적에 대하여 굳세게 일어났다. 고려 태조는 부하를 사랑하고 백성을 사랑할 줄 아는 덕있는 사람이었으나, 계단을 몹시 미워하였다. 그래서 계단이 고려의 형편을 탐정하고자 하여 30명의 사람으로 하여금 50필 낙타를 선물로 보내어 왔을 때(그들에게는 그것이 큰 선물이었던 것이다) 태조는 사신들을 모두 섬으로 귀양 보내고 낙타를 내버려 굶어 죽게 하였다. 이것은 좀 지나친 일이지마는, 고려는 그때 계단이 빼앗은 발해 땅을 도로 찾아 옛날 고구려를 회복하여 큰 조선민족의 나라를 세우고자 하였던 것이니, 나라 이름을 고려라고 한 것도 그 때문이었다. 그러므로 태조의 눈에는 계단 같은 것이 보이지 아니하였던 것이다. 과연 태조는 평양을 다시 세워 사람을 옮기고 성을 쌓고 (이때까지는 벌판이었다) 거기를 서쪽 서울이라 하여 자주 가서 오래 머물고, 또 안주를 중심으로 하여 청천강 기슭에 여러 성을 쌓아 계단을 막고, 원산 쪽에도 성을 쌓아 여진 민족의 침노를 막았다. 여진이란 것은 발해 나라가 망한 뒤에 그 흩어진 무리들을 이름이었다. 여진 민족은 약간 농사도 짓지만, 주장 돼지를 기르고 사냥을 일삼고 활을 잘 쏘고 말을 잘 타는 야만이었다. 이것 또한 고려 500년 동안에 계단·몽고 민족과 같이 자주 국경을 침노하던 민족이었다.

태조의 뜻을 잇고, 또 민족 발전의 포부를 이루고자 하여, 고려는 나라를 세운 뒤 100년 동안을 두고 안을 잘 다스려서 귀족들의 착취를 눌러 농민의 생활을 보호하고, 큰 창고를 지어 곡식을 많이 쌓아 두었다가 흉년에 풀어 가난한 농민을 구제하고, 의원을 여러 곳으로 보내어 농민의 병을 고쳐 주고, 연장을 많이 만들어 농민에게 나눠주어 농사를 장려하고, 세를 적게 하고, 농사철에는 농민을 부역에 쓰지 않는 등 여러 가지로 백성을 위하여 일을 하였다. 이런 것은 물론 근본적으로 민족을 행복하게 하는 방법은 아니었으나 귀족정치에서는 이만한 일도 드물었던 것이다. 그리고 한편으로는 그때 중국 송나라의 여러 가지 문화를 본떠서 학문을 장려하고 제도를 고치고, 또 신라 때로부터 흥성한 불교를 장려하였다. 이리하여 나라의 바탕이 바로 잡힘과 함께 북쪽으로 나가기를 꾀하여 압록강까지의 땅을 도로 찾았다. 그리고 압록강 어귀에서 태천·희천·영원을 지나서 함경남도 영흥의 도련포 바다에 이르는 천리장성千里長城을 쌓아 계단과 여진을 막았다. 고려 처음의 북쪽 찾는 사업은 계단(거란)의 방해 때문에 이에 그쳤으나 고려 끝에 평안북도 동쪽 나머지 땅과 함경북도 절반을 찾은 것은 앞에서 말하였다.

계단 민족과의 싸움

고려 처음 백 년 동안의 정치가 좋았을 때에는 민족이 단결하여 밖의 도적이 감히 엿보지 못하였으나, 그 뒤로는 또 농민을 빼앗는 귀족들의 못된 버릇이 시작되어 민족의 단결이 풀리게 되매, 이것을 엿보고 계단민족이 침노하게 되었다. 그리하여 930년쯤 전으로부터 10년 동안을 두고 그들의 수십 만 대군과 거의 해마다 싸웠다. 그리고 번번이 그들을 크게 무찔러 달아나게 하였으나, 그때 계단은 나라 이름을 요遼라 하고, 만주와 중국 북쪽의 땅을 크게 차지하여 우리의 수십 배나 되는 힘을 가졌으므로, 오래 싸우는 것을 이롭지 못하게 생각한 고려는 계단에게 조공을 바치기로 하고 서로 화친하였다. 이때 중국의 송나라도 계단에게 여러 번 패하여 막대한 조공과 북쪽 땅을 주고 겨우 화친하였는데, 고려가 땅을 뺏기지 않고 전쟁에 한 번도 지지 아니 하였다는 것은 강감찬·강민첨 두 장수의 힘도 컸거니와 무엇보다도 그것은 맹렬한 민족정신으로 일어나 싸운 농민들의 힘이었다. 강감찬 장군은 평안북도 구성龜城에서 소가죽으로 강물을 막고 기다리다가 적이 강을 건널 즈음에 막은 것을 끊었으므로 물이 쏟아져 내려와 적이 무수히 죽고, 진이 어지러웠을 때에 숨은 군사들이 일제히 일어나 쳤으므로 적의 적군이 거의 몰사하였다. 이 뒤로부터 감히 다시 오지 못하였고, 계단 황제는 너무 분해서 그 장수 소손녕의 얼굴 가죽을 벗겨 죽이려고까지 하였다.

이리하여 계단과의 사이가 백 년 가까이 무사하고, 그 뒤에 만주에 금나라가 일어나 중국의 북쪽 반을 차지하여, 중국에 대해서는 몹시 압박과 착취를 다하였으나, 고려와는 서로 옛날의 같은 겨레요, 또 금나라 황제의 조상이 황해도 평산 사람이었다는 관계로 고려를 존경하여 일찍 침노하지 아니하였다. 그래서 또 금나라 백 년 동안이 평안하였다. 이렇게 200년이나 나라 사이가 편안한 동안에 민족 대중은 결코 편안하지 못하였을 뿐 아니라, 도리어 고달프게 되었으니 그것은 무신 귀족들이 포악한 착취를 농민으로부터 한 까닭이었다. 이것은 뒤에 말하겠거니와, 고려 때는 전쟁이 많았으므로 귀족이란 것은 대부분의 무관들이며, 무관의 착취는 지독하게 포악하였다.

몽고 민족과의 싸움

계단이 도저히 고려를 먹지 못할 것을 깨닫고 강화하여 백년이 무사하고, 이어서 금나라와 백년 동안 화친한 것은 이미 말하였다. 그런데 그 동안에 고려의 무신들이 세력을 얻어 임금은 있으나마나 하고, 그들이 정권을 차지하여 정치를 어지럽게 하고 백성들을 착취하였으므로 고려는 민족의 단결이 풀어지게 되었다. 이러할 즈음에 북쪽에서 몽고가 일어났으니, 몽고의 세력은 인류의 역사 위에서 앞에도 뒤에도 볼 수 없는 무서운 것이었다. 계단은 만주 서쪽과 몽고의 한 겨레였으나(마치 옛날 우리의 신라나 고려와 만주의 발해와 금나라와 같은 관계), 지금 일어난 몽고는 몽고사막에 사는 순전한 몽고민족이었다. 그들도 낙타와 말과 양을 주장으로 기르고 양의 고기와 그 젖을 먹고, 그 젖으로 소주를 만들고, 기후와 물과 풀을 따라 떼를 지어 이리 저리 옮겨 다니는 야만이나, 그들은 남자나 여자가 모두 어렸을 때부터 말 달리기와 활쏘기를 배우고, 특히 그 말은 크고 또 사막에서 자라난 까닭에 여러 날 물을 먹지 않고도 견딜 수 있고 달리기도 빠른 때문에 그들의 마병은 천하에 당할 군사가 없었다. 그들은 740년쯤 전으로부터 징기스·칸(성길사·한)이라는 영웅에게 통일되어 사방으로 여러 나라를 쳐서 땅을 빼앗게 되었는데, 겨우 70년 동안에 세계를 거의 정복하게 되었으니, 동으로는 만주의 금나라를 먹고, 서쪽으로는 아라사(지난날의 소련)를 빼앗고, 더 나아가서 폴란드·헝가리까지 삼키고 서남쪽으로는 아라비아·페르시아·인도를 빼앗고, 중국과 안남[25] 까지를 온통 들어 마신 무

---

25) 베트남의 다른 이름.

섭고 포악하기 짝이 없는 민족이었다. 이 민족은 사막에 자라난 까닭으로 해군이 없고 바다를 몹시 두려워 하였으나 육지에서는 그들의 마병을 당적하는 민족이 없었다. 이러한 몽고민족이 조선을 그저 둘 리는 없어, 700년쯤 전에 그들과 고려 사이에 40년 동안이나 여러 번 큰 전쟁이 벌어졌다(1231~1270). 그때 몽고와 이렇게 오랜 세월을 두고 싸운 나라는 세계에서 고려와 중국(송나라) 뿐이었으니, 중국은 크기나 하거니와 조그마한 고려가 40년을 굴복하지 않고 싸웠다는 것은 결국 고려사람의 민족심이 굳세었다는 것을 말하는 것이요, 그것을 능히 견디어 나간 농민 대중의 불타는 애국심을 말하는 것이다.

고려는 몽고가 바다에 약한 것을 알고, 서울 개성을 버리고 강화도로 들어가 성을 쌓고 배를 많이 지었다. 몽고는 번번이 수십만의 군사로 침노하였고, 우리 군사도 용감하게 싸웠으나 우리의 손해는 적지 아니 하였으니, 그들 야만국민은 간 곳 마다 불을 지르고, 곡식과 보물을 약탈하고, 사람을 죽이고, 논과 밭의 곡식을 짓밟고 하였다.

어떤 해 싸움에는 고려 사람으로 몽고에게 사로잡힌 자가 실로 12만이나 되고, 죽은 자는 헤아릴 수도 없었으며, 그들은 남으로 전주, 고부와 경주에까지 가서 분탕질을 하였고, 그들이 들어오는 길목이 되는 평안·황해·경기도의 피해는 말할 수 없었다.

그러나 그러할수록 고려 사람의 애국심은 맹렬하고 한 사람의 민족 반역자도 일어나지 아니하였다. 한 번은 몽고 장수가 장차 강화도를 칠 작정으로 배를 많이 만들다가, 태천고을 변려邊呂라는 사람을 붙들어 강화로 들어가는 길을 물었으나 대답이 분명하지 못하므로 쇠를 달구어 몸을 지지면서 물었으나, 그는 오직 "물길이 몹시 험해서 도저히 들어 갈 수 없다"고만 대답하였더니, 그들은 짓던 배를 모두 불사르고 돌아갔다. 변려는 아마 농민이었을 것이다.

또 한번은 몽고 군사가 경기도 용인현의 처인성處仁城을 쳤을 때 난데없는 중 한 사람이 와서 활을 쏘아 몽고 원수(총사령관)를 맞혀 죽였으므로 몽고는 크게 당황하여 물러갔다. 그 중의 이름은 최윤후崔允侯이었으며 나라를 위하여 산에서 나온 것이었다. 최윤후는 뒤에 충청도 충주 산성의 별감이 되었는데, 그때 충주에는 양반군사와 노예군사가 있었다. 노예들은 처음 몽고가 침노하였을 때에는 양반들에게 평소의 원수를 갚겠다고 떼를 지어 일어나 폭동을 일으키었으나 나라가 위태하게 됨을 보고, 민족을 구해야 되겠고 깨닫고 중 우본于本이란 사람을 장수로 하여, 양반군사와 함께 성을 지켰던 것이다. 그런데 몽고의 대군이 들어오자 양반 군사들은 다 달아나고 오직 노예군사만이 굳게 성을 지키고 싸워 몽고 군사를 물리쳤다. 그럼에도 불구하고 몽고가 물러간 뒤에는 양반군들이 와서 고을의 물건이 없어졌다는 것을 핑계 삼아 노예들을 벌하고자 하였으므로 둘 사이에 싸움이 일어났다가 나라의 군사가 와서 결국 노예들이 모두 죽었다. 계급이란 것은 실로 민족을 좀먹는 가장 큰 병이었다. 마산馬山의 노예군사 5천 명은 자원하여 평안북도 용천으로 가서 몽고와 싸워 크게 이겼다. 이렇게 온 민족이 뭉쳤으므로 40년이나 굴하지 않고 싸웠던 것이다.

그런데 고려가 힘이 지쳐서 몽고와 강화를 맺게 되자 귀족 가운데서 더러운 민족 반역자가 일어났으니 평양에 있던 최탄崔坦과 한신韓愼의 무리들이었다. 그들은 자비령慈悲嶺[26] 북쪽의 60성으로 원나라(몽고의 나라 이름이다)에 붙기를 원하였으므로 원나라는 좋아라고 최탄에게 그 땅의 총관이라는 높은 벼슬을 주고 그것을 몽고의 영토로 하였다. 자비령은 북위 38도 반쯤 되고 20년 뒤에야 겨우 도로 찾기는 하였으나 농민들의 순진한 애국심에 대하여, 그들은 오직 자리와 권세를 얻고자 나라를 팔았으니, 조선 끝의 이완용이나 송병준 같은 무리와 다름이 없다.

고려가 원나라와 강화한 뒤로는 고려의 임금들이 모두 원나라 황제의

---

26) 황해도 황주군 봉산군 서흥군 경계에 있는 고개.

딸에게 장가들어, 겉으로는 두 나라가 친한 듯 하였으나 원나라는 몹시 고려에 대하여 토색을 하였다. 산삼·수달피·모시·금·은 그 밖의 여러가지 물건을 수없이 청한 것도 결국 백성들을 괴롭게 하였지마는, 그들은 자주 고려의 처녀를 보내라 하여, 이 때문에 고려에서는 결혼도감이란 것을 두고 13살 이상의 처녀는 나라의 허가 없이 혼인을 못하게 하였으니, 고려 사람들의 몽고에 대한 원수심을 알 수 있을 것이다. 그래서 딸을 낳으면 이웃집에도 모르게 사내 옷을 입혀 기르기까지 하였고, 처녀를 뽑아갈 때마다 울음소리가 온 나라를 덮었다. 이러하매, 뇌물이 흔하게 되고 몽고말을 아는 자는 몽고 사람에게 붙어 동포를 괴롭게 굴고, 몽고 귀족에게 딸을 준 자들은 몽고의 벼슬을 얻고 또는 몽고의 힘으로 고려의 벼슬을 얻어, 백성들에게 횡포하고 방자하게 굴고 약한 농민의 땅을 함부로 빼앗고 하여, 고려의 정치는 어지러워진데다가 임금조차 대대로 못되고 포악한 것들이 나서 고려의 망조는 벌써부터 생겼으나, 내란이 일어나지 않고 백여 년을 지탱하였다는 것은 원나라의 힘이 뒤에 있었던 때문이었다.

일본과의 싸움

이렇게 정치가 어지럽고 민족이 계급으로 나누어 서로 미워하고 있는 것을 간사한 일본이 모를 리가 없고, 또 그것을 알고 침노하지 아니할 리가 없었다. 이보다 앞서 고려가 몽고와 강화한 뒤에 몽고의 강청으로 고려는 두 번이나 몽고 군사와 함께 건너 일본을 친 일이 있었으니, 670년쯤 전 일이었다(1274~1281). 처음은 두 나라 군사를 합쳐서 겨우 4만쯤 되는 것으로 마산을 떠나 대마도를 빼앗고 일본 구주 하카다에 이르렀으나 폭풍을 만나 많은 병선을 엎지르고 패하여 돌아 왔고, 두 번째는 두 나라의 18만 군사와 병선 4천 척으로 쳤으나 또 폭풍을 만나고 전염병이 돌아서 11만 군사를 잃고 싸움도 변변히 하여 보지 못하고 겨우 돌아왔던 것이다. 일본 사람은 그것을 귀신바람(신풍)의 덕분이라 하여 크게 좋아하고 큰 고사를 지냈다.

　이 두 번 원수도 있고 하여 600년 전으로부터 50년 동안이나 우리 땅을 침노하였으니 그것을 왜구(倭寇)라고 한다. 일본 나라가 큰 군사로 몰려온 것이 아니라, 일본 도적의 떼가 혹 수십 척, 혹 수백 척의 배를 타고 수시로 와서, 불을 지르고 곡식을 빼앗고 사람을 잡아 가고 죽이고 하는 것이었다. 고려 귀족들은 저의 민족을 토색하는데만 눈이 어두워 아무 군사도 없고, 더구나 바다방비는 아무것도 없었으므로, 왜구는 팔도강산을 제 맘대로 돌아 다녔다. 평안북도·함경도까지도 가고, 바닷가는 물론이요 깊이 내지까지 들어 왔으며, 서울 개성 근처에도 자주 나타났으므로, 고려는 한때 왜구 때문에 강원도 철원으로 서울을 옮기려고까지 하였다. 무지한 백성 가운데는 단지 먹을 것이 없어, 왜인의 복색을 하고 왜구처럼 도적질을 한 일이 많이 있었으나 이것은 정치가 나쁜 때문에 그들로 하여금 애국심을 잃게 한 것이었다.

　그러다가 이성계(뒤에 조선 태조가 된 이)와 최영 두 장수가 일어나고, 또 백성들도 점점 군사에 익숙하여져서, 차차 왜구를 물리치게 되었으니, 이성계와 최영은 백번 싸워 진 일이 없고, 백번 쏘아 맞히지 아니하는 일이 없는 명장수들이었다. 이들이 크게 왜구를 무찌르고, 또 최무선이란 이가 화약을 연구하여 그것을 기계로 쏘아 왜구의 배에 불을 질렀으므로, 크게 무서워하여 이로부터 점점 오지 못하게 되었다.

　우리는 여러 방면으로 남 못지않은 뛰어난 재주를 가졌지마는 다만 정치가 너무 계급적이요, 민주주의적이 아니었던 때문에 이러한 재주와 기술이 뒤를 이어 발달되지 못하고 한번 났다가 금시 사라지는 것이었다.

귀족들의 정권 싸움질과 무도한 생활
　다른 나라의 침노를 받고 수모를 받는 것은 언제든지 민족이 약할 때이며, 민족이 약해지는 것은 정치를 맡은 임금이나 귀족들이 정권 싸움질을 하여 정치가 어지러워져서, 귀족이 백성의 땅과 재물을 **빼앗고** 괴롭게 하여, 국민이 애국심을 잃고 계급이 갈리어 서로 원수가 되는 때문이었다. 고려 처음 백년 동안은 귀족들의 포악한 것이 적었으나 그 뒤부터는 차츰 횡포한 버릇이 일어나게 되었다(이조 때도 처음 백년은 무방하였으나 점점 어지러워졌다). 다음에 몇 사람 예를 들어 보겠다.

820년 전 이자겸은 왕의 외조부이면서 또 딸을 왕에게 바쳐 장인까지 되어, 정권을 마음대로 하였는데, 얼마나 뇌물을 많이 받았는지 그 집에는 먹지 못해 썩어지는 고기가 수만 근이나 있었다고 한다. 800년쯤 전 인종[27] 임금은 간사한 무리를 좋아하고 놀이하는 정자 짓기와 문신들과 놀고 글짓기만 즐기어, 무신들을 천대하였으니, 북쪽 금나라와 일이 없다 하여 마음을 놓은 때문이었다. 그래서 장군 정중부 등이 크게 분하여 머리에 문관의 갓을 쓴 자는 모조리 잡아 죽이고 임금까지 죽인 다음, 다른 왕을 세우고(1170) 정권을 무관들이 마음대로 하였다. 정중부는 더럽고 욕심이 많아 위협으로 백성의 땅과 재물을 **빼앗아** 그 호사로운 생활은 임금에 못하지 않았다고 하며, 정중부와 한패이었던 이의민은 소금지게 장사 아들로 일자무식이었으나 몸이 8척이나 되고 힘이 장수라서 문관을 많이 죽인 때문에 대번에 함경도 병마사가 되었는데, **빼앗다** 못하여 길가는 여자들의 머리까지 잘라 다래를 만들어 두 바리나 서울 집으로 보냈다.

몇 해 뒤에 장군 경대승 등이 정중부를 죽이고 정권을 **빼앗아** 또 같은 횡폭한 짓을 하다가 죽은 뒤에 이의민이 정권을 잡아 온갖 흉악한 일을 하는 것을 장군 최충헌이 죽이고 정권을 **빼앗아** 이의민 일족과 일당을 모조리 죽이고, 60여 년 동안 아들·손자·증손자까지 세도를 부렸다 (1196~1258). 700년 전이다.

최충헌은 가병家兵 수만 명과 식객 3천 명을 가지고 출입할 때에는 그 식

---

27) 의종을 착각한 듯

객들이 사방으로 호위하였으며, 집은 대궐과 거의 같고 최충헌 개인의 정부가 따로 있어 집안의 정치도 행하였거니와 나라의 정치도 실제로는 거기서 행하였으니, 권세는 물론 임금 위에 있었다. 이것이 모두 벼슬을 팔고 백성의 피·땀을 긁은 것이니 얼마나 큰 부자이었던 것과 이러한 권세를 갖고 부자가 되기 위하여 서로 목숨을 걸고 싸운 이유도 알 수 있었다. 고려 임금이 몽고를 피하여 강화섬으로 들어 간 것은 최충헌의 아들 최이 때이었는데, 몽고 난리통에 농민들은 밖에서 수없이 굶어 죽고, 임금도 쓸 것이 모자랐으나 섬 안에 있는 최이의 광 속에는 곡식이 산 같이 쌓이고, 수없이 큰 잔치를 베풀어 왕과 대신들을 청하였다. 한번은 5월 단오 잔치를 벌였는데, 악기를 잡은 재인만이 1천350여 명이요, 그 밖의 기생과 시중하는 사람들은 무수하였다 하며, 조선이 생긴 뒤로 처음 있는 일이라고 스스로 칭찬하였다 하니 얼마나 부자이었던 것을 알 것이다. 최이의 아들 만종과 만전은 경상도에서 백성들의 곡식을 빼앗아 저축한 쌀이 50만석에 이르렀고, 그 때문에 농민들은 나라에 바칠 것이 없었다고 한다. 이것이 모두 몽고와 전쟁하는 동안의 일이었다. 이토록 귀족들이 횡포한 일은 이조에는 물론 없었고 신라 때에도 없었을 것이다.

그들은 무신인 까닭에 무력으로 빼앗았던 것이다. 장군 송길유는 명령을 듣지 않는 자는 반드시 박살하고, 혹은 새끼로 여러 사람의 목을 연달아 묶어 군사로 하여금 물 속에 쳐 넣어 거진 죽게 되면 끌어내고, 다시 살아나면 또 집어넣고 하였다. 고려 때까지도 사람의 권리를 보호하는 법률이란 것이 없었다. 이조 때에 법률이 작정되기는 하였으나 그리 신통한 것은 아니었다. 무신 귀족들은 이 뒤에도 서로 죽이고 그 재산과 권세를 빼앗는 일을 자주 되풀이 하였다. 이조 400년 동안의 당파 싸움도 그 본질은 이와 같은 것이었으나, 다만 대대손손이 당파를 물려받는 것과 문관적인 점이 다를 뿐이다.

나는 위에서 악한 귀족만을 말하였으나 착한 귀족이 없었던 것은 아니다. 900년 전 최항은 대신을 지냈으나, 평생에 금과 옥 같은 것을 만지지 않고, 죽은 뒤에는 한 섬 양식이 없었다고 하며, 800년 전 함유일은 대신을 지냈으나 80 평생에 오직 삼베만 입고 흙으로 구은 그릇만 썼다고 하며, 정항은 40년 벼슬을 하여 대신까지 지냈으나 죽었을 때 한 섬 양식이 없었고, 600년 전 최영 장군은 그 공과 지위가 세상을 눌렀건마는 사는 집은 좁고 더러웠고, 자주 끼닛거리가 없었다 하며, 먹는 것과 입는 것이 모두 검소하였다. 그러나 이러한 귀족은 극히 드문 것이었다.

무도한 임금들의 많음

삼국 시절로부터 이조까지 2천 년 동안에 임금다운 임금을 골라 본다면, 고구려에서는 크게 영토를 얻은 광개토왕, 신라에서는 화랑을 장려하고 영토를 넓힌 진흥왕, 고려에서는 태조와 성종(고려의 자리를 튼튼하게 한 임금), 이조에서는 세종대왕과 성종(이조의 기초를 굳게 한 임금), 이 몇 사람뿐이요, 그 밖의 왕들은 평범하거나 용렬하거나 또는 무도하거나 포악하였다. 귀족정치는 이렇게 해악이 있는 것이다.

고려는 태조 뒤로부터 변변치 못한 임금이 많았지만은 특히 몽고와 강화한 뒤로는 무도한 임금이 100여 년을 계속하여 일어났으니 이것은 우리 역사에 예를 볼 수 없는 고려 시절의 특색이었다. 원종(1260~1274)은 궁녀들을 모아 놀기를 몹시 좋아하였고, 다음 충렬왕(1275~1308)은 잔치놀이와 사냥질하기를 몹시 좋아하여 밤낮을 가리지 아니하였고, 다음 충선왕은 상당한 학자였으나, 사람이 경망하였던 모양으로 임금이 되자 계집을 몹시 좋아하여, 심지어는 아버지의 비妃를 빼앗았으므로 우탁이라는 신하가 도끼를 들고 가서 "차라리 나를 이 도끼로 죽이라"고 간한 일까지 있었고, 그는 또 불교를 지나치게 미신하여 108만 중에게 밥 먹이기와 108만 등불을 태울 것을 발원하여, 날마다 그 일로 막대한 비용을 쓰고 시간을 허비하였다. 그렇게 하면 나라가 잘 되고 죽어 극락으로 가리라고 생각하였던 모양이나 백성의 피·땀을 짜서 그러한 낭비를 하는 것을 부처님이 복을 줄 까닭이 없었다. 다음의 충숙왕은 향물에 목욕하기를 좋아하여, 한 달에 모시 60필씩을 목욕하는데 쓴 것은 오히려 용서하되, 날마다 궁중에서 부리는 아이들과 씨름하기와 사냥질하기를 좋아하여, 때로는 석달 넉달 씩이나 산으로 돌아다니고 정사를 돌보지 아니하였고, 길에서 백성을 만나면 잡아다 때려주는 괴악한 버릇까지 있었다. 다음의 충혜왕은 정치에 마음이 전혀 없고, 참새 잡기와 공치기·물쌈질·팔씨름을 구경하기를 일삼고, 또 사람을 원나라에 보내어 장사를 시켜 이가 나면, 그들에게 함부로 장군이라 무엇이라 벼슬을 주었다. 다음의 두 왕은 어려서 죽고 다음 공민왕(1352~1374) 때에는 왜구가 몹시 심하고, 원나라와 명나라 관계가 복잡하여, 평안북도 동쪽과 함경도를 도로 찾고 요동을 치는 등 여러 가지 일도 하였으나 그는 신돈이라는 요망한 중에게 빠져 정치를 맡겼으므로 신돈이 권세를 얻어 필경은 반역을 도모하다가 죽었고, 왕은 성적(性的)으로 무능하였던 것과 죽은 비(원나라의 공주)를 너무 생각하였기 때문에 끝에는 술을 과히 마시고 취하면 신하들을 함부로 때리고 울고 하여 반이나 미친 사람이 되어 자식을 얻으려고 왕비의 방에 불량한 사람을 몰아넣는 등 괴악한 짓을 하다가 필경 신하의 손에 죽었다. 그는 자식이 없어 신돈의 종첩인 반야의 몸에서 난 아이를 자기 아들이라 속이어 이름을 우라 하였는데 그가 죽은 뒤 이 우가 열 살 되는 아이로 임금이 되었으니, 이것을 우왕이라고 한다. 나이 열다섯·여섯쯤 되자 나라 일에는 조금도 마음이 없고, 말달리기와 사냥질하기와 돌편쌈시키기와 탈춤추기와 대장장이 흉내내기와 여러 가지 물건 만들기와(만든 물건이 모두 정교하였다고 한다) 소먹이는 아이들의 소 빼앗아 타기와 거리로 다니면서 남의 소·말·개·돼지·닭들을 쏘아 죽이기와 사람 치기와 궁녀들과 빨가벗고 물속에 들어가 물고기 잡고 장난질하기와 남의 혼약한 처녀 빼앗기와 밤으로는 놀고 술 먹고 낮으로 잠자기와 이루 헤일 수 없는 가진 못된 짓이란 다 하였다. 이것이 바로 고려 끝의 임금이었다. 조정에는 간사한 무리가 가득하고, 백성들은 새 임금 나오기를 고대하였다.

고려가 망하다

이때 왜구는 한창 성하고 중국에서는 중국민족들이 몽고의 원나라를 배척하고 명나라를 세워, 지금 북경까지 빼앗아서 몽고를 북쪽으로 쫓고 장차 만주를 경영하려고 하는 판이었다.

원나라가 쇠약하고 명나라가 아직 만주에 손을 대지 않은 이 기회를 타서 고려는 고구려의 옛 땅을 찾아야 될 형편이었다. 그러나 정치가 어지러운 고려로서는 힘에 버거운 일이었다.

고려 끝의 정치가 이토록 타락하지 아니하였더라면 왜구도 없었을 것이오, 설사 있더라도 그토록 심하지 아니하였을 것이며, 나머지 힘으로 넉넉히 만주 땅을 찾을 수 있었을 것이다.

그러나 그때 고려의 형편을 보면, 앞에서 말한 공민왕·우왕 같은 어지러운 임금이 자리에 있어 신돈 같은 요망한 중이 정치를 문란하게 하고, 또 횡포한 귀족들이 백성을 괴롭게 하였다. 그리고 오직 최영·이성계 같은 장수와 정몽주·이색 같은 학자가 있어, 겨우 나라의 명을 이어 나갈 뿐이었다. 그래서 이성계들로 하여금 처음 함경도에 사는 여진 백성들을 혹은 항복 받고 달래어 귀화시키고 혹은 쫓고 하여 길주까지의 땅을 찾고, 다음에는 이성계와 지용수 등 여러 장수로 하여금 남쪽 만주와 요동을 두 번이나 쳐서 크게 위엄을 떨쳤다. 그러나 서북쪽에는 아직 원나라의 남은 군사가 있어, 그것까지 정복하여 만주를 온통 정복할 힘은 없었던 모양이다. 그래서 원나라가 완전히 망한 뒤에 힘들이지 않고 만주를 삼킬 작정을 하였던 모양이나, 명나라가 이것을 알고 먼저 만주에 손을 대게 되면서부터 고려에 압박을 더하여, 말 수만 필과 금·은 수만 냥과 처녀·고자 그 밖의 막대한 물건을 해마다 명나라에 바치라고 요구하였다. 이것은 고려의 힘으로 도저히 감당할 수 없는 것일 뿐 아니라, 고려가 그것을 바칠 아무런 까닭도 없었던 것이니, 명나라는 이렇게 무리한 요구를 하여 고려를 눌러 놓고, 만주를 앉아서 먹으려는 모략이었던 것이다. 고려도 이것을 모를 까닭이 없으므로, 명나라와 싸워서 만주를 찾느냐 그렇지 않으면 명나라와 화친하고 만주를 주느냐 하는 문제가 일어나서 국론이 쪼개졌다. 최영은 싸우자는 파의 두목이요, 이성계는 화친파의 괴수이었다. 이때 나라 안에서 두 파의 세력 다툼이 있었을 것도 짐작할 수 있으니, 최영은 공이 많고 또 우왕의 장인이 되어 권세가 높고, 이성계는 공이 높고 또 군사의 힘으로 그에게 대적할 사람이 없으니 두 사람은 모두 덕이 높았다. 그런데 최영은 이성계가 반대함에도 불구하고 우왕과 의논하여, 왕의 명령으로 이성계·조민수曹敏修 두 장수로 하여금 군사 5만 명으로 요동을 치라고 하였다.

이렇게 무리하게 군사를 낸 것에서 두 사람의 세력 다툼을 추측할 수 있으니 이성계가 성공을 하면 만주 땅을 찾게 되고, 또 이성계를 그 땅에 머물러 지키게 하여 두면, 최영은 중앙 조정에서 정권을 마음대로 할 수 있을 것이요, 만일 실패하면 이성계의 세력은 꺾어질 것이다. 이것을 이성계가 모를 리가 없어 그는 압록강까지 갔다가 명나라를 치는 것은 옳은 일이 아니라 하여 군사를 돌이키기를 청하였으나, 왕과 최영은 듣지 아니하였다.

이성계는 임금의 명령을 거역하여 단연히 군사를 돌렸다. 그리하여 대군을 거느리고 개성(그때 서울)으로 와서 최영과 우왕을 귀양 보냈다가 나중에 죽이고 정권을 차지하고 보니, 여러 장수들과 대신들도 이성계에게 왕이 되기를 권하였거니와 백성들의 마음도 이성계에게 쏠렸으므로, 반대하는 정몽주를 죽이고 필경 왕이 되어 나라 이름을 조선이라 하니, 이것이 이씨의 조선이며, 줄여서 이조李朝라고 한다. 550여 년 전의 일이다.

고려가 망한 가장 큰 원인은 무도한 임금들과 귀족들이 민족을 생각하지 않고, 포악한 착취와 어지러운 정치를 한 까닭에 백성이 가난하여 귀족을 미워하고 새 나라의 일어남을 원한 데에 있었다. 다른 민족에게 망하지 아니한 것만이 다행이었다.

(9) 이조 시절의 살던 모양

이조의 유교 정치

신라는 불교로 정치의 근본을 삼았다. 그래서 유교는 아주 미미하였다. 나라에서 많은 절을 짓고 토지를 주어 나라의 세를 면하여 주고 중을 우대하여, 높은 자는 임금의 스승으로 하여 모든 정치를 그에게 묻게 되었고 그 낮은 자는 부역과 병역을 없이 하였다. 신라 시절에 중국의 당나라에서도 불교만 흥성하고 유교는 떨치지 못하였다. 왕과 귀족과 백성들은 불교를 너무 지나치게 미신하여, 재산을 허비하여 불공드리기를 일삼고 또 많은 토지를 다투어 시주하여 복과 명을 빌고 극락 가기를 원하였다. 그래서 절은 점점 부자가 되고, 가난한 농민들은 부역과 병역을 피하고자 모두 중이 되고, 또 중들은 남은 곡식으로 취리[28]를 하여 토지를 샀으므로 절은 종교의 정신을 벗어나서 큰 부자가 되고, 중들은 귀족처럼 되었다. 그리고 나라의 병정은 줄었다. 농민들은 귀족에게 빼앗기고 절에 빼앗기고 하여 더욱 가난하여졌다. 신라가 망한 큰 이유의 하나는 불교에 있었다. 고려도 또한 그러하여 너무 불교를 숭상하였기 때문에 나라를 망하게 하는 원인을 지었다. 고려 때에는 조금 유교가 들어오기는 하였으나 힘은 없었다. 그래서 이조는 불교의 해악을 없애고자 처음부터 불교를 누르고 유교를 내세웠다. 그래서 처음 백년 동안은 똑똑한 임금과 훌륭한 학자들이 나서 농민들에게 토지를 나누어 주고 귀족들의 횡포함을 금하고, 깨끗한 선

---

28) 돈놀이.

비들에게 높은 벼슬을 주었으므로 청백한 귀족들이 많이 생겼다.

예를 들면 하륜은 영의정(지금의 총리대신)을 지냈으되 사치한 것과 연희 같은 것을 싫어하고, 살림살이를 모르고, 오직 글 읽기를 좋아하였으며, 정갑손은 재상을 지냈으되 집에는 아무 저축한 것이 없고, 부자와 아첨하는 자와 권세 있는 사람을 가장 미워하였으며, 황희와 허주도 청백하기로 이름 높은 재상들이며, 맹사성은 정승의 자리에 있으면서 항상 농군처럼 소를 타고 다녔고, 집은 좁고 더러웠을 뿐 아니라 곳곳에 비가 새어서 보는 사람들이 민망하였다고 하며, 유관은 울타리도 없는 두어 칸 집에 사는 것을 알고, 임금이 밤중에 가만히 사람을 시켜 울타리를 만들어 주었다. 그리고 한번은 장마를 만나 집에 비가 새는 것을 방 안에서 우산을 받고 부인더러 하는 말이 "우산 없는 사람들은 얼마나 고생을 하겠소" 하고 백성들을 생각하였다. 손님이 찾아오면 겨울에도 맨발에 짚신을 끌고 나가 맞았으며, 손님을 대접할 때에는 탁주 한 동이를 내어 놓고 늙은 계집종이 사발로 퍼서 권하였는데, 서로 두어 잔 마시면 그만 두었다고 한다. 앞으로 민주주의의 민족국가에 있어서 관리는 반드시 이러한 마음을 가져야 할 것이며, 그렇게 되도록 나라의 법률과 제도를 만들어야 할 것이요, 또 우리 국민 스스로가 그것을 감독하여야 할 것이다. 그러나 백년쯤 뒤로부터는 이러한 좋은 풍속이 점점 없어지고, 못생긴 임금과 정권 싸움질만 일삼는 소위 양반들이 많이 생겨 농민의 토지를 빼앗고 괴롭게 하여, 계급의 원수가 깊어지고 정치가 썩어지게 되어 이 틈을 타서 일본이 또 침노하게 되어 소위 임진왜란의 큰 화를 입게 되었다.

귀족들의 정권 싸움질

나라가 잘 되려면 정치하는 계급 사이에 정권 싸움이 없어야 하는 것이며, 설사 있다 할지라도 그것은 정정당당한 신사적인 것이어야 할 것이요, 서로 모함하고 죽이기까지 하여서 정권을 다툰다는 것은 나라를 망치고

민족을 망치는 것이다. 그런데 귀족국가에 있어서는 번번이 이것을 되풀이하였으니, 그것은 권세를 잡아 뇌물을 받고 땅을 빼앗아 호화로운 생활을 하고자 하는 욕심에서 나오는 것이었다. 고려 처음에도 임금의 자리싸움이 여러 번 일어나 왕족들끼리 서로 죽인 일이 있었거니와, 이조 처음에도 그러하여 태조의 다섯째 아들 방원(나중에 태종왕이 된 사람)은 그 아우 둘과 그 밖의 여러 사람을 죽이고, 형을 잠깐 왕에 세웠다가 제가 임금이 되었다. 이 때문에 태조는 함흥으로 가고, 아들 방원을 죽이려고까지 하였다. 세조왕도 그 어린 조카 단종을 몰아내어 필경 죽이고 왕이 된 사람이다. 그래서 유명한 여섯 신하의 참혹한 죽음이 있었으니, 성삼문·박팽년·유응부·하위지·유성원·이개 등은 세조를 죽이고 단종을 다시 세우려고 하다가 갖은 악형을 받고 삼족이 멸망을 당하였다.

민족의 정치를 위해서 왕을 국민이 선거하는 것이 아니요 대대로 왕의 자리를 물려받는 까닭에 이런 일이 생겼던 것이니 여섯 신하는 조선 민족을 위하여 죽은 것이 아니요 오직 어린 주인을 위하여 죽은 것이니 이 점으로 보면 그들은 비록 아까운 인물들이었으나 민족을 위해서 목숨을 바친 갸륵한 사람들은 아니다. 그러나 우리가 그들에게 배울 점은 나라를 위해서 생명을 아끼지 않고 싸웠다는 그 절개에 있을 것이다. 이밖에도 이조 때에는 여러 번 왕위 싸움이 있었으나 그것은 고사하고, 임금정치라는 것은 이렇게 본질적으로 민족정치와는 서로 용납하지 못하는 점이 있어, 임금을 끼고 귀족들이 세력 다툼을 하였으므로 나쁜 임금이 한번 서게 되면 정치는 어지러워지는 것이었다.

450년 전 연산임금 때에 임금이 변변하지 못하여 유자광이란 자가 조그마한 사감으로 문신들을 역적으로 모함하여 그때 이름 높은 학자 김종직 문하의 여러 선비들을 죽이었으니, 이것을 무오년 사화라 하며(1498), 6년 뒤에 또 많은 선비들을 참혹하게 죽였는데 그 이유는 연산군을 낳은 어머니 윤씨가 질투심이 심하고 악해서 연산군의 아버지 성종왕이 여러 대신들과 의논하고 약을 주어 죽인 일이 있었는데, 그때 연산군은 어려서 몰랐다가 왕이 되어 그 일을 알자, 김종직 문하의 선비들이 정권을 흔드는 것을 미워하는 반대파들이 이 일을 가지고 연산군을 충동하여 그렇게 한 것이었다. 이것을 갑자년 사화라고 하며 이때부터 이조의 유교 정치는 썩어지기 시작하였다. 문신들이 당파를 지어 정권을 독차지한 까닭에 반대파가 이러한 음모를 한 것이었다.

연산군은 포악한 자로서, 대학의 학생들을 쫓아내고, 무당 떼를 불러들여 학교를 굿터로 만들고, 공자의 위패를 떼어다가 절에다 걸고, 팔도 기생들을 뽑아 올려 대궐을 놀이터로 하고 백성들의 예쁜 처녀를 뽑아 올리라 하는 등 갖은 망측한 짓을 마음대로 하다가 필경 쫓겨 나갔다.

이렇게 한번 당파 싸움이 일어나게 되매, 그 뿌리는 점점 깊이 박히게 되어 15년 뒤 중종 때에는 학자정치가인 조광조가 남곤·심정들에게 역적으로 몰리어 죽고(기묘사화 1519), 남곤들이 한때 권세를 부리다가 왕의 외척 김안로 당에게 몰리어 죽고, 김안로는 정권을 잡은 뒤에 반대파를 자꾸 모함하여 죽이다가, 왕의 외척 윤임 당에게 몰리어 죽었다.

이조 340년(1575~1910)의 소위 사색당파의 더러운 씨는 이때에 뿌려졌던 것이며, 이조의 당파 싸움은 실로 400여 년이나 계속 되었던 것이다. 그리고 그들은 민족의 행복을 위하여 농민에게 토지를 고르게 나눠 주자 말자는 것으로 서로 싸운 것도 아니요, 바깥 도적을 막아 민족의 생명과 재산을 보호하기 위하여 군사를 기르자 말자 하는 일로 싸운 것도 아니요, 민족 생활과는 아무 관계도 없는 소소한 그들의 사사 감정과 죽은 사람을 위하여 상복喪服을 어떻게 입어야 되겠느냐 하는 등 되지 못한 의논으로 서로 소인小人이라고 깎고, 역적이라고 몰아 서로 죽이고 귀양 보내고 자자손손이 원수가 되어 교제도 하지 않고 혼인도 하지 않고 처음 만난 사람은 원수인지 아닌지를 알기 위하여 본이 어디냐고부터 먼저 묻는 등 한 민족이 여러 당파로 쪼개어져서 서로 원수가 되었다. 그런데다가 유교를 오직 하나인 정치사상이라고 생각하는 무리들이 정치를 지배하여 무비武備를 전연 돌보지 아니하였으므로, 임진왜란의 큰 화를 입고 필경은 일본에게 나라를 빼앗기게 된 것이었다.

지금 우리 앞에는 또 당파 싸움이 벌어져 뿌리를 박으려고 하고 있다. 민족의 대부분을 이루는 농민과 노동자가 정치가 무엇인지 모르고 우리 역사가 어떻게 걸어 온지를 모르는 까닭에 소위 정치가요 지도자라는 사람들이 제멋대로 세력을 다투어 덤비는 것이다. 당파 싸움의 악한 뿌리를 뽑아 버리는 것은 국민에게 달렸다. 국민들이 하루바삐 깨어 참다운 애국자를 대표로 뽑아 정치를 행하게 하여야 될 것이다.

사색당파라는 것은 노론·소론·남인·북인을 이르는 것이니, 370년 전의 심의겸이란 사람이 제 아우를 위하여 벼슬자리를 청하는 것을 김효원이 듣지 아니함으로부터 두 파가 갈라져서 심씨 당을 서인이라 하고 김씨 당을 동인이라 하여 서로 싸웠는데, 이러는 동안에 일본이 쳐들어 와서 7년 동안이나 무서운 화를 입었음에 불구하고 난리가 끝나자 다시 싸움이 벌어져 갖은 음모와 모함으로 서로 죽이게 되었다. 그런데 동인들은 내부에서 집안싸움이 일어나 남인과 북인으로 갈리고, 뒤에 서인들 사이에 또 세력 싸움이 일어나 노론과 소론으로 쪼개진 것이다. 이 밖에도 당파는 여러 갈래로 쪼개어져 싸웠으나 그것을 자세히 쓸 겨를은 없다. 오직 그들이 무엇을 가지고 싸웠느냐 하는 것을 좀 말하여 보겠다.

효종왕이 죽었을 때, 그 어머니가 상복을 어떻게 입어야 되겠느냐 하는 되지 못한 일을 가지고 서인들은 3년이 옳다 하고, 남인들은 1년이 옳다고 싸워 나중에는 서로 역적으로 몰게 되었다. 그 뒤에 효종왕의 비가 죽어 그 시어머니가 무슨 복을 입어야 되느냐 하는 것으로, 아홉 달이 옳다, 1년이 옳다 하여 또 서인과 남인 사이에 싸움이 일어났다. 송시열이 정권을 잡았을 때 서인의 젊은 사람들은 그의 처사에 불평을 품고 있었을 즈음에 송시열이 윤증의 죽은 부모의 일에 대하여 비꼬아 비방한 일이 생겨 두 파가 원수처럼 되어, 이에 서인은 노론과 소론으로 쪼개졌다. 당론이란 것은 대개 이러한 것이다. 이러한 되지 못한 말을 내세워서 그들은 정권 싸움을 3·400년이나 하였던 것이나, 민족 대중은 정치에 간참할 권리가 없고 또 무지하였던 까닭에 양반들을 멋대로 내버려 두었던 것이요, 소위 양반들은 권세를 가지고 농민의 피와 기름을 짜냈던 것이다.

이조 끝에는 왕실의 외척들이 소위 세도라는 것을 잡아 마음대로 벼슬을 팔고 백성들의 땅과 재산을 빼앗아서 정치는 더욱 더 문란하였다.

임진왜란

450년 전으로부터 거듭 일어난 사화로 귀족 양반들은 정권 싸움질만 하고, 나라에 군사라고는 없고, 백성들은 양반을 원망하고 있는 것을 일본이 알게 된 것은 당연한 일이니, 이조 처음으로부터 왜구는 없어지고 일본 사람들은 부산·울산·웅천의 바닷가에 와서 무역을 하게 되어, 거기 사는 자도 있고, 끊임없이 장사배들이 왕래하였던 것이다. 350여 년 전 선조왕 때 임진년에 일본은 20만의 대군으로 조선을 침노하여 7년 동안이나 싸우고 우리 땅은 적지가 되었다.

그래서 이것을 임진왜란이라고 한다(1592~1598). 그들은 명나라를 치러 간다고 핑계하고 몰려 들어와, 4월 14일에 부산에 내려 동래·양산·밀양·상주를 빼앗고, 27일에는 문경 새재를 넘어, 5월 3일에는 벌써 서울을 빼앗았다. 겨우 18일 만이다. 이것을 보더라도 조선에 아무런 방비가 없었던 것을 알 수 있거니와, 일본인은 그때 총을 가졌는데 조선에는 그것이 없었던 것도 큰 원인이 되었다. 조선에 방비도 없고 총도 없는 것을 알았기 때문에 한숨에 삼키고자 온 것이었다. 선조왕은 북으로 도망하여 의주에 가서 자꾸 명나라에 사람을 보내어 구원병을 청하였다. 명나라에서도 조선이 망하면 저희도 큰 화를 입을 것이므로 급히 군사를 보내었다. 그동안에 일본군은 평양을 빼앗고, 함경도까지 쳐들어갔다.

조선은 물 끓듯 하였다. 그때부터 활을 만들고 화약을 연구하고, 총을 연구하고 하였다. 오직 이순신 장군만은 이 일이 있을 줄 미리 짐작하고, 쇠로 덮은 거북선을 만들고 군사를 훈련하여 두었던 모양이다.

양반을 원수처럼 여기던 농민들도 이때는 민족을 위하여 일어나지 아니할 수 없었다. 팔도의 도처에서 농민군이 일어나고, 산속에서 염불하던 중들도 목탁을 버리고 일어섰다. 조헌이 이끈 의병은 공주에서 한 사람도 도망하지 않고 끝까지 싸우다가 다 죽었으며, 함경도의 함흥·홍원·영흥에서 일어난 정문부가 이끈 농민군은 맹렬하게 싸워 자주 적을 무찔렀고, 진주성에서는 김천일이 이끈 의병과 백성 6만 명이 함께 용감하게 싸우다가 모두 같이 죽었다. 진실로 조선이 민족혼을 나타낸 슬프고 장렬한 죽음이었다. 진주 기생 논개가 촉석루에서 놀다가 왜장을 껴안고 남강물에 떨어져 죽은 것은 이때의 일이니, 이것은 6만 명의 애국혼으로 된 한포기 떨어진 꽃이었다. 서울 서쪽 행주에서는 권율 장군이 거느린 군사가 적을 크게 파하였고, 이 싸움에 여자들도 치마에 돌을 싸서 날라 전쟁을 도왔다. 아무리 민족혼은 강하였다 할지라도 혼만으로 싸울 수는 없고 무기는 그리 간단하게 되는 것이 아니어서 전쟁을 7년이나 끌었다.

한편으로 명나라의 10만 군사가 오고, 특히 바다에서는 이순신장군이 싸우면 반드시 적을 크게 무찔러, 적의 배로 하여금 서해 바다를 지나 무기와 양식을 가지고 평양으로 가지 못하게 하였다. 그리하여 평양에 있는 일본군은 양식과 무기가 부족하여, 명나라의 대군이 닥치자 패하여 남으로 달아났다. 평양과 서울을 도로 찾고, 점점 적을 남으로 몰아넣었고, 또 그 동안에 우리도 총을 만들고 일본이 갖지 못한 폭탄을 이장손이 만들고 변이중은 전차를 발명하여 모두 큰 힘을 나타내었다. 폭탄은 기계로 쏘아 던지게 되었으며 전차는 사방에 구멍 마흔을 뚫고 구멍마다 총을 걸고 심지를 연달아 쏘게 된 것이었다. 일본의 총은 서양 것을 모방한 것이요, 일본인은 오직 그것을 믿고 왔던 것인데, 7년 동안에 아무런 새 무기의 발명도 없었으나 조선은 이렇게 여러 가지 새 무기를 창조하였을 뿐 아니라, 그것은 모두 모방이 아니요, 세계에서 처음으로 만든 창조적인 것이며, 거북선 같은 것은 실로 놀라운 것이었다. 그런데 일본의 장군 토요토미 히데요시가 죽고 적이 패하여 달아날 즈음에 일본 해군은 전라도에 남은 일본군을 구해 내고자 모든 힘을 다하여 이순신과 싸웠을 때 불행하게도 이순신 장군은 적의 총에 맞아 넘어지고, 전쟁이 끝나 평화가 오자 양반 귀족들은 또 싸움질을 시작하고, 거북선·전차·폭탄·총을 모두 잊어 버렸다. 이것을 더욱 연구하여 민족을 지키겠다는 생각은 조금도 없었다. 한국 민족의 소질은 세계적으로 우수하지마는 귀족정치가 이 우수성을 북돋우지 못하고 도리어 깨뜨려 버렸다. 앞으로의 민족 국가에 있어서 우리는 충분하게 이것을 발휘할 것이다.

병자호란

일본과의 오랜 전쟁으로 조선의 산업은 파괴되고 많은 사람이 전쟁으로 병으로 죽고 굶어서 죽고 일본으로 붙들려 가고 하여, 토지의 경계는 크게 문란하여졌다. 이때에 국가는 큰 용단을 내리어 전국의 토지를 농민에게 고루 나눠 주어 민족의 생활을 안정시키고, 군대를 양성하고, 무기를 연구하여야 할 것이어늘 이와는 반대로 간악한 귀족들이 이 문란한 틈을 타서 임자 없는 토지와 의지할 곳 없는 약한 농민의 토지를 빼앗아 제것이라 하고, 정당으로 싸우는 양반들은 세력 다툼에 정신을 잃고, 임금은 변변하지 못하였으며, 더군다나 10년 뒤에 선 광해임금은 많은 선비를 죽이어 당파 싸움에 더욱 불을 지르고, 임금 스스로 궁녀와 간신들과 더불어 벼슬을 팔고 하였으니, 그는 쫓겨 나가 죽었지만 미구[29]에 만주에서 일어난 청나라가 쳐들어 온 것을 무엇으로 막을 수 있었을 것인가. 이때 조선도 쇠약하

---

29) 얼마 오래지 않아.

고, 명나라도 쇠약하였다. 이 틈에 만주에서 누르하치라는 영웅이 일어나 만주 백성들을 통일하여 큰 나라를 세우고 그 아들 태종 때에 장차 명나라를 치고자 먼저 조선을 누르려고 320년 전에(인조왕 때) 겨우 3만이란 군사로 조선을 쳤던(1627) 것이나, 이 보다 35년 전에 일본 군사가 들어왔을 때와 마찬가지로, 무인지경처럼 의주·용천·곽산·정주·안주 등 여러 성을 뺏고, 겨우 10여일 만에 황해도 평산에 닥쳤다. 평양·개성 그 밖의 여러 성을 지키던 장수들은 싸울 생각도 못하고 도망하고, 임금은 강화도로 달아났다. 입으로는 천하를 혼자서 다스릴 듯이 하던 유교 선비 양반들도 야만국인 청나라에 굴복하지 아니할 수 없어, 청나라는 형이 되고 조선은 아우가 될 것과 해마다 금·은 그 밖의 많은 물건을 공으로 바칠 것을 약속하고 석 달 만에 청군은 물러갔다. 겨우 한 달 남짓한 싸움이요, 변변히 싸우지도 못했지마는 청인의 약탈 때문에 청천강 북쪽은 거의 빈터가 되었다고 한다. 이때 조선의 문신들은 중국의 문화와 명나라의 은혜(왜란 때에 도와준)를 장하게 받들어 사대사상이 굉장하게 성하였지마는, 청나라의 무력에 대해서는 그것을 부러워하고 배우려고 하는 생각은 조금도 없었다. 그리고 오직 그들을 야만이라고 욕만 하였다. 그리고 또 아무런 이길만한 계획도 없으면서 입으로만 청나라를 치자고 떠들었다. 그리하여 두 나라 사이는 나빠져서 9년 뒤(1636) 청나라는 10만 대군으로 섣달 아흐렛날 압록강을 건너 한 주일도 못 되어 서울 가까이까지 물밀듯 들어 왔다. 조선의 장수는 오직 임경업이 의주를 지켜서 청인은 그를 무서워하여 의주를 피해서 다른 길로 가고 왕은 강화도로 가려다가 청군이 길을 막아 남한산성으로 들어갔다. 옛날 몽고 군사가 해군에 약해서 고려가 강화섬에서 40년이나 견딘 일이 있으므로 북쪽 나라는 모두 바다에 약한 줄 알았던 모양이나 청군은 며칠 만에 간단하게 강화를 뺏어 왕자와 대신들과 그 가족들을 사로잡고, 한편으로 16일에는 벌써 남한산성을 에워 쌌다. 진실로 번개 같은 용병用兵이라 하기보다 조선에 아무것도 군사라고는 없었던 까닭이다.

남한산에는 양식의 준비가 적고, 혹 의용병이나 일어나 주기를 바랬으나, 지방의 관찰사 · 군수들과 입으로 대장 노릇을 하던 문신 양반들 가운데 아무도 의용병을 일으키려고 하는 자는 없었다. 이리하여 한번 싸워보지도 못하고 인조왕은 1월 30일에 한강 삼전도에 내려가서 청나라 황제에게 항복하였다. 이것을 병자년 호란이라고 하며, 청나라는 그 뒤에 중국을 쳐서 명나라를 무찌르고 중국을 차지하였다.

세도정치

이렇게 여러 번 다른 민족의 수모를 받으면서도 양반님네들은 조금도 깨달을 줄 모르고 여전하게 정권 싸움질만 하였으니, 그들에게는 민족이 없고, 오직 제몸의 권세와 부귀와 영화만이 있었을 따름이었던 까닭이다.

170년 전에 정조왕이 서면서, 왕실의 외척과 그밖의 무리들이 방자한 것을 자기 힘으로 막을 수가 없어 정권을 홍국영에게 맡기어 그것을 없애고자 하였다. 이것을 세도라고 하였다. 그러나 이것은 극히 어리석은 짓이었다. 홍국영이 세도를 잡자 또 마찬가지 악정을 하여 쫓기어 나갔으나, 이로부터 세도 길이 열리어 이조가 망할 때까지 왕실의 외척 김씨와 민씨가 세도를 부려, 갖은 횡폭한 착취를 다하고 벼슬을 팔고, 벼슬을 산 자는 그것을 백성들로부터 착취하여 보충하고도 더 많은 재산을 모으려고 하였으므로 정치는 어지러울 대로 어지러워지고 인민은 살 길이 없어 처처에[30] 폭동을 일으키게 되었다.

140년쯤 전에 평안북도 가산에서 홍경래가 일어나 정치를 바로 잡겠다고 난리를 일으키었으나 정주성에서 패하여 죽고, 90년쯤 전에는 진주에서 대창을 들고, 흰 수건을 머리에 두른 백건당의 난리가 일어나자, 여러 고을이 이에 응하여 일어났으며,[31] 유명한 동학당의 최제우가 나타나자 백

---

30) 곳곳에서.
31) 1862년 진주민란으로 시작으로 삼남 약 71개 지역에서 일어난 농민항쟁을 설명하고 있다.

성들은 그를 하늘에서 내려온 구세주처럼 숭배하여 겨우 몇 해 만에 온 나라가 이에 기울어지게 되매, 귀족들은 그를 무서워하여 세상을 속이는 자라 하여 잡아 죽였다. 그러나 그가 죽자 동학당의 세력은 점점 더 커져서 50여 년 전에(1894) 전봉준이 "탐관오리를 없이하고 백성을 구하자"고 외치며 고부에서 일어나 전주를 점령하매, 귀족에게 반항하고자 사방에서 백성들이 벌떼 같이 일어나서, 조정은 이것을 막을 수가 없어 청나라 군사를 청하여다가 겨우 평정하고 전봉준을 죽이었다. 그러나 백성들의 마음 속에 있는 양반에 대한 원수심은 더욱 맹렬하여 갔다.

여러 강국의 침노

우리 조선은 신라 때로부터 중앙아시아 쪽에 있는 서역의 여러 나라와 멀리는 인도·아라비아와도 교통을 하였고, 신라의 중들로서 인도와 서역에 유학한 사람도 적지 아니하였다. 고려 때에는 원나라가 구라파의 반을 점령한 일로 인하여 고려 사람들이 서양에 나라가 있는 것을 알았을 것이나, 서양과 우리 사이에 아무런 직접 관계는 없었다. 지금부터 300년 전에 우리는 명나라에 와서 있는 서양 사람들을 통하여 그 사람을 알고, 그들의 총·망원경·시계·천문 기계·세계 지도 같은 것을 얻어 오고, 그들이 예수교를 믿고 양력을 쓰는 것 등을 알게 되었다. 그 뒤로 종종 우리 바다에 그들의 배가 들어오고, 백년 전부터는 서로 장사를 하자고 청하는 일도 있었는데, 이때 청나라는 영국·프랑스·러시아들과 싸워 땅을 빼앗기기도 하고, 항구를 열어 무역을 허락하고, 예수교의 전도를 허락하는 등 서양과의 관계가 상당히 깊었다. 조선에서도 천주교 믿는 사람들이 많이 생겼다.

조선의 양반들은 서양의 발달된 기술과 학문을 배울 생각은 아니하고, 천주교를 공자의 교가 아니요 사교라 하여 믿는 사람들을 압박하고 죽이기도 하였는데, 80년 전에 대원군이 정권을 잡자 프랑스 사람 선교사 여러 사람과 많은 신자를 참혹하게 죽였다.

그래서 중국에 있던 불란서의 군함 7척이 강화도에 쳐들어 왔으나, 도리어 조선 군사에게 패하여 돌아갔다(1866). 5년 뒤에는 미국 군함 5척이 강화도를 쳤으나 또 패하여 달아났다(1871). 이것을 양요라 하며, 이때 싸운 사람들은 나라의 정식 군대보다도 평안도에서 범잡이 하던 강계 포수들이 많다. 중국과 일본이 패하고 무서워하는 서양을 이겼다 하여 어리석은 대원군은 의기양양하고, 굳게 나라의 문을 닫아 쇄국정책을 취하였다. 그러나 이때로부터 서양 여러 나라의 자본주의는 밀물처럼 조선에 밀려 들어왔다.

러시아는 추운 북쪽 나라라, 겨울에 얼음이 얼게 되면 바다 위로는 행동할 수가 없으므로 조선에 얼지 않는 항구를 구하려고 기를 쓰고 덤벼들고, 영국과 미국은 이것을 막으려고 덤비고, 중국은 조선을 저의 속국이라 주장하고, 일본은 러시아의 내려옴을 무서워하여 죽을 힘으로 조선을 먹고자 하였다.

대원군과 민비

이러한 강국의 틈에 끼어 있어 조선은 서양과 같은 새 정치를 행하고, 양반들의 횡폭한 짓을 금하고, 민족의 생활을 안정시키고, 새로운 교육을 행하고, 무엇보다도 무비를 강하게 하여야 할 것이어늘, 이때 고종왕이 어려서 즉위하여 민씨를 왕비로 맞고, 왕의 아버지 흥선 대원군이 섭정攝政[32] 하여 정권을 쥐게 되었다. 대원군은 당파 싸움을 미워하여, 여러 당파의 사람을 고르게 쓰고, 지금까지 높은 벼슬을 못하던 평안도 사람을 많이 쓰고, 당파 싸움의 소굴이 되는 각지의 서원을 헐어 버리고, 착취를 심히 하는 관리를 처벌하고 국민의 행동을 빠르게 하기 위하여 갓을 적게 하고,

---

32) 임금을 대신하여 나라를 다스림.

소매와 가래를 좁게 하고, 담뱃대를 짧게 하는 등 여러 가지로 애를 쓰기는 하였으나, 세계의 정세에 대하여 어두웠던 까닭에 서양을 미워하고, 서양 문화를 싫어하였을 뿐 아니라 실력도 없이 위엄 부리기를 먼저 꾀하여, 경복궁 대궐을 짓노라고 벼슬을 팔고, 백성들을 부역에 괴롭게 하고 당백전[33]을 만들어 강제로 쓰게 하여 돈벌이를 꾀하는 등 좋지 못한 일을 하고, 군비를 경홀[34]하게 보았다. 그뿐 아니라, 그는 또 며느리 민씨 일족들과 정권 싸움까지 하게 되었으매, 그는 여전히 구식 귀족정치가이지 민족을 구할 큰 정치가는 아니었다.

고종임금이 장성하여 대원군이 정치를 고종에게 맡기고 물러 나옴으로부터 조선도 차츰 나라를 세계에 열게 되어, 40여 년 전으로부터 세계 여러 나라와 조약을 맺어 장사를 하게 되고, 일본으로 시찰단을 보내기도 하여 서양의 새 문명을 받아들이기를 꾀하였지마는 완고한 양반 계급들은 응하지 아니하였다.

그래서 개화파의 김옥균·박영효·홍영식·서재필 들은 독립당을 지어, 겨우 200명밖에 안 되는 일본 군사의 힘을 가지고, 보수파인 민씨의 중요한 사람들을 죽이고(1884) 겨우 사흘 동안 새 정부를 조직하였으나 청나라 군대 2천 명에게 패하여 일본으로 도망하고, 다시 민씨가 정권을 잡게 되었는데, 이(갑신정변) 때문에 청국과 일본은 조약을 맺고, 서로 조선에 군대를 두지 말자고 하였다.

청국과 일본의 전쟁

일본 군사 200명의 힘으로 대궐이 점령되고, 새 정부가 섰으니 조선에 군대가 있었는지 없었는지 짐작할 것이며, 이때에 동학당 전봉준의 난리

---

33) 대원군이 경복궁 중건으로 인한 재정적 궁핍을 해결하기 위해 만든 화폐로, 법정가치는 상평통보의 100배였지만, 실제 가치는 이에 크게 못 미쳐 화폐 가치의 폭락을 가져왔다.
34) 말이나 행동이 가벼움.

가 일어났으니 정부의 군사로써 능히 막을 수 없던 것도 알 수 있을 것이다. 조선은 청나라에 군사를 청하여 동학란을 평정하였으나 일본이 거저 있을 리가 없었다. 일본도 곧 군함을 끌고 와서, 조약 위반이라고 청나라와 옥신각신 다투다가 결국 전쟁이 되었다. 그리하여 중국이 패하고, 일본은 민씨를 쫓아내고 개화당 사람으로 정부를 세웠다. 그리고 조선은 중국의 속국이 아니라 완전한 독립국이라는 것을 선언하였다.

민왕후의 죽음

그런데 일본이 청국과 싸워 얻은 만주의 요동반도를 러시아·독일·불란서가 동양 평화의 화근이라 하여 중국에 도로 돌리라고 하여 일본이 할 수 없이 그것에 응하게 되자, 조선서는 일본이 약한 것을 알고 러시아에 붙는 무리가 굉장히 많아지고 일본은 납작하게 되었다. 일본인들은 이것을 분하게 여겨 이것이 모두 민비가 있는 때문이라 하여 대원군과도 공모하고 일본 공사는 일본 사람 40여 명으로 하여금 밤에 왕궁을 습격하여 왕후를 잡아내어 불태워 죽였다. 이로 인하여 조선 사람의 일본을 미워하는 감정은 물 끓듯 하였다(1895).

대한제국

50년 전(1897)에 조선은 나라 이름을 대한제국이라고 고치고 왕은 대황제가 되었으나 아무런 실력도 없고, 국제 정세는 점점 험악하여지고, 악한 정치로 백성들의 폭동이 여기저기서 자주 일어났다. 그리고 국민들의 마음은 극도로 흔들리고 흥분되었다. 이때 서재필은 미국으로부터 돌아와서 독립문을 세우게 하고, 국문으로 독립신문을 내었으며 여러 애국자들은 글로 연설로 집과 거리에서 새 사상과 독립정신을 부르짖었다. 그러나 그리 큰 힘은 아니었다.

러시아와 일본의 전쟁

이 동안에 러시아의 세력은 점점 늘어 가고 일본은 조선사람들이 싫다고 하매, 조선을 사이에 두고 두 나라는 점점 나빠졌다. 러시아는 동청철도東淸鐵道를 보호한다는 핑계로 만주에 군대를 두고, 또 고래를 잡는다는 핑계로 함경도·강원도·경상도에 근거지를 얻고, 석탄을 두겠다는 핑계로 진해만에 해군 근거지를 얻고, 압록강의 나무를 실어 내리겠다는 핑계로 의주 용암포를 얻어, 모두 군사 시설을 시작하였다. 일본·미국·영국·독일·프랑스 들도 다투어 이권을 요구하여 얻었다. 러시아의 이러한 침략 정책에 가장 위협을 느낀 것은 일본과 영국이었다. 러시아가 조선에 세력을 얻어 태평양으로 나오게 되면 일본의 운명은 어찌 될는지 알 수 없고, 영국은 바다의 지배권에 큰 타격을 받게 되기 때문이었다(지금 미국이 소련의 세력을 조선에서 막으려고 하는 까닭도 미루어 짐작될 것이다). 이리하여서 필경은 일본과 영국이 동맹하여 러시아와 일본 사이에 전쟁이 일어났다(1904~1906). 일본은 영국과 미국의 도움으로 만주에서 러시아를 깨뜨려 미국의 주선으로 미국 포츠머스에서 강화 조약을 맺게 되었는데, 미국과 영국은 조선에서의 일본의 우월권을 허락하였다. 이때 미국과 영국은 설마 일본이 만주를 먹고, 태평양 전쟁을 일으키리라고는 꿈에도 생각하지 못하였고, 오직 러시아 세력을 막으려고 조선을 희생하여 일본에 맡겼던 것이다.

조선이 망함

이렇게 되고 보니 조선 자신은 알지도 못하는 동안에 벌써 일본의 것이 되어 버렸다. 조선은 일본의 처분만 바라게 되었으니 불쌍한 것은 약한 자였다. 일본을 누르던 중국과 러시아가 다 떨어져 나가고 미국과 영국조차 구경꾼이 되매, 조선은 혼자 힘으로 일본과 싸울 수밖에 없었는데, 조선에는 아무 실력도 없었다. 일본은 당장에 독한 이빨을 벌리고 덤벼들어, 처음에 조선의 외교권을 빼앗아 보호국으로 만들고, 모든 기관에 일본 사람의 고문관과 차관을 두어 꼼짝 못하게 한 다음, 차츰 경찰권을 빼앗고 사법권을 빼앗고, 조선 군대를 해산하고, 재정을 관리하고, 오직 임금 자리만 남겨 두었다가 민족 반역자 이완용·송병준·이용구 등과 음모하여 필경 38년 전 1910년 8월 29일에 조선을 삼켰던 것이다.

이 동안에 조선 민족의 분한 마음은 극도에 이르러 민영환 그 밖의 여러 애국자들은 자살하고, 안중근은 하얼빈 정거장에서 일본의 이토 히로부미를 쏘아 죽이고, 민중은 이완용의 집을 불태우고, 또 그를 칼로 찌른 사람도 있었으며 각처에서 백성들의 의병이 일어난다 하여 무수한 반항운동이 있었으나 일본의 무력을 당할 수는 없었다.

독립운동

만 35년과 14일 동안 우리는 일본민족에게 잊을 수 없는 모욕과 고통을 받았다. 그들은 수십만(끝에는 수백만이나 되었다)의 일인을 끌어 와서 온갖 관리를 독차지하고, 몇몇 아랫줄 조선사람 관리는 있으나마나 하였으며 동양척식회사를 만들어 조선 땅을 거의 다 빼앗고 은행을 독차지하여 일인에게만 큰돈을 주어 장사권을 독점하여 조선 사람은 소매상이나 하여 겨우 먹게 하고, 조선의 원료를 가져가 물건을 만들어 가지고 와서 팔아, 이익을 독차지하고, 조선 사람에게는 기술을 가르치지 아니하였고, 조선 사람에게는 높은 교육을 될수록 못 받게 하여 인재 나는 것을 막고, 소학교나 겨우 졸업시켜 일본인의 심부름꾼이나 만들고, 애국지사들을 감옥에 가두고 죽이고, 조선말을 못하게 하고 조선 역사를 가르치지 못하게 하고, 파장에는 성과 이름을 일본식으로 갈게 하는 등 일로 헤일 수 없는 무수한 악착한 압박을 더한 것은 우리가 모두 아는 것이다. 그러나 우리의 마음은 조금도 굴하지 아니하였다. 우리는 일찍이 다른 민족에게 나라를 뺏긴 일이 없고, 그와 같은 지배를 받은 일이 없는 민족정신이 강한 민족이다.

여러 지사들은 외국으로 망명하고, 식자들은 회를 조직하고, 교육가는 교육을 통하여, 종교가는 교회를 통하여 각각 비밀히 민족정신을 불어 넣었고, 젊은 선비들도 이제는 배워야 되겠다고 상투를 깎고 일어나고, 아버지와 어머니들은 열심히 자식을 학교에 보내고, 외할아버지들은 비록 미신이지만은《정감록》을 가지고 3년만 지내면 독립이 된다고 하여 지금까지 백성들을 끌고 왔다.

제1차 세계전쟁이 끝나자 미국 대통령 윌슨이 민족자결주의를 내세워 불란서 파리 강화회의에 다다르게 되자 우리는 이 기회에 독립을 얻어야 되겠다고, 국내에서는 1919년 3월 1일에 손병희 등 33인이 조선 독립 선언서를 발표하자 온 민족의 애국심은 일시에 터져 나와 방방곡곡에 독립만세 소리가 천지를 흔들리게 하고, 밖에 있는 지사들은 중국 상해에 모여서 4월 17일에 〈대한민국 임시정부〉를 조직하여, 대표를 파리로 보냈으나, 여러 강국이 식민지를 잃기 싫어 민족자결주의에 반대하였으므로 독립의 희망은 일시 사라졌다.

그러나 우리는 희망을 잃지 않고 꾸준하게 싸워 오던 중에, 일본이 잔뜩 교만하여 만주를 먹고, 중국을 치다가 결국 태평양전쟁이 일어나 미국과 중국에게 패하게 되어 1945년 8월 15일에 우리 민족은 일본의 노예로부터 해방된 것이다.

전쟁 동안에 우리 임시정부도 일본에 대하여 선전을 포고하고, 약간 군대로 일본군과 싸웠다. 임시정부 요인들은 그동안 돈이 없고 무한한 고통을 겪었고, 끼니를 굶은 일도 많았다 하며, 서재필·이승만 등은 주로 미국에서 활동하였고, 이시영·김구·김규식·안창호 등은 주로 중국에서 활동하였다. 그들은 모두 젊어서 조국을 떠나 80·70의 노인으로 귀국하고, 안창호는 일본인에게 붙들리어 감옥에서 고생한 나머지 병을 얻어 죽었다.

지금 우리는 불행하게도 또 두 강국 틈에 끼었다. 우리는 미국을 믿을 수도 없고, 소련을 믿어서도 안 된다. 우리가 우리 민족의 완전한 독립을 찾는 길은 오직 전 민족이 일치단결이 있을 뿐이다. 그러나 우리는 지금 갈갈이 당파로 찢어져서 제각기 제 말이 옳다 하고, 그 가운데 정권 싸움이 들어 있다. 누구의 말이 옳으냐 하는 것은 우리 민족이 판단할 것이며, 특히 민족의 대부분을 이루는 우리 농민과 노동자가 판단 할 것이요, 그 판단하는 길은 총선거뿐이다. 어느 정당의 정책이 가장 우리 민족을 위하여 바르냐 하는 것을 깊이 생각하여 우리의 대표자로 하여금 정치를 행하게 하여야 할 것이요, 한편으로는 열심히 농사를 짓고 또 일을 하여 3천만 민족을 살리는 의무를 다하여야 할 것이다. 오늘날에 있어 폭력 행동으로 계급 싸움을 한다는 것은 다른 나라에서는 모르되, 남의 나라 때문에 남·북이 갈라져 있는 이 불행한 시기에 약소민족인 우리로서는 민족의 분열과 피를 흘릴 뿐이요, 민족이 둘로 쪼개지면 독립도 바랄 수 없고, 외국의 모욕을 당할 것 밖에 아무것도 소득이 없을 것이다. 우리 농민과 노동자들이 정말 깨닫고 일어날 때는 진실로 이때이다. 민족의 완전 독립과 이상적인 훌륭한 나라를 만드는 것은 오로지 우리들의 손에 달려 있는 것이다.

(10) 맺음

우리 민족의 걸어 온 길을 돌이켜 보건데, 우리는 정치적으로는 아무런 뚜렷한 큰일이나 사상을 지어 내지 못하였고 다른 나라와 마찬가지로 왕위 다툼과 정권 싸움질과 농민의 착취만을 행하였다. 더구나 이조 시절의 4백 년 동안 당파 싸움은 세계에서 유례가 없는 부끄러운 일이다. 유교는 이조 5백 년을 두고 숭상하였으나 뛰어난 세계적 학자도 내지 못하고 민족적으로 두드러지게 이룬 일도 없고, 상복 시비로 당파 싸움을 돋우어 주었을 뿐이며, 쓸데도 없는 복잡한 풍속을 많이 만들고 여자를 천대하였을 뿐이다.

불교는 귀족들과 결탁하여 민중을 괴롭게도 하였으나 사람에게 안심을 주고, 또 미술에서는 특히 신라 때에 있어 불상과 탑과 건축과 종 등에서 세계서 제일가는 위대한 민족미술을 지어 내었다. 신라는 실로 산이 아름답고 물이 맑은 조선 땅에 불교 미술의 왕국을 건설하였다. 고구려는 싸움도 잘 하였거니와 미술도 크게 발달하여, 무덤 속에 돌로 지은 방들은 그 구조의 기묘함과 아름다움이 세계에 유례가 없으며, 그 돌벽에 그린 여러 가지 그림도 뛰어난 것이었다. 신라 때에는 음악이 매우 발달하여 곡조가 천여 가지에 이르렀으며 그림과 조각에도 놀라운 천재를 나타내었다.

고려 때에는 세계에서 제일가는 청자기靑磁器를 만들고, 세계에서 제일가는 팔만대장경판을 새기고, 세계에서 처음으로 주자鑄字를 만들고 하였다. 이조 때에는 세계에서 제일 가는 국문 글자를 지어 내고, 세계에서 처음으로 군함(거북선)을 만들고, 전차戰車를 만들고 하였다. 그러나 불행하게도 정치가 나쁨으로 말미암아 그런 것을 계속 연구하여 민족의 힘을 힘껏 나타내지 못하고, 났다가 사라지고 하였다. 그래도 우리는 중국의 문화를 받은 동양 여러 민족 가운데서는 가장 중국 문화를 잘 소화하고, 어떤 점에 있어서는 중국 이상으로 나아갔다. 이것은 우리 민족의 우수성을 말하는 것이다. 우리가 이상하는 앞으로의 민주주의 민족국가에 있어서는 우리는 우리의 역량을 남김없이 완전하게 발휘할 수 있을 것이다. 그때야말로 우리 민족은 세계의 아무런 민족에게도 못하지 않는 세계적인 우수한 문화를 지어 내어 인류사회에 큰 공헌을 하게 될 것이며, 그러한 나라를 만들기 위해서는 하루 바삐 농민과 노동자에게 넉넉한 생활을 하게 하여서 높은 교육을 받게 하고 넓은 지식을 갖게 하여야 할 것이다.

최근 조선사회상의 변천

　근세의 서양문명이 동양에 소개된 이래 그것이 동방 여러 민족의 물질적 · 정신적 제종諸種의 생활상에 미친 영향의 심대 또한 가경적可驚的[35]임은 물론이지만 그것이 동양 여러 민족의 사회상에 끼친 영향도 우리들에 있어서는 흥미 깊은 하나의 연구대상이 아닐 수 없다.

　중국의 사회도 일본의 사회도 또 조선의 사회도 근소한 연월의 사이에 아주 큰 변동을 가지고 왔다. 종래 동양의 사회가 중국의 문물제도 − 문화 · 문명 − 를 중심으로 하여 움직이고 있던 수천 년래에 비교한다면 지지부진한 변화상을 보이고 있고 오늘날의 그것은 실로 놀라운 속도를 가졌다고 할 수 있겠다. 동양민족은 동양민족 독특한 전통적 문물제도를 갖고 있었다. 그리고 그것은 긴 역사를 가졌던 것으로 그것이 반세기나 1세기 사이에 그 근저부터 파괴될 것까지는 없었다고 하지만 적어도 종래의 전통적 사회상이 새로운 틈입자闖入者에 대해서 거의 그림자를 감추고 있는 것만은 사실일 것이다. 특히 조선과 같은 그 근거가 비교적 박약하였던 사회는 강한 틈입자에 대해서 거기에 대항할만한 힘이 거의 결여하고 있었기 때문이다. 따라서 그만큼 조선사회는 그 변동의 정도에 있어서 중국

---

35) 가히 놀랄만하다.

이나 일본의 그것보다는 심히 급속한 것이 있을 수밖에 없었다. 또 그것이 너무나 급속하였기 때문에 어쩌면 그 변천상은 피상적인 것에 그치고 실질적 내재력을 수반하지 않았다. 그러나 조선의 사회상이 구미문명歐美文明의 이입에 의하여 중국보다도 일본보다도 더 급격하게 변동해 왔다는 것만은 확실하다.

1890년 당시의 한국과 가장 깊은 정치관계를 갖고 있던 러시아에 니콜라이황제 대관식 참열사로서 파견되었던 것이 민영환, 그 수행원으로서 윤치호가 갔다고 하는데 윤씨의 회고담에 의하면 일행은 일제히 상투에 조선복으로 된 장속[36]이었다. 명물의 담뱃대까지는 갖고 갔는지 여부는 모르겠으나, 이것은 놀라웁게도 지금부터 32년 전의 일이다. 1896년의 일이다. 1895년 4월 시모노세키조약下關條約이 성립하여 동년 6월 6일에 조선의 독립은 선포되었지만 당시의 사회 상태라는 것은 이런 것이었다.(1887년경부터 외국에 공사는 파견했지만 당시의 그들의 복장이나 모습은 과문한 탓으로 잘 모르겠다) 일본의 사절이 상투 삽검挿劍의 모습으로 서양에 건너간 것은 1860년, 1861년의 일이니 지금부터 67·8년 전의 일로 한국 보다는 35·6년이나 앞섰다는 계산이 나온다.

더욱 금일에 있어서 양자의 사회상을 단지 표면적으로만 본다면 모두가 거의 비슷한 상태를 나타내고 있다.

양자 사이에 질적 차이는 있다고는 하지만 표면상의 움직이는 방향은 대체로 변함이 없다. 이것이 나의 소위 조선의 사회상은 일본보다 중국보다도 더욱 급격하게 변천했다고 하는 소이이다. 급격하였기 때문에 안정성이 없었고 부박하기도 했지만 아무튼 있는 그대로의 변천상을 생각나는 대로 다소 기술해 보고자 한다.

---

36) 차림새.

문화적 사회상

1. 중국문화로부터 구미문화로

조선에는 엄밀한 의미에 있어서의 고유문화가 있었다고 한다면 그것은 유치한 원시문화에 불과하였다. 조선이 문화다운 문화, 금일의 우리들이 상식적으로 쓰이는 협의의 문화를 갖게 된 것은 중국과 접촉한 후부터이다. 보다 더 고급의 사회조직이나 생활내용을 갖게 되었고 문자를 사용하게 된 것은 전연 중국과의 교통에 의해 얻어진 것이다. 당·송·원·명·청과 중국왕조의 혁명마다 또 중국 문화의 변천발달마다 그 문물이나 제도를 거두어 들였다. 그것들이 약간의 조선적인 색채를 나타냈다고는 하나 문화 그 자체는 원래 중국의 것이었다. 불교·도교·유학의 사상이나 문학·미학·공예·정치 및 사회조직·경제조직 등 모두가 중국의 감화의 그늘 아래 그 기초를 두지 않은 것은 없었다. 일본의 역사에 있어서도 대체로 똑같은 일이라고 말할 수 있지 않나 생각하지만 특히 조선은 지리적으로 중국과 밀접한 관계에 있었던 만큼 그 문화를 수입하여 소화하기 위해 실로 바쁘게 활동하지 않으면 안 되었다. 그리고 신라·고려를 거쳐 이조시대에 들어와서는 복장이나 풍습은 아직 고유한 전통을 지키고 있었지만 사물에 대한 사고방식, 윤리관, 가족제도, 문학, 예술 등등 모두가 중국식으로 되었다. 그리고 그들은 중국인의 실제생활에서 들여온 것이 아니고 문자로부터 수입한 것이었다.

즉 중국인의 이상으로 했던 것을 조선인은 실행했던 것이다. 특히 사회윤리나 가족제도에 있어서 그리하였다. 중국의 삼강오륜 사상을 – 오늘날에 있어서 말하자면 어느 의미에서는 실로 어처구니없을 정도로 – 충실하게 실행한 민족은 세계가 넓다고 하지마는 적어도 조선 이외에는 없었을 것이다. 그 사상이라 하기 보다는 윤리관이 실로 과거의 조선사회의 기초를 이룬 것이다. 12세기 초(송의 선화宣和년간)에 고려에 사절로서 왔던 서긍徐兢의 보고서인 《고려도경高麗圖經》22에,

> 高麗於諸夷中, 號爲文物禮義之邦. 其飮食用俎豆. 文字合楷隸. 授受拜跪. 共肅謹愿. 有足尙者 然其實汚僻澆薄 厖雜夷風 終末可革也. 冠婚喪祭 鮮克由來…
> 貴人仕族 婚嫁略用聘幣 至民庶 惟以酒米 通好而已. … 其疾病 雖至親不視藥 至死險不拊棺, 云云

으로 되어 있는 것은, 고려시대의 이야기로 그 때는 아직 중국의 윤리가 철저하지 못했다. 명대가 되니 〈오잡조五雜組〉(사조제射肇淛의) 권4 등에

> 夷狄諸國 莫禮義於朝鮮 莫膏腴於交阯 莫悍於韃靼 莫狹於倭奴 莫醇於琉球
> 莫富於眞臘 云云

하고 조선을 지나치게 칭찬하고 있다. 이것이 중국인의 외민족관外民族觀의 하나이다. 실명씨失名氏의 〈조선지朝鮮志〉(예해주진藝海珠塵 소수所收) 권 상에서

> 崇尙倍義 篤好儒術 禮讓成俗 柔謹爲風 士大夫喪葬禮 一依朱文公家禮 父母
> 之喪率皆廬墓三年 若有不謹者 不齒士列 其間或有啜粥終喪 不食鹽茶 或手炊爨
> 以供尊事 婚娶必通媒納采 不娶同姓 士大夫皆立家廟 四時必享 忌日則子孫不食
> 肉 … 士族婦女夫死則守節終身, 士大夫妻亡者 三年後改娶 云云

하고 있는 것은 조선의 사회를 여실히 나타낸 기록일 것이다. 조선의 사대부계급 즉 양반계급은 이 문자대로 실행하고 있었던 것이다. 그에 더하여 조선의 이수광이 그의 저서 《지봉유설芝峰類說》16 〈잡설雜說〉 중에

我國之人 有中朝所不及者四 曰婦守節 曰賤人執喪 曰盲者能卜 曰武士片箭也

라 말하고 있듯이 천인 – 노예나 예다穢多와 같은 – 까지가 주자의 가례를 지켰을 정도이다. 중국은 이 윤리의 본 고장이면서도 천인뿐만 아닌 유사儒士에 있어서도 왕왕 그것을 실행하지 않은 것 같아 《지봉유설》17 〈상장喪葬〉의 조는

　……余嘗赴京 見一儒士 其父死未葬 而設椅於柩前 與客距坐進酒肉 談笑自若 中朝喪制之壤 亦可知也

하고 탄식하고 있다. 경京이란 북경을 말함인데 이수광은 이것을 말세의 괴속壞俗으로 보고 있으나 이것은 아마 옛날부터의 중국의 관습이었을 것이다. 송 · 축목祝穆의 《사문류취事文類聚》 전집前集 52의 상사부喪事部 사死 고금문집古今文集 불음주식육不飮酒食肉의 조가 사마군실司馬君實의 글로

　古者父母之喪 飢殯食粥. 齊哀疏食 水飮不食茶果, …… 今之士大夫居喪 食肉飮酒 無異平日 又相從宴集 靦然無愧 人亦恬不爲怪 禮俗之壤 習以爲常 悲夫 乃至閭野之人 或初喪 夫斂親賓 則齊酒饌 往勞之 主人亦自備酒饌 相與飮啜 醉飽連日 及葬亦如之 甚者初喪作樂以娛尸 及喪殯葬 則以樂導輀車 而號哭隨之 亦有乘喪卽嫁娶者 噫 習俗之難變 愚夫之難曉 乃至此乎……

라 하여 고속古俗의 퇴폐頹廢한 것 같이 또 이것이 고래古來의 악속惡俗인 것처럼 쓰고 있는 것을 보아도 이것이 중국고유의 풍속으로 《예기禮記》 등에 정해진 예의는 단지 중국인의 이상이고 극히 일부의 사람만이 이를 실행한 것 같다. 상중에 자녀를 결혼시키는 것은 여러 중국의 기록에 나타나 있고 중국에서는 그것을 '확친攉親'이라 하고 있는 모양이다. 실로 어처

구니 없는 습속인데 이렇기 때문에 유가의 선성先聖이 어려운 의례나 윤리율倫理律을 만들어 냈다는 설도 이것으로 수긍이 간다. 붓이 정도에서 벗어났는데 조선인은 이들 중국인의 실생활로부터 중국의 문화를 들여온 것은 아니다.

중국인이 이상으로 한 것을 실현한 셈이다. 때문에 중국인으로부터도 '어느 이협夷狹보다도 예의가 있는 민족'이라고 불리었을 것이다. 그래서 조선사람도 자칭하여 '예의동방禮義東方'이라던가 '소중화小中華'라 하여 예의에 있어서는 상당한 자부심을 갖고 있었다. 17세기 말(숙종조)의 조선 가인歌人 주의식朱義植이

인심을 토대로 하고
효제충신孝悌忠信을 기둥 삼아
예의염치禮義廉恥로써
정연히 이은 초가집
천만 년의 풍우에 시달린들
어이해 넘어질 손가.

이렇게 노래한 것은 조선의 사회를 찬미한 것임과 동시에 사회는 과연 이랬으면 하고 원할 따름이다. 이것이 과거의 조선인의 사회이상이었다. 효제충신 예의염치가 정연한 사회가 그들의 이상사회로 또 그들은 거기에 향해서 노력도 했던 것이다. 이것이 중국의 이상이나 윤리를 기초로 한 것은 물론이다. 그러나 그들은 '의식족이지예절衣食足而知禮節'과 같은 말을 한 똑같은 중국사람의 유물론적 방면을 조금도 이해하지 않았다. 인간은 마음씨 하나로 무슨 일이고 해낼 수 있다고 생각한 것은 큰 잘못이고 한편으로는 효제충신 예의염치의 윤리에 가득 찬 교육을 극단적으로 실시하면서 타방에 있어서는 민중의 경제생활에 조금도 안정을 주지 않았다. 그 심한

것으로는 이조말기였다. 하지만 그 근간은 임진왜란 · 병자호란과 같은 대파괴작용이 있었던 당시부터 내려졌다. 첫째 토지겸병이 성행하고 다음으로 정쟁이 횡행하여 토지문제 등에는 눈도 돌리지 않았다. 말기에 와서는 드디어 매관매위賣官賣位가 공공연하게 행해지고 관리는 그 권리에 의해 인민의 소유재산을 수탈했다. 조금이라도 훌륭한 집을 갖고 있는 자는 반드시 군수나 관찰사(지금의 지사)로부터 호출되어 "너는 너의 어머니와 간통했겠다" 등 조선인의 가장 불륜으로 삼는 소위 상피죄相避罪(근친혼)로 문초한다. 변명은 무용無用이고, 돈을 내면 무죄가 되는 것이다. 그들은 거의 생사여탈生死與奪의 절대권을 갖고 있다. 게다가 그들도 실은 돈으로 산 관직이므로 약간은 벌지 않으면 안 되었다. 그러므로 조선의 가옥은 지금과 같이 흡사 돼지울 같이 되었다고 노인들은 잘 탄식한다.

고종은 대신이나 근친자로부터 "수모誰某가 하관何官을 원하고 있는데요"하면 "도대체 얼마를 받을 수 있느냐?" 하고 되물었다고 한다. 대원군의 매관은 경복궁 건립을 위한 것이었는데 조선이 망한 것은 실은 대원군과 경복궁에 그 죄가 있다고 노인들은 잘 말하고 있으나 물론 그것만의 이유가 아닐 것이다. 아무튼 조선의 말기가 이러했기 때문에 그들의 소위 〈효제충신 예의염치의 집〉의 기초가 흔들리기 시작한 것은 당연한 일이었다. 그 위에 그들의 이상으로 한 집은 불의의 폭풍우를 만난 것이다. 그 폭풍우란 구미의 물질문명 ― 특히 그의 제국주의적 문명이었다. 종래의 조선인의 집(사회)는 시적詩的이고 미술적이었다. 결코 완강한 실질적 건축은 아니었다. 그리고 그 토대는 이미 수많은 개미떼 때문에 깊이 파헤쳐졌다. 거기에 지금까지 예기하지 않았던 폭풍우가 습래襲來했으므로 온 집안이 소동이 일어난 것은 물론이고 바로 치유하려고 하는 이 집을 어찌할 것인가가 초미의 문제가 되었다. 그들은 벌써 미술도 시도 안중에 없었다. 연약한 효제충신의 기둥에 완조頑粗한 통나무를 때대 박아 예의염치로 이은 지붕도 무거운 돌로 눌러 놓지 않으면 안 되었다. 그래서 약간 무서운 폭풍우의 밤을 새우게 되었다. 이렇게 기묘한 모습이 된 집이 소위 대한제국이었을 것이다. 조선 민중은 열심히 교육열을 고취하고 학교를 창립했다. 학교라 하지만 작고 허름한 집 같은 것이었지만 그 수는 실로 지금의 학교보다도 많았다고 한다. 그것은 서양식의 목공을 양성하기 위해서였다. 중국식 목수에게는 거의 모두가 정이 떨어져서 이것이고 저것이고 서양식이 아니면 안 된다는 것이 당시의 식자의 여론이었다. 애국지사나 헌신적 애국자는 자비도보自費徒步로 도회지는 물론 산간벽지까지 들어가서 지방인사에 신교육의 필요를 설득했던 것이다. 그들 중에는 눈물겨운 미담이나, 참지 못하고 웃음을 터뜨리는 정도의 우스개 소리가 수없이 쏟아졌다. 아무튼 그들의 헌신적 열정에는 누구나 감격하지 않을 수 없었을 것이다. 그것은 정부가 주가 되어 한 것이 아니고 오로지 민간의 지사들이 활동하고 있었기 때문에 오늘날 우리들을 감격시키고 있는 것이다. 정부는 재정이 궁하여 교육의 급무를 인정하면서도 마음대로 손을 쓸 수 없고 민중도 탐관오리들 때문에 거의 전 재산을 약탈당하고 있음에도 불구하고 그런 중에서도 소학교를 창립했다는 것은 그들의 자각과 정열의 선물이었다. 이것이 지금부터 30년 전부터 56년 전까지의 현상이고 신문화운동 즉 서양문화를 쫓는 운동의 제일보였다.

2. 교육운동과 문화의 민중화

당시의 소위 신학문, 즉 구미의 사상과 문화를 수입하려고 설립된 교육기관 중에 최초의 것이 무엇이었는가는 잘 모르지만 1883년에 영어학교가 생기고 이것이 후에 한성외국어학교라 칭하게 되어 영·일·한·러·불·독어를 가르쳤다. 1887년경 역시 서울에 메소지스트교회 경영의 배재학당(중학교), 이화학당(여학교) 외에 육군무관학교와 같은 것이 있었을 정도고, 그때는 월사금이 없는 것은 물론이고 모든 비용까지도 학교가 부담했다. 그래도 학생은 극히 소수이었다. 무관학교에서는 점심의 잔치까지 정부에서 부담했다는데 지원자는 극히 적었다고 듣고 있다.

조선에 신학문운동이 일어난 것은 일청전쟁 이후부터 시작된 일이다. 조선정부는 그 각 부분에 일본인 고문을 고빙雇聘하여 점차 일본을 통하여 신문명을 들여오려고 했다. 교육사업으로서는 서울에 중학교, 의학교, 사범학교, 농상공학교가 각 한 학교씩 설립되어 서울에 불과 4개의 소학교 전국에 50의 소학교를 설치했는데 당시의 정부로서는 큰 분발이었던 모양이다. 1895년경의 일이다. 동시에 동아동문회나 해외교육회 등에 의해 각 도시에 10개소 정도의 일본어학교가 설치되어 그후부터 민간경영의 소규모 소학교가 해를 거듭할수록 증가하고 사립중학교도 점차 생겨났다.

이들의 족생簇生[37]한 학교에서의 교육의 전소 목적은 거의 군국적 · 애국적 독립사상의 고취에 있었다. 그리고 그것은 우국적 · 비분강개한 격조를 띤 것이었다. 지금 생각하면 변태적으로 소학교에서 당당한 군대교육 정치교육을 했던 것이다. 나는 지금으로부터 20여 년 전에 시골의 소학교에 들어갔는데 그때 나는 아마 9세가 아니었나 기억한다. 나보다도 어린 사람은 한 사람도 없었다. 또 나의 연배의 사람도 극히 적었다. 최고령자가 38, 보통이 20부터 25 · 6세 정도로 손자를 두고 사위를 맞이한 사람들도 꽤 많았다. 그리고 당시의 정정政情은 언제 국가가 넘어갈 것인지 측량하기 어려운 위태로운 때인 만큼 그러한 소학교에 우국적 정치교육이나 군사교육을 실시한 것은 오히려 당연한 일이었다. 나는 어린이로 아무것도 몰랐으나 학생 간에는 열심히 연설회가 열려 정치논쟁이 일어나고 서울에서 파견된 듯한 육군하사가 체조선생으로서 매일 실전연습이란 것을 가르쳤다. 우리들은 목총을 매고 목숨을 걸고 전법을 교습 받았다. 소학교 졸업생의 9할 9분까지가 정치가가 되려고 했고 불과 1할 정도가 교육가

---

37) 일시에 많이 일어난.

나 군인을 희망했던 시대이다. 내가 소학교를 졸업할 때 너는 장래 무엇이 될 것인가 하고 물었을 때 "나는 중학교에서 대학까지 가겠습니다"고 대답하여 선생으로부터 훌륭하다고 격찬된 일은 지금도 아직 기억이 생생하게 남아 있다. 나는 그 말을 아무 속절없이 이야기 한 것이 분명했지만 전문학교가 겨우 2, 3개밖에 없었던 당시 어린이로서의 이 대답은 선생을 놀라게 했을 것이다. 그러나 나도 실은 그때의 어린 마음으로 역시 정치가가 되려고 했던 것이다. 그것은 물론 주위의 자극에 의해 생긴 마음이었을 것이다.

12세 때 서울에 유학하고 13세 때는 원고를 선배더러 써달라고 해서 그것을 날새기 하여 암송하고, 다음날 공중의 앞에서 나폴레옹이 어떻고 비스마르크가 어떻고 하여 도도滔滔[38] 일석一席의 연설을 시도하고 한몫을 하는 정치가가 된 기분으로 즐거워했던 시절이 기억난다. 그것이 15 · 6년 전의 세상이었으니 수 년 전까지의 조선학생이 모두가 법과나 정치과를 즐겨 입학한 것은 결코 이유가 없는 것은 아니었다. 정치적으로 혼란한 시대에 태어난 야망에 가득 찬 청년들이 그러한 방향으로 달린다는 것은 말릴 수 없는 부득이한 일이었을 것이다. 또 여담이 되었으나 요는 청일전쟁으로부터 병합 전까지의 조선의 교육은 주로 정치적 · 군국적 · 애국적이었는데, 지금 또 하나의 교육상의 조류는 자유 · 평등의 사상운동이었다. 일본으로부터 수입된 루소의 사상으로 문명개화라는 술어와 함께 자유평등이란 말은 오늘날에 있어서의 무산계급 · 사회주의란 말과 같이 함부로 청년들 사이에 쓰여지고 있었다. 보수적인 양반계급이나 노인들은 이것을 아주 싫어했지만 젊은 사람들은 이러한 사상을 부정한다면 동배간同輩間에 크게 위화감을 갖게 되었다.

병합 이후에 교육주조가 현저하게 변화된 것은 물론이다. 관공립 제학

---

38) 잘난 체하는 거만한 모양새를 이른다.

교는 별문제로 하고 사립학교나 교회학교에 있어서도 옛날 같은 방법으로는 되지 않았다. 점차 학문을 가르친다는 기운이 대동(擡動)하기 시작했다. 그러나 학생(주로 중학생)의 머릿속에서 정치문제를 제거한다는 것은 거의 불가능한 현상이다. 현재의 소학아동의 연령은 거의 일본의 그것과 큰 차이가 없기 때문에 옛날과 같이 소학생이 정담(政談)연설을 하는 것 등은 그들이 중학교에 진학하고 사회와 접촉함에 따라 정치적 고통을 점차로 느끼게 되면 자연 거기에 그들의 감정을 자극하는 자가 나타나서 정치문제에 흥미를 느끼게 된다. 조선과 같이 중학생의 스트라이크가 많은 나라는 없었지만 소학생까지도 가끔 교장배척이나 선생배척을 조건으로 동맹휴학을 하는 현상은 정말 한심스러운 일임에 틀림없다. 그리고 그 배척된 사람의 대부분은 일본인선생으로 그 이유가 가끔 생도 모욕이라든가 조선인 모욕이라든가 하는 말을 들을 때 식자로 하여금 무엇인가를 생각지 않으면 안 되게 만든다.

조선의 중학생이 정치론과 사회론을 하고자 하며 그것이 교육계의 난문제(難問題)의 하나가 되어 있는 것은 정치적 환경에 의한 하나의 사회상이다. 그들은 또 반드시 모두가 졸업면허장을 얻어 직장을 얻으려고 하지 않는다. 많은 사람이 민족해방운동자의 한 사람으로 활동하고자 포부를 갖고 있었다. 이것이 일본의 학생과 현저한 차이점이고 중국의 학생의 그것과 유사하다. 1919년의 소위 3·1운동 이래 조선 청년의 향학열은 놀라우리만큼 증가하고 시골에서 상투를 자르고 서울에 모여든 유생들이 매년 수천 명씩 4·5년 사이에 불어났다. 그리하여 동경이나 여러 외국에 향하는 자도 매년 증가하는 추세이다. 그리고 그들 대부분이 고학(苦學)의 결심으로 나오고 있는 것에 대해서는 경악을 금치 못하는 바이다. 나도 또한 그 한 사람이기에 별 할 말이 없다. 그들 중에는 역시 해방운동의 대열 속에 들어가려고 하는 사람이 다수였다. 요는 청일전쟁 후 오늘날까지의 교육상은 아직도 주로 민족해방운동으로 나아가는 것이 그 조류였다.

이런 조류 속에 선 조선의 교육사회가 옛날과 같이 어느 특수계급에만 문화를 독점시켜 둔 것은 물론 불가능한 일이었다. 종래의 중국문화는 양반계급에 의해 독점되어 일반민중은 문화권에서 제외되어 있었다. 약 500년 전에 한글이 창출되었다고는 하나 그것이 민중을 문화계급으로 끌어올릴 수는 없었다. 문화는 의연히 한문에 의해 발달되어 있었던 것이 최근 30년래 서양문화의 수입과 함께 중국문화는 거의 생명을 잃고 신래新來의 문화는 점차로 민중에게 해방되었다. 새로운 학교에 자제를 가장 먼저 넣은 것은 상공계급이나 기타의 상민常民이었다. 새로운 문화는 여성에게도 해방되었다. 이것은 세계의 대세에 의한 것이라고는 하나, 근본은 민족적 해방운동에는 문화의 대중화가 절대로 필요했기 때문일 것이다. 그것은 당시의 교육자도 잘 인식하고 있는 것으로 융희년간에 만들어진 것 같은 애국가라고 하는 서두가 "대한제국 융희隆熙일월日月 부강안태富強安泰는 국민교육의 보급에 전재한다. 우리들은 덕을 닦고 지능을 계발하여 문명개화의 선도자가 되지 않으면 안 된다"는 뜻으로 되어 있다. 이 노래는 교가 대신에 각 학교에서 열심히 불리워졌다.

3. 신문운동新聞運動과 역사운동

역시 청일전쟁 후 1855년경부터 황성신문, 제국신문 등의 국문의 신문이 창간되어 이들은 병합 전까지 계속됐다. 러일전쟁 1904 · 5년경부터 역시 국문의 대한민보, 대한매일신보, 만세보 등이 발간되어 영자신문에는 서재필, 윤치호 등 미국을 다녀온 사람들에 의해 경영된 독립신문 등이 1896년경부터 시작되었다. 친일파 일진회의 기관지인 국민신문이란 것도 있었으나 이것은 극히 평판이 나빴고 거의 독자가 없었다. 당시 가장 권위 있고, 민중에 환영된 것은 고 장지연이 주필한 황성신문이고, 다음이 제국신문, 대한매일신보 등이었다. 그것은 배일을 고조하고, 독립사상을 고

취했기 때문이다. 퍽 난폭한 배일을 화축畵築한 일도 있었지만 독립사상이 전성한 당시 이들 배일지가 환영된 것은 당연한 일이었다. 어쨌든 통감정치시대였기 때문이다. 여러 배일지가 정치문제를 주로 취급한 것은 시세가 그러했거니와 그들은 금일의 일본신문과 같이 사건을 보도하는 데에 그치는 신문은 결코 아니었다. 무슨 사건이고 간에 필자의 지도적 주관을 넣고 거의 그 전면을 논설로 채워버린 감을 주는 것이었다.

조선의 완전한 독립을 보지保持하기 위하여 일본의 세력을 조선으로부터 구축하지 않으면 안 된다는 열과 격정이 전면에 넘쳐 흘렀다. 게다가 그들은 모두가 조선의 정정政情을 통탄하고 지금 한국민이 각성하고 대분투를 하지 않으면 한국은 반드시 망한다고 예언하며 비분강개의 극단적인 격조로 외쳤던 것이다. 요는 이러한 신문은 잠자고 있는 민중에 각성제를 주고 멍하게 있는 사회에 흥분제를 주어 역시 민족해방운동에서 일개 역할을 다 했던 것이다.

오늘날의 신문도 역시 순수한 보도기관은 되어 있지 않고 있다. 병합 후 총독부의 기관지인 매일신보를 제외하고 다른 국문신문은 모두 폐간되었는데 1919년의 3·1운동 이후 동아일보·조선일보·중외일보 등이 창간되어 오늘까지 어떻게나 속간은 하고 있지만 이것들도 모두 민중사상의 지도기관으로서의 존재를 자타가 공히 허용하고 있다. 전 도에 걸쳐서 수십여 종의 언론·사상·문예의 잡지 등도 같은 의미와 포부로 경영되어 어느 것이나 희생출판을 하면서 해방운동에 진력하고 있다. 그러나 오늘날에는 병합 전과 같은 극단적인 비분강개한 격조를 띤 것은 없다. 어느 신문이나 상당히 차분하고 이성과 실제에 의해 사물을 사고하려는 경향을 보이고 있다.

3·1운동 발발 직후에 경무국장을 지낸 환산학길丸山鶴吉씨가 지난 어느 석상에서 술회한 바에 따르면 조선의 신문잡지는 함부로 애조를 띤 언론을 토로하고 민중을 흥분시킬 뿐이고 전혀 조선 민중의 정당한 갈 길을 명시

하지 않는다. 이것은 도리어 조선을 오도하는 것이요, 조선 민중이 지금이라도 멸망할 듯이 말하지만 그것에 의해서 조선민족이 구출되는 것은 아니다. 제군은 더욱 대지에 발을 힘차게 딛고 조선인의 갈 길을 생각하지 않으면 안 된다고 하였다. 이것은 환산씨 뿐만이 아니고 소위 조선을 아는 일본인 모두가 말하는 바다. 그러나 나는 환산씨에 대해서 이렇게 대답했다.

"당신의 설은 과연 그럴듯 하지만 그것은 아직 조선의 사회를 내적으로 인식하지 못한 관찰이고 3 · 1운동 당시에도 오늘 현재까지도 아직 조선인은 진실된 감정적 세련을 받지 않고 있다. 사회적 운동의 자연적 과정으로서 조선인에게는 무엇보다도 먼저 센티멘털리즘[39]의 운동이 절대 필요한 것이고 감상의 해방을 받고 있지 않은 민중에게 대지에 입각한 이치를 말해도 그것은 무용한 짓일 뿐만이 아니라 도리어 오해되는 위험이 있다. 그렇게 되면 신문이나 잡지는 팔리지 않는다. 조선 사람은 아직도 봉건적 머리부터 탈각脫殼하고 있지 않으며 희노애락을 표현하지 않는 종교적 생활로부터 구해지지 않고 있기 때문에 대중적 · 민족적 운동을 필요로 하는 이 시대에 조선 사람의 입장에서 애조를 띤 언론으로 민중의 감정에 사물을 호소하는 일은 반드시 필요하고 이 감정해방운동은 당분간 계속할 것이다." 나는 나의 견해가 옳다고 생각하는데 조선사회가 안정하지 않으면 안 된다는 것은 물론이다. 또 이 2, 3년간에는 퍽이나 안정된 듯한 느낌이 든다. 이것부터 어쨌든 정치운동기에 들어갈 것으로 예상되는데 지금까지의 신문잡지운동은 해방운동의 제일보로서 센티멘털리즘의 운동이었다고 생각한다.

역사운동에 대하여도 같은 말을 할 수 있다. 민족운동에 따라 필연적으로 일어난 것은 어느 나라치고도 역사운동, 언어운동, 문예운동일 것이다. 그것은 민족의식의 전적全的 통제統制와 민족적 자부심을 조장하기 위한 운

---

39) 감상주의

동일 것이다.

언어 · 문학 · 문예에 관한 일은 후항에서 기술하려 하는데 역사운동도 역시 청일전쟁 후부터 점차 고개를 든 것 같다. 서적의 이름은 그다지 기억이 나지 않지만 《동국사략》, 《유년필독》 등의 역사물이 우리들의 어린 시절에 애독되어 왔다. 수나라 황제 양광의 20만 군을 격파한 고구려의 을지문덕, 당나라 황제 이세민의 한쪽 눈을 사중射中하여 안시성을 구했다는 양만춘, 히데요시의 해군을 격파한 이순신 등을 주로 하고, 김유신, 강감찬, 임경업, 김덕령, 신립, 곽재우와 같은 명장 충장이 구가謳歌되고, 고구려의 광개토왕과 고구려의 명재상이었던 을파소, 고려 말의 충신 정몽주, 백제 말의 충신 성충, 이조 초기의 충신인 성삼문, 신숙주, 하위지 기타의 충신 등이 가장 숭경崇敬되고 단군, 동명왕, 박혁거세, 온조왕과 같은 조선 고대의 건국시조가 숭배되었다. 즉 외적을 격파한 명장, 영토를 개척한 영군명상英君名相, 희생적인 충신, 개국의 시조를 구가한 것이 당시의 역사운동이었다.

외국에서의 일이라면 별로 이상할 것도 없지만 조선에 있어서는 이것은 일찍이 없었던 현상이다. 조선의 지식계급은 종래 중국의 역사를 알고 있었을 뿐이고 조선사를 알고 있는 사람은 극히 적었다.

학생은 모두 《통감》, 《사략》 등을 교습받고 중년 이후가 되어 특지特志한 학자가 점차 《사기》나 《좌전》, 《전후한서》 기타를 읽는 한편으로는 조선사서를 들여다보는 정도였기 때문에 일반 조선인이 조선사에 무지하였음은 물론이고, 개국의 시조라 불리는 단군까지도 알고 있는 사람이 거의 없었다. 그러나 일단 조선이 눈을 뜨고 세계의 무대를 조망했을 때, 당시의 전 세계는 모두가 침략적 제국주의, 군국주의의 최후의 눈부신 전투를 하며, 그들이 대국으로 숭경하고 있던 중국은 위약하게도 양이洋夷에게 격파당하고 작고 어린 일본에게까지도 비참한 지경을 당했으니 오늘날까지의 중국숭경의 사상은 아주 쇠퇴하고, 여기에 기울어진 독립국의 황제를 받들게 되었으므로, 급격한 독립사상이 풍미하고, 무엇이나 일본에 본받아야 겠다는 의식이 왕성하게 되었다.

그들이 당시 극단적인 배일을 하게 된 것을 말하지 않아도 명백한 이유가 있다. 그러나 교육제도나 제반의 국민운동은 전연 일본이 했던 방법을 답습하려 시도했기 때문에 일본의 진가를 지식계급은 인지하고 있었다. 그래서 그들의 역사운동이 애국적, 군국주의적, 제국주의적이었음은 당연한 일이다. 또 국민운동에는 국가의 위대한 시조를 등에 업지 않으면 안 되겠기에 단군을 밖으로 끌어내서 대종교(단군교)라 하는 종교단체까지가 태어났다. 당시의 역사운동은 한마디로 단군운동이라 해도 좋을 정도였다.

그것은 독립운동, 국민운동에는 반드시 필요한 사항이었는데 더욱 명백히 말하면 국민의식의 통일, 긴장을 위하여 크나큰 역할을 했던 것이다. 조선인의 사회사상은 조선 독립 당시까지 전연 봉건적이었고, 국민의식이나 민족의식이란 것은 거의 없었다. 통일적 국가는 고려 이래 천여 년을 계속하고 그 앞에도 신라의 통일시대가 수백 년 있었으나, 그것은 근세와 같은 중앙집권적 국가는 아니었다. 지방관은 인민의 생사여탈권을 갖고 실질상 봉건대명封建大名과 다른 점은 없었지만 각도인各道人 사이에 불화 반목은 흡사 외국인에 대하는 경우와 같았다. 먼저 그들의 민중은 같은 조선 국민임을 의식상으로 통일하지 않으면 안 되겠기에 일원시조론一元始祖論이 필요했던 것이다. 용장勇將·명상名相·충신忠臣·영군英君이 구가된 것은(원래는 중국의 그러한 인물이 숭경된 대신에) 그들의 독립자존심을 충동발양하려 했기 때문이다.

병합 후에 있어서도 미력하나마 이와 같은 운동이 계속되었다. 사범학교·중학교·소학교에서 등사판으로 등사된 조선역사가 비밀리에 생도 간에 배포되어 때때로 세간을 놀라게 했던 것이다.

그들은 어린 마음으로 비밀결사를 조직하여 교묘하게 감독자의 눈을 피하여 이와 같은 인쇄물을 돌렸다. 그 내용인즉 우스꽝스럽게도 조선은 전쟁을 해서 져 본 일이 없고, 조선사는 세계사 중 가장 빛나고 있다는 것이다. 그러나 그들의 심사는 찰지察知할 수 있고 또한 하나의 사회상으로 묵과할 수 없는 일이었다. 나도 중학 2년 때에 대단하게도 조선사 편저編著를 기도한 적이 있다. 오늘날 생각하면 우스운 일이기도 하지만 이 일로서도 당시의 청년의 심정을 추찰推察할 수 있을 것이다.

이러한 역사운동도 요는 센티멘털리즘에 의한 일종의 민족해방운동이었다. 2, 3년 전부터 조선역사운동도 약간 안정되어 요사이는 학술적 역사 논문도 때때로 잡지상에 나오게 되었다. 여러 방면에 걸쳐서 조선사회도 이성적 · 실제적으로 움직이게 되었다. 종래의 센티멘털리즘으로서는 점차로 민중이 호응하지 않게 된 것이다.

4. 언어 · 문자 · 문예운동

역사운동과 함께 일어난 것은 언어운동과 문자운동이었다. 문예운동은 조금 늦게 일어났다. 종래의 문화계급(소위 양반계급)은 자국의 언어나 문자에 관해서 애착을 갖고 있지 않고 가치도 거의 인식하지 않았다. 언어는 수천 년 이래 사용하고 왔음에도 불구하고 아무튼 그것을 존중하지 않고 되도록 한자가 혼용된 언어를 상품上品으로 하고 그 혼합된 정도가 농후한 언어가 유식한 말로 군림했다. 문자도 창정創定되었으나 그 후 거의 5백년이 되었지만 그다지 존중된 일도 없고, 문화상에 현저하게 공헌한 것이라고도 할 수 없다. 또 한국어나 한국문자에 의해 왕성한 문학이 발달된 것도 없었다. 최근 1세기 정도 사이에서 저급의 전기소설이나 중국역사소설의 번역이 다소 행해졌을 뿐이다. 노래 쪽은 상당히 다수 만들어진 것 같은데 그 중에 정말 한국어를 살린 작품은 소수이다.

이와 같이 학대된 언어나 문자가 국민운동 흥기 이래 맹목적으로 존중됐다. 종래의 한문만능사상에 대한 반동도 가세했으나 역시 독립자존심의 충동과 국민의식통일을 위하는 의식적 운동이었다. 그래서 구한국시대에는 조선어나 조선문자의 학문적 연구라는 것은 없었다. 오직 조선어문이 세계제일이라는 것을 큰 소리로 선전하면 그만이었다.

고 주시경의 운동이 그것이었다. 나도 주씨로부터 배운 적이 있었으나 지금에 와서 생각하니 씨의 설은 상식적이었으나, 학문적은 아니었다. 씨는 입이 닳도록 내외인에게 조선어문의 우월을 격상激賞[40]한 것이다. 또 당시는 그러한 상식이 필요한 시대로서 학문은 불필요하기도 했다. 그러나 주씨가 조선어문연구의 선각자였음은 부정할 수 없다. 주씨일파의 운동에 의해서, 아무튼 조선어나 조선문자가 조선민중 사이에 존중되게 되었던 것이다. 자기의 언어나 문자의 존중함을 처음으로 발견했으니 그것으로 사상이나 감정을 발표하려고 했음은 당연한 일이다. 우선 신문지가 그것을 채용하고 일반 대중을 위한 서적이 그것을 채택했다. 그러나 최초는 역시 구각舊殼을 전연 탈피를 못하고 한자 사이에 조선어를 토를 단 정도였다. 그러나 점차 순조선어를 사용하려는 운동이 일어났는데 도리어 전연 고대에 되돌아가려고 했던 것이다.

고어古語라는 고어라든가 잡어雜語라는 잡어는 모두 모여서, 그것으로 문장으로 글을 짓고 했으니 이번에는 한문보다도 더욱 읽기가 어려워졌다. 그 당사자들이 열심했던 것은 물론이고 독자도 감복하여 한자 한자 주워서 읽었던 것이다. 이러한 태도는 종래의 한문숭배사상에 대한 극단적인 반동에 지나지 않으나 그것이 약간 그들의 국민적 자존심을 자극하고 그것에 의해서 국민의식 통일상에 다소나마 역할을 한 것은 확실하다.

3·1운동 전후가 되어 차차 문예운동이 일어난 것으로 기억된다. 그때는 퍽이나 세련된 조선글 다운 조선글을 짓게 되었다. 그들은 모두가 동경유학에서 돌아온 사람으로 일본의 문예가 전연 언문일치체를 사용하고 있

---

40) 격찬하다. 매우 칭찬하다.

는데 자극되어 그것을 배운 것이다. 특별히 이렇다 할 작품도 없었지만 모두가 감상적인 연애물이나, 그 방면의 번역물이 조금 있었다. 병합 후는 조선글의 신문이나 잡지를 일절 허가치 않았으므로 문예운동이 극히 미미했던 것은 당연한 일인데 3·1운동 후 차츰 그것이 허가가 되어 소설·시 등의 창작이나 번역물이 출판되고 희곡도 가끔 나왔다. 한때는 문예전문의 잡지가 수종 나났으나 지금은 여러 종류의 잡지의 태반을 문예가 점령하고 있다. 도대체 조선의 잡지는 시사나 문예 외에는 아무 것도 실리지 않고 있다. 자연과학 쪽은 물론이고 문화과학 쪽도 그 전문적 색채를 갖고 있는 잡지는 하나도 없다. 이것은 조선에 학문이 없다는 것을 말하는데 오늘날의 과학적 지식은 모두 일본문의 저서나 잡지를 통해서 흡수할 수 있으므로(중학생까지도) 그 필요가 없는 것도 한 요인일 것이다. 요사이는 시사를 빼버린 학예(학문·문예) 잡지도 하나 나왔으나 아무튼 시사문제와 더불어 문예운동이 조선사회의 일대 조류를 이룬 것은 조선의 여러 잡지와 신문이 그 두 방면으로 전력을 쏟고 있는 것으로도 양해가 된다.

이러한 중대성을 가진 문예운동은 어떠한 것이었나 하면 이것도 아직까지 거의 센티멘털리즘한 것이었다. 그것은 작가가 모두 20대의 청년이기 때문이라지만 작가도 조선사회의 각 일원인 이상 사회가 그러한 작품을 요구하고 있기 때문이 아닌가 생각한다. 3·4년 이래부터 프로문예라는 것이 일본의 그것에도 자극되어 또 조선의 사회사정에도 원인이 있어서 일어난 것인데 그 작품도 모두 센티멘털한 것뿐이었다. 이러한 현상은 요는 조선사회가 아직 감상시대이고, 민중이 그것을 요구하고 있다는 것을 의미하는 것이 아닐 수 없다. 앞에서도 가끔 말했거니와 조선은 아직 감정해방운동에 의한 민족해방운동시대에 처하고 있는 것으로 실제적 이성적인 일을 생각하라 해도 그것은 조금은 무리일 것이다. 이론은 남만큼 말하지만 그 이론이 좀 현실성을 지니지 않고 있다는 것이 일본의 식자(조선을 안다는) 사람의 조선인관인 듯하나 그런 견지에서 조선인은 공상적이며 구제할 수 없는 민족이라는 결론을 내린다면 그것은 조선의 지금 사회를 인식하지 못하는 오견이라 할 수밖에 없다. 조선 사람의 이론이 현실성을 띠게 되는 날도 반드시 가까운 장래에 올 것으로 나는 믿고 의심치 않는다. 현재도 그 맹아는 각 방면에서 나타나고 있다.

계급상階級相의 변천

청일전쟁 후 조선이 독립은 선언하고 실질로는 그렇지 않더라도 대한제국으로서 황제를 모시는 하나의 국가로서 출현했다. 조선이 제국이 되었다고 하는 것은 종래 외국과 몰교섭(쇄국적)상태이던 조선이 세계의 일국으로 선 것을 의미하는 것이었다. 세계의 일국으로서 활동하기 위해서는 전 국민의 일치단결이 절대 필요했다. 그래서 독립자존심의 발양과 국민의식 통일을 위해서 여러 가지 운동이 일어난 것은 지금까지 이야기했다. 그런데 국민의 사상적 통일 단결을 위해서는 종래의 계급관념을 근본으로부터 파괴하지 않으면 안 되었다. 종래와 같이 양반계급이 문화나 정치를 독점하고 있다고 한다면 도저히 그 목적을 달성하기는 곤란했다. 그래서 민중(주로 상공·상민常民의 여러 계급) 해방운동의 수단으로서 수입된 것이 자유평등, 천부인권의 사상이었다. 물론 일본을 통해서 들여왔지만, 또 양계초의 《음빙실문집》 등으로도 들어왔다. 이들 신사상(당시는 이것을 개화사상 혹은 개명사상이라 했다) 이 식자계급이나 피압박계급에 의해 열광적으로 환영된 것은 물론 그들은 그것을 상공·상민계급의 해방운동의 유일수단으로 무기화했던 것이다. 그들이 이조 수백 년 이래 철저히 압박되었던 반동으로서 압박계급이었던 양반계급에 대한 항쟁은 훌륭하고 눈부신 것이었다. "양반이 도대체 뭔가. 인간은 모두 자유이고 평등하다. 우리들에게도 천부인권이 있다"고 뽐냈던 것이 당시의 세상이다. 학문과 문화권 밖으로 제외된 그들은 일약 그 구속으로부터 해방되었다(옛날에는 양반 자제 이외에는 교육을 받기가 금지되었다. 가끔 상민商民이나 상민常民의 자제가 서당에 들어가도 양반의 자제는 그와 더불어 수업받기를 기피했다). 따라서 그들의 기쁨과 의기意氣는 굉장한 것으로 앞을 다투어 자제를 학교에 넣었다. 교육비도 기꺼이 부담했다. 병합 전에 있어서 새로운 학교의 생도는 그 대부분이 상공·상민 등 종래의 피압박 계급의 자제였다. 그러나 양반계급은 그들 천한 계급의 자제와 자기의 자제를 넣어 같은 교육을 받으려고 하지 않았다. "너희들 천한 것들이 무슨 정사政事를 할 수 있겠느냐"고 간주했던 것이다. 그리고 그들의 자제는 의연하게 한학숙漢學塾에 다니도록 했다. 그 보수적 경향은 양반계급의 본고장인 경기·남한지방에서 현저하였다. 그리고 이것에 반해서 상공·상민 계급은 장래사회의 지배자를 꿈꾸며 크게 각고의 노력을 했던 것이다. 과연 그들의 꿈은 현실로 나타나 있다.

그들의 신흥계급(식자·상공·상민의 계급)의 횡행에 대해서 양반계급은 극단적인 반감을 갖고 더욱더 반동방향으로 달렸다. 그것은 그들 계급의 종래의 면목을 유지하기 위해 피하기 어려운 태도였을 것이나 거기에 의해서 오늘날에는 이미 그들 자신이 오늘의 문화권에서 아주 제외되고 전일과는 정반대의 경우에 처해진 것이다. 이것이 불과 30년간의 변천이므로 놀랍지 않을 수 없다. 신흥계급과 타협하거나 거기에 굴복한 자는 그들 자신을 실질에 있어서 살리고 있는 것이다. 그러나 절대로 움직이지 않았던 사람은 지금도 아직 상투를 붙이고 긴 담뱃대를 갖고서 사회로부터 괴물 취급을 받고 있는 것이다. 개화사상이 수입되어 불과 30년 사이에 양반계급의 사회적 존재는 전연 멸망해 버렸다. 만일 있다고 한다면 그것은 지주로서의 존재이고 그들을 양반으로서 섬기는 사람은 아주 촌시골의 백성 이외에는 없다. 요즘 청년은 자기가 양반의 후예임을 도리어 수치스럽게 여기게 되었다. 옛날에는 첫 대면의 인사에 반드시 성씨나 관향을 물었던 것이다. 또 무슨 곳, 어디의 누구의 조상은 누구이고 관직은 어디에 까지 오르고 그 일가에서는 어떠한 인물이 나오고 족세族勢는 어떤가를 사회생활상 필요불가결한 지식으로 외우지 않으면 안 되었다. 국왕과 신하 사이에도 양반의 자만이 행해졌다고 말할 지경이었다 한다. 오늘날에는 벌써 이러한 사회상은 없어졌다.

병합 전에 있어서 신흥계급과 양반계급의 투쟁에 대해서 한 마디 한다면 당시의 양반계급은 사회적 전통 이외에는 자기편이 없었는데 신흥계급의 편에는 세계대세, 신사상, 식자, 사회적으로 절박한 요구 등이 있어서 양자의 승부는 처음부터 결정적이었다. 그러나 양반계급 및 거기에 편드는 자는 전통과 민중의 무지라고 하는 유일한 농성籠城에 근거를 두고 교묘한 선전전을 한 것이다. 지금 생각하면 어리석은 일이나 그들은 그들의 가장 강적인 자유평등의 사상에 대해서 그것은 왜학倭學(일본을 통해 들어왔기 때문에)이라고 했다. 우리들을 멸망시키려는 왜인의 학문이니 이것을 배척하지 않으면 안 된다는 논법이다. 또 동시에 같은 신사상의 유입기관인 기독교에 대해서도 그것은 환부역조換父易祖[41]의 사상이라고 주장했다. 조선인은 극단적으로 조상을 숭배하고 성씨는 절대로 개역改易할 수가 없는 것, 부父는 신성하고 4, 5백 년이래 그 전통 속에서 생활하여 왔기 때문에 기독교가 천天을 부父라 하고, 기독基督이나 아담, 이브를 흡사 그들의 조상과 같이 생각하며 조선인의 가장 중요하게 섬기는 조상의 제사를 반대한 사상은 그들의 전통과는 빙탄불상객氷炭不相客[42]의 처지에 있었다. 그것은 조선의 윤리사회를 근본으로 파괴하는 것이었다. 이 전통을 이용해서 개화사상은 "아버지를 바꾸고 조상을 바꾸는 사도邪道이다"고 하였던 것이다. 그러나 과연 그들도 그것이 서학 또는 양학이기 때문에 안 된다고는⑺

---

41) 아버지와 외할아버지를 바꾼다는 뜻으로, 지체가 낮은 사람이 부정한 방법으로 양반집 뒤를 이어 양반 행세를 함을 이르는 말.

42) 얼음과 숯의 성질이 정반대이어서 서로 용납하지 못한다는 뜻으로, 사물이 서로 화합하기 어려움을 이르는 말.

년 전의 동학당운동 때와 같이) 하지 않았다. 그것은 민중이 이미 서학은 나라를 구하는데 필요한 듯하다고 차츰 자각하게 되었기 때문이다. 또 그들은 풍수설적 지리서로 일종의 예언서이기도 한《정감록》중에 나타나는

…終被兵起 僧血滿江流 有志君子入太白山中 遊山則保存生命 不然則未免塡壑
之死 愼之哉

라 하는 문구를 찾아내어 이것을 우민의 미신적인 머리에 호소하여 "지금 전쟁이 일어나고 머리털을 깎은 자는(승僧) 오살한(오慶) 것이다" 하고 선전했다. 또 머리털을 자른 자에게는 지금 출전出戰 소집령이 내린다고 했다. 이와 같은 선전은 퍽이나 그 효과를 나타낸 것 같다. 머리털을 잘랐기로 반드시 중일 수는 없고 가령 전쟁이 일어난다고 한들 체발자剃髮者만이 소집될 리는 없었지만 승혈만강류僧血滿江流의 예언을 종교적으로 믿게 되었던 것이다. 상투만 지키고 있으면 전사는 면하는 것, 국가도 자신의 계급도 보지保持할 수 있을 것으로 많은 우민은 믿고 있었던 것이다.

도대체 두발을 지키는 것은 그것이 오랫동안의 관습이라고는 하지만 거의 종교적이고 친구로부터 상투를 잘려서 그와 절교했다고 하는 것은 물론 조상의 묘당에 이마를 치고 피를 흘리면서 통곡사죄한 사람도 당시에는 더러 있었다 한다. "상투를 자른 것은 사람의 목을 자른 것과 같다"고 친우親友의 집에 소리치며 뛰어 들어간 예는 무수히 있었다. 이것은 조선 사람이 가장 죄악으로 하는 불효를 범했기 때문이라는 생각에서 '신체발부身體髮膚 수지부모受之父母 기감훼상豈敢毀傷'이라고 증자曾子가 가르쳤기 때문이다. 상투를 자르고 신학문을 하는 것은 불효의 죄를 범한 것이다. 자제에게 신학문을 시키고자 해도 불효스러운 모습은 보이고 싶지 않은 무리들은 머리를 늘어뜨린 채 어린이를 학교에 넣었다. 어떤 시대의 학교에서는 축발蓄髮의 생도가 대부분을 점한 적도 있다. 나는 여덟살 때, 어느

일본인 어부가 처음으로 돈미豚尾를 잘라 주어서 아주 기뻤던(첫째로 머리에 이가 모조리 없어졌으니) 것이지만, 20여 년 전에도 생도의 반수는 유발자有髮者로 군수 등이 와서 강제적으로 체발剃髮시킨 것도 기억하고 있다. 지금도 시골에는 상투를 한 사람이 대부분을 점하고 있는 듯한데 당시 상투문제는 비상한 관심사였다. 이것을 이용하여 양반계급이 신사상에 반대한 것은 필연적인 수법이었다. 또 그들은 "이제 단발세斷髮稅가 포령布令된다"고도 하고 "곧 구시대가 부활된다"고도 하였으나, 그들의 반동적 항쟁도 점차 세력을 잃고 사회는 점차로 새로운 방면을 향해 진전했다. 양풍洋風도 차츰 들어와서 단발자가 속출함은 물론 당시의 모-던·보이는 스틱을 흔들고, 안경을 걸치고, 조선단의單衣의 위에 양복을 입고 버선의 위에 구두를 신고 시계를 대롱거리고 있었다.

램프를 사용하게 되고 설탕도 먹게 되었다. 조선상의上衣 이면에 서양식인 포켓도 달게 되었다. 당시는 그것들을 '개화장開化杖'·'개화경開化鏡'·'개화화開化靴'·'개화낭開化囊' 등이라 하여 모두 개화라는 전접사를 붙였다.

오늘날의 모-던이란 의미와 똑같이 쓰였다. 그들 신형 신사를 당시는 개화자라고 했다. 그런데 오늘날에는 이러한 모습을 한 것이 조금도 이상하게 생각되지 않을 뿐 아니라 도시에 있어서는 그것이 도리어 보통의 현상으로 거개의 청년은 한 벌의 양복을 갖고 있다. 게다가 양복을 입은 자는 대개 빈한한 사람으로 되어있을 정도이다. 일본에서는 양복세민細民이라 하는데 조선에서는 양복거지라고 하고 있다. 세상은 이렇게 퇴이堆移하여 천여 년의 역사를 가진 양반계급은 전연 사회에서 그 모습을 볼 수 없게 되었다. 불과 2·30년 간에 있어서 이 변천은 조선사상 일찍이 없었던 혁명이었을 것이다.

양반계급 몰락 후에 나타난 특수계급은 대지주계급이다. 조선에는 아직 상공 부르주아지라고까지 말할 정도의 사람은 없었지만(일본인에 그런 부류가 있었지만 거기에 대해서는 기술을 피하자) 대지주의 소작인 착취는 퍽이나 심각하게 행해지고 있는 것 같다. 그 증거로서 평화를 좋아하는 조선농민이 근년 소작인조합을 차차 조직하여 종종 악惡지주의 집을 습격하는 일이 있다. 또 그들의 인색한 짓이나 악랄한 행동은 필설로 다 할 수 없는 것인 모양이다. 초면의 사람에게도 십년의 지기와 같이 접하지만 이야기가 돈에 관한 일에 대해서는 홀연히 얼굴을 돌리고 방을 나가 버리는 세상이 되었다.

조선의 부호 즉 대지주로 사회사업을 즐겨 하는 사람은 하나도 없다. 그렇기는 하지만 그들은 막대한 돈을 써서 유명무실의 중추원참의나 도참여관의 운동은 열심히 한다. 내가 알고 있는 중추원참의의 한 사람은 가나다의 '가'자도 모르는 마부에서 올라온 사나이로 그는 3·1운동 발흥 당시 소위 불령선인不逞鮮人[43]을 어떻게 취체取締해야 할 것인가 하는 정무총감으로부터의 물음에 대하여 "그들에게 목패를 패용시킨다면 거기에 의하여 불령한 자와 선량한 자를 일견 식별할 수 있을 것이다"고 대답한 모양이다. 이것은 지금도 유명한 웃음거리로 남아 있다. "조선 사람은 어쩐지 관리가 되고 싶어 한다"고 말을 듣는 하나의 이유는 아마 이런데 있지 않나 싶다. 이들 지주계급이 어떠한 태도로 소작인을 처우했는가는 가히 상상하고도 남음이 있다.

이러저러한 사회현상에 사회주의 운동이나 농민운동이 서서히 일어나는 것도 필연적이라 할 수 있겠다. 3·1운동 후 결사가 다소 인정되었기에 청년회, 노동공제회 등이 먼저 생겼다. 어느 것이나 본부는 서울에 있었으나 전 도의 각 지방에 수천이 넘는 그들의 결사가 나타났다. 완전한 통일체는 아니고 그 명칭이나 중심인물도 여러 가지로 변하고 그 말하는 바도 처음에는 유치한 것이었으나 수년 이래 이들 결사는 다소 확고한 이론을 갖게 되었다. 이렇다고는 하지만 그것은 단순한 사회이론으로 현실운동까지 진전된 것은 아니었다. 이름은 사회운동이지만 그것은 맑스나 레닌의

43) 불온한 조선사람이라는 뜻으로, 일제 강점기에 일본 제국주의자들이 자기네 말을 따르지 않는 한국 사람을 이르던 말.

이론을 해득한 청년들이 그들 사이에서 이론싸움을 하고 계급의식을 일부의 지식계급이나 학생들에게 선전하는 정도의 것이었다. 즉 사회주의운동의 출발인 것이다.

초기의 현상으로서 파벌싸움을 하였고 중상 반목을 되풀이 하고 있는 도중에 전술도 개선되어 현실문제에도 눈을 돌리게 됨으로서 요사이는 고식적이긴 하지만 소비조합운동이나(옛날의 조선에는 농촌 소비금융조합인 소위 계가 각 마을마다 있었다) 농회 등이 일어나고 일방에서는 근본적 입장에서 농민운동을 꾀하려는 기운도 보이고 노동운동 등도 퍽 진전하였다. 무정부주의자 등도 소수 있으나 이것은 그 주의의 본질상 하등何等 이렇다 할 일은 하지 못하고 있다.

이러한 계급적 항쟁의 흔적을 회고하건데 구한국시대의 그것은 신흥계급이 양반계급으로부터 문화를 쟁탈하려는 것이 그 주된 목적이었으나 금일의 농민운동이나 노동운동은 그 적대계급으로부터 경제적 이익을 탈환하려 하는 것이 주목적으로 되어 왔다. 이 다음에는 당연히 정치운동이 일어날 것으로 생각하지만 그것은 미래의 일이다.

결언結言

총괄적으로 말한다면 청일전쟁 후의 조선의 사회는 서양의 문화를 들여와서 교육 · 신문 · 문예 · 역사 · 언어 · 문학의 운동에 의해 조선민의 독립자존심을 발양하고 국민의식의 긴장 통일에 전력을 경주한 것인데, 이 운동은 병합과 함께 이름을 바꾸었으나 의연하게 민족적 자존심과 민족의식의 긴장 통일을 위하여 계속되었다. 이것은 배타적 색채를 갖는 것으로 사회주의자 사이에서는 근래 이것을 배척하는 자도 있으나 그들조차 민족적 감정을 무시할 수 없었으므로 은밀히 이것을 인정하고 있다. 그러나 그들의 역할이 계급의식의 고조에 있는 것은 물론이다. 계급운동은 아주 초기 현상이고 그것보다 더 뿌리가 튼튼한 것은 역시 민족운동이라 할 수 있겠다. 그리고 조선사회에 포만해 있는 이 민족운동도 실은 지금까지 센티멘털리즘에 의한 민족해방운동인 것으로 생각한다. 그러나 센티멘털리즘은 이것으로 일단락을 지우고 지금부터는 현실적으로 다른 방향으로 그 운동이 전화하지 않나 하고 나는 관측하는 것이다.

(풍속상의 변천이나 윤리관의 변한 경로에 대해서 조금 쓰려 했으나 주어진 지면이 다 되었기로 유감스럽게도 이것으로 각필擱筆한다.)

국사교육의 기본적 제문제

1. 서언緒言

민족의 사상운동에 있어 국어와 함께 국사운동이 얼마나 중요한 것인지는 여러 말을 할 필요도 없는 일이다. 소위 민족해방 이래 벌써 2년이 되려고 하는 지금까지 우리 교육계의 국사운동은 과연 어떤 정도로 자리가 잡혔으며 어디로 방향이 결정 되었는가 내가 느낀 바에 의하면 우리 국사교육계는 정치상태와 마찬가지로 아직 혼돈상태에서 방황한다. 이 중에서 교육자 여러분의 고심과 노력만은 높이 평가하지 아니할 수 없으나 이 혼돈을 지금까지 그대로 방관할 수밖에 없었던 우리는 국사학도로서의 중대한 책임을 느낌과 아울러 자괴의 심정을 금할 수 없는 바이다. 구태여 변명을 한다면 지난 장년간 이민족의 압박하에 우리 국사운동은 전연 거부되어 국사연구에 뜻을 가진 사람도 십지十指로 이것을 헤어도 손가락이 오히려 남을 정도려니와 그 연구의 성과도 극히 빈약할 뿐 아니라 국사연구의 근본이 되는 방법론에 있어서는 현대과학으로부터 멀리 뒤떨어진 졸렬 이상의 것이었으니 이것은 학자들의 두뇌능력의 범용凡庸도 원인이 되겠지만 주로는 정치 환경의 불우에 의한 학계의 부진에 치명적인 원인이 있었던 것이다. 이러한 국사학계의 상태로서 완전한 교과서나 교원용 참고

서가 나올 수 없는 것은 당연한 일이며 국사교육의 향방이 결정될 리도 없는 것이다. 시장에 많이 보이는 조선사 중에는 더러 무방한 것도 있으되 대부분은 유해한 것임을 볼 때 나는 민족의 지적 빈곤상을 통절히 느끼지 아니할 수 없다. 그래서 나의 부적임을 내 스스로 모르는 바 아니되 부재不才를 무릅쓰고 작춘作春부터 《조선사 개론》의 집필에 착수하였으나 불행히 병을 얻어 반년 이상을 쉬다가 근자에 겨우 건강이 좀 회복되어 금년 내로는 기어이 탈고하여 보려고 발분 중이나 성과는 물론 미지수이다.

세간에는 국사론에 여러 가지 태도가 있어 심한 자는 조선시대의 극히 봉건적인 사관을 그대로 가지어 왕실중심주의 귀족사상 고취에 시종始終한 저서도 있고 이보다 일보 나아간 저서로서는 봉건사상을 탈각하지 못한 채 국수적인 것도 있고 이보다 또 좀 나은 저서로서는 심히 봉건적은 아니나 아무 '이데올로기'와 일관한 사상체계를 갖지 못한 흥미적인 사실의 나열에 치중한 것도 있다. 그리고 유감인 것은 좌익 학도의 국사 개론이 없는 것이다. 듣는 바에 의하면 극좌의 학도 중에는 민족사를 부정하고 역사는 세계사가 존재할 수 있을 뿐이라고 하는 자도 있는 모양이나 이것은 당분간 공상이다. 세계사가 한 국가도 되고 또 한걸음 나아가서 전 인류가 한 민족으로 될 때에 각개의 민족사는 무용無用할 것이다. 그러나 현실상 세계의 여러 민족은 엄연히 존재하고 있다. 민족이 존재하는 이상 그 민족의 생존 상에 필요한 민족사는 없을 수 없다. 또 혹자는 말하되 각개 민족사는 그 사회경제사만으로 족한 것이니 지배계급이 어떤 방법으로 어떻게 피지배계급을 착취하고 노예화하였으며 피지배계급은 이에 대하여 어떻게 투쟁하였는지 이것을 알면 그만이라는 것이다. 그러나 이 설에는 일면의 이유가 있으면서 계급투쟁만을 위주한 너무나 정치적인 편견이다. 그리고 그것은 결과에 있어서 민족을 부인하는 중대한 과오를 범하게 되는 것이다. 민족사에 있어 계급투쟁이 중대한 일면이 되는 것은 물론이지만 민족생활이 계급투쟁만으로 시종된 것은 아니다. 민족으로서의 사회생활, 민족으로서의 사상생활, 민족으로서의 창조생활, 민족으로서의 투쟁생활이 엄연하게 있었던 것이니 바꾸어 말하면 광범한 민족문화와 외민족과의 친선과 투쟁 등도 민족사의 중대한 각 부면이 되는 것이다. 이 문제에 대해서 혹자는 이렇게 말한다. 봉건시대의 문화는 귀족문화이니까 그것은 무용한 것이요, 민족 사이의 전쟁은 민족투쟁이 아니라 지배계급의 편달에 피지배 대중은 부득이 이끌려 나갔다는 것이다. 그러나 이것도 역사과학에 대한 인식착오이니 그 문화가 귀족적임에는 틀림이 없으나 귀족계급만으로 조성된 문화가 아니요 민족과 인민의 협력 위에 성취된 것일 뿐만 아니라 또 그것은 강인한 민족의식 위에서 수행된 것이다.

민족은 비록 그 대부분이 피지배계급에 속하였지마는 인민과 귀족을 합한 두 계급으로서 형성되었던 것이다. 그러므로 그 문화는 귀족적이지만 민족문화였던 것이다. 지구상에 민족이 존재하는 한에 있어서 민족문화를 거부할 도리는 없다. 그리고 민족투쟁도 이것을 부인할 도리는 없으니, 당시에 프롤레타리아 국가를 갖지 못하였던 국민은 언어 사상 문화가 수이殊異한 외민족의 지배하에 속하기를 원하지 않았던 까닭으로 용감히 전장에서 싸웠던 것이다. 강렬한 민족의식 하에서 지배계급과 협력하였던 것이다. 그러므로 이것은 민족적 투쟁이었던 것이다. 우리는 앞으로 이러한 투쟁이 없기를 바라는 것이나 누가 있어 능히 이것을 보장할 것인가. 이 보장이 완전히 이루어질 때까지 우리는 더구나, 우리 같은 약소민족은 민족자수民族自守의 정신을 굳세게 파지把持하여야 할 것이다. 민족주의의 역사적 근거와 현실적 근거는 실로 이에 있는 것이다. 그런데 우리가 장래에 아니 지금이라도 갖고 싶은 민족국가는 결코 배타적이거나 문호폐쇄적 민족국가는 아니오, 세계적으로 민족친선의 국가이어야 할 것이며 또 국내적으로는 계급투쟁이 있는 국가를 원치 않는다. 전 민족은 정치적으로 경제적으로 완전히 평등하여야 할 것이다. 이것이 신민족주의의 기본이론이다. 이 근본이론이 확립한다면 역사교육의 방향은 저절로 결정될 것이니 모든 사료의 취급과 비판은 이 부동한 입지에서 행해져야 할 것이다.

2 민족에 관한 제 문제

민족사의 교수敎授에 있어 민족의 유래와 형성에 취하여 정확한 지식을
학도에게 주는 것은 당연한 일이오, 또 우리 조상들이 4천 년이나 5천 년
쯤 이전에 대체로 중국 북방을 통하여 동진하다가 반은 황하 하류에서 남
진하여 회수淮水 이북의 중국 동부 평야지대에 거주하다가 뒷날 한민족漢民
族과 혼합하여 중화민족을 형성하고 또 그들이 위대한 중화문화의 건설에
일부의 역임을 하였을 것도 추측할 수 있거니와, 나머지 일반은 다시 동진
하여 만주와 반도에 정착하여 이것이 현 우리 민족의 직접선조가 되었고
후세에 이르러 한漢민족, 몽고민족, 남방민족 등의 혼혈이 약간 있었으나
대체로 우리는 비교적 순수한 단일민족이오, 이것을 중국인들은 고대로
부터 동이東夷종족이라 하였으며 현대 인종학자들은 원시 퉁구스종족이라
하는 것과 이 종족이 신라통일 이후로 결정적으로 우리 민족의 선조가 되
어 금일에 이르렀다는 것 등은 이미 우리의 상식이 되었으므로 내가 여기
서 장황히 말할 필요는 없다. 오직 주의하고 싶은 것은 민족의 단일성이란
것이 결코 민족의 우수성을 의미하는 것은 아니지만 우리가 유사 이래로
동일혈족으로 동일지역에서 언어 · 의복 · 풍속 기타 동일한 문화를 가지
고 외민족과의 무수한 투쟁을 감행하여 가면서 지금까지 민족을 지켜왔다
는 이 뚜렷한 민족협력, 민족투쟁의 중대한 사실은 장래의 민족국가에 있
어 민족적 단결력과 민족적 친밀감을 더욱 굳세게 할 것이다. 민족문제에
있어 또 한가지 주의할 것은 인종이다. 민족에는 선천적 우열이 없다는 것
을 명백히 할 것이다. 역사적 환경, 지리적 환경, 교육적 환경에 인하여 현
재 여러 민족 사이에 문화의 차등은 있으나 인종이나 민족 사이에 본질적

우열은 없는 것이다.

　또 한가지 중대한 당면문제는 민족조상에 관한 것이니 세간에서는 단군 시인론과 부인론으로 매우 의논이 분분하다. 시인론자의 논거는 민족조상에 관한 전설이나 신화는 조선뿐만 아니라 세계 모든 민족이 가진 것이 아니냐, 조선사에서만 그것을 뺄 필요가 무엇이냐 하는 것과, 또 단군전설에서 그 신화적 부분만을 빼면 단군이 조선 최초의 군주로서 평양에 도읍한 것만은 사실일 터이니 이것도 신화이냐 하는 궤묘詭妙한 설이다. 부인론자는 천강天降과 수혼獸婚과 천여 년의 향수享壽 등이 모두 신화이니 신화의 주인공은 실재적 인물이 아니오 비사실을 사실로서 취급하는 것은 종교적이오 비과학적이라는 것이다. 그러나 양자의 이론은 모두 과학적이 아니니 양자는 모두 단군이 실재적 인물이냐 아니냐를 추궁하기에만 급급한 통속적 견해에만 시종하고 이 신화를 신화학으로서 비판 해석하는 과학적 태도를 결여하였다.

　단군설화는 신화인 동시에 전설이다. 신화 전설은 그대로 사실이 아니오 항상 현실생활에 기초한 고대인의 다면적 사상의 표현인 것이다. 그러므로 거기에는 역사적 사실도 있고 철학과 종교와 관습과 법률과 도덕과 문학과 경제생활 등 복잡한 고대인의 물질적 정신적 생활이 표현되어 있는 것이다. 단군전설을 통하여 이러한 모든 문제를 여기서 구명할 여유는 없고 당면한 긴요 과제로서 단군의 존부存否를 구명함으로써 만족할 수밖에 없다. 단군을 전설 그대로 믿어 4,280년 전의 통일된 조선민족의 군왕이라고 생각한다면 이것은 역사적 무지가 심한 자이니 그때는 신석기시대, 씨족공산사회의 극히 미개한 사회이어서 민족도 아직 형성되지 못하고 국가란 것도 존재치 아니하였으며 무수한 군소 씨족의 지도자인 수장이 있었을 따름이었다. 조선사에 부족국가의 형성된 것이 겨우 기원전 3세기경이었다. 그러므로 우리는 통일 군주로서의 단군을 시인할 수는 없다. 그러나 단군시조전설이 웅녀 운운云云의 극히 원시적인 '토템'사상을 준승하여 있는 것으로 보면 이것은 결코 천년 전 《고기古記》 시대로부터의 전승이 아니오, 적어도 그 골자는 누천년의 전통을 가진 것만은 확실한 것이다. 누천년 전의 우리 선조족先祖族들은 그들의 종족적 위대한 지도자 또는 시조로서 단군전설을 대대로 전승하여 온 것만은 부동한 사상적 사실이다. 그리고 그 전승하는 동안에 민족의 팽창발전에 따라서 단군을 민족조상화하고 또 그들은 그들의 시조를 신성화하고 위대화하기 위하여 천강설天降說, 수혼설獸婚說, 장수설長壽說, 산신설山神說 등을 이에 부회附會하였다(신화의 생명은 이러한 원시적인 곳에 있다). 또 그들은 후세에 이르러 그 종족적 역사의 장구를 자랑하기 위하여 요堯와 동시 즉위설을 부회하였고 또 귀족사상의 감화로 시조 단군을 최초의 군왕화하였다. 이러한 것은 모두 종족적·사상적 산물이었다.

실재적 사실은 실재적 사실로서 또 사상적 사실은 사상적 사실로서 취급하는 것이 진정한 과학적 역사가 될 것이다. 비록 실재적 사실이라도 중요성이 없는 것은 역사에서 취급할 필요가 없는 것과 동양同樣으로 사상적 사실도 또한 그러할 것이다. 그러므로 민족의 중대성을 느끼는 자는 민족 선조사상을 역사에서 당연히 취급할 것이오. 민족의 필요를 느끼지 않는 자는 이것을 제외할 것이다. 이것을 제외하고자 노력한 사실을 우리는 일본학자들 중에서 이미 보지 아니하였는가. 지금 알기 쉬운 예를 하나 든다면 조선민족설화 중에는 일월日月의 유래에 대하여 유명한 해순이, 달순이 전설이 있다. 범에게 쫓긴 오누이가 하늘로 올라가서 누이는 해가 되고 오라비는 달이 되었다는 아이들도 다 아는 전설이다. 이것은 천체의 유래를 설명하기 위하여 고대 우리 선조들이 창출한 원시사상이다. 고대 우리 선조들이 이러한 사상을 소지하였던 사실을 무슨 방법으로 부정할 것인가. 이 사상적 사실을 부정할 도리는 없다. 그러나 우리가 이것을 역사상에서 취급하지 않는 것은 비록 그것이 사실이기는 할지라도 역사학적 가치가 없는 까닭이다. 민족생활상 필요를 느끼지 않는 까닭이다. 이에 대하여 단군전설은 그 필요한 가치를 느끼는 까닭에 역사에서 취급하는 것이다. 그러나 이에 우리가 주의할 것은 단군은 어디까지나 민족의 최초의 지도자 곧 민족시조일 것이오, 결코 군왕으로서 취급할 것은 아니니 단군사상은 후세 귀족지배 시대에 이르러 부회된 것이오, 최초의 사상은 아니었을 뿐만 아니라, 현재에 있어서도 그러한 봉건적 사상은 민족생활에 해악을 끼치는 것이다.

우리는 단군전설이 대동강 유역의 주민 사이에 전승되었다가 민족의 발전에 따라 전슌 조선민족의 시조전설로 화한 것을 추측할 수도 있고 이 밖에도 다수한 지엽문제가 있다. 그러나 그러한 것은 전문학자의 사업에 속하는 것이오, 당면한 교육문제는 아니다. 교육에 있어서는 어디까지나 과학적 입지에서 사상 전통상 누천년 간의 엄연한 사실임을 명백히 할 것이오, 종래의 일본 건국신화처럼 미신적으로 강요할 것은 아니다.

상고사에 있어 또 한가지 문제가 되어 있는 것은 기자箕子문제이니, 기자에 대해서도 종래의 고증학자들 사이에 여러 가지 이론이 있으나, 현대의 과학적·역사학에서 이것을 볼 때 그들의 의논은 모두 격화소양적隔靴搔痒的[44]이었으니 그들은 고대사회를 이해하지 못하고 기자가 생존하였던 은殷말 주周초를 후세와 같은 귀족국가사회로 생각하고 당시에 조선도 또한 그러한 사회라는 전제 관념하에서 불비不備한 전설적 문헌만에 의하여 구론究論하였으므로 지엽문제의 추고推考에는 많은 성과를 얻었으나 근본문제에 대해서는 도연徒然[45]한 억측을 각인각색으로 행하였을 뿐이다.

중국문화는 황하 중류지방에서 구석기시대로부터 시작되었다. 중국사의 소위 은대는 대체로 원시씨족사회에 속하여 중국의 고기록에 의하면 황하 중류의 좁은 지역에 만국萬國이 있었다. 이 만국은 아마 당시에 무수한 씨족군단을 의미할 것이다. 은 말에 이르러 금속기가 사용되고 씨족사

---

44) 신을 신고 발바닥을 긁는다는 뜻으로, 성에 차지 않거나 철저하지 못한 안타까움을 이르는 말.
45) 아무 일없이 있어서 심심하다.

회는 부족국가로 진전되어 주 초에는 210여의 부족적 소국가로 통합되고 그 이동以東(황하 하류지방)은 그들의 이른바 9이九夷의 주거지였고, 조선은 여전히 씨족사회의 시대였다. 은의 국도인 하남성 안양安陽과 평양 사이는 산하 반만리를 격隔하였으며 교통기관은 없었으며 또 그 중간에는 무수한 동이종족의 씨족군단이 간재間在하였다. 기자는 정치적 망명자로 피발양광被髮佯狂[46]하고 동으로 달아났다 하니 군대를 솔법率法한 것도 아니다. 개인 기자가 반만 리를 도보하여 중간의 무수한 이민족사회를 지나서 당시에 서로 존재조차 알지 못하였던 평양까지 어떻게 왔을 것이며, 무슨 이유로 왔을 것이며, 왔다손 치더라도 원시씨족사회에서 혹 어떤 씨족의 수장이 되었다면 또 모르되 어떻게 국가의 왕이 될 수 있었을까. 당시의 조선에는 부족적인 국가도 없었던 것이다. 기자조선왕설은 사학의 상식을 멀리 벗어나는 것이다.

과거의 사대주의 사가들은 그들의 정치적 필요에 의하여 기자동래설을 취하였지만 지금에 있어 이것은 일고의 가치도 없다. 이렇게 명명백백한 일임에 불구하고 봉건적 사가 중에는 기자를 부인하면 조선사에서 천년의 공백이 생긴다고 걱정하는 인사가 있다. 이러한 인사들의 두뇌로서는 왕조가 없으면 역사가 성립되지 않는다. 모왕某王 몇 년이라 하지 않으면 역사의 기술이 불가능한 것이다. 얼마나 가련한 두뇌이냐. 역사는 사람의 사회생활체가 있는 곳에 저절로 생기는 것이오, 지배왕자王者에 의해서 형성되는 것은 아니다. 왕실의 역사는 그러하겠지만 민족사는 민족과 함께 생성 발전되는 것이다. 또 어떤 이는 역사는 기록으로부터 시작되고 기록 이전은 고고학의 영역이라 하여 사학으로부터 빼려고 한다. 이것도 극히 어리석은 견해이니 기록과 고고학적 유물은 모두 사학의 자료가 될 뿐이오, 연대기가 현대적 의미의 사학은 될 수 없다. 사학은 결코 기록에만 한정될

---

46) 머리를 풀어 헤치고 미친 체하는 행동.

것이 아니요, 광범한 민족생활 또는 인류생활을 연구하는 과학이다. 조선사는 조선왕실사나 귀족사가 아니오, 조선민족의 민족으로서의 생활사이다. 그러므로 민족의 시초, 태생기로부터 다시 말하면 우리 민족의 선조족들이 동래정주東來定住하던(만주와 반도 내에) 그 때로부터 조선민족사는 출발하는 것이다.

3. 사회의 생장 발전에 관한 제 문제

종래의 국사저술은 원시사회를 생략하고 고대사에 극히 간략하고 근세사만을 풍부하게 하였다. 그래서 한국의 민족과 함께 민족의 생활한 사회가 어떻게 생장 발전하였느냐 하는 중대한 사상事象에 관해서는 무관심하였다. 이것을 만족한 역사적 저술이라고 할 수는 없다. 고대사에서는 기록이 적고 따라서 우리의 아는 것이 적으므로 간략하지 않을 수 없다면 별문제로되 고대의 사실史實은 간략해도 좋다는 이유는 없다. 사실의 가치는 민족의 현실 및 장래생활에 주는 가치의 고저에 따라 결정되고 취사되는 것이라면 고대와 근세라는 시대에 인因한 간략과 풍부는 있을 수 없는 일이다.

우리 역사상에 구석기시대의 유물은 아직 발견되지 않으나, 신석기시대의 유물은 무수히 발견되고 또 기록으로 미루어 볼지라도 씨족사회가 존재하였던 것은 명백하다. 우리 사회는 타민족의 그것과 동양同樣으로 씨족사회로부터 부족사회로 - 부족국가로 - 귀족국가로 발전된 것이니 현금 우리가 당면하고 있는 경제적, 정치적, 교육적 불평등과 민족내부의 계급적 투쟁 반목과 남녀의 불평등, 민족의 내부적 모든 불행과 또 국제적 약소 피압박 등 불행이 어떻게 생성하고 발전된 것이며 또 무슨 까닭으로 그렇게 된 것인가 하는 것을 민족사회의 발전에 관련시켜 학도에게 명백하게 과학적으로 이해하게 하여야 할 것이다. 예를 들어 말하면 원시씨족사회는 유치한 석기에 의한 생산(수렵 가축 등)으로는 일가족의 생산이 일가족의 식량을 충족할 수 없는 불안한 상태였으므로 자연적으로 씨족공동 생산제도가 발생되었으며 공동생산물이므로 재산공유제도가 발전되었고 이 경제적 사상事象이 정치와 사회에 영향되어 그 사회는 민주적이오, 평등적이었으니, 지도자인 수장은 씨족전체의 자유의사의 완전한 일치에 의하여 선거되었으며 또 파면할 수도 있고 경우에 따라서는 사형할 수도 있었다. 전 씨족원은 정치 · 경제 · 교육 · 군사 등에 있어 완전히 평등한 권리와 의무를 소유하였으므로 빈부의 차별과 계급의 투쟁도 있을 수 없으며 남녀의 불평등도 존재하지 아니하였다. 비록 원시적이나마 민주주의의 완전한 형태를 우리는 씨족공산사회에서 발견할 수 있다.

우리는 지금 민족 전체적으로의 공동생산이라는 것이 불가능하므로 따라서 완전한 의미의 공산제도를 민족국가에 시행하기는 불가능한 일이지만 민족의 행복을 위하여 우리는 우리 선조들이 생활하였던 원시사회에서 허다히 배울 점을 발견할 수 있을 것이다. 원시사회에서는 귀장천노貴壯賤老의 사상이 있었다.

노쇠하여 생산력을 상실한 노인을 천대한 것은 식량의 불완전 하였던 그 시대의 부득이한 조처였으므로 이러한 것 까지를 배울 필요는 없다. 아마 한漢민족으로부터 수입된 듯한 금속기의 사용에 따라 생산이 급속도로 증가되어 일가족의 생산으로 일가족의 식량을 얻고도 여유가 생기게 되자 이에 씨족제도는 점차로 붕괴되고 사유재산제도와 가족제도가 일어나게 되었다. 이렇게 되면 힘에 의한 재산쟁탈전이 필연적으로 일어나게 되어 약소씨족은 강대씨족에게 정복 또는 합동하게 되므로 말미암아 부족이 형성되고 또 나아가서는 부족적 국가가 형성되어 여기서 지배계급과 피지배계급이 생기고 따라서 정치적 경제적 사회적 모든 내부적 불평등의 씨가 발아하게 되었고 이러한 불평등과 불행의 사상事象은 삼국시대 이래 귀족지배국가에 이르러 최고조에 달하여 지금에 이른 것이다. 이러한 역사적 발전과정을 명백하게 알리어 장래할 민주주의·민족국가 건설에 사상적 역임役任을 기하여야 할 것이다.

4. 귀족지배정치에 관한 제 문제

지금 우리가 당면하고 있는 모든 민족적 불행의 제도와 사상과 전통은 온전히 귀족지배정치시대, 삼국시대 이래 1천 7·8백 년 사이에 생성된 것이니 귀족주의는 민족주의와 본질적으로 서로 용납할 수 없는 것을 명백히 하여야 할 것이다. 예를 들면 귀족국가의 주권主權은 왕에게 있고 그 주권은 세습되었다. 이것은 극단으로 이기주의적 가족주의적이었다. 왕은 국민의 의사에 의하여 선거된 자가 아니므로 그는 국민이나 민족의 지도자가 아니오, 지배자이며 권력자였다. 왕자와 이에 영합하는 귀족배는 그 지위와 권력의 영구적 유지(세습)를 위하여 여러 가지 제도와 사상을 작출作出하였으니 왕위세습제도, 행정상의 모든 제도, 양반 상민의 계급제도, 토지사유제도, 일부다처제도, 문족門族제도 등은 제도상의 현저한 것이며, 충을 지고의 덕행으로 하는 충군사상, 종교에 의한 숙명사상, 운명론, 천명론, 윤회사상 등의 선전은 사상상의 현저한 것이다. 왕자王耆에 대한 충은 왕 개인에 대한 충성이므로 이것은 노예적이다.

민족국가에 있어서의 충忠은 민족전체를 위한 것이어야 할 것이다. 그러나 귀족국가에 있어서 민족의 이익은 그 지배자요 착취자인 왕실과는 본질적으로 배치되는 것이었으므로 충이란 사상은 왕자 개인에게만 허용되었던 것이다. 그러므로 귀족국가에서는 민족사상이 일어날 수 없고 민족이라는 말조차 존재할 수 없었다. 효는 백행의 근원이라 하면서도 실제에 있어서는 충이 가장 높은 도덕으로 평가된 것은 역사상에 효자보다 충신이 더 한층 훤전喧傳[47]된 것으로 볼지라도 명백한 일이다. 한국사 상에 효자로서 저명한 자는 적어도, 정몽주, 성삼문 등을 모르는 사람은 없다(이러한 소위 충신에 대하여 교육상 특히 주의할 것은 그들이 당시 최고 도덕으로 신념하였던 그 신념에 순사殉死한 점을 찬양하여 학도로 하여금 민족에 대한 충성심을 진작하게 하는 것은 옳거니와 국왕 개인에 대한 충을 찬양하는 것은 유해한 일이다). 유교나 불교는 그 본질에 있어 민족적이오, 세계적이오, 평등적인 점도 있으나 반면半面은 귀족적이었다. 후세의 유교와 불교학자들은 지배귀족계급에 영합하여 지배계급에게 불리한 민족적, 평등적인 점은 스스로 포기하고 지배계급에게 유리한 숙명론, 운명설, 윤회사상 같은 것만을 고취하여 민중으로 하여금 지배계급에 대한 반항심을 거세去勢하고 단념과 복종을 요청하였다. 그러므로 귀족국가시대의 종교는 귀족적이었으나, 앞으로의 종교는 민족적이어야 할 것이다. 우리는 사상문제를 취급할 때 이러한 점에 특별한 주의를 가져야 할 것이다.

귀족정치는 지배를 안목眼目으로 한 정치요, 민족의 행복을 위한 정치가 아니었으므로 피지배 농민계급은 정치에 간여할 수 없었으며 간여할 수 없도록 만들기 위하여 임의의 착취를 감행하여 농민으로 하여금 빈궁화, 노예화의 길을 밟게 하였다. 그들은 하루 삼시三時의 식생활이 곤궁하거늘 어느 틈에 교육에 관심할 수 있었으랴. 혹 독지자篤志者가 출현하더라도 귀족은 그 교육을 거부하였다. 그래서 민족의 대부분을 형성한 농민과 노예계급은 영구한 빈궁과 무지에서 토지경작이란 동물적 역임을 행하였을 뿐이오, 민족적 역임을 수행할 기회를 박탈당하였던 것이다. 귀족계급은 대다수 민족의 희생 위에 그들의 권력과 부력을 향락하였던 것이다. 이러한 귀족지배정치가 근본적으로 반민족적이었던 것을 역사교육에서 명백하게 하여야 할 것이다.

---

47) 뭇사람의 입으로 퍼져서 왁자하게 됨.

지금도 오히려 학도에게 왕자의 이름과 연대를 암기시키고 역사괘도揭圖에 역대 왕명을 나열한 것이 있는 것을 볼 때 그 무지에 대하여 우리는 평언評言할 용기를 상실한다. 이러한 봉건사상은 민족국가에 극히 독소가 되는 것을 깨달아야 할 것이다.

5. 문화 일반에 관한 제 문제

민족문화 중 가장 근본적인 것은 민족의 생활형태이다. 씨족사회에 있어서는 비록 원시적이나마 민중은 대내적으로 평등한 생활을 영위하였으며 대외적으로는 씨족이 일치협력하여 외적에 당하였다. 그러나 귀족지배국가에 있어서의 그것은 완전히 달라졌으니 계급간의 착취와 반항은 내부적으로 민중의 불행을 초래하였을 뿐 아니라 대외적으로 민족의 단결력을 약화하였다. 이러한 정치가 국내적으로, 국제적으로 얼마나 민족의 불행이었더냐 하는 것을 학도에게 명백히 알리어 장래 할 민족국가의 정치이념은 어떠해야 되겠다는 것을 지시하여야 할 것이다. 지금 몇 가지 예를 든다면 신라의 귀족제도는 극히 종교적이어서 왕실과 동일혈족인 김씨 이외의 족族에게는 아무리 특출한 인재일지라도 고관의 위位를 주지 아니하였고 또 결혼까지 거부하였다. 고구려나 백제도 본질적으로는 그러했지만 신라처럼 심하지는 아니하였다. 이것은 지배권력의 독점을 위함이었다. 신라귀족의 황금기에는 경주 안에 39의 대귀족이 있어 당시 사람들은 그들을 금입택金入宅이라 하였다. 아마 대부분이 김씨였을 것이다. 그들은 사병과 각지에 광대한 토지를 가지고 각각 수천의 노예를 소유하였다. 노예는 동물처럼 자유로 매매된 것을 보더라도 그 생활이 참혹하였을 것을 알 수 있다. 귀족들은 금은金銀 주옥珠玉으로 장식한 의관, 안마鞍馬를 쓰고 당으로부터 수입한 금수錦繡의 의복과 산해의 진미를 향락하였다. 신라왕조 멸망 반세기전인 9세기 말의 경주에는 성 안에 초가가 없고, 약 18만 호 80만 허許의 귀족과 시민이 생활하였던 모양이다. 주야로 음악소리가 끊이지 아니하였고, 밥을 짓되 나무를 때지 않고 숯을 사용하였다고 전한다. 귀족과 소시민들의 생활이 화려하였던 것이다. 그러나 이와 반면에 이 호화생활의 경제력을 부담한 것이 국민의 대부분인 농민과 노예임을 생각할 때 우리는 신라귀족의 혹독한 착취와 그에 따르는 계급의 반목, 국민적 단결의 해이를 상상하지 아니할 수 없으니 반세기 후에 과연 신라왕조는 자동적으로 멸망하였다. 귀족계급의 사치생활에는 반드시 망국이 따르는 것이니 고대 로마제국의 예를 들지 않더라도 고구려 말년과 백제 말년, 고려 말년이 다 그러하였다. 고구려 말년에는 어떤 신인神人이 예언하기를 "너의 군신이 다 사치 무도하니 미구에 패망하리라"하였다. 백제 말년에 의자왕은 무수한 처첩을 두어 남자만 실로 41인을 출생하였다. 여자의 수는 전하지 아니하나 그것을 합한다면 백에 가까웠을 것이다. 그 41인을 모두 제1품관인 좌평佐平에 봉하였다. 궁궐의 대건축과 그것의 찬란한 장식 및 유흥지의 조성, 주색 등에 그는 몰두하여 성충의 충언을 벌하였다. 성충 외의 여러 귀족은 이 암왕暗王 재위를 호기로 하여 왕에게 아첨하여 제 맘대로 착취와 향락을 행하였을 것이 물론이다. 이러하고 국민의 애국심을 바라는 것은 연목구어緣木求魚다. 왕조의 패망은 당연한 일이었다. 이러한 귀족생활에 대하여 민중은 흉년이 오면 처자를 팔고 심하면 사람을 서로 잡아먹었다. 이것은 그들 귀족 자신이 정사正史에 남긴 기록이다. 이것을 보더라도 귀족국가의 왕이나 귀족계급의 거의 대부분은 결단코 민중의 지도자가 아니오, 지배자이오, 착취자이었던 것을 알 수 있을 것이다. 삼국 이래 수백의 왕자가 있었다. 그러나 그들 중에 민족적 사업을 능히 행한 자는 고구려의 광개토왕, 신라의 진흥왕, 태종무열왕, 이조의 세종대왕, 이 이외에 또 누구를 우리는 헤일 수 있는가. 우리는 학도에게 이러한 민족적인 왕명을 기억시키면 족하다. 폭군, 암주暗主는 반민족적인 의미에서 기억시킬 것이다. 고려는 실로 조선사 전반을 통하여 귀족의 횡포가 우심尤甚한 시대이었으니 말년의 왕과 그 일당 귀족의 광음狂淫생활과 그에 반伴한 토지제도의 문란이며, 그러한 약탈겸병掠奪兼倂에 의한 농민의 빈궁화는 여기서 번술煩述할 필요도 없을 줄 아나 12세기 말로부터 약1세기에 걸친 최충헌과 그 자손의 부력과 권력은 왕실을 원사願使하였으니 왕은 그 명령을 듣지 아니할 수 없었고, 그들은 왕가 이상으로 사병 수만의 정예를 소유하였고 일상출입에 3천의 문객이 시종하였다. 그의 재산, 군대권력을 유지하기 위하여 국가공인의 개인정부를 설치하여 그것을 흥녕부라 하고 다수의 가신家臣을 두었다. 그의 제택第宅[48]은 몇 리에 한하는 굉장히 화려한 궁전 같은 건물로서 그것을 짓기 위하여 수백의 민가를 철괴撤壞하였다. 그 아들 최이도 사제 안에 개인의 정방을 두고 국민으로부터 개인적 세금까지를 징수하였으니 그것을 진양세라 하였다. 최이가 진양공임에 인유因由함이었다. 정부의 6품 이하 관은 그의 당하堂下에서 재배하고 감히 앙시仰視치 못하고 땅에 엎드리어 그 명령을 받았다고 하니 고구려 말년의 독재자 연개소문을 연상케 한다. 그들은 권부자權富者의 특징으로 연악宴樂을 좋아하였는데 강도江都[49]시대에 최이가 배설한 한 연회에는 성장盛裝한 공인工人만 1,350인이니 현가絃歌 고취鼓吹가 천지를 요란케 하였을 것도 알 수 있으려니와 공인에게 각 백은白銀 3근을 주고 기타의 기녀, 재인才人, 사역자에게도 금백金帛을 주었으니 그 비용이 막대하였음을 추측할 수 있다. 이러한 연회를 무수히 행하여 그 성대함이 조선사상 미증유未曾有인 것은 물론이려니와 절후絕後[50]할 것을 항상 자긍自矜하였다. 최이의 두 아들 만종, 만전은 아버지의 세력을 악용하여 얼마나 무도한 농민착취를 행하

---

48) 살림집과 정자를 통틀어 이르는 말.
49) 강화江華의 다른 이름. 1232년 고려 고종이 몽고의 침입으로 도읍을 이곳으로 옮긴 후, 1270년에 개경으로 환도할 때까지 39년 동안 임시 수도로 삼았다 하여 생긴 이름이다.
50) 비교할 만한 것이 뒤에는 다시 없음.

였는지 경상도에서만의 소축미所蓄米가 50만석이요, 금백金帛이 거만鉅萬에 달하였다 하며 농민에 대한 대곡貸穀 취리取利가 가혹하여 농민은 식량이 결핍하였을 뿐 아니라 그로 말미암아 국가의 조세가 누궐屢闕하였다고 한다. 이자겸은 스스로 국공國公이 되어 그 생일을 자칭 인수절仁壽節이라 하고 뇌물로 받은 소고기를 처분할 도리가 없어 항상 썩은 고기 수만 근이 있었다고 한다. 고려귀족들의 이러한 무도한 생활의 재원은 공공연한 수뢰受賂, 매관, 고리대곡, 강탈, 협박 등 민중의 착취에 의한 것이나, 민족을 위하여 남긴 사업은 아무 것도 없다. 이상은 몇 가지 예에 불과한 것이나 일반 귀족계급의 생활은 미루어 알 수 있을 것이다. 귀족 생활이 호화하면 호화할수록 민족생활은 그와 반비례로 궁핍화 노예화하는 민족적 불행을 명백히 학도에게 인식시켜야 할 것이다. 한국사상 과거에 다소 볼만한 귀족적 문화가 있다 할지라도 귀족문화가 전체적으로 향상 발달되지 못하고 민족일반의 문화가 아직도 저급상태에 남아 있는 것은 귀족지배정치의 죄악인 것을 또한 밝히어야 할 것이다. 나는 귀족생활에 대한 기명상記銘上 무수한 예를 이 이상 더 열거할 지면의 여유가 없음을 유감으로 생각하나 기본적 이론만은 설명된 것 같다.

다음에 민족의 고급문화에 속하는 문학, 철학, 미술, 종교, 기타에 관해서 일언할 것은 학자 중에는 혹 그것을 귀족문화라 하여 무용물시無用物視코자 하는 이가 있으나 그것은 중대한 착오다. 그러한 문화의 일면은 확실히 귀족적이오, 또 민족착취의 표현이다. 그러나 그것은 귀족계급만으로 조성된 문화가 아니요, 민족적인 의식상에 또 민족의 토대 위에서 민족에 의하여 창조된 것이다. 그러므로 그것은 민족문화이다. 그 귀족적인 형태와 내용은 귀족정치에 의하여 민족이 형성되었던 까닭이었다. 앞으로의 민족문화는 물론 민주주의적인 형태와 내용을 가진 진정한 의미의 민족문화가 될 것이다.

예를 들어 말하면 신라의 대상大相이요 대귀족이었던 김대성은 8세기 경에 장수사長壽寺, 불국사, 석불사(석굴암) 등을 창건하였고, 불국사는 751년에 기공하여 774년 그가 죽은 뒤 국가에서 그 공역을 계속 완성한 것이다. 김대성은 귀족이었고, 또 그 재원은 민중의 착취에 의한 것이었지마는 그것을 조성한 예술가인 공장은 일개의 혹은 다수의 신라의 국민이었고 결코 김대성 자신은 아니었다. 신라 삼보三寶의 하나인 황룡사 9층탑을 조성한 공장은 백제인 아비지阿非知였으며 황룡사 종을 주성鑄成한 예술가는 신라 39금입택金入宅 중의 하나인 대귀족 이상택里上宅의 하전下典(부하)이었고 분황사芬皇寺의 약사여래동상을 주성한 장인은 강고내미强古乃未라고 전한다. 성이 없고 이름이 조선적인 것만을 보더라도 그들이 모두 귀족이 아니오, 민중인 것을 알 수 있다. 이러한 인적 요소뿐 아니라 신라미술은 그 의식에 있어 명백히 민족적이었으니 당의 와탑瓦塔 목탑木塔에 대하여 그들은 일보 나아가 화강석재를 사용하여 곤란한 조각을 감행하였으며 당의 자연 석굴사에 대하여 그들은 인조 석굴사를 완성하였다. 이러한 의기는 온전히 민족적 자존심의 발로였다. 이 예술의 위대한 성과는 실로 강렬한 민족의식에서 성취된 것이다. 그러므로 이것은 민족예술이며 민족문화이다. 오직 이 예술의 결점은 귀족적인 것에 있을 뿐이다.

앞으로의 우리 미술은 이 귀족적인 점을 수정하고 자주 독창적 민족적인 점을 더욱 발양하여야 할 것을 신라미술은 우리에게 가르칠 것이다. 기타의 모든 문화도 이러한 인식하에서 비판될 것이나 단지 유감인 것은 문학, 철학, 종교 등의 부문은 이 미술만큼 우리에게 위대한 교훈을 주는 것이 없다.

우리는 주자鑄字, 국문, 귀선龜船 등 독창적 문화를 적지 않게 가졌지만 일반적으로 보면 우리 문화는 중화민국의 그것에 멀리 미치지 못하였다. 이것은 역사적 지리적 국제적 여러 가지 이유에 인한 것이나 한漢문화권에 속하는 중국의 주위에 있는 중앙아시아 여러 민족, 몽고민족, 안남민족安南民族, 일본민족 등이 하등의 독창문화를 산출하지 못한데 비하면 조선민족의 우수성을 알 수 있을 것이며 이 우수성은 선천적인 것이 아니라 민족적 부단의 노력과 발분에 의한 것임을 특히 강조하여야 할 것이다. 그리고 민족의 강성은 외민족과의 투쟁이 격렬할 때에 되는 것이요, 민족문화의 융흥隆興은 타민족과의 경쟁이 치열할 때 성취되는 것임을 또한 명기하여야 될 것이다.

6. 귀족국가의 흥망과 그 민족적 교훈

무릇 역사적 사실事實의 가치비판은 우리의 현실 생활에 기준해서 행해질 것이요, 사실史實 그 자체에 객관적 가치가 있는 것은 아니다. 이를테면 고구려 말년의 연개소문 같은 자를 민족생활과 떠나서 생각할 때는 일종의 호웅豪雄이라 할 수도 있고 사실상 일부 사가에 의하여 영웅적 선전을 받고도 있다. 그러나 민족생활에서 역사를 관찰할 때에는 그는 고구려 국가의 망인亡因을 지은 자이며 조선의 민족과 국토를 남북으로 분열시켜 그 북반을 상실케 한 원인을 지은 민족적 범죄인이다. 귀족국가에서는 성삼문의 충절을 최고로 평가하고 신숙주의 태도를 타기唾棄[51]하였다. 그러나 금일에 만일 이왕李王을 위하여 복벽復辟[52]을 꾀하는 자가 있다면 민족반역자로 몰릴 것이다. 신숙주는 민족을 위하여 국문창제의 위대한 공을 남겼다. 양자의 가치는 지금에 있어 전도되었다. 민충정閔忠正[53]이나 안중근 같은 이는 민족을 위하여 자신을 희생하였으므로 그 가치는 민족사와 함께 빛날 것이다. 이와 반대로 일본인에게 존경을 받던 이완용이나 송병준 무리는 영구히 민족반역자의 이름을 씻지 못할 것이다. 이렇듯 사실의

51) 업신여기거나 아주 더럽게 생각하여 돌아보지 않고 버림.
52) 물러났던 임금이 다시 왕위에 오름.
53) 1905년 을사조약 체결에 반대하며 자결한 민영환을 말한다.

가치는 민족에 의하여 결정될 것이다. 왕조의 흥망도 또한 그러하니 왕조의 흥망 그 자체는 민족생활과는 별개의 것이다. 그러나 그것이 민족에게 주는 영향과 교훈은 가장 직접적이요, 또 중대한 것이다. 그러므로 우리는 그 흥망의 이유와 원인을 추구하여 그것을 우리의 현실 생활에 살리지 않으면 안 될 것이다. 역사적 사실을 우리는 단지 지식으로서 요구하는 것이 아니요 생활요소로서 요청하는 것이다. 그러므로 역사 교육에서는 사실을 항상 우리의 현실생활에 살려야 할 것이다. 현실생활과 떠난 역사 교수는 가장 졸렬한 방법이요 또 무의미 무가치한 것이다. 그런데 항간에 국사 서적 중에는 왕조의 흥망에 대하여 그 진정한 이유를 구명한 것이 거의 없다. 국가의 흥기융성을 대개 왕자 개인의 무력이나 선정의 덕으로 하고 그 쇠망한 경우도 왕자 개인의 악정이나 무력의 불비不備로 설명코자 하였다. 이것은 봉건귀족사가들의 태도와 조금도 틀림이 없다. 나의 견해로 보면 민족국가의 흥망은 항상 국제적 관계와 국내적 이유에서 이것을 설명할 것이며 특히 국내적 이유에 있어서는 민족정치의 계급관계가 그 최대한 이유가 되었던 것이다. 계급관계가 비교적 원활하였을 때에는 국민적 단결도 따라서 강하여 외적에 대해서도 강하였으나 그 쇠망기에는 항상 귀족의 착취, 사치, 방종한 생활, 토지제도의 문란, 계급의 반목, 국민적 단결의 해이, 도적의 봉기, 외적의 침입 등의 사상事象이 일어나는 것이다.

고구려의 초기는 협소하고 척박한 지역에서 그들은 종족적 생존발전을 위하여 강력한 종족적 결합이 성취되었다. 계급적 반목 투쟁이 심했더라면 이러한 결합은 있을 수 없었을 것이다. 그들은 이 종족적 상식적 단결에 인하여 최소의 지역에서 일어나 필경은 삼국 중 최대 최강의 국가를 형성하였다. 그리고 수·당의 대세력에도 능히 대항할 만한 위대한 국력을 소유하였다. 그러나 말기에 이를수록 귀족생활은 사치, 방종, 개소문 같은 무모 횡포한 독재자는 민중생활에도 고통을 주었으려니와 유아독존식의 강경외교는 국제간 불화를 초래하여 70년에 한한 수·당과의 전쟁의 원인을 지었으니 그 동안의 국민생활의 곤핍과 국력의 피폐도 추측할 수 있으려니와 사후 그 두 아들 남생, 남산의 지위쟁탈에 인한 국력의 이분도 원인은 그 아비의 호화한 독재자 생활에 있었을 것이다. 고구려의 패망으로 말미암아 우리는 만주의 광대한 영토와 다수한 민족을 잃게 되었다. 내가 연개소문을 민족적 죄인이란 이유는 이에 있는 것이다. 정치가의 행동이 민족에 미치는 영향과 책임이 얼마나 중대한가를 역사교육에서 강조하여야 할 것이다. 고구려는 결코 당의 무력에 패망한 것이 아니오, 귀족의 정권쟁탈과 독재정치, 계급의 반목에 그 중대한 원인이 있었던 것을 명백히 하여야 할 것이다.

백제의 패망에 관해서도 국제 신의의 결핍, 충언의 배척, 전략의 우졸愚拙 등을 드나, 이것은 근시안적이오, 그 근본원인은 국왕 이하 지배귀족의 비국민적 방종한 착취생활, 이기주의적인 향락사치생활이 앞서 말한 여러 원인을 만들어낸 것이다. 지배계급이 착취방종한 생활을 하면서 국민의 단결을 구할 수는 없는 것이다.

신라는 비록 광옥廣沃한 경주평야에서 일어났고 또 그 귀족계급이 민중을 착취하지 않은 것도 아니었겠지만 그래도 그 초기의 귀족들은 능히 국가를 위하여 진력하였으니 막대한 사재를 던져 소년군 화랑도를 양성한 일사一事를 보더라도 그것을 알 수 있다. 그러므로 그들은 삼국 중 최소 최약한 국가로부터 삼국통일의 대업을 성취한 것이다. 그러나 그 말년에는 전술한 바와 같이 지배귀족생활은 이기적 향락적 비민족적이었으며 오직 개인을 위한 토지의 겸작兼作 착취에만 급급하고 왕위쟁탈 지위획득에만 몰두하였으므로 왕조의 쇠망에 대해서 국민은 이것을 강 건너 불구경 하듯이 하였다. 군도群盗의 봉기는 계급의 반목 국민적 단결의 해이를 의미하는 것이다. 말기의 화랑은 애국적 단체가 아니오, 유흥적 단체였다.

고려의 쇠망도 대략 동일한 이유에 인함이었으니 귀족의 횡포한 정치에 의하여 민족생활은 도탄에 빠지고 토지는 전부 악질귀족의 소유가 되어 국민은 왕조의 망하기를 축원하였다. 이 민심의 귀취歸趣와 대對원·명의 국제관계 및 왜구사변倭寇事變을 이용하여 왕위를 획득한 것이 이조태조李朝太祖 이성계였다.

이조의 패망은 우리가 타민족의 지배를 받게 된 민족사상 미증유의 치욕이며 고난이었던 만큼 우리는 그 원인에 대하여 더욱 명확한 지식과 반성을 가지어 다시는 그러한 실패를 되풀이하지 않기에 노력하지 않으면 안 될 것이다. 흔히 사가들 중에는 민족수치의 사실을 덮어버리고 그 자랑거리만을 내세우는 이가 있으나 이것은 소학교육식 방법이다. 우리는 민족의 우수성을 선양함과 동시에 그 결함면을 정확하게 파악하여 반성함으로써 비로소 역사교육의 완전한 목적을 달성할 수 있을 것이다. 치욕사는 조선민족뿐 아니라 역사를 가진 민족은 누구나 이것을 경험한 것이다.

귀족국가는 그 본질에 있어 붕괴와 혁명의 요소를 내포한 것이니 그것은 전제적이오, 비민주적이며 지배계급 본위요, 비민족적인 까닭이었다. 민족이 각성하는 날 그것은 필연적으로 붕괴할 운명에 있었던 까닭이다. 그러므로 지배귀족들은 민중을 정치로부터 격리시킴과 함께 교육으로부터 절리하고 최저의 경제생활에 몰두케 하였다. 민은 가사유지可使由之요 불가사유지不可使由知라는 것은 귀족정치의 철칙이었다. 이조의 유학자들이 국문운동國文運動에 반대한 것도 기실其實은 교육독점, 문화독점에 그 근본이유가 있었던 것이다.

계급반목은 이조에도 여전히 계속되었으니 민족의 구할九割은 극빈소작농과 노예로 전락되고 토지는 지배양반계급의 점탈 소유한 바 되었다. 더욱이 이조에는 천자수모법賤子隨母法이란 것이 생기어 한번 노비가 되면 그 자손까지가 영구히 노비가 되는 것은 물론이오 양민이나 귀족과의 사이에 태어난 자손이라도 그 어미가 비婢면 주인의 노비가 되지 아니할 수 없었다. 이익도 그《성호사설》에서 "이러한 법은 천하 고금에 없는 바이라"고 하였다. 성호의 말에 의하면 "그들은 궁천극지窮天極地의 무한한 고뇌를 받으나 벗어날 길이 없고 종일토록 하는 것이 제 일은 없고 남의 일뿐이며 상전의 학사虐使[54]로 말미암아 생존할 길이 없으니 천하의 궁민窮民으로서 이러한 것은 없을 터이라"고 하였다. 이민족에 대해서도 있을 수 없는 일이거늘 같은 민족에 대해서 이렇게 잔인무도하였던 것이다. 이것으로 미루어 귀족계급이 농민에게 어떻게 대하였을 것도 알 수 있다. 지도자인 지배귀족계급에게 민족애나 민족정신이 없었다. 하물며 농민 노예계급에 민족의식이 있을 수 없었다. 민족의식은 외민족과의 투쟁기에만 발현되었던 것이다. 비록 박약하였으나마 민족의식 하에 혁명운동을 일으킨 것은 동학난東學亂이 역사상 최초의 일이었다. 그들은 탐관오리의 숙청과 서양사상 반대를 그 기치로 하였던 것이다. 이조 말년에는 이렇듯 계급의 알력이 있고 5백 년간의 유교적 문신정치는 전 민족을 문약에 빠지게 하고 사대사상을 팽창케 하고 복잡다단한 상제례喪祭禮와 논리 도덕으로써 국민생활의 자유로운 발전을 구속하고 그들은 민족 자위상 불가결의 요소인 무비武備를 배척하고 여성적인 모함, 음모, 후욕詬辱, 반목, 절교, 살상 등 모든 비민족적 비애국적 방법으로 정권쟁탈에만 몰두하였다. 이조 5백 년 역사상에서 세종대왕이나 이순신의 공적 이외에 아무것도 볼만한 민족문화의 특색을 발휘치 못한 것은 유교귀족계급의 죄악이었다. 이렇듯 계급의 불화, 민족단결의 흠여欠如, 무비의 공처空處, 지배계급의 질시 반목하는 국내 사정이 노도처럼 밀려온 세계적 제국주의의 일파에 의하여 이조는 마침에 궤멸한 것이다. 이로 말미암아 민족은 유사 이래 처음 당하는 타민족의 완전한 지배하에 36년간 고난을 받았던 것이다.

상술한 국가흥망의 원인을 정확하게 알아 그 실패한 경험을 배제하고 성공한 경험을 살리어 장래할 민족국가의 건설에 이바지 하는 것이 역사교육의 가장 중대한 임무일 것이다.

---

54) 사람을 혹독하게 부림.

7. 외민족과의 관계

이상에서 나는 비록 불충분하나마 민족내부에 있어서의 국사교육상 기본이 되는 여러 문제에 관하여 졸견을 약술하였다. 다음에 나는 외민족과의 관계에 대하여 일언하고자 한다.

우리는 우리 민족 단독으로서 생존한 것이 아니오, 4천여 년 간 주위의 이민족과 접촉하여 혹은 그들과 화친하였고 혹은 맹렬히 투쟁하였다. 첫째 한漢민족과의 관계를 보면 기원전 2세기 초에 한인漢人 위만이 평양지방에 들어와 그 지방의 조선왕이 되었다고 해서 이것을 민족적 치욕으로 생각하는 학도가 많으나 그것은 너무 편협한 심정의 치욕감이다. 위씨는 반도 일부의 왕위를 얻었을 뿐이오, 우리가 한민족에게 민족적 지배를 받은 것은 아니다. 위씨의 대신은 대부분 조선인이었으며 실제 정치는 여전히 조선인에 의해서 행해졌다. 뿐만 아니라 위씨 자신이 조선화 하고자 노력한 것은 그가 그의 조국인 한에 반항 투쟁한 것으로 보아서 명백하다. 반도민의 일부가 일본으로 건너가서 토민土民을 정복하고 일본 황실을 건설하였다고 해서 이것이 일본민족의 치욕이 되는 것은 아니다. 황해도 평산군 출신의 후손이 금金태조가 되었다고 해서 조선민족이 금민족을 지배한 것은 아니다.

하물며 고려의 기씨녀奇氏女가 원元제국의 황제를 낳았다고 해서 이것이 민족적 자랑거리가 될 것은 없다. 기원전 2세기 말에 한漢이 평안도 지방에 낙랑군을 두어 420년간 지속하였다. 이것을 또 몹시 싫어하는 학도가 있다. 그러나 사실을 구명하면 낙랑군이나 그 뒤에 둔 남쪽의 대방군은 결코 민족적 지배기관이 아니오 상업기관 문화교류기관으로서, 한민漢民인 관리 상인들은 일정한 거류지에 별거하였고 때로는 고구려 백제의 침입을 막기 위하여 낙랑국을 도와 군대를 출동하기도 하였다. 낙랑국은 주권자나 국민이 모두 조선인이었고 정치도 그들에 의하여 행하였다. 낙랑국과 낙랑군은 동맹관계 우호관계에 있었으므로 낙랑국은 낙랑군의 존속을 원하였던 것이다. 그 뒤 한민족과 고구려 사이에는 격심한 민족투쟁이 오 랫동안 계속하였으나 신라통일 이래 약 1천300년간 한민족과 조선민족은 혹은 국경을 서로 접하고 혹은 겨우 황해 하나를 상격相隔하고 있으면서 도 한 번도 투쟁을 한 일은 없다. 두 민족은 다 평화애호민족임을 증명하 는 바이다. 서로 인접한 민족 간의 이러한 평화와 우애의 장기지속은 인류 사상에 그 유례를 구할 수 없는 일이다. 앞으로도 중화민족과 조선민족 사 이에는 영구한 평화우애가 지속될 것을 우리는 바라고 또 믿는 바이다. 몽 고민족과의 관계는 고려시대에 있어 그들의 유목적 야만성에 의하여 심대 한 고통을 받았으나 불행 중에도 다행으로 주권을 잃지 아니하였으므로(한 민족을 위시하여 그들의 지배하에 있던 다수한 민족들은 주권까지 상실하였다.) 민족적 지 배를 겨우 모면하였다. 만주민족인 청조와의 관계도 일시적인 병자호란을 제하고는 평화하였다. 그런데 우리 주위민족 중에서 가장 귀찮게 굴고 가 장 악질적인 것은 일본민족이었다. 그들은 유사 이래로 해변을 침입하여 무수한 소도적小盜的 행동을 반복하였으며 필경은 임진왜란을 일으켰고, 1910년의 참담사를 우리 민족사에 남긴 것이다. 우리는 일본민족에 대하 여는 특별한 경계가 필요한 것을 명백히 알아야 할 것이다. 미국과 소련은 강대한 인인隣人으로서 우리의 심심한 관심상에 새로이 등장하였다.

(1947년 4월)

우리의 눈과 마음, 그 궤적

처용랑處容郞 전설고考

처용의 전설을 소설적으로 감상하는 것은 가장 단순한 태도이다. 우리는 《삼국유사》가 이 기록을 발표한 후 금일까지 이것을 오직 소설적으로만 혹은 거기 약간의 사실성까지 부여하여 상독賞讀하여 왔다.

작년 9월호의 《조선》이란 잡지에 마에마 교사쿠(前間恭作) 씨가 〈처용가해독處容歌解讀〉을 발표하고 말필末筆로 이 전설을 통하여 한국민족성의 일단을 말하였다.

"가만히 생각하니 이 처용가는 신라인이 아니면 노래할 수 없는 내용을 가졌습니다. 거기는 톨스토이의 무저항주의無抵抗主義며 바라문婆羅門의 숙명관과도 다소 공통한 깊고 굳은 근저根底가 횡재橫材합니다. 그것을 〈무골한無骨漢〉이라고 처치處置하여 버리는 것은 일본인의 〈遠慮深い〉[55]를 조소한 서양인과 동일한 피상적 관찰일까 합니다"하고 씨는 말하였다. 이것은 전자에 비하여 일보를 나아간 관찰일 것이다.

나는 다시 한 걸음 깊이 들어가서 처용은 정말 실재의 인물이냐, 소위 처용가는 정말 처용의 소작所作이냐, 처용가는 어느 때 누구에 의해 지은 것이냐, 처용이 만일 실재인물이 아니면 처용숭배는 무슨 출처와 암시로

---

55) 언행이 조심스럽다는 뜻.

산출된 것이냐, 역신疫神이 처용의 미처美妻를 범하였다는 말은 무엇을 의미함이냐? 이러한 여러 의문에 관하여 약간의 사견을 발표하고자 한다.

《삼국유사》 2권 처용부의 설화는

"第四十九憲康大王之代, 自京師至於海內, 比屋連墻無一草屋, 笙歌不絶道路, 風雨調於四時, 於是大王遊開雲浦, 王將還駕, 晝歇於汀邊, 忽雲霧冥曀, 迷失道路, 怪問左右, 日官奏云, 此東海龍所変也, 宜行勝事以解之, 於是勅有司, 爲龍刱佛寺近境, 施令已出, 雲開霧散, 因名開雲浦, 東海龍喜, 乃率七子, 現於駕前, 賛德獻舞奏樂"

이라고 먼저 망해사望海寺의 연기緣起전설을 기록한 뒤 계속하여 처용설화를 이렇게 기기記하였다.

"其一子隨駕入京, 輔佐王政名曰處容, 王以美女妻之, 欲留其意, 又賜級于職, 其妻甚美, 疫神欽慕之, 變爲人, 夜至其家, 竊與之宿, 處容自外至其家, 見寢有二人, 乃唱歌作舞而退, 歌曰, 東京 불근 달애 밤들이노니다가 들어샤자리보곤 가로—네히어라 둘흔 내이엇고 둘흔넛이언고 본딩내이이다마륻 앗아늘 엇디 홀고(마에마씨 선독鮮讀), 時神現形, 跪於前曰 吾羨公之妻, 今犯之矣, 公不見怒, 感而美之, 誓今已後, 見畵公之形容, 不入其門矣, 因此國人帖處容之形, 以彼邪進慶. 云云"

이 전설을 해부하여 보면 처음의 동해용왕 운운云云의 망해사 연기전설이 벌써 전연 불교도가 의작擬作한 설화이며 그것에 연하여 나오는 처용설화는 문신門神의 연기전설이다.

처용을 동해용왕의 아들이라 함이 벌써 처용의 비실재 인물임을 말하는 바이며 더구나 무릇 연기설화란 것은 언제든지 반드시 숭배의 대상이 있은 뒤에 그에 관한 전설이 후세에 발생되는 것이므로 처용의 경우에도 처용전설의 발생 이전에 벽사진경辟邪進慶[56]의 주술적 가치를 가진 문신門神 처용의 화상이 민족상에 존재하였던 것을 알 수 있다. 지나支那의 문신인 중명조重明鳥, 신다神荼, 울루鬱壘[57], 종규鍾馗[58] 등이 모두 그러하다. 역시 신라의 문신이었던 소위 비형랑鼻荊郎의 전설도 그러할 것이다. 처용이 실재 인물이 아니오, 문신인 이상 처용가가 처용의 소작이 아닐 것은 명백하다. 《삼국유사》는 처용을 신라인, 처용가를 신라시대의 노래라고 하였으며 금일의 전문학자들도 이것을 신라의 노래라고 생각하는 모양이나 이 노래가 고려시대의 소작인 것은 거의 의심할 여지가 없다. 즉 그 초두初頭가 '동경 명기월랑東京明期月郎'하고 시작된다. 경주를 동경이라 하였음은 고려 성종 6년(987)으로부터 비롯하였다. 고려초에 개성을 개경, 평양을 서경이라 하였고 성종조에 경계를 정리하였을 때에 경주를 동경이라고 한 것이다. 그 후 문종조에는 지금 경성京城을 남경南京이라 하기도 하였다.

이것은 고려조의 명칭이었으며 결코 신라조부터 경주를 동경이라고 한 일은 없다. 그러면 처용가의 고려 성종 이후 소작인 것은 무의無疑하다. 이러한 곳에 전설작가의 불용의不用意와 소사疎思가 있는 것이다.

그러면 처용가는 고려 어느 시대쯤 어느 사람의 손으로 조작된 것이냐. 이 문제에 관해서는 잠시간 본론을 떠나 역신疫神과 문신에 관하여 생각할 필요를 느낀다.

처용설화에 의하면 역신이 처용의 처가 미모임을 선모羨慕하여 그를 범하였다고 한다. 이러한 원시신앙에 근연根緣을 가진 설화는 원시인의 심리로서 해석할 바이요, 결코 문자나 현대인의 심리로서 감각할 바는 아니다. 신이 사람을 범한다는 것은 사람이 신의 빙부憑附로 인하여 병을 얻게 된

---

56) 사악한 마귀를 쫓고 경사로운 일을 맞이함.
57) 신다와 울목은 악귀를 물리친다는 중국 상고 시대의 전설상의 신인神人으로 후세에 이를 문신門神으로 삼음.
58) 중국에서 역귀나 마귀를 쫓는다는 신. 당나라 현종이 꿈에 본 형상을 그리게 한 것으로 이를 문에 붙여 악귀를 막는 풍습이 당대와 송대에 성행했다.

다는 의미이다. 미처美妻를 범하였다 하므로 우리는 범한자의 신적 존재임을 망각하고 단박에 성적 교접으로 그것을 직각直覺하여 버리지만 신이 사람의 처를 성적으로 범할 리는 없으므로 이 범犯자는 역신이 처용의 처에 빙부하여 병을 주었다는 의미로 해석하는 것이 타당한 이로理路일 것이다. 즉 처용은 그의 처가 역병에 걸렸으므로 역신에게 가무기도歌舞祈禱하였다는 의미의 설화이다. 그러면 그 역질이란 과연 무슨 역질이었던가. 역疫은 온역瘟疫·여역癘疫[59]·시역時疫·두역痘疫[60] 등 유행병이나 전염성의 급한 병을 가리킴이다. 한데 이런 종류의 역질은 대개 신의 분노 혹은 신의 악의에 인하여 발생되는 것이라고 원시신앙은 말한다. 그러나 오직 두역만은 특히 안면에 관계를 가진 역질이므로 신의 뜻의 선악에 불구하고 두신痘神이 사람과 접촉한다 함은 그 사람의 안면 미美의 파괴를 의미함이다. 그러므로 두역신이 여성을 범함은 그 신이 여성의 미모를 질투 혹은 선모한 까닭이라고도 이해되었을 것이다.

이러한 유례는 원시 심리학상에서 허다히 볼 수 있는 바이다. 우리 민간신앙에서 일례를 들면 죽은 어미가 유아의 머리를 귀여워 만지면 아해는 두통을 하게 되는 것이라고 한다. 신의 의사는 선하지만 사람에 미치는 결과는 병으로 표현되는 것이다. 그러면 특히 부인의 미모를 선모하여 범하는 역신은 두신痘神 외에 그것을 구할 수 없으므로 처용의 처를 범하였다는 역신은 그것을 두신이라고 해석치 아니할 수 없다.

이렇게 생각하고 보면 처용전설은 두역이 조선에 유입된 후에 일어난 설화일 것이라는 결론을 얻을 수 있다. 한데 두역이 기록상에 처음 보이는 것은 어숙권魚叔權의 《패관잡기稗官雜記》 권2 중에

---

59) 온역과 여역은 같은 말로 급성전염병의 일종이다. 사철 고르지 못한 기후 때문에 생기는데, 심하면 말을 못하게 되고 뺨에 작은 부스럼이 나며 입이 헐고 기침이 난다.
60) 시역과 두역 모두 천연두를 이르는 말.

"國俗重痘瘡神, 其禁忌大要曰, 祭祀·犯染·宴會·房事·外人 及油蜜腥膻汚
穢等臭, 此則載於醫方, 盖痘瘡如蚕, 隨物變化故也, 世俗守此甚謹, 其餘拘忌, 又
不可記, 苟或犯之則死, 且殆者十居六七, 若沐浴禱請, 則垂死復生, 以此人愈信之,
至誠崇奉, 至有出入之際, 必冠帶告, 而瘡畢一二年, 尚忌祭祀雖士人未免拘俗, 至
於廢祭, 盖瘡神之忌, 舊不如此, 自近年加密, 若又過四五十年, 則未知竟如何也"

　라고 한 것이다. 이수광李晬光의《지봉유설芝峯類說》17 질병조에는 "本國
醫方曰, 天疱瘡, 正德年後, 始自中朝傳染而來, 中朝亦舊無此疾, 出自西域
云"라 하여 16세기 초에 중국으로부터 반도에 유입된 병이라고 하였다. 하
나 동시대의 어숙권은 전문과 같이 정덕正德 연간에 전래하였다고는 말하
지 아니하고 고래로 있는 병같이 말하였다. 뿐 아니라 당시에 벌써 두창痘
瘡에 관한 구기拘忌[61]가 의방기재사항 외에 민간에서 성하고 복잡히 발달되
었던 것을 보면 두역의 반도유입이 반드시 이조李朝 초였을 것이라고는 단
언키 어렵다. 중국서도 두창은 원래 남방민족의 병이라든지 혹은 북로北虜
의 병이라 하여 원래 중국의 병은 아니라고 한다. 하지만 당·송시대에 중
국에 두창이 있었던 것은 명백한 사실이며 고려 중엽에 몽고인이 반도내
에 침거하였을 때 두창까지 갖고 왔을 가능성도 있으므로 두역의 조선유
입을 원元대라고 본다면 처용전설은 고려 말엽이나 중엽 이후의 소작이라
고 추론할 수 있을 것이다.
　다음에 문신門神이란 것은《삼국유사》1권의 비형랑 전설을 보든지 지나
의 신다·울루며 종규의 전설을 보든지 능히 귀류鬼類를 사역하며 공포케
하며 집살執殺하는 성질을 가지는 것이 사람의 자연한 심리에서 나오는 보
편적 원시관념이다. 악귀로부터 가족을 수호하기 위하여 문을 지키는 신
이므로 그것은 무서운 성질이며 형용을 갖지 않지 못할 것이다. 한데 특히

---

61) 좋지 않게 여겨 피하거나 꺼림.

처용은 같은 문신임에 불구하고 매우 초감정적 철학적 성질을 가졌다. 처용가는 결코 민간신앙의 소산이 아니요 실로 불교도 혹은 불교적 인생관을 가진 자의 창작일게 명백하다.

하나 처용이란 문신은 전설 이전에 민속상 존재하였을 것이며 그 민속이 정말 신라시대부터 있었는지는 의문이나 — (유사의 설화는 고속古俗을 모두 신라의 유속이라고 한 경향이 있으므로) — 처용이며 비형랑의 화상畵像·주문 등이 지나의 문신인 종규·신다·울루 등에서 감화를 받았을 것은 십분 생각할 수 있는 바이다.

서후書後로 나는 처용전설에 관하여 이러한 의문도 가졌다. 처용전설은 원래 원형이 있었을 것이다. 즉 처용이 처의 병을 위하여 역신에게 가무 기도하였더니 신이 그 가무기도에 감하여 퇴각하였으므로 처용은 역신이 경외하는 자라 하여 민간에서는 그의 화상을 문 앞에 첩부貼付하여 벽사를 하게 되었다는 그러던 것이 후세에 이르러 신이 처용의 처를 범하였다 함을 성적 의미로 오해하고 소위 처용가를 다시 부회하여 《유사》 소재의 처용설화를 산출하게 된 것이 아닌가?

이렇게 해석한다면 내가 전술한 두신痘神 운운云云의 론은 불필요한 췌언贅言[62]이 될 것이다. 역신이 처를 범하였다 함을 성적으로 오해하여 그것을 소설화하게 되면 자연히 부인의 미모를 언급하여야 될 것이므로 미모이므로 부인을 범하였다고 함은 오직 작가의 소설적 윤색에 불과하고 전술한 바와 같이 까다로운 의미는 없을 것도 같다.

하여간 나는 이러한 견해와 의문을 처용전설에 관하여 가졌음을 기술한 바이다.

---

[62] 쓸데없는 군더더기 말.

오대五大 강산의 전설신화와 그 고구考究

1. 백두산 천지전설과 태조전설

조선은 산의 나라이다. 산 중에도 백두산은 워낙 거룩한 산이라 누천 년 이전부터 반도며 만주에 사는 사람들은 모두 이것을 성산이라 숭배하였다. 그러므로 이 산에 관한 전설은 허다하지만 그 중의 한두 가지를 소개하면,

옛날 천상에 유월(柳月?)이란 청년과 ×화(무슨 花인지는 잊었다)라는 소녀가 있어 어떤 날 함께 인간으로 구경을 내려왔다는 것이 마침 백두산정의 천지였다. 두 젊은 남녀는 천지 주위를 돌아다니며 멀리 하계의 산천이며 풍물을 완상玩賞하기도 하고 사랑의 속삭임도 바꾸고 하였다. 그러나 그들의 한 바를 옥황상제가 알게 되자 상제는 유월을 옥에 가두고 소녀는 밀실에 유폐하였다. 소녀는 밀실 속에 있어 더욱 유월을 잊기 어려워 온갖 힘을 다하여 겨우 거기로부터 탈출하여 다시 천지 주위를 찾아갔다. 응당 기다리고 있으리라고 믿었던 유월은 자취조차 찾을 수 없었다. 소녀는 구슬 같은 눈물을 방울방울 떨어뜨리며 천지 주위를 홀로 돌아다니다 필경은 입었던 치마를 덮어쓰고 천지 물 속으로 뛰어들었다. 그 뒤 소녀가 흘린 눈물 자취자취마다 무궁화 한 포기씩이 나오게 되었다. 조선의 무궁화는 실로

이것이 처음이라고 한다.

다음은 대청大淸제국의 시조 애친각라愛親覺羅씨가 이 산에서 발상하였다고 전하는 함경북도의 전설이다. 청조의 선조가 장백산 즉, 백두산의 출생인 것을 그들이 큰 자랑거리로 생각하는 것은 장백산이 우리 땅에 있는 까닭이다. 그뿐 아니라 좀 더 옛날에 있어서는 금金국의 시조가 함경북도의 출신이며 우리 이조의 태조 또한 함남의 출신이요, 청태조 역시 함경도의 출생이었다. 이 삼대 위걸偉傑을 산출한 함경도 사람들이 그만한 자긍심을 가진 것은 당연한 일이다. 지금 그들이 전하는 청태조 전설을 소개하면 대략 이러하다.

옛날 천지 위에 하늘로부터 삼 선녀가 내려와 목욕한 일이 있었다. 그런데 그때 마침 신작神鵲 한 마리가 있었는데 대추 한 알을 물어다 제일 어린 선녀의 치마위에 떨어뜨렸다. 그 선녀가 그것을 무심중 먹었으므로 그때부터 태기가 있어, 다른 선녀는 다시 천상으로 돌아갔으나 홀로 날지 못하고 세상에 있다가 열달 만에 일통남아一筒男兒를 낳았다. 이것이 곧 청나라의 시조 애친각라씨로 이 세상에 나오자마자 능히 말을 하였으며, 클수록 무술에 불통한 바가 없고, 또한 덕망이 높아 드디어 백두산 아래에 도읍을 정하고 나라이름을 만주라고 하였다 한다.

이 전설은 결코 이렇게 짧지 않으나 내가 들은 지 벌써 오래되어서 대부분은 잊어버렸고 또 약간 틀리는 점도 있을지 모르나 대체로는 이러한 설화였던 것 같이 기억된다.

이 전설이 다음에 들고자 하는 중국의 서적에서 나온 말인지 또는 중국기록 이전부터 함경도의 민간에 전해지고 있었는지는 비록 지금은 단정할 수 없다 할지라도 이것이 만주민족 사이에 있었던 국조전설이었던 것만은 명백하며 만주민족과 지리적이나 역사적 인종적으로 가장 가까운 함북민이 또한 이 말을 전한다는 것은 결코 우연한 일이 아닐까 한다. 청태조의 전설은《청태조실록》이며,《동화록》,《만주원류고》등 여러 서적에 나타나며 그 내용은 대동소이하다. 지금《동화록》의 글을 대강 들면,

선세先世는 장백산白山에서 발상發祥하시니 산의 높이가 2백여 리에 천여 리에 뻗혔다. 산위에 못이 있으니 일달문日門이요, 둘레는 80리였다. 산의 동쪽에 포고리산布庫里山이 있되 산 아래에는 연못이 있으니 포이호리布爾湖里라 한다. 상전相傳[63]하되 천녀天女 3인이 있으니 장長은 은고륜恩古倫이오, 차次는 정고륜正古倫이오, 차次는 불고륜佛古倫이라. 못에서 목욕을 하는데, 목욕을 마치자 신작神鵲이 주과朱果를 물고 있다가 막내의 옷에 떨어뜨렸다. 막내가 입에 넣으니 홀연 배 속에 들어갔다. 마침내 임신을 하거늘 둘째에게 말하길 내 몸이 무거워 날아오를 수 없으니 어찌하오 하니 둘째 왈, 우리는 선적仙籍에 올라 있으니 걱정이 없다 이는 하늘이 너와 접하여 잉태한 것이니 출산을 기다린 다음 오더라도 늦지 않다 하고 떠나갔다. 불고륜이 곧 사내아이를 출산하니 낳자 마자 말을 할 줄 알며 체모體貌가 기이하였다. 장성함에 어미가 주과를 삼키고 잉태한 까닭을 말해주고 인하여 명하기를 너는 애친각라로 성을 삼고 이름을 포고리옹순布庫里雍順이라 하고… 어미는 드디어 구름 건너로 떠나갔다. 운운云云

매우 긴 글이므로 이만큼만 인용하여 두나 그 얼마나 함북의 전설과 일치함을 짐작할 수 있을 것이다. 헌데 이 전설의 서두는 실로 유명한 백조白鳥전설의 골자와 대개 일치한다. 백조전설이란 것은 혹은 우의羽衣 전설이라고도 하여 거의 전 세계적으로 넓게 분포되어 있는 세계 공통되는 전설의 하나로 구라파, 아메리카, 태평양, 시베리아, 지나, 인도, 유구 등 지처에 있다.

---

[63] 대대로 이어져 전함.

조선에서는 이 백조전설을 수탉의 내력來歷이란 제목 하에 글을 쓴 이도 있고, 신화학에 지식이 있는 이들은 우의전설 또는 조선의 백조전설이라 하여 외국에 소개한 이도 있다. 이 전설은 금강산을 무대로 하여 설화되는 것이 보통이므로 다음에 이것을 대강 기록하여 볼까 한다.

2. 금강산 선녀(우의羽衣) 전설

옛날 금강산 밑에 어떤 초부樵夫가 있었는데 30이 넘도록 장가를 들지 못하고 매일 산으로 들어가 나무를 베어 늙은 어머니와 겨우 생활을 하고 있었는데 하루는 여전히 나무를 베고 있는데 어디에선지 사슴 한 마리가 산행군山行軍에 쫓기고 있는 것처럼 달려오면서 살려달라고 하므로 초부는 불쌍히 여겨 그 사슴을 덤풀 속에 감추어 주었다. 그러자 조금 있다가 산행군 한 사람이 숨을 헐떡이며 달려와서 "사슴 한 마리가 이리로 지나가는 것을 보지 못했느냐"고 하였다. 초부는 시침을 딱 떼고 "아까 저– 저편 쪽 길로 달아납디다" 하면서 건너편 산길을 멀리 가리켰다. 포수는 가리킨 길을 향하여 달려갔다. 포수가 지나간 뒤 나무꾼은 사슴을 내어 주었다. 사슴은 한없이 감사하면서 초부에게 하는 말이 "나는 이 산의 산신령이거늘 오늘 놀러 나왔다가 이러한 꼴을 당하게 되었으나 다행히 그대의 힘으로 생명을 구하게 되었으니 은혜를 입은 터이거늘 소원이 있거든 무엇이든지 말을 하라." 초부총각이 곰곰이 생각하니 평생소원이 장가라, "어떻게 색시나 하나 생기도록 해주십시오"하였다.

그랬더니 사슴의 말이 "그러면 좋은 일이 있다. 이 산을 한참 올라가면 큰 못이 있고, 그 못 가운데서 지금 하늘의 선녀들이 내려와 목욕을 하고 있을 터이니 선녀들이 옷을 벗어놓은 자리로 가만히 가서 제일 젊은 선녀의 속옷을 감추고 내주지 말아라. 선녀들은 그 옷이 없으면 하늘로 다시 날아오르지 못하는 것이니 그렇게 하여 선녀를 데리고 집으로 가서 아내를 삼아라. 그리고 특히 명심할 것은 아들 딸 넷을 낳기까지는 결코 그 옷을 내주지 말아라. 만일 선녀가 그 옷을 가지면 곧 그 옷을 입고 하늘로 달아날 것이다. 자녀가 셋이면 둘은 양 옆구리에 한 명씩 끼고 또 한 명은 가랑이사이(고간股間)에 끼고 하여 달아날 수 있으나 만일 넷이 되면 어머니 마음이라 하나라도 자식을 남겨두고 갈 수 없으므로 그때는 속옷을 내주어도 관계없다"고 하였다.

초부의 기쁨이야 오죽하였으랴. 곧 산을 올라가 큰 못을 발견하고 나무 사이로 가만히 보니 아름다운 선녀들이 한줌도 안 되는 가볍고도 순백한 옷들을 훨훨 벗어서 바위 위에 이리저리 놓고 물속으로 들어가 목욕을 시작하였다. 초부는 그중 젊은 선녀의 옷을 감추었으므로 다른 선녀들은 모두 돌아갔으나 한 선녀만은 옷을 잃어 날지 못하고 초부에게 애소哀訴하였으나 그는 필경 초부의 집으로 데려갔다.

두 사람의 사이에는 벌써 세 사람의 자녀가 있었다. 큰 아들은 서울에 가서 과거까지 하고 부처의 사이는 남부럽지 않게 정다웠다. 그동안 선녀는 옷에 관하여 한마디도 하지 않았다. 그러므로 초부도 벌써 그 옷 일은 잊어버리다시피 되었다.

하루는 좋은 술을 빚어서 남편에게 권하면서 이야기 끝에 선녀가 하는 말이 "여보, 참 그때 그 속옷 어떻게 되었소? 전에는 가끔 돌아가고 싶은 생각도 있었으나 벌써 아이들이 셋이라 세상재미가 더 좋아요"하니 얼큰히 취한 터라 초부는 허허 웃음지며 "참, 그거 저기 두었지" 하면서 그것을 끄집어 내주었다. 그러자 선녀는 세 아이를 안고, 끼고 방 천정을 뚫고 하늘로 달아났다.

초부는 다시 전날의 초부가 되어 산에서 나무를 하며 신세타령을 하는 것이 그 뒤의 매일 일과였다. 그러더니 하루는 또 전일의 사슴이 나타나서 하는 말이 "한번 더 그 못으로 가봐라. 하늘에서 함박이 내려와서 물을 길어 올려갈 터이니 그 함박의 물을 쏟아버리고 그것을 타고 올라가면 알 도리가 있을 것이다. 그 함박은 다른 게 아니라 전에는 선녀들이 이 못에 내려와 목욕을 했지만 속옷 도주盜朱 일사一事가 있은 뒤로는 무서워서 내려오지를 못하고 함박으로 물을 길어다 목욕을 하게 되었다. 그러니 얼른 가봐라”하고는 인홀불견因忽不見[64]이 되었다. 좋아서 가보니 정말 바가지가 있기에 담긴 물을 쏟아버리고 자기가 그 속에 타고 나니 함박 줄이 슬슬 올라가서 하늘에 닿게 되었다. 함박 속에서 사람이 불쑥 뛰어나오니 줄 당기던 선녀들이 깜짝 놀라 이것을 옥황상제께 알렸고, 상제는 그 연유를 들으시고 인간사위가 왔다고 좋아하시며 초부는 거기서 처자들과 만나게 되었다. 처는 곧 상제의 따님이었다.

그는 천국에서 날마다 잘 먹고 잘 입고 아무 걱정 없이 지냈으나 날이 갈수록 보고 싶은 것이 그의 노모였다. 그래서 하루는 처에게 그 말을 하였더니 처의 말이 “그렇게 정 가고 싶으면 갈 수는 있지만 아마 다시 만나기 어려울 것 같습니다”하면서 천마 한 필을 내주며 “이 용마龍馬를 타면 순식간에 세상에 도달할 수 있습니다. 그러나 만일 일보라도 당신의 발이 땅을 밟게 되면 당신은 영원히 여기로 오기 어려울 테니 무슨 일이든지 반드시 이 말 위에서 볼 것이며 결코 땅은 밟지 마시오”하였다.

초부는 용마 등에 올라 눈 깜박할 사이에 어머니 집에 이르렀다. 어머니는 반갑고도 서러웠다. 이제 가면 다시 보기 어려운 아들이라 호박죽이라도 한 그릇 먹여 보내야겠다고 이마의 땀을 씻어 가면서 만들어 큰 사발에 가득 담아 들고 나왔다. 노모의 정성을 봐서 안 먹을 수 없어 말에 탄 채 사발을 받아들고 먹으려 하니 원수의 호박죽이 뜨겁기도 뜨거운지라 손을 바꿀 여유도 없이 사발을 말 잔등에 떨어뜨렸다.

말인들 안 뜨거울까, 깜짝 놀라 뛰는 바람에 초부는 그만 땅에 떨어져

---

64) 언뜻 보이다가 갑자기 없어짐.

발은 고사하고 온몸이 흙투성이로 되었다. 용마는 어느새 간 곳 없고 그는 또다시 초부가 되었다. 그러나 처자를 잊을 수 없어 매일 하늘을 쳐다보며 통곡하였다. 그러다 그는 죽었다. 그는 죽어서 수탉이 되었다.

수탉이 높이 지붕으로 올라가 그것도 높지 않아 목을 뽑아 하늘을 쳐다보며 우는 것은 그것이 초부의 혼을 받은 까닭이라고 한다.

앞에서 말한 바와 같이 이러한 형식의 전설은 세계적으로 광포되어 있으나 우리 전설과 가장 가까운 인연을 가진 것을 찾아본다면 아마 몽고민족의 그것이 아닐까 한다. 그 소이연 所以然을 말하자면 다음에 몽고의 백마전설을 소개하지 않을 수 없다. 몽고 북쪽 바이칼호 이쪽에 사는 부리야트 민족은 몽고의 일족인데 그들의 조선祖先전설은 이러하다.

"옛날 어떤 사냥꾼(엽부獵夫)이 새를 잡으려고 다니다가 멀리 호수를 바라보니 세 마리 아름다운 백곡白鵠이 하늘로부터 날아오므로 새들을 따라 점점 가까이 가서 보니 백조들은 호수의 수면에 내리자 모두 깃을 버리고 예쁜 처녀들이 되어 목욕을 시작하였다. 이 세 마리 백조는 천신의 삼 자매였다. 엽부는 가만히 한 마리 백조의 깃(羽)을 감추었다. 목욕을 다한 뒤 다른 백조들은 다 날아갔으나 깃을 잃은 한 마리만은 날지 못하고 있으므로 엽부는 그 처녀를 데려다 처를 삼았다. 그들의 사이에는 벌써 육남매가 출생하였다. 하루는 처가 강한 소주를 고아 남편에서 권하면서 취한 틈을 타서 감추어둔 깃을 요구하였다. 엽부는 그것을 내주었더니 그 순간에 처는 다시 백조로 화하여 굴뚝을 통하여 달아났다. 딸 중 한 사람이 그때 소주를 만들고 있다가 어미가 달아나는 것을 보고 그것을 붙들고자 어미의 발을 붙들었다. 그때 그 딸의 손은 일하던 중이어서 더러워져 있었으므로 쥐었던 그 자리가 새까맣게 되었다. 부리야트 민족들이 신성하게 여기는 백곡의 다리가 검은 것은 이 까닭이다"고 한다.

천제의 딸인 이 백조에서 부리야트 민족은 발생되었다고 한다.

백조전설은 민족에 따라 차이가 있으나 그 골자인 백조 또는 선녀가 목욕 중 어떤 사유로 사람의 처가 되었다가 후일 어떤 기회로 다시 승천하게 된다는 점만은 모두 공통적이다. 그런데 몽고의 이 설화와 조선의 우의전설 사이에는 특이한 한 가지 공통성이 있다. 그것은 즉 천녀가 천정을 뚫고 달아났다는 것이다. 천정을 뚫고 날아간다는 것은 지금 우리의 가옥제도에 있어 극히 부자연한 표현이다. 그러나 몽고사람의 가옥에 있어서는 극히 당연한 일이다. 즉 몽고사람의 집은 삼면이 막히고, 일면에 출입문이 있으며 음식은 방 안에서 만들고 연기는 지붕 위에 둥그렇게 뚫려있는 굴뚝을 통하여 빠지게 되어 있다. 그러하므로 백조가 실내에 있다가 가장 날아가기 쉬운 곳은 천정의 굴뚝이다. 그러므로 그들에 있어서 이 말은 가장 당연한 말이나 우리의 가옥제도에 있어서는 아주 부자연스런 표현임에 불구하고 오히려 천정을 뚫고 달아났다는 구句를 가지고 있음은 무슨 까닭인가.

생각건대 우리의 선녀전설은 그 직계가 몽고에 있었으므로 처음에는 몽고와 같이 굴뚝으로 나갔다고 하였겠지만 조선가옥에는 천정의 굴뚝이 없으므로 후세에 무리하게도 천정을 뚫고 달아났다고 말하게 된 것이 아닌가 한다.

3. 구월산九月山 삼성사三聖祠와 유효금柳孝金

구월산에는 삼성사가 있어 환인, 환웅, 단군 삼성을 모시어 춘추로 제를 지내며 수한水旱을 당해 기도를 하면 신험이 있다고 한다. 그리고 또 문화읍文化邑 동쪽 50리에는 장장평莊莊坪이란 평원이 있는데 옛날 단군의 도읍하셨던 곳이라 유지가 아직 남아있다고 한다.

고려 태조가 남으로 후백제를 칠 때에 유차달이란 이가 있었는데 수레를 많이 내어 군량을 신속히 배달하여 태조군으로 하여금 크게 승리를 얻게 하여 삼국통일의 위업을 이루게 하였으므로 벼슬이 대승大丞에 이르렀는데 그 아들에 유효금이란 사람이 있어 어느 날 구월산에 들어갔더니 큰 범이 입을 벌리고 앞으로 오며 눈물을 흘리면서 무엇을 애소하는 것 같아 효금은 원래 용감한 사람이라 두려워하지 않고 그 입을 들여다보니 과연 무엇이 목에 가로걸려 있거늘 그것을 손으로 뽑아보니 여인의 은비녀였다. 범은 고개를 숙여 감사의 뜻을 표하고 가더니 그날 밤 효금의 꿈에 그 범이 와서 말하기를 "나는 산신인데 어제 성당리聖堂里에 가서 어떤 여인을 먹다가 그 비녀가 목에 걸려 매우 고통스러웠는데 다행히 공이 구해줘 만만萬萬 감사하며 공의 자손은 모두 귀하게 될 것이다"고 하더니 그 뒤에 과연 효금의 벼슬이 좌윤左尹에 이르렀다고 한다.

4. 지리산智異山 청학동靑鶴洞 전설

지금으로부터 700여 년 전 고려 고종 때의 문인으로 조선소설의 비조가 되는 이인로의 《파한집》이란 책에 지리산을 무대로 한 다음과 같은 설화가 있다.

지리산은 또 두류산頭留山이라고도 하고 백두산으로부터 이르나 화봉악곡花峰蕚谷이 면면연연綿綿聯聯하여 수천 리에 반결蟠結[65]되었으며, 이 산을 둘러싼 고을이 10여 주에 이르고 이 산의 신비를 다 탐승하려면 얼마큼의 세월이 흐를지 알기 어려운데 옛 노인들이 서로 전하기를 이 산속에 청학

---

(65) 서리서리 얽혀져 있는 상태.

동이란 곳이 있는데 길이 극히 좁아 겨우 사람이 통할 만하며 어떤 곳에는 아주 길이 막혀 기고 엎드리고 하여 수리를 들어가면 비로소 광활한 별천지가 있는데 양전옥토良田沃土가 곡식을 심기에 적당하며 거기는 오직 청학이 첩식捷息하므로 이름을 청학동이라 하며 옛날 둔세遁世한 사람들의 살던 곳이므로 아직도 넘어진 벽이며, 무너진 담들이 가시나무 사이에 남아 있다고 한다. 그래서 언제인지 벌써 오래 전에 나는 나의 당형堂兄 되는 최상국과 함께 세상을 버리고 그 곳에 살 뜻이 있어 이 동리를 찾기로 약속을 하고 죽롱竹籠에 짐을 넣어 우독양삼牛犢兩三에 싣고 화엄사로부터 화개현(지금의 경남 하동군 화개면)에 이르러 하룻밤을 신흥사에서 묵고 장차 세속과는 서로 듣고 보지 않으려고 하였는데 지나는 곳마다 선경아닌 바는 없었으나 그 소위 청학동이란 곳을 종내 찾지 못하고 오직 시 한편을 암석에 남겨두고 왔는데 그 내용은 이러하다.

두류산형모운저頭留山逈暮雲低   만학천암사회계萬壑千岩似會稽
책장욕심청학동策杖欲尋靑鶴洞   격림공청백원제隔林空聽白猿啼
누대표조삼산원樓臺縹組三山遠   태소미망사자제苔蘇微茫四字題
시간선원하처시試問仙源何處是   낙화유수사인미落花流水使人迷

이인로도 무던히 공상적인 인물이셨던 모양이다. 심산궁곡 가운데 무슨 이상선경이 있으리라고 일부러 수고스럽게 찾아가셨는지! 청학동은 실상인즉 공상적 존재였다. 지나에는 무릉도원이라는 공상향空想鄕이 있는데 우리 청학동 전설이 그것을 모방하여 만든 것인지 아닌지는 알 수 없으나 양자가 비슷하므로 다음에 그것을 소개하고자 한다.

진晉나라 도잠陶潛이 지은 《수신후기搜神後記》란 소설 중에 태원太元 연간에 무릉 땅에 사는 황도진이라는 고기잡이가 시내를 따라 점점 올라가는 동안에 그만 길을 잃어버려 망설이던 중에 문득 앞을 보니 아름다운 도원桃園 수백 보 되는 곳이 있어서 호기심에 그 끝을 보겠다고 올라가니 꽃밭 같은 산이 있었는데 조그마한 구멍이 있어 배에서 내려 그 작은 입구에 들어가 보니 처음은 매우 좁아 겨우 한 사람이 용신容身할 수밖에 없었으나 다시 수십 보를 나아갔더니 문득 광활한 별천지가 있고 민가가 있으며 양전미지良田美地이며, 개견가축鷄犬家畜 등이 있고, 남녀 사람들이 모두 순박하며 황도진을 보고 놀러온 사람이냐고 묻기에 이러이러하다고 대답하니 닭을 잡고, 술을 차려 대접하면서 그 노인들이 하는 말이,

우리 선세先世가 진秦나라 난을 피하여 처자를 데리고 여기로 들어와 영영 세상과 인연을 끊게 되었는데 도대체 지금은 무슨 세상이요 하기에 지금은 진晋나라 세상이 되었다고 하니 노인들은 깜짝 놀라며 우리는 오직 진나라를 알 뿐이요, 한나라가 있었고 위魏나라며 진晋나라가 생긴 것은 전혀 알지 못하였노라고 답하였다.

거기서 수일을 묵고 어부는 집으로 돌아와서 그 고을 태수 유흠이란 사람에게 이 말을 하였더니 그것 참 이상한 일이라고 태수는 다시 사람을 보내어 그 동리를 찾아보았으나 종내 그냥 돌아오고 말았다고 한다.

세상에서 이 전설을 도원 또는 무릉도원의 전설이라 하여 중국 사람은 물론 조선 사람들도 일종의 이상향으로 생각하여 왔다. 이것은 물론 현실의 이야기가 아니고 시인의 공상에서 나온 설화인가 한다.

이 전설이 조선에 와서 극히 환영을 받았을 것을 대강 짐작할 수 있다. 과연 그들은 이 설화를 배태로 하여 조선 사람의 독특한 구상 하에 그들의 이상향을 구체적으로 건설하였다. 그것이 즉 《파수편》, 《해동야서》, 《청구야담》 등의 책에 보이는 다음의 도원전설이다.

서울사는 권진사란 이가 젊어서 글공부는 하였으나 과거에는 전연 뜻이 없고 오직 유람으로 일을 삼아 팔도를 돌아다니며 그의 발자취를 남기지

않은 곳이 없으며 특히 명산대천이라든지 영경명구靈境名區라고 하는 곳에는 방방곡곡으로 탐색하지 않은 곳이 없었다. 하루는 강원도 춘천고을 기령창猉泠倉이란 곳에 이르니 때마침 개시일開市日이라 점사店舍에 앉아 있노라니 한 사람이 삿갓을 쓰고 소를 타고 와서 묻기를 저 방에 앉으신 양반이 누구시냐 하니, 하인 아이가 대답하기를 서울에 계신 권진사님이신데 팔도강산을 주유하시는 분이라 하니 그 첨지 다시 묻기를 그러면 잠시 우리 마을까지 모시고 갈 수 있을까 했더니 하인아이가 이 연유를 전하자 권진사가 보아하니 첨지의 인품도 과히 상常되지 아니하고 자기 또한 무료하던 터라 쾌히 허락하고 첨지를 따라 가는데 권진사는 첨지의 소를 타고 첨지는 소고삐를 쥐고 점사를 떠날 때 권진사가 묻기를 첨지의 마을이 여기서 몇 리나 됩니까? 하니 첨지의 답이 한 30리쯤 됩니다 하더니 그 소걸음이 결코 더디지 않아 어느새 3, 40리는 왔을 듯하여, 첨지 계신 마을이 얼마나 남았소? 하니 첨지가 하는 말이 아직 멀었습니다 하기에 그러면 몇 리나 그동안 왔단 말이요? 하니 첨지 가로되 80리를 왔습니다 하기에 이 말에 권진사는 크게 의심하여 그게 무슨 말이요 하니 첨지의 말이 어찌 속일 리가 있겠습니까? 차츰 알 도리가 있을 겁니다. 하기에 권이 첨지의 사람됨을 믿고 다시 따라가니 소는 점점 심산궁곡으로 가고 있었다. 암석은 기험하고 낙엽은 쌓여 발이 빠지게 되었는데 오직 조그마한 길이 있어 겨우 사람과 소가 지나갈 수 있도록 되었으며 점심참쯤 되어 첨지는 비로소 소를 멈추며 요기를 하자기에 권은 첨지를 따라 맑은 시냇물을 찾아가 싸가지고 간 밥을 펼쳐 둘이서 먹고 시냇물을 마신 후 다시 소를 타고 가기를 해 저물 때까지 하였다.

점점 황혼이 되자 멀리서 사람들의 부르는 소리가 나니 첨지가 그 소리에 응하여, 어어 내왔다! 하며 조금 가니 횃불 수십이 영嶺을 넘어 마중을 나오는데 자세히 보니 모두 소년배들이라 첨지와 권에게 인사를 드린 후 앞길을 인도하여 산을 넘어가니 어두운 중에 한 큰 마을이 있어 닭과 개의 소리며 옷다듬는 소리가 사면으로부터 들려와 사람이 사는 곳임을 알 수 있었다.

권의 소는 그 중 한 집 앞에 이르러 멈추고 소에서 내려 방으로 들어가니 그 집의 정결함과 동우棟宇66)의 넓음이 결코 산중 숯쟁이의 거할 바 아님을 알겠으며 다음날 아침에 일어나 보니 한 마을이 아마 200여 호나 될 듯한데 마을 앞에 열린 광야가 무비양전옥토無非良田沃土라 정말 세외世外의 도원桃源을 이루어 있으며 밤이 되면 은은히 독서성讀書聲이 들리기에 물은즉 추동秋冬의 밤에는 농사의 여가를 타서 마을의 소년들이 공부를 하는 것이라고 하였다.

권은 팔도강산을 답파踏破하였으나 아직 이러한 낙경樂境을 보지 못하였기에 마음이 기쁨을 감출 수 없었고, 또 그 첨지가 눈높이 보여 첨지 앞에 꿇어 묻기를,

주인이 신선이시오, 귀신이시오, 이 촌이 과연 무슨 촌인가요? 하니 첨지가 놀라며,

진사님 갑자기 이게 무슨 말씀이시오. 이 촌은 다른 촌이 아니라 우리 선세가 본래 고양高陽고을에 있었는데 내 증조님께서 이 땅을 얻어 철가撤家를 하여 들어오실 때 우리 친척되시는 30여 가가 함께 따라왔는데 그때 오직 약간의 경서와 소금과 장醬 같은 것을 가지고 와서 땅을 파 농사를 짓고 이래로 세상과는 왕래를 끊었으나 이 산중에서 구할래야 구할 수 없는 것이 소금이라 그래서 1년에 몇 번 소금을 바꾸러 춘천으로 내려가는데 진사님 타신 소인즉 하루 200리를 걸을 수 있는데 증조가 오실 때 끌고 오신 소가 낳은 것이며 이러한 소가 반드시 한 마리씩 남으로 소금을 바꾸러 갈 때는 반드시 이 소를 끌고 가는 것입니다. 그리고 산육山肉으로 말씀하면 노루, 사슴, 돼지, 양 등이 있고 벌통 수백 개를 산 밑에 놓아 따로 주인

---

66) 집의 마룻대와 추녀 끝.

이란 것은 없고 먹고 싶은 사람이 가서 따먹으며 채소와 오곡은 이 땅에서 나는 것으로 넉넉히 자급자족을 한다고 하였다.

하루는 첨지가 소년들에게 말하되 오늘은 날도 따뜻하고 하니 고기잡이나 나가 보자고 하여 권진사를 데리고 강가에 나가 종일토록 유쾌하게 놀고 돌아왔다.

권은 약 한 달여를 선경에서 놀다가 하루는 첨지에게 말하되 "나도 솔권奉眷을 하여 와서 여기서 살고 싶은데 첨지의 뜻은 어떠하시며 또 이 산은 무슨 산입니까"하니, 첨지 말하기를 "오시는 것은 무방하나 아마 다시 오시기는 어려울 듯하며 여기는 춘천 땅도 아니고 낭천 땅도 아니며 원래 인적이 이르지 않는 곳이라 이름도 없는 산입니다."

권은 그 뒤 몇 번이나 그곳을 찾고자 하였으나 속사에 포애抱碍되어 뜻을 이루지 못하고 늙어 항상 그 일을 한탄하였다고 한다.

5. 한라산漢拏山 삼성혈三姓穴과 광괴왕廣壞王 전설

제주도는 원래 섭라담라涉羅儋羅라고 하였으며 이것은 '섬나라'라는 조선 말이었다. 이 섬의 역사는 조선사와 거의 동시인 삼한시대로부터 시작된다. 그리고 고려조로부터 전하는 이 섬의 개벽전설開闢傳說이 있으니 대개 이러하다.

옛날 제주에 사람이 없었더니 한라산 북쪽에 있는 모홍이란 동굴 속으로 세 신인神人이 솟아 나왔으니 장長은 양을나良乙那라 하고 다음을 고을나高乙那라고 하고 그 다음을 부을나夫乙那라 하였다. 짐승 가죽을 입고 물고기며 산짐승의 고기를 먹고 지내더니 하루는 바닷가로 나가보니 이상한 목함木函이 있기에 열고 보니 그 속에 석함石函이 있고 홍대紅帶 자의紫衣한 사자使者가 서 있으므로 다시 석함을 열고 보니 청의靑衣 입은 처녀 세 사람과 구독駒犢[67]이며, 오곡의 씨가 있었다. 연고를 물으니 사자 말하기를

나는 일본국의 사자인데 세 신을 위하여 왕의 세 딸을 모셔왔다 하며 홀연 구름을 타고 날아가므로 서로 연령순으로 세 쌍의 부부가 되어 가장 비옥한 곳을 찾아 활을 쏘아 도읍을 정하니 양을나가 거하는 땅은 제1도요, 다음은 제2도 또 그다음은 제3도였다.

비로소 왕녀들이 가지고 온 오곡씨를 심고 소와 말을 치게 되었다고 하며 모흥혈은 지금도 삼성혈이라고 한다.

이 전설은 제주도의 경제적 사회적 발전과정이며 종족관계를 음미하는 재미있는 전설이다. 다시 말하면 제주는 수렵과 어업시대로부터 목축시대로 발달되고 또 농업시대에까지 이르렀음을 말하며 그 종족은 원주민과 귀화 일본민의 혼혈인 것을 의미하는 모양이다.

한라산의 호국신사護國神祠에는 광괴당廣壞堂이란 것이 있는데 그 전설을 들으면 이러하다.

한라산신의 아우 되는 이는 매우 성덕이 있어 돌아가신 뒤에 신이 되셨는데 고려 때에 송나라 호종조란 사람이 제주에 와서 지리를 보니 장사將師가 많이 날 듯한지라 술법을 행하여 지세를 눌러주고 배를 타고 도망하거늘 신이 마이(鷹)로 화하여 쫓아가 그 짐대 끝에 앉으니 갑자기 북풍이 크게 불어 종조의 배를 깨뜨리고 다시 배를 몰아 빈 섬 암석사이에 끼었으므로 조정에서 이 말을 들으시고 그 영이靈異함을 포상하사 광괴왕을 봉하시고 춘추로 본읍 수령으로 하여금 제사를 지내게 하신 일이 있다.

속전俗傳은 이러하나 호종조는 고려에 귀화하여 벼슬이 기거사인起居舍人

---

67) 송아지.

에 이르러 죽은 사람이니 내압익주지설來壓溺舟之說은 믿기 어렵다.(여람삼팔
輿覽三八)

6. 한강투금投金 전설

《동국여지승람》이란 책에 보면 이러한 전설이 있다.

고려 공민왕시절에 형제 두 사람이 함께 길을 가다가 그 아우가 길에 흘
린 황금 두 정錠을 얻어 그 한 정을 형에게 주었더니 양천陽川고을 공암진孔
岩津에 이르러 같이 배를 타고 건너가는데 그 아우가 문득 금을 물 속에 던
지거늘 형이 이상하게 생각하여 그 까닭을 물으니 아우 대답하되,
"형님, 내가 형님을 평소에 매우 사랑하고 존경했었는데 지금 금덩이 한
개를 형님께 주고 보니 자연히 형님을 싫어하는 마음이 생기고 형님이 없
으면 그 금을 내가 모두 가질 것을 탐하는 못된 마음이 생깁니다 그려. 그
러니 이것이 어찌 불상不祥한 물건이 아니겠습니까, 그래서 버린 것입니
다."
하거늘 형도 그 말을 옳게 여겨 또한 그 금을 물 속에 던졌다고 한다. 그
러나 함께 탔던 사람들이 모두 우민愚民이라 그 형제의 성명과 읍리邑里를
들어두지 못하였다고 한다.

이것은 아마 고려 때로부터 있었던 전설인 모양으로 중국의 《천중기天中
記》라는 고서에 또한 이와 꼭같은 말이 전하여 있다. 그러나 이 전설이 정
말 사실인지 또는 불경에서 나온 말인지 자못 의심치 않을 수 없다.《대지
도론大智度論》이란 불서에 이러한 말이 있다.

형제 두 사람이 있어 각각 10근 금金을 가지고 길을 가는데 도중에 행인은 없고 형이 먼저 악심을 내어 이 광야에 아무도 보는 사람이 없으니 아우를 죽이고 금을 빼앗은들 누가 알리요 하였더니 아우도 또한 그러한 악심을 내어 형제간에 서로 말하는 것이며, 보는 것이며 거동이 평소와 달라지거늘 그때야 서로 다시 깨닫고 말하되 우리가 금을 위하여 형제를 죽이고자 하였으니 어찌 금수와 다르리오 하고 형제 함께 강가에 이르러 형이 먼저 금을 강에 던지니 아우 감동하여 또한 금을 던졌다고 한다.

벌써 지면이 다하였으므로 나머지 4대 강江에 대하여 쓰지 못함을 심히 유감이나 또한 강에 대한 전설 중에 그리 재미있는 것도 생각나지 아니하므로 우선 이만하여 독자 여러분의 양해를 얻고자 한다.

개미전설

조선에도 허다히 귀중한 신화가 남아 있고 전설, 동화는 거의 무수히 남아 있습니다. 그러나 우리 학계가 아직 유치하였으므로 그것을 세계적으로 소개할 기회도 없었으며, 또 그러한 것에 얼마나 많은 가치가 있는 것까지도 알지 못하였습니다. 고담古談과 이야기라고 하면 일없는 노부인들이 손자를 안고 하든지, 무식한 사람들이 소야消夜거리로 횡설수설 지껄이는 것으로만 알아 왔습니다. 그러나 그러한 민간설화 방면의 학문인 '신화학' '설화학' 등이 연구되기 시작한 뒤로는 민간에서 구비口碑로 설화되는 고담, 설화 등이 혹은 훌륭한 가치를 가지고 학문상에 채용되며, 혹은 시인이나 소설가에 의하여 예술화 문학화하게 되었습니다. 뿐만 아니라 각 국민의 설화를 비교 연구하여 보면, 그 중에서 우리는 각 국민의 민족성과 문화의 특색을 발견할 수도 있으며, 혹은 역사적 사실과 고대 인류의 생활 상태를 알 수 있습니다. 뿐만 아니라, 그 중에도 가장 흥미 있는 것은 그러한 설화를 통하여 우리는 각 민족의 자연과 사물에 대한 관찰력, 시적 상상력을 알 수 있으며, 고대문화는 각 민족이 서로 밀접한 접촉관계를 가졌던 것도 알 수 있습니다. 몇 가지 예를 들면, 세계 제민족은 모두 '대홍수전설'이란 것을 가졌습니다. 기독교의 《구약성서》에 보이는 대홍수 이야기며, 지나의 9년 홍수설이 모두 그것입니다. 이 홍수설화는 아무 민족 사이에도 있는 것을 최근에 와서 알게 되었습니다. 그러나, 조선에 있다는 것은 아직 아무도 발견치 못하였습니다. 하지만 나의 조사한 바에 의하면, 우리 민간에도 허다히 홍수전설이 남아 있습니다. 큰물이 져서 세상 사람은 다 죽고, 오누이 혹은 한 쌍의 남녀가 겨우 생존하였다가, 결혼하여 다시 인류를 번식케 하였다는 전설을 함경도, 경상도 각지에서 발견하였습니다. 다른 도에도 물론 있을 것입니다. 황당한 고담이라고 범연泛然히 들으면, 아무 가치가 없지만, 학문의 눈으로 보면, 귀중한 보물입니다. 이 설화는 고대의 이집트 혹은 바빌론에서 발생되어, 점점 세계에 전파된 것입니다. 그러면, 제민족의 문화는 결코 타他와 전연 몰교섭하여 독립적으로 존재하는 것이 아니요, 고대로부터 서로 밀접한 상호영향을 가졌던 것을 추리할 수 있습니다. 이러한 관계를 여러 방면으로 탐고探考하여 보면, 세계 인류는 원래 모두 친척이었으며 이웃사람이었던 것을 알 수 있습니다. 그래서 인류애, 인종평등 사상으로, 세계평화의 사상에 도달하게 되는 것입니다. 우리가 황당하다고 생각하던 일개의 고담이 인류의 사상과 생활에 이만한 영향을 미치게 되는 것을 이해하면, 우리는 한 개의 설화 한 종의 관습이라도 결코 범연히 생각할 것이 아님을 알 수 있을 것입니다. 인류학자들이 소위 〈백조소녀전설〉이라는 설화도 세계적으로 산재하는 바이며, 조선에서도 금강산 선녀전설로 아직 전 도에 남아 있습니다. 어떤 초부가 산 위의 못 안에서 목욕하는 선녀들 중 한 사람의 속옷을 감추어, 필경 선녀와 결혼하였다는 고담입니다. 이러한 고담을 통하여 우리는 요원遙遠한 고대부터 우리 민족이 세계의 모든 민족과 친밀한 문화적 인척관계를 가졌던 것을 알 수 있습니다.

  습관 같은 것도 그러합니다. 조선에 무당이 성행한다면, 혹은 그것을 국치로 알 사람도 있겠지만, 무당으로 인하여 세계적으로 유명하게 된 미개민족이 있습니다. 그것은, 만주와 시베리아 사이에서 개사슴(순록)을 먹이고, 짐승과 고기를 수렵하며 생활하는 퉁구스민족입니다. 그들은 지리적

으로 보든지 문화적으로 보든지, 세계적으로 명칭이 선전될만한 처지에
있지 아니합니다. 그러나 고대종교를 연구하는 사람들은 그들의 이름을
알지 않을 수 없게 되었으며, 그들의 종교를 연구하지 않을 수 없게 되었
습니다. 상당한 문화를 가진 조선도 아직 그들과 같이는 명칭이 선전되지
못하였을 것입니다. 좀 창피한 유명이라고 하실 이도 있겠지만, 그러한 미
신은 세계의 어느 민족 사이에도 있는 것이므로, 그 미신만으로 민족의 명
성이 타락되는 것은 결코 아닙니다.

극히 몇 가지 예만을 말하였으나, 우리는 우리의 가진 문화 ─ (민간설화,
습관풍속, 가요 등) ─ 를 극히 엄숙한 태도로 귀중히 보아야 될 것입니다.

말이 좀 기로岐路로 들어갔으나 우리 전설 중에는 허다히 세계적으로 내
어 놓을만한 것이 있습니다. 그 중에도, 세계적으로 자만할 만한 우수한
것도 적지 아니합니다. 지면의 관계상, 여기서는 한 개만을 취하여, 절절
마다 설명을 가하여 볼까 합니다.

제민족의 설화는 각각 특색을 가졌으므로, 보통 인간사에 관한 설화로
서는 그 민족의 선천적 우수성을 판연判然키 어려우나, 자연계의 현상을
설명한 전설(그 중에도 동식물의 형태, 관습을 설명한 전설)은 그 설명의 방법, 태도
에 의하여 그 민족의 지력이며 우수성을 엿볼 만한 것이 적지 아니합니다.
특히 우리 동화 중에는 그 생물계에 대한 관찰의 정밀, 해학의 풍부, 설명
의 교묘에 놀랄만한 것이 많지마는, 〈별건곤사〉의 주문이 전설이므로 동
화에는 언급하지 않겠습니다. 그러나 아래에 서술코자 하는 일종의 '동물
연기전설動物緣起傳說'은 역시 훌륭한 동화로도 볼 수 있으므로 나는 특히 이
것을 취한 바입니다.

개미에 대한 외국의 동화나 전설을 보면, 대개가 개미의 부지런한 것을
단순히 말하고, 혹은 나태한 매미가 개미집에 양식을 빌리러 갔다가 망신
만 하고 돌아오는 것, 혹은 비둘기가 물에 빠진 개미를 나뭇잎사귀로 구해
주었으므로 개미는 비둘기를 잡고자 하는 포수의 발을 깨물어, 은인인 비

둘기를 구해 주었다는 교훈적 설화에 지나지 못하고, 개미는 왜 허리가 잘룩하며, 왜 눈이 보이지 않고, 왜 그렇게 부지런한지, 촉각을 가진 것은 무슨 까닭인지를 자세히 관찰한 동화나 전설은 보지 못하였습니다. 한국에는 이러한 전설(혹은 동화)이 있습니다. 이것은 마산馬山 이은상 군의 말입니다.

"옛날, 개미들은 매우 게을렀습니다. 그들은 토끼의 등에 붙어 그 피를 빨아 먹고 살던 기생충이었습니다." 이렇게 말하면, 아이들은 개미의 작은 몸을 연상하고, 기생충이란 말을 긍정할 것입니다. 그리고 옛날 그렇게 게으르던 것들이 어째서 지금은 그렇게 부지런한지를 알고자 할 것입니다.

"하루는 토끼가 밥을 한 줌 얻어다 큰 나무 잎사귀에 두고 이놈들아 내 피만 먹지 말고 오늘은 이 밥을 먹어라, 하고 개미들을 불렀습니다. 개미들은 토끼의 등에서 다리를 타고 내려왔습니다. 개미의 식구 전부가 모여서 밥을 먹고자 하였을 때, 토끼는 밥 얹힌 잎사귀를 물고 슬금슬금 뒷걸음쳐 달아났습니다."

여기서 아이들은 토끼의 꾀 많은 것을 생각하게 될 것입니다. 그리고 개미들이 어떻게 하나에 흥미를 가지고 기다릴 것입니다.

"개미들은 게으른 다리로 따라 갑니다. 토끼는 개미들이 따라올 동안 밥을 조금씩 떼어 먹으면서, 야 맛나구나, 이놈들아 죽겠니? 하고 고함지릅니다. 개미들이 거의 따라왔을 때, 토끼는 다시 잎사귀를 끌고 뒷걸음질합니다. 자꾸 이렇게 성화를 시키니, 개미들은 밥도 못 얻어먹고, 토끼등도 잃어버리게 되었습니다. 개미들은 분했습니다. 토기를 잡아 복수하고자 맹렬히 따라갔습니다. 그러나 개미걸음으로서는 할 수가 없었습니다.

토끼는 거의 밥을 다 뜯어 먹어 가면서 연방 뒷걸음을 쳤습니다. 그 뒤에는 마침 큰 바위가 있었으나 토끼는 보지 못하였으므로 개미들이 앞에 당진當進하였을 때 토끼는 달아나려다가 바위에 받쳐서 깜짝 놀라 그 옆에 서 있는 나무 위로 뛰어 올라갔습니다. 개미들은 나무 밑에서 진을 치고 토끼가 내려오도록 기다렸습니다.

　개미들은 장시간의 흥분과 달음박질에 한없이 피곤하고 시장하였습니다. 너무 시장해서 허리가 모두 잘록하여지며 눈이 쑥 들어가고 어두워졌습니다."

　아이들은 개미의 허리가 잘록한 것과 눈이 어두운 것을 비로소 알게 되어 한없이 기뻐할 것입니다.

　"개미들이 모두 시장해서 죽을 지경이 되었을 때에 겨우 토끼가 먹고 남은 밥풀 몇 개를 잎사귀에서 발견하였습니다. 그러나 수백 마리가 같이 조금씩 나눠먹고 겨우 연명은 하였으나 토끼는 나무에서 내려오지 않고 고함만 질렀습니다. 개미들은 2대로 나누어 일대는 기갈飢渴[68]과 싸워가면서 마을로 밥을 구하러 내려가고, 일대는 토끼를 기다렸습니다.

　마을로 갔던 일대가 밥을 얻어가지고 왔을 때에 개미들은 모두 거의 사경에 있었습니다. 눈은 물켜져서 보이지 않게 되고 허리는 끊어질 듯이 잘록하여졌습니다. 개미의 허리가 잘록하여지고 눈이 붉어져서 못 보게 된 것은 그 때부터의 일입니다.

　토끼는 나무에서 펄쩍 뛰어 산중으로 달아나 버렸습니다.

　그 뒤로 개미들은 지팡이를 - 장님과 같이 - 짚고 다니게 되었습니다. 개미의 수염 같은 것이 그것입니다.

　지금까지 게을렀던 개미들은 그 시련이 지난 뒤로부터 공동 일치하여 극단으로 부지런히 일하게 되었습니다.

　그리고 토끼는 그 때 개미들에게 놀란 가슴이 있어 지금도 조그마한 일에도 놀라는 겁쟁이가 되었습니다."

　이야기는 이렇게 간단합니다. 그러나 이렇게 개미가 촉각으로 행보하며 눈이 없고 허리가 잘록하게 된 점까지를 빼지 않고 관찰하여 낸 동화나 전

---

[68] 배고픔과 목마름

설은 세계에 유례가 없습니다. 듣고 보면 범연한 말이지만은 일상사물에 우리 선조들이 얼마나 치밀한 관찰을 하였으며 그것을 동화화하기 위하여 얼마나 고심하고 교묘한 설명을 하였는지를 알 수 있습니다.

이러한 동화를 들은 아동은 결코 한 마리 개미라도 가볍게 보지 않게 됩니다. 개미를 볼 때에 이 동화를 연상하고 그 허리부분이며 촉각, 눈, 행동 등을 정밀히 관찰할 것입니다. 그러나 이 동화를 듣지 못한 아해는 예사로 보고 지나칠 것입니다. 아동의 관찰력을 양성함에 막대한 힘이 동화에 있습니다. 사물을 범연히 보는 사람은 결코 장래 위대한 성공을 못합니다. 봄철의 꽃과, 가을밤의 달이며, 말없이 선 산과, 점잖게 앉은 바다를 보고 아무 감흥을 일으키지 못하는 사람은 아름다운 시를 읊지 못할 것이며 날버러지, 길짐승을 생각 없이 보는 사람은 결코 생물학자가 되지 못할 것입니다. 상품을 무심히 보는 자는 상인이 되지 못할 것입니다. 아동에게 문견聞見하는 사물에 흥미를 느끼게 하며, 관찰의 안목을 양성하게 함에는 이러한 동화가 절대로 필요합니다. 그러나 일상사물에 우리는 그렇게 주의하지 않는 것이 보통입니다. 닭의 발가락이 몇 개냐고 물어도 얼른 대답하지 못할 이가 많으며, 봉선화 잎사귀가 몇 개냐고 물어도 대답 못할 처녀가 허다할 것입니다. 그와 일반으로 일상 보는 개미의 허리와 촉각과 눈을 관찰하여 그것을 아동교육의 재료로 동화한 국민은 오직 우리뿐이라고 하여도 과언이 아닙니다.

토끼의 꼬리 자른 것과, 기타의 형태에 관해서도 여러 가지 동화가 있습니다마는 우선 이 동화만을 들은 아해일지라도 토끼의 다겁多怯함에 감흥을 느껴 한 마리 토끼라도 그것을 볼 때에 여러 가지 흥미와 지식욕을 가지고 볼 것입니다.

또, 이 전설의 교훈적 가치로는, '놀지 말고 일을 하라'는 관념을 아동에게 주게 되는 것입니다. 남을 의뢰依賴하는 생활에는 필경 파멸이 오게 된다는 신념의 맹아를 아동에게 넣게 되는 것입니다. 그리고 개미의 부지런한 것을 본받도록 하게 되는 것입니다. 그러나 아이들에게 강압적으로 일을 하여라. 남에게 의뢰하지 말아라, 백번 말하였다. 그것은 결코 효력이 많지 못합니다. 그것은 이지理知와 추리력이 부족한 유년들이 그 진실한 이유를 감각치 못하는 까닭입니다. 그러므로 동화는 유년들에게 장래에 남을 의뢰하지 않고 독립자주할 바의 정서와 의기를 충동하고 발양시킴에 의미와 가치가 있습니다. "일을 하여라, 남에게 의뢰하지 말아라, 부모에게 효도하여라"고 백천 번 강요하기보다는 일을 하고 싶도록, 독립자주하고 싶도록, 부모에게 효도하고 싶도록, 아동의 정서와 의기를 여러 방면으로 자극하고 발양함이 진정하고 효과있는 교훈방법입니다. 예를 들면, 밤낮으로 부형父兄이 "이놈아 공부를 좀 해라"하고 강박하는 것보다는 옛날 어떤 사람은 어떻게 공부를 하여 위인이 되고 학자가 되고 대정치가가 되었다는 아화兒話를 들려주어 공부의 효과와 쾌락을 느끼게 하여야 할 것입니다. 그러나, 우리 가정의 일반의 가정교훈은 대부분이 이 착리着理와는 배치됩니다. 어린 자녀들과 교외산보할 때, 부모는 아동의 감흥을 무시합니다. 아기가 길 곁에 있는 벌레나 풀이나 꽃을 보고 무엇을 생각하는지 차마 떠나지 못하고 있을 때 부모는 걸음이 중지된다고 아이들을 꾸짖으며 '혼잡한 놈', '장난꾸러기'라고 합니다. 그러면 발아되었던 아동의 감흥과 관찰력은 소실되어 버립니다. 이것은 부모의 산책을 위하여 너무나 아동의 이익을 무시하는 것입니다. 우리는 무식한 까닭에 이러한 폭군짓을 종종 하는 바입니다. 용감한 아이들이 장수놀이를 하면 부모는 못된 장난이라고 그것을 말리며 감격성 많은 계집아이가 불쌍한 사람이나 부상한 짐승을 보고 눈물을 흘리면 요망한 것이라고 하여 순진고결한 정서의 발로를 절상折傷케 합니다. 이러한 무지는 한없이 있으나 본론에 관계가 적으므로 생략합니다.

그런데, 우리의 상술한 개미 전설은 어떠한 방면으로 보든지 가장 진보된 현대의 교육이상과 합치하고 그 동화적 가치 — 관찰의 정밀, 구성의 교묘, 교훈적 태도의 합리 ─ 가 절등絶等하다고 아니할 수 없습니다.

아무 나라에서라도 생물에 관한 연기전설은 그 수가 극히 적습니다. 그리고 소수한 그런 전설 중에서도 정말 동화적 가치를 많이 가진 것은 극히 희한합니다. 더구나 그 관찰에 이르러서는 보자고 할 만한 것이 몇 개 되지 못합니다. 나는 이 전설을 이은상군으로부터 들었을 때에 한국의 국보라고 무릎을 치며 좋아하였습니다.

조선심朝鮮心과 조선의 민속

민요, 동요상에 나타난 조선심

민요상에 나타난 조선심은 대체로 보아 순진하고 소박한 것이 그 가장 현저한 점이다. 그들은 허위와 가식과 교지巧智를 사려하였다.

그러나 그 진실과 소박은 오직 단순한 순진과 소박이 아니오, 세상의 모든 신산辛酸과 고감苦甘을 남김없이 맛본 자의 도달의 경지에서만 얻어 볼 수 있는 그러한 의미의 순진과 소박이었다. 그들은 즐겨 연애를 노래하고 오락을 좋아하는 민족이었다. 그리고 그것이 모두 그러한 순진과 소박으로 표현되어 있다. 또 그들은 이 삶의 비애를 즐겨 노래하였으나 그것은 결코 절망적이 아니었고 그들은 어디까지 자기를 사수코자 맹서하였다. 그들의 이상에 향하여는 세간의 소위 모든 명리와 영예에 조금도 굴하지 않고 또한 동심動心치 아니하였다. 또 그들은 특권계급에 대하여 한없는 증오를 느꼈다. 그러나 그 증오는 결코 잔인을 수반치 않고 차라리 거기는 모멸侮蔑이 있었다.

어화우리 농민들아

동편산에 봄이왔네

눈이녹아 냇물되고

버들잎이 푸릇푸릇

농사때가 되었으니

농장기를 잡아세라

높은밭에 서곡黍粟심고

낮은논에 벼를갈아

분전제초糞田除草 근근勤히하니

우순풍조雨順風調 풍년이라

오곡잡곡 심은것을

가지가지 추수한후

산에올라 나무베고

물에나가 고기잡아

국끓이고 밥지어서

부모처자 단취團聚하여

재미있게 식사하니

강구연월康衢煙月 이아닌가

어화우리 농민들아

천하대본天下大本 농사로세   (강화)

이것이 그들의 마음이었다.

산골놈의 처자들은

장작패기가 일수야

거리놈의 처자들은

전병煎餅장수가 일수야
항구놈의 처자들은
조개줍기가 일수야
양반놈의 처자들은
낮잠자기가 일수야
우리시골 처자들은
기심매기가 일수지
우리시골 처자들은
길삼하기가 일수지   (안변)

이 얼마나 농촌을 사랑하고 자기를 사랑하는 마음의 발로이냐. 그 얼마
나 양반에 대한 증오이냐. 그들은 추호도 권력에 대하여 무릎을 꿇지 아니
하였다.

비리고 배리고—
건너말 부자집 갔더니
콩한쪽 안주더라
비리고 배리고—   (평양)

제비에 하는 소리가 이러하다는 것이다.

양반—
개팔아 두냥반
돼지팔아 석냥반
소팔아 넉냥반 (전주)

그들은 부자계급이란 것이 사회적으로 어떠한 것인 줄을 명확히 인식하였으며 소위 양반계급이란 것이 육축六畜에 비하여 얼마만한 정도의 차이가 있는 것을 십분 짐작하였다. 이다지 그들은 증오와 경멸감을 가졌던 것이었다. 민속극을 보라. 소위 오광대의 가면극에 나오는 양반은 입술이 찢어진 불구자이며 저능아이며 탕자이며 패륜한이 아닌가. 이 특권계급에 대한 반역이 아니고 무엇이랴.

　　나는좋테　나는좋테
　　지게목발　뚝닥군　나는좋테　　　　　(창원)

이 얼마나 굳은 절조이뇨. 세간의 명리를 위하여 심조의 동요를 느끼는 자 아니오, 그들은 어디까지 지게목발 뚝닥군 농부의 처로서 만족하고 또 우월감을 느꼈다. 그들은 자기를 인식하고 자가혼自家魂을 가진 자였다. 그들은 지게에 나타난 농민의 미, 조선의 미를 굳게 파악한 자이었다. 이 얼마나 진실한 조선인이며 존경할 만한 조선심이뇨.

　　일낙서산日落西山에　해떨어지고
　　월출동령月出東嶺　달돋는데
　　한농부　거동봐라
　　약한힘에　섶을지고
　　집이라고　들어가니
　　흑각黑脚발톱에　다목다리
　　몽당치마　떨쳐입고
　　사립밖에　비껴섰다
　　오는농부를　재촉하니
　　이런야단이　또있는가　　　　　(임실)

소박한 그들의 해학이다. 그러나 이 얼마나 그들의 평화로운 가정이뇨. 이러함으로써 그들은 명리와 권력에 굴복치 아니한 것이다. 오직 자기를 아는 자에게 자존이 있고, 절조가 있고 용기가 있고 평화가 있는 법이다. 자기를 알지 못하는 자에게는 비굴이 있고 모욕이 있고 불안이 있을 뿐이다. 역사의 가치의 하나는 여기 있는 것이다.

이농사를 어서지어
앉은성군 봉양하고
상효부모上孝父母 모신후에
하육처자下育妻子를 걷혀내고
어린자식을 길러내자   (임실)

모든 이욕利慾을 떠난 우리 농민들의 궁극의 이상을 물어본다면 결국은 이것이었다. 얼마나 뇌뢰磊磊[69]한 마음이며 초탈한 마음이냐. 세간의 명리배名利輩 어찌 꿈엔들 이러한 말을 하여 보리오. 그들의 해학을 들어 보자.

오라버님 장가는 명년明年에 가고
농우農牛소 팔어서 나 시집보내주쇼   (금천)

얼마나 순진하고 소박한 마음이뇨.

바람아 바람아 불어라
참배돌배 떨어졌다
큰아가 작은아가 주워라

---

[69] 마음이 너그럽고 작은 일에 얽매이지 않다.

영감노친네 먹어보자   (영주)

창문을 열고 배나무를 쳐다보며 아이들을 부르는 영감 노친네를 생각할
때 우리는 탈속한 선인仙人을 상출想出치 아니할 수 없다. 그들의 기탄없는
마음. 마음에서 입으로. 털끝만한 가식이 없는 그들을 존경치 않고 어쩌
랴.

    길로길로 가다가
    돈한푼을 주웠네
    그돈한푼 가지고
    떡을하나 사가지고
    먹고나니 똥일세
    돌아보니 친굴세
    뀌고보니 방굴세(동래)

이것은 선자禪者의 해학이다. 오직 선에 통한 자만이 능히 할 바 해학이
다. 인간세상의 온갖 풍상을 다 겪은 자 아니고 어찌 감히 이 말이 나오랴.

    운애雲靄안개 자욱한데
    처자들이 도망가네
    석자수건 목에걸고
    총각들이 따라가네   (함안)

(차항 미완)

조선 욕설고

《대동야승》을 뒤지다 우연히 조선욕설에 관한 기록을 발견하였다. 지금까지 욕설에 관하여 특별한 주의를 가지고 독서한 적이 없었으므로 이것이 유일한 기록이 될는지 어떨는지는 보증키 어려우나 희귀한 문헌일 것은 의심할 수 없다. 이기의 〈송창잡설松窓雜說〉에

"爾汝者輕賤之稱, 其大於此者, 亦不過呼之以畜生而已, 中國人心順厚, 余嘗奉使往來, 一路所見, 未嘗敢以暴怒言加人, 我國則人心奸頑, 不思禮讓, 好爲慢侮, 小或不愜於己, 輒以我子呼之, 或擧人之母与妻而詬辱之. 甚至兒童走卒尋常言語之間, 醜言惡語, 無所不至, 叱其器血, 必曰吾之子之物, 怒其牛馬, 必曰吾之子之牛馬, 習以成性至於如此, 羞惡遜悌之風, 豈可見乎余嘗聞諸先輩, 此等羞惡之言, 祖宗朝絶無, 至燕山之末靖陵初, 始發於湖南之靈光, 萬頃之地, 而遂傳習於四方云"

이라고 보이는 것이 그것이다. 이것을 보고 나는 호기심에 끌려 생각나는대로 각 도의 욕설을 빈 종이에 끄적거려 보았다. 그리고 거기서 약간의 학문적 흥미를 발견하였다. 해서 이 하나의 글을 초抄하게 된 것이나 나 역시 전국의 욕설을 일일이 조사해본 적도 없고, 이에 관하여 깊이 생각한

바도 없으므로 충실한 연구가 되리라고는 당초부터 기대하지도 않고 오직 호기好奇 독자의 일람一覽에 기여코자 이 한 편을 집필하는 바이다. 그리고 나의 소위 욕설이란 것은 쌍놈 · 개자식 · 오라질놈 류의 간단한 이어詈語, 즉 협의의 욕설을 의미함이요, 조직과 윤리를 가진 이문詈文류는 아니다.

〈송창잡설〉의 전하는 욕설은 금일에도 오히려 항간에서 보통으로 들을 수 있는 개 같은 놈 · 내 아들놈 · 내 아들놈의 것 · 네 어미× 등 류의 욕설을 가리킬 것 같으면 이러한 추언악어醜言惡語가 연산난정燕山亂政 이후의 소산이라는 이기의 설에는 물론 긍종肯從키 어려우나 그것은 고사할지라도 기록상에서 욕설을 발견키는 거의 불가능한 사실이므로 우리는 현금 항간에서 사용되는 추언악어를 수집 분류하여 그것을 연구자료로 쓸 수밖에는 다른 방법이 없다.

1. 심적 능력으로써 하는 욕설에는 등신 · 천치 · 바보 · 혼빠진 놈 · 정신 없는 놈 · 소 같은 놈 · 똥단지 등이었다. 이것은 상대자의 두뇌의 우둔에 대하여 가하는 모욕이며 똥단지란 것은 인분제조기에 불과하다는 의미이다.

2. 행위 · 행동으로써 하는 욕설에는 소 같은 놈 · 돼지 같은 놈 · 고양이 같은 놈 · 원숭이 같은 놈 · 쥐새끼 같은 놈 · 곰 같은 놈 · 구리 같은 놈 등이 있다. 이것은 상대자의 미련 · 우둔 · 빈욕貧慾 · 불륜 · 교활 · 음험한 행위며, 행동에 대한 모욕이다.

3. 재산으로써 하는 욕설에는 거지 · 거지될 놈 · 빌어먹을 놈 · 거지자식 · 거지가 되어 죽을 녀석 · 개밥 빌어먹을 녀석 · 굶어죽을 녀석 · 문둥이 따라다닐 놈(걸인의 의미) 등이 있다. 이것은 모두 걸식자가 되리라는 약간의 저주의 의미를 가진 모욕이다.

4. 불결물로써 하는 욕설은 거지 발싸개 같은 놈 · 발꿉같은 놈 · 개똥같은 놈 등이 있다. 이것은 상대자의 심사나 행위의 비루에 대하여 가하는 모욕이다.

5. 질병, 불구, 부상 등으로써 하는 욕설에는 문둥이 · 문둥이가 될 놈 · 미친놈 · 염병을 할 놈 · 염병을 하고 땀을 못낼 놈 · 학질을 할 놈 · 급사를 할 놈 · 대가리 터질 놈 · 눈 빠질 놈 · 코 빠질 놈 · 입이 비틀어질 놈 · 턱이 내려질 놈 · 새(혀) 빠질 놈 · 팔 부러질 놈 · 절름발이가 될 놈 · 발목 부러질 놈 등이 있으며, 이 외에도 ×이 썩어질 극단으로 비루한 욕설까지 있다.

이 종류의 욕설에는 거의 모두 저주의 의미가 포함되어 있으며, 어떤 말은 그 사용하는 경우가 특수한 것도 있다. 예를 들면, 보지 않은 것을 보았다고 하여 남의 인격이나 재산에 해를 가할 때에는 눈이 빠질 놈이라고 하며, 무례히 부녀자의 손을 쥔 자나 절도에 대하여는 손목이 부러질 놈이라 하며, 수족으로써 남의 신체에 해를 가하였을 경우에는 팔이 부러질 놈, 혹은 발이 부러질 놈이라고 하는 류이다.

6. 인격으로써 하는 욕설에는 호로자식 · 호로새끼 · 못된 놈 · 덜된 놈 · 못 쓸 놈 · 인사불성한 놈 · 구상유취口尚乳臭 등이 있으며,

7. 계급, 신분 등으로 하는 욕설에는 쌍놈 · 백정놈 · 갓밧지 · 종놈의 자식 · 상종常種 · 망종亡種 · 망한 놈의 자식 · 상常간나아새끼 · 사당년의 새끼 등이 있고,

8. 부형父兄의 이름이나 자字를 부르는 것도 큰 욕의 하나이다. 우리 한국에서는 어른의 이름이나 자를 부르는 것은 일종의 터부에 속하여 이 이름자 경피의 관습은 긴 역사와 깊은 의미를 가졌을 것이다. 그러한 문제는 고사하고 현금의 우리가 손아래 사람이나 동년배로부터 조祖 · 부父 · 숙叔 · 형兄이며 조모祖母 · 모母 · 자姊의 이름이나, 자字의 부름을 당하면 어떠한 감정을 충기衝起하게 되는가를 생각하여 보자.

우리의 사회관습에 의하면 평교간平交間이나 손아래에 향하여만 이름이나 자를 부르게 된다. 하므로 나의 동년배나 수하거나 나의 조부숙형과 평교간이 되어 나와는 사회적(혹은 사교상)으로 손위의 계단에 처하게 되는 것

같은 감동을 받게 되어 노소귀천의 신분차별이 엄격한 우리 사회에서는 이것을 상당히 중대한 욕으로 느끼게 되는 것이며, 어미나 누이의 이름은 손아래 사람뿐 아니라 비록 손위 사람이라도 이것을 부르지 못하며, 개괄적으로 말하면 기혼한 여성의 이름은 타인은 물론 당사자의 부모며, 남편까지도 이것을 부르지 못하는 법이다. 광주로 시집갔으면 친가 측에서는 '광주댁'이라고 부르며 서울서 시집을 왔으면 시가 측에서는 '서울댁'이라고 부르며 아기를 낳게 된 뒤에는 '아무게 어머니'라고 부르는 것이다. 다시 말하면 여성은 한번 결혼한 뒤에는 아명이 무용하게 될 뿐 아니라 그이름은 터부(기피)에 속하게 되는 것이다. 하므로 이 터부(Tabu)를 범하는 자에 대하여 우리는 악감을 가지게 되는 것이나, 우리는 그 자에 대하여 악감 이상으로 일종의 모욕감까지를 느끼게 됨은 무슨 까닭인가. 고대여성은 자기의 본명을 가족(혹은 군단群團)이외에 알리지 않고, 그것을 알리는 자는 오직 그의 애인 즉, 미래의 남편될 자에만 한하였다. 하므로 타인이 어떤 여성의 이름을 안다는 것은 그 자가 그 여성과 부부관계의 있음을 의미하는 바였다. 이러한 잠재적 유전적 사회의식의 작용으로 우리는 어미나 누이의 이름을 부르는 것에 대하여 윤리적 모욕감까지를 가지게 되는 것이 아닌가 한다.

9. 배륜불의背倫不義의 행위로써 하는 욕설에는 상피相避를 붙을 놈·화냥년·화냥년의 자식이 있으며, 개자식·쇠아들·돼지새끼·삼부자三父子·삼천육부자三千六父子·환언역조換言易祖할 놈 등도 이 부류에 속할 바일 것이다.

10. 범죄로써 하는 욕설에는 역적놈·화적놈·부도적놈·깍쟁이 등이 있으며 이런 종류의 욕설은 상술한 제 욕설과 함께 대개는 확연한 의미와 엄격한 용처를 가진 것이 아니요, 그저 막연히 욕설이라는 일반적 개념으로 사용되는 것이 대부분이다.

11. 형벌로써 하는 욕설은 설명의 편의상 이것을 2종으로 나누어 생각할

필요가 있다. 하나는 국가의 법전에 실려 있는 성문成文의 형벌에 관한 것이며 둘은 고래의 관습에 의하여 수시 행사되었던 관습적 형벌에 관한 것이다.

전자에는 포도청捕盜廳(경시청警視廳)을 갈 놈 · 오라(포승)질 놈 · 주뢰를 틀 놈 · 능장(태형)을 할 놈 · 난장을 칠 놈 · 목을 벨 놈(참형) · 목을 잘라 죽일 놈(교형) · 능지를 할 놈 · 효시를 할 놈 · 귀양을 보낼 놈 등이 있으며 주뢰라는 것은 범인의 양 무릎을 새끼로 묶고 그 사이에 두 개의 몽둥이를 넣어 그것을 마주 트는 형벌이오, 능지라는 것은 범인을 공중公衆의 면전에서 사동두四胴頭를 육부六部에 참열斬裂하는 형벌이며 효시는 참살자의 머리를 공중의 앞에 폭로하는 것이다. 이 외에도 압슬 · 낙형烙刑 · 경자항쇄鯨刺項鎖 · 족쇄 등의 형벌이 보통으로 있었으나 욕설 상에 이러한 말이 있음은 듣지 못하였다.

후자 즉, 관습적 형벌로써 하는 욕설에는 사지를 찢을 놈 · 눈을 뺄 놈 · 눈에 대간簡을 댈 놈 · 귀를 뺄 놈 · 혀를 뺄 놈 · 팔을 부러뜨릴 놈 · 발목을 부러뜨릴 놈 · 정강이를 깔 놈 · 복숭씨를 깔 놈 · 허리를 끊을 놈 · 박살할 놈 · 육시를 할 놈 등이 있다.

위와 같은 관습적 형벌의 대부분은 그 증적을 기록상에 발견키 곤란하므로 기연미연其然未然을 의심할 사람도 있을 것이나 사지를 찢는 형벌은 중국에도 고대로부터 존재한 형벌(차열車裂 혹은 환轘이라 하였다)이며 한국에도 있었던 것으로 사지에 각각 소를 맨 뒤에 채로써 일제히 소를 달아나게 하는 형벌이다. 눈을 빼는 방법은 범인의 눈에 죽간을 대고 망치 같은 것으로 그 뒷꼭지를 치는 것이며 요언 · 망어를 한 자는 그 혀를 끊기도 하였으며 가벼운 자는 입을 베기도 하였다. 중국에서는 한신韓信과 창월彰越이 혀를 자르는 형을 당하였다고 전한다. 코를 베는 것은 중국에서 의劓이라고 하며 발을 끊는 형벌은 월刖 · 정강이를 베는 형벌은 빈臏 · 삶아 죽이는 것을 팽烹 · 그을려 죽이는 것을 포락炮烙 · 허리를 끊는 것은 헌요軒腰 · 음낭

陰囊을 까며 음경陰莖을 끊는 것은 할세割勢·궁할宮割·궁형宮刑 등이라고 하였다. 음부陰部에 가하는 형벌은 물론 간음자姦淫者에게 행하는 바였다. 이 종류의 형벌은 중국 전래의 것인 것 같기도 하지만 실상은 조선 고유의 형인지도 알 수 없다.

원수의 간을 씹는다는 것은 누구나 다 아는 바이며, 거짓말을 한 자에게 똥을 먹이는 것은 나도 어렸을 때 한번 목격한 일이 있었다. 톱으로 썰어 죽이는 형벌은 범인을 큰길 가운데에 묶어 두고 통행인이 모두 한 번씩 그 범죄자의 어깨에 걸어둔 톱을 쓸어 죽이는 것이 보통이었다. 조선의 궁형(궁형의 원뜻에는 이설이 있었으나 여기서는 남녀의 음부에 가하는 형벌을 가리켜 말한다)에 어떤 방법이 있었는지는 상고키 어려우나 그것을 부패케 하는 방법과 할 단하는 방법과, 국부에 화위火熨를 대는 방법 등이 있었다.

이러한 실례로서 생각하여 보면 상술한 여러 종류의 욕설이 관습적 원 시형벌에서 출원하였음을 짐작할 수 있을 것이다.

12. 종교적 욕설에는 벌 많을 놈·벼락 맞을 놈·벌 만날 놈·죽어 좋은 데 못 갈 잡놈·죽어 소 될 놈·죽어 돼지 될 놈·죽어 개 될 놈·죽어 구 렁이 될 놈·죽어 곰이 될 놈 등이 있으며 죽어서 지옥으로 간다든지 동물 이 된다는 욕설은 물론 불교 전래 이후의 욕설일 것이다.

13. 성姓으로써 하는 욕설은 대개 맹서에 쓰는 것으로 예를 들면 "내기 시 행을 안 하면 김가로 변성을 하겠다"라든지 내 말이 거짓말이면 내 성이 박가이다"라고 하는 등이 그것이며(이것은 자기 자신에 가하는 욕설이다) 김가에 향하여 박가라고 하든지, 이가를 안가라고 함도 물론 큰 욕이 된다. 이것 은 성씨를 몹시 중시하고 혈족관계를 극단히 남과 구별한 근세의 소산일 것이 명백하다.

얼른 생각나는 것만을 적어 보아도 조선의 욕설은 그 수가 벌써 150여 종에 달한다. 이외에 빠진 것도 상당히 있을 터이니 상세히 조사를 한다면 우리 민족은 아마 세계의 유수한 욕설 소유자가 될 것이다. 그러나 욕설

많은 것이 반드시 민족적 치욕도 될 것도 없으며, 나는 이 점을 잡아 "욕설을 하지 말라"고 도덕적 강화講話를 하자는 것도 아니다. 나는 우리의 욕설을 통하여 민속학적으로 무슨 발견을 할 수 있으며 사회학적으로 이에 대하여 무슨 추론을 할 수 있는가를 잠깐 고찰하여 보고자 함에 불과하다. 지리적으로 보아 경기에는 깍쟁이 · 오라질놈 등의 욕설이 특히 많고, 함경도에는 쌍간나아란 말이 특히 많고, 평안도에는 쌍놈이란 욕설, 경상도에는 문둥이란 욕설이 특히 많은 것에도 약간의 이유는 있다. 이러한 문제는 언급치 아니 하겠다. 그리고 또 견문으로 말하면 대체 욕설은 경상 · 전라 · 함경도에 가장 그 수가 많을 뿐, 그 내용도 가장 하비下卑하였다. 하나 이 점에 관해서도 우견愚見을 말하지 아니하겠다.

　민속학상으로 보아 우리는 조선 욕설 중에서 여자이름 기피의 원시적 민속을 첫째 발견하였다. 고대인이 여성의 이름 부르기를 왜 기피하였느냐 하는 문제에 대하여는 여기에 명백한 답안을 쓰기 어려우나 그 한 가지 이유는 이미 상술한 바와 같다. 우리는 흔히 할머니, 어머니며 숙모들의 이름을 기억치 못하며 혹은 일생을 통하여 그것을 듣지 못하는 경우도 있으며 시집간 지 오래된 자매의 이름은 그것을 잊어버리는 경우도 있다. 외국사람이 들으면 괴이하게 생각할 말이나 우리는 관습적으로 이 민속을 지켜 왔으므로 그저 심상尋常히 생각하는 바이다. 그러나 이것을 학문적으로 고찰하면 매우 흥미 있는 문제일 것이다. 또 둘째, 우리는 상술한 욕설 중에 문헌상에 발견하기 어려운 관습적 원시형벌을 상당히 다수 발견하였다. 만일 기록도 없고 욕설도 그 흔적을 남겨주지 아니하였다면 2, 3세 후의 우리 자손들은 원시형벌에 관하여 아무 자료도 찾아내지 못할 것이다.

　다음에 사회학적으로 욕설을 생각하여 보면 욕설이란 것은 요컨대 개인 혹은 사회에 물질적 또는 정신적 해독, 모욕을 가한 자에 향하여 그것을 당한 개인이나 사회가 복수적으로 가하는 바의 언어이며 이 언어는 상대자의 인격에 모욕을 가하여 정신상에 고통을 가하고자 하는 것이 대다수이나 상대자의 육체에 고통을 가하고자 저주적 언구를 사용하는 경우도 있다. 그러면 우리는 욕설을 통하여 조선 사람은 어떤 욕설에 대하여 가장 정신상 또는 인격상 모욕을 느꼈는가를 생각하고 다시 무슨 까닭으로 그 욕설에 한하여 특히 최고의 모욕을 느꼈으며 그 최고의 모욕을 느끼게 하는 욕설은 사회적으로 무슨 의미를 가졌는지 생각하여 보자.

욕설에는 경중이 있다. 깍쟁이가 되라는 것도 불명예한 말이요, 문둥이가 되라는 것도 고통스러운 말이며, 거지가 되라는 것도 딱한 말이요, 되지 못한 놈이란 말도 분한 욕이다. 하나 우리는 이러한 개인에 대한 욕설보다 성적性的 · 윤상倫常 · 성씨 · 존장尊長 · 계급에 대한 욕설을 최고의 모욕이라 생각한다. 즉, 상피相避에 관한 욕설 · 성姓에 관한 욕설 · 상常놈의 류와 부형父兄의 호명을 당할 경우에 우리는 가장 격분을 느끼게 되며, 상피 · 성씨 · 존장에 관한 욕설의 내용은 그 유례를 타민족에 구할 수 없는 조선특수의 산물이다. 그러면 이러한 욕설이 가장 심한 욕설이 되는 이론적 근거는 어디에 있는가. 이것을 설명하고자 함에는 조선의 사회조직을 언급치 아니할 수 없다. 조선사회를 구성 지속한 사회적 단위는 개인에도 있지 않고 가족에도 있지 아니하였으며 또한 경제적 또는 정치적 지리적 사회단團에도 있지 않았다. 그 단위는 실로 문족門族 관계에 있었다. 한 문족이 한 지역에 점거하여 있을 경우는 물론이오, 비록 지리적으로는 서로 상당한 거리의 땅에 있다 할지라도 동성동본이면 촌수의 십백十百을 불문하고 일가 동족이라고 하여 상호 친밀을 느꼈다. 이것이 오랜 옛날부터의 현상은 아니었지만 이 문족을 제외하고는 나는 옛날 조선사회의 구성단위를 발견하기 곤란하다.

이 문족관계를 우리 사회의 종적 요소 혹은 인적 요소라고 하면 그 횡적 요소 또는 심적 요소에는 성적性的 편상偏常[70] · 존비 · 귀천 등의 편리적

---

70) 무엇을 특별히 편중하여 숭상함.

偏理的·계급적 사회규약이 있었다. 우리의 사회는 성씨와 성적 편상을 절대로 신성엄숙시하였으며 이것은 다른 두 가지와 함께 사회의 안녕 질서를 유지함에 가장 긴요한 요소라고 생각되었다. 성의 불가변·동성동본 간의 불가혼不可婚·효친경장孝親敬長·반상班常의 차별 이 네 가지 사회규약이 엄수되어야만 비로소 질서가 정제되리라고 우리 선조들은 생각하였다. 이것은 문족단위 사회의 필연적 소산이었다. 효친경장과 귀천의 차별 관념 등은 아무 민족의 사회에도 동일하게 존재하였던 바이며 그것이 지배계급의 지배욕 만족과 경제적 착취와 문화독점에 그 연유가 있었던 것은 내가 여기서 췌언贅言할 필요가 없으나 지배계급은 이와 같은 사회규약을 강요한 연후에야 비로소 그들의 지위와 욕망을 편안히 채울 수 있었던 것이다. 허나 이러한 투쟁적 이론을 시험코자 함이 본문의 목적이 아니므로 나는 과거 조선사회의 질서유지에 무슨 까닭으로 성씨 불가변·효친·경장·동성동본 간의 혼인금지·반상차별의 엄수가 필요하였는가를 잠깐 생각하여 보고자 한다. 반상관념의 강요는 그 이유가 전술한 바와 같이 문족적 지위의 유지와 경제적 착취와 문화독점에 있었다. 이러한 계급적 차별이 없으면 그들 지배계급은 소위 양반이라는 우월권을 상실하여 그들이 점거한 금성철벽金城鐵壁인 문족의 기초가 근본적으로 파괴되지 않았다. 그것이 만일 파괴된다면 사회는 그 구성단위를 멸렬滅裂케 되므로 따라서 사회는 질서를 결여할 것이라고 생각하였다. 어른 공경의 이유는 당시 지배계급이었던 노인사회의 소년에 대한 강요였으며, 조선숭배祖先崇拜(문족사회의 관념적 근본요소인)에도 많은 관련을 가졌다. 그리고 효친사상도 역시 조선 숭 배와 심중한 관계가 있었다. 효친사상이 자연의 애정과 경제적 이유(양육하는)에서 나왔다는 옛 사람들의 이론은 오직 온정주의적 관념론에 불과하였고, (미개인 사이에는 귀장천로貴長賤老의 풍속이 있다.) 조선사회가 특히 부친에 대한 효를 고조한 것은 위와 같은 미려한 논리로서 자손에게 그것을 강요함이었다. 이 효의 강요는 중대한 하나의 뜻이 조선숭배에 있었고 조선숭배의 근본 의의(근대의)는 문족유지에 있었다. 다음에 불취동성不娶同姓의 실질적 의미도 역시 상하존비관념의 엄수에 있었을 것이다. 동성 즉 동족 간의 결혼을 허한다면 지금까지의 손아래 자가 손위 자로 아재비가 조카로 되는 경우가 허다할 것이므로 이렇게 되면 소위 상하에 대한 신성관념의 박약하여짐과 동시에 문족관념에도 절대성이 없어질 터이기 때문이다. 다시 말하면 동족과 결혼할 수 있고, 타족과도 결혼을 할 수 있게 되면, 양자가 균등의 지위에 있게 되므로 특히 동족에만 주향注向되는 애족심이 상실될까 하는 염려에서 나온 사상이 아닌가 한다. 최후로 성씨 불가변의 규약은 나의 많은 말을 불필요하고 실로 부계문족제도의 절대적, 근본적 요소였다. 중국인은 흔히 개성改姓을 하였으나 근세의 우리 사회는 절대로 그것을 허락하지 아니하였다. 성씨는 실로 신성 절대적이었다. 혹자는 이런 종류의 효친 · 경장 · 불취 동성의 사상을 공맹도덕의 무비평적 맹수盲守라고 할런지 모르지만은 무릇 외래사상이란 것은 그것을 수입하는 민족의 사회상태에 순응하여 그 일부 혹은 전부가 수용되는 것이오, 그 사회가 요구치 아니하는 사상은 아무리 그것을 인위적으로 강요한다 할지라도 결코 보편적으로 용납되지는 않는 것이다. 삼국시대의 우리 사회가 무엇으로 그 단위를 삼았는지 아직 연구치 못하였다. 하지만 신라의 소위 골족骨族 같은 혈족적血族的 관계로 성립하는 무슨 사회단위가 존재하였을 것은 상상할 수 있다. 그 구래의 단위가 중국사상의 영향으로 문족이란 것으로 변형되어(아마 조선 이래의 일) 그 단위, 즉 문족을 유지하고 따라서 사회의 질서(Order)를 정제하기 위하여 그들 지배계급들은 상술한 제 규약을 설정하고 그것을 가장 중하고 선한 도덕이라고 하였다. 하였으므로 사회는 그러한 규약을 범하는 자에 향하여 최대의 증오를 느껴 그것이 욕설이 되기까지에 이른 것이다. 그러면 여기서 우리는 욕설의 인식문제를 언급치 아니할 수 없다. 즉 욕설의 가치판단은 그 시대의 그 사회가 이것을 결정하는 것이라고 결론할 수 있을 것이다. 예하면 순피盾避의 욕설 같은 것도 서양인이나 일본인에 향하여 '사촌 붙을 놈'이라 할지라도 그들은 조금도 이것에 모욕을 느끼지 아니할 것이며 몇 세 후의 우리 자손들도 혹은 그렇게 되는지 알 수 없으며 고대의 우리 민족들도 상피간의 결혼을 공공연히 행하였으므로 이것을 모욕으로 생각하지 아니 하였을 것은 물론이다. 손위자의 호명을 당하고 그것을 큰 욕으로 생각하는 것도 역시 일례가 될 것이며 김가가 이가란 부름을 당하여 최대의 모욕을 느낌도 또한 그 예가 될 것이다.

　나는 이상에서 조선욕설의 종류와 내용, 민속학적 자료로서의 욕설 · 욕설의 사회학적 의미 등을 말하고 끝으로 일반욕설의 가치론에까지 언급하였다.

뒷간에 대한 조선민속에 관하여

조선의 시골에서는 유아의 용변 후 그 뒤처리를 개로 하여금 핥게 하는 곳이 여러 곳 있는 것 같다. 그러나 성장한 아동이나 어른의 경우는 결코 그런 일은 없다. 어머니 등이 유아를 안고 용변시키고 개를 불러 밑을 핥게 한다. 그 다음에 걸레 등으로 닦는다. 근래에는 헌 신문지 등을 쓴다. 그녀들은 "깨끗이 핥아라"하는 의미의 말을 되풀이해서 한다. 경상도에서는 채−체−·삭·삭(모두 핥아라)이라 하고 평안도에서는 쉐 쉐·반반(잘 보고 깨끗이란 뜻임)이라 하며 함경남도에서는 반반·하로라(깨끗하게 핥아라)하고 말한다.

목편木片을 사용하는 풍습은 들은 적은 없으나 노인들의 이야기를 들어보면 뒷간 앞에 봉궐棒橛을 세워두고 거기에 씻는 일은 있었던 것 같다.

더욱 곁들여서 이와 비슷한 것을 조금 이야기하자면 내가 금년 여름 여행 중 견문한 바에 의하면 새끼줄·볏짚·보릿대를 조그맣게 묶어서 사용하는 곳이 가장 많고 이것은 남조선지방 전부 및 서북부 북방의 평원지(미산지未産地)에서 볼 수 있는 현상으로 새끼줄은 일반적으로 낡은 것을 쓰는 것 같다. 예를 들면 짐 꾸리는데 한번 사용한 새끼줄이나 또 가장 많은 것은 지난해의 지붕을 이을 때 사용한 것 같은 것 등이다. 조선 민가의 지붕은 지방에 따라서 이는 재료에 여러 가지 차이가 있는데 미산지방未産地方

에서는 모두 볏짚을 쓰고 그 위에 새끼줄로 방안형方眼形으로 얽어 두었다가 다음 해 봄 이것을 다시 이을 때는 낡은 새끼줄·볏짚 등을 벗긴다. 이 막대한 폐물이 뒷간에 내려지고 또한 비료로 쓰이는 것이다. 개성의 덕물산 꼭대기, 이것은 경기도 일원에 있어서 무녀의 본산과 같은 곳으로, 개풍군 진봉면, 흥왕리의 일구역으로 되어 있으나, 7월 여기를 방문하였을 때 나는 민가의 뒷간에서 그 모퉁이에 낡은 새끼줄이 세 마디 정도의 길이로 잘려 있는 것이 쌓여 있는 것을 보았다. 그리고 낡은 새끼줄을 사용하면 치질이 생기지 않는다고 거기에 사는 사람이 이야기하고 있었다. 이 변소는 민가로부터 몇 정町 떨어진 곳에 있어서 지붕은 있으나 남조선과 같이 분뇨를 저장하기 위한 통(춘櫬) 또는 옹기 등을 파묻은 것을 발견하지 못하고 사타구니를 벌려 밟을 돌이 두 개 있을 뿐으로(지면에) 구더기가 생겨서 기어다니고 엉덩이는 바닥에 닿으려 하고 그 불결함은 이루 말할 수 없었다.

   이와 같은 뒷간은 내가 여행 중 황해도 및 평안남북도의 시골에서 가끔 만났다. 또한 나는 덕물산의 이 뒷간은 마을의 공동변소로 민가에는 각각 또 각자 개인용 뒷간이 있을 것으로만 추찰하고 있었으나 점차로 물어보니 개인용 뒷간을 갖고 있는 집은 극히 소수라는 것이다. 비오는 날에는 용변에 큰 불편을 가져올 것이라 생각했다. 덕물산 뿐만이 아니고 황해도 해주의 바다 속에 있는 연평도에 있어서도 나는 개인용 뒷간이 거의 전무한 것에 놀라고 또한 그 불결함에 크게 불쾌감을 가졌다(조선에서 가장 깨끗함을 즐기는 곳은 전라도이고 여기 사람은 뒷간의 안팎을 아침저녁으로 깨끗하게 청소하고 안에는 향을 피워서 악취를 없애려고 하는 집도 있다고 들었는데 나는 아직 실제로 본 일이 없다). 대체로 서북 조선은 남조선에 비해서 일반적으로 미개한 점이 많고 분뇨를 저장하여 이것을 비료로 쓰는 일도 희귀한 일이고 분은 약간 이것을 퇴비로 쓰는 일은 있어도 요는 거의 쓰지 않고, 내가 황해도 중화군의 시골에서 본 뒷간과 같은 것은 모래땅에 돌을 두 개 놓고 둘레에 수수대의 거친 울타리를 둘러 두었을 뿐임으로 요는 바로 모래땅에 흡수되고 변은 바로 뒤에 개가 와서 먹어 버리고 냄새는 바람이 이것을 쫓아서 멀리 운반해 버린다는 퍽이나 이상한 변칙적인 뒷간이 있었다.

그러면 다시 용변 후의 처치법인데 내가 금년 여름 여행한 곳은 주로 평안남북도의 오지, 교통이 가장 불편한 그리고 함경도와 접한 산중이었는데 이런 지방에는 본래 들이 거의 없다고 해도 좋을 정도의 겹겹 산중인데 벼는 한 알도 걷을 수가 없고 조가 주식물이고 옥수수·수수·감자·메밀 기타의 잡곡을 만들고 있어서 따라서 그 밑을 닦는 데에 쓰는 것도 별다른 것이 있었다. 민가의 뒷간에 들어가 보면 대체로 그 안에 수수대나 옥수수의 대 등이 놓여 있다. 이것들의 용도는 설명할 필요도 없는 일이고 그밖에 또 그곳의 뒷간에서는 부서진 항아리에 재를 넣어 두고 회취기灰取器까지 놓아 두고 있다. 이것은 초행자에게는 조금 그러한 뜻을 해석하기 어려우나 그곳 사람들은 용변 후 배설물 위에 이 재를 뿌려서 그 형태를 숨겨 버리는 것이었다. 나는 이러한 성천·양덕·맹산·영원·희천·강계 여러 지방을 2개월 동안 여행을 했지만 한번도 땅을 파서 만든 뒷간을 본 적은 없었다. 여인숙 등에서는 시가지에서 본대로 판자 위에 양철을 잇는 등 다소 진보된 뒷간을 본 일이 있었으나 이것들도 바닥이 약간 깊이 들어가 있었을 뿐이고 땅을 파서 그 속에 통이나 항아리 같은 것을 묻은 곳은 발견 못했다. 모두가 배설물은 곧바로 지표에 떨어지게 되어 있고 평남 양덕군의 신창과 함남 정평군의 구읍에서 나는 뒷간 속에서 돼지를 사육하고 있는 것을 보았다. 아무생각 없이 용변 중 갑자기 아래에서 동물소리가 나서 깜짝 놀랐다. 돼지에게 인분 기타를 먹인다는 것이었다. 돼지를 이렇게 사육하기 위해서는 더더욱 흙을 파서 시설한다는 것은 어려울 것이다.

나의 의제義弟 연명수군의 이야기에 의하면 8, 9년 전 그가 금강산 장안사에 약 1년간 두유逗留하고 있는 사이 그는 장안사의 승려들이 아주 별다른 방법으로 밑을 닦은 것을 보았다는 것인데 그 하나는 새끼줄을 봉궐棒

橇 위에 펴 놓고 그 위를 사타구니를 벌리고 타고서 걸어가면서 닦는 방법으로 모조리 더럽힌 새끼줄은 별도로 모아서 퇴비의 일부로 하고 새로운 것을 갈아서 펴놓는 것 같고(하급의 승려는 농작을 한다) 또 한 가지는 물로 씻는 방법인데 계곡 부근에 뒷간이 있는 곳은 물줄기 언저리에 공병空瓶 또는 공관空罐・파기류破器類가 놓여 있는데 모르는 사람은 '친절하게도' 하고 생각하며 그것으로 계곡물을 떠 마시는 수도 있다고 하는데 실은 그것이 엉뚱하게도 더러운 것으로 중들은 뒷간에 갈 때에 먼저 그런 그릇에 물을 떠 가지고 가서 용변 후 그 물을 대나무로 만든 대롱과 같은 것의 위에서 주입하면서 항문에 대고 대롱을 회전시켜서 씻고, 돌아올 때는 그릇을 제자리에 놓아둔다고 한다. 그러나 지금도 아직껏 이런 풍습이 있는지 여부는 들은 적이 없다. 기타 어부들은 여름철 바다에 들어가 씻는 수도 있고, 뒷간이 없는 곳에서는 적당한 돌이나 큰 잎 등을 쓰는 경우가 있는데 이것은 모두가 임기적인 처치일 것이다.

끝으로 이것은 실은 나도 처음으로 알고 아주 놀란 일인데 올 여름 여행 중 나는 평남 성천에서 차원술이란 60여 살의 늙은이를 만나 이 사람을 길 안내자로 하여 약 10일 간을 함께 지냈는데 그 동안에 그는 한번도 나에게 변소지便所紙를 요구하는 일이 없기에 어느 날 나는 그에게 뒤처리를 무엇을 써서 하느냐고 물으니 처음에는 웃으면서 대답을 하지 않았는데 근성이 정직한 그는 드디어 숨기지 않고 고백했다.

고백에 의하면 그는 뒤처리를 하지 않는다고 한다. 설사를 할 때는 어떠냐고 했더니 어린애 시절은 모르지만 태어나서 설사한 적은 없고 보통은 이틀이나 사흘째에 한번 용변이 있고 상당히 단단한 것을 내놓기 때문에 종이가 필요 없다고 한다. 그 후 주의해서 관찰하니 과연 그는 어느날 나와 함께 걸어가는 도중 길가의 수풀 속에 들어가 용변을 끝내자마자 그대로 서서 허리끈을 매는 것이었다. 그러나 이것은 특수한 예에 지나지 않을 것이다.

이상은 내가 여행 중 이상하게 느낀 습속을 생각나는 대로 적은 것이기 때문에 이것이 조선민가의 뒷간 전반에 걸친 풍습이 아닌 것은 물론이다.

연령을 헤는 고속古俗

2세, 3세 하는 연령을 조선 말에서는 두 살 세 살이라고 한다. 이 살의 어원이 무엇인지 하고 생각하던 중 중국의 기록에서 일종의 암시를 얻게 되었다. 그것은 송宋의 서몽화의 《삼조북맹회편三朝北盟會編》 권3에 당시의 대금국인大金國人, 북방의 만호滿豪 민족의 풍속에 취就하여 기록한 중에 其人不知記年 問之則曰 五見靑革幾度 以草一靑爲一歲라고 한 구절이 있다. "너 나이 몇이냐"하면 그 답이 "청초靑草를 몇 번 보았소" 한다는 의미이다. 그들은 매년 한 번 나는 청초로써 일세를 계산하였던 모양이다. 이러한 금인의 풍속은 송의 맹공의 《몽달비록蒙韃備錄》에도 기재되어

其俗, 每以靑草爲一歲, 人有問其歲, 則曰幾草矣, 亦嘗問彼月日, 笑而答曰, 初不知之, 亦不能記其春与秋也, 每見月圓爲一月, 見靑草 遲遲方知是年有閏也

라고 보인다. 한문읽기 귀찮아하시는 이를 위하여 잠깐 번역하면 그들은 청초로서 해(세歲)를 계산하고 나이를 물으면 "나는 몇 풀이요"하고 대답한다. 또 그들은 월일을 알지 못하며, 사계절도 몰라, 달이 둥그래지면 한 달이 지나간 줄 알고 청초가 지지遲遲하면 윤월閏月이 있는 줄 안다는 의미이다.

이 기록을 읽어 연상되는 것은 지금도 아직 경상도 방언에 연마양年馬羊 등의 연령을 헤는 경우에 한 풀·두 풀이라고 하는 것이다. 예하면, 2세 된 소·말을 두 풀 되었다 혹은 두 풀 먹었다고 한다. 이것은 소·말·양 등이 풀을 먹는데서 나온 말이다. 다른 도에도 상필想必 이러한 말이 남아 있을 것 같다(아시는 이는 좀 보고하여 주시기 바랍니다.)

그러면 살은 무엇인가. 내 생각으로는 이 살은 혹 쌀(米)이 아닌가 한다. 즉 두 살 먹었다는 말은 두 번 쌀을 먹었다는 의미가 아닌가 한다. 축류畜類 는 풀을 먹음으로 몇 풀이라고 하지마는 사람은 쌀을 먹으므로 몇 살이라 고 한 것이 아닌가 하는 생각이다.

지금 말로 미米를 쌀이라고 하는 것은 평안·경상 양 도를 제외한 전 도 공통의 말인 듯하나 평안도에서 쌀이라고 간단히 말하면 그것은 속粟을 가 르침이다. 그리고 미米는 입쌀이라고 한다. 또 경상도에서는 미를 쌀이라 하지 않고 살이라고 한다. 만일 경상도 방언이 고형古形이면 몇 살 먹는다 는 것은 몇 번째 쌀을 먹었다는 의미일 것이라고 보더라도 거의 무리가 없 을 것 같다.

그러나 여기서 난관은 조선 고어古語에 미가 살도 아니오 쌀도 아니오 실 상인즉 ᄡᆞᆯ이었으며 이것을 옛날에는 브슬촉음促音으로 발음하였던 모양이 다. 그 증거로는 송인이 고려언어를 채록한 《계림유사鷄林類事》 중에 속왈 보살粟曰菩薩이라 하고 미왈한보살米曰漢菩薩(한은 흰의 음역)이라고 보이는 것 이며 지금 말에 속粟(조) 쌀을 좁쌀, 차쌀을 찹쌀, 매쌀을 맵쌀, 해쌀을 햅쌀 등이라 하여 ㅂ이 위로 올라가 발음되는 것 등을 들 수 있다. Cho-b saol Chod-sal로 발음되는 모양이다.

정말 그렇다면 두 살·세 살은 왜 둡살 셉살이 되지 아니하였는지 이것 이 또 의문되는 점이다. 하지만 고어古語의 딸(여식)이 지금 냅딸 넙딸로 언 어되지 않고 내딸 너딸로 되어 있는 예도 허다하여 고어 복자음複子音 중의 첫 자음이 반드시 모든 경우에 윗 자의 모음 밑에 받침으로 되지는 아니하는 모양이니 두 쌀·세 쌀도 이 후례後例로 봄이 어떨까. 아직 미숙하나마 이만큼 문제만을 제출하여 두고자 한다.

시조詩調와 시조에 표현된 조선사람

삿갓보다도 넓은 갓을 쓰고, 길 넘은 지팡이 짚고, 긴 담뱃대에 큰 삼지 걸고, 개자형介字形의 수염에 도포 늘어지게 입은 처사같은 우리의 선조들! 그들은 우리에게 커다란 보물을 많이 남겨 주고 갔다. 그 보물 중에 하나 는 분명히 시조였다. 시조는 오직 조선 사람만이 가진, 넓은 세계를 통하 여 다만 하나밖에 없는 보물이었다. 이 보물은 오로지 조선 사람만의 보물 이 아니요 전 인류의 역사적 보물이며, 장래에는 반드시 전 인류의 보물이 되어야 할 것이다. 이러한 보물의 가치와 의미를 정말 이해하는 사람이 과 연 몇 사람이나 되는가? 조각의 문외한이 라오쿤(Laokoon)의 작품을 보고 "아—, 정말 힘과 열이 있는 작품이로구나!" 하고 감탄하는 것으로만은, 그 조각의 의미와 가치의 전부를 이해하였다고는 할 수 없는 것이다. 우리는 그 예술품의 예술적 가치는 물론, 그것에 관하여 역사적 의미와 과학적 지 식을 지실知悉한 뒤에야 비로소 그 작품을 전체적으로 이해하며 완상할 수 있을 것이다. 시조의 예술적 가치, 시조의 역사적 의미, 시조의 과학적 지 식을 충분히 안 뒤에야 진정한 의미의 시조를 전적으로 이해할 수 있을 것 이다. 시조는 이러한 제목을 우리들에게 과한지 벌써 오래였다. 그러나 이 과제에 답을 준 자가 몇 사람이뇨.

내가 어떤 친구의 권고에 의하여 감히 나의 이 불완전한 소논문을 발표

하기로 작정한 용기와 동기는 전혀 위에 적은 학적學的 의정義情에 있는 것
이다. 나의 이 소론이 우리 문학계에 무슨 자극이나 암시를 준다고 하면,
그걸로 나는 만족할 것이다.

시조詩調는 재래에 시조時調라고 쓴 사람이 많다. 어느 '시'자가 옳을지는
고전학자들 사이에 무슨 의견이 있을 듯 하나, 나는 시詩자가 옳을 듯 하기
에 시조詩調라고 쓰고자 한다. 시조는 혹 시가詩歌, 혹 가곡歌曲이라고도 하
며, 국가國歌라고도 부를 수 있는 것이다. 시조는 시인 동시에 가歌이며, 곡
曲이 있으며, 조調가 있는 것이다. 반드시 가이며 곡이 있는 점에 금일의
신시新詩와 서로 다름이 있는 것이다.

시조의 기원 문제부터 생각하여 보자. 시조는 대개 언제부터 시작된 것
이냐? 전설상으로는 고구려 고국천왕시대(179~196 AD)의 국상國相 을파소
(?~203)의 작품이 최고最古의 것이라고 한다. 그러면 을파소가 시조의 창시
자이냐, 혹은 을파소 이전에도 시조란 것이 무슨 형식으로 존재하였느냐,
또 혹은 을파소의 작이란 것이 전연 부허한 전설에 지나지 못하는 것이
냐? 이러한 의문은 시조를 연구하는 사람에게, 무엇보다도 처음으로 일어
나는 것이다. 을파소의 작품이란 것은 누구나 다 아는

월상국범소백越相國范少伯이
명수공성名遂功成 못한 전에
오호연월五湖烟月이
좋은 줄 알련마는
서시西施를 싣노라 하여
늦어 돌아 오더라

하는 것이다. 이것을 정말 을파소의 작품이라고 생각하고자 하는 사람
은 여러 가지로 이 시조에 부회적 해석을 내릴 것이다. 그러나 나는 당시

을파소가 과연 범여[71]의 일을 알았던가 하는 의문부터 가지고자 한다. 고구려 사람이 언제부터 한문을 배우기 시작하였느냐 하는 것도 용이한 문제는 아니나, 《삼국사기》에 의하면 소수림왕 2년(372년)에 비로소 중국으로부터 불교가 고구려에 유입되고, 동시에 승려와 불경(한문으로 됨)도 왔으며, 고구려에서는 한문을 가르치는 학교를 창설하였다고 한다. 만일 A.D.372년에 처음으로 한문이 고구려에 행하게 되었다고 보면, 그 때로부터 근 200년의 을파소가 오몇월越의 역사를 읽었다고는 할 수 없는 것이다. 더구나 고구려사라는 것이 을파소 시대는 물론 4세기 이전의 사실은 겨우 중국의 고전을 통하여 알 수 있을 뿐이요, 고구려의 기록이라고 볼 것은 극히 애매한 것에 불과하다. 한 국가의 역사적 기록도 극단으로 애매한 을파소 시대의 일인데, 그다지 걸작도 아닌 을파소의 시조 한 수가 어떻게 되어서 지금까지 세상에 전하게 되었을까, 자못 의심치 아니치 못할 일이다. 뿐만 아니라, 소위 을파소의 작품 다음에 가장 연대가 오래된 백제(663년에 망함) 말기의 성충이 지었다는,

묻노라 저 선사禪師야
관동풍경關東風景이 어떻더니
명사십리明沙十里에
해당화海棠花 붉어 있고
원포遠浦에 양양백구兩兩白鷗는
비소우飛踈雨를 하더라

에 이르기까지 약 450~60년 간에 한 수의 시조도 볼 수 없는 것도 고려하여야 될 것이다.

---

71) 범여范蠡. 중국 춘추시대 월나라의 재상.

상술한 여러 가지 이유에 의하여 을파소의 작품에 나는 의심을 가지고 자 한다. 따라서 시조가 을파소 시대 즉 1,700여 년 이전부터 존재하였다 는 전설을 부인치 아니할 수 없다. 그러면 성충의 작품은 어떻게 생각하여 야 할 것인가? 이 문제에 대하여는 감히 결정적 논단을 내리기 어렵다. 성 충의 시에는 백제 말년의 기분이 농후히 보이는 것 같기도 하다. 그리고 우리가 성충의 작을 정말 성충의 작품이라든지 혹은 아니라든지 논단함에 는, 《삼국유사》의 '노래'를 연구할 필요가 있을 줄 안다. 즉, 《삼국유사》 중 에 처처處處에 보이는 소위 이두문으로 된 다수의 향가가 혹은 시조와 같 은 성질의 것이 아닌가 하는 의문을 나는 가진 까닭이다. 《삼국유사》 중의 노래가 대개 민요나 한시가 아닌 것은 《유사》를 보면 누구든지 알 수 있는 것이다. 때와 경우를 따라 어떤 개인이 부른 소리인 까닭에 그 노래는 민 중의 생활표현이 아니요 개인의 창작이며, 조선말로 된 노래인 까닭에 국 문을 가지지 못한 당시인들이 그것을 이두문으로 전한 것이다. 만일 이러 한 노래가 시조와 관계가 있다고 하면, 시조는 그 기원이 벌써 삼국시대 말이나 신라의 말기에 있었다고 볼 수 있는 것이다. 그러면 백제 말의 성 충이 시조를 지었음에 다시 의심할 여지가 없을 것이 아닌가? 그러나 불 행히 《삼국유사》의 노래는 아직 아무 학자도 그것을 연구한 이가 없으며, 노래의 의미조차도 해석할 수가 없다. 《유사》의 노래 중에 제일 연대가 오 래 된 것이라고 볼 수 있는 것은 신라 진평왕(579~631년 재위) 때의 융천사가 지은 혜성가라는 것이다. 불길한 혜성이 나타난 것을 보고 융천사가 노래 를 지어 불렀더니, 혜성도 없어지고 일본병이 퇴군을 하였다는 전설과 결 합하여 있는 노래이다. 그 노래는 보기도 너무 힘이 들겠으니 그것은 그만 두고, 신라 경덕왕(742~764년)때 월명사라는 승려가 죽은 누이를 위하여 지 은 노래를 《유사》의 소위 향가의 상간相看(《유사》 권5)으로 인용하여 보자.

生死路隱　此矣有阿米次肹伊遣　吾隱去內如辭叱都　毛如云遣去內尼叱古　於內

秋察早隱風未 此矣彼矣浮良落尸茱如一等隱枝良出古 去奴隱處毛冬乎丁 阿也
彌陀利良逢乎吾道 修良待是古如

　이러한 유사 중의 향가가 정말 읽게 되는 날에는 시조 연구상에 다대한 광명이 있을 것이다.

　삼국 말엽이나 혹은 신라 말기부터 시조가 있었는지 없었는지는 여기 단언키 어려우나, 고려 초기에 시조가 존재하였던 것은 명백한 일이다. 11 세기 초의 최충의 작이며, 12세기 초의 곽여의 작과 이어서 우탁, 이조년 등의 작품이 전하여 있는 것을 보면 그뿐 아니라, 우리는 시조의 대부분을 차지한 작자 불명의 작품 중에서 고려시대의 산물을 추출할 수가 있을 것이라고 나는 생각한다. 지금 전해 있는 시조를 개괄적으로 보면 우리는 그 중에 두 가지 호류湖流를 발견할 수 있다. 하나는 비교적 단순하며, 정서적이요, 구체적, 적극적, 해학적임에 대하여, 다른 하나는 비교적 복잡하며, 의지적이요, 사상적이요, 추상적, 폐퇴적廢頹的, 둔세적遁世的, 비분강개적임을 발견할 수 있을 것이다. 이 두 방면의 실례는 이하에 고려 때 사람의 생활과 이조 때 사람의 생활을 시조를 통하여 생각할 때에 열거하고자 함으로 여기서는 생략하나 대체로 말하면 시대와 작자 불명의 작품 중에 비교적 노래로서 단순하며 정서적, 적극적, 구체적, 해학적인 것이 많으며, 고려 말기나 이조 때 사람의 작품 (대개 작자가 맹백한) 은 이지적, 사상적이며, 추상적, 폐퇴적이다. 그러므로 나는 전자에 속할 바 시조에 고려시대 혹은 신라 말의 작품이 많을 것이라고 생각한다. 작자가 불명하다는 것은 그 말이 동시에 연대의 오래된 것을 의미하는 경우가 많을 뿐 아니라, 추상적, 사상적인 작품은 문학 발달사상으로 보아, 천진적이며 정서적, 구체적인 것보다 시대가 매우 새로운 것이 아니면 안 될 것이다.

　다음에 불교 색채가 농후한 작품의 예를 보면

하사월夏四月 여드렛 날에 석양은 빗겼는데

관등하려 임고대臨高臺하니 어룡등魚龍燈, 봉학등鳳鶴燈과, 두루미, 남성이며

원근고저遠近高低에 연꽃 속에 선동仙童이오, 난봉鸞鳳 위에 천녀로다

종형등鐘馨燈, 선등, 품등이며, 수박등, 마늘등과 배등, 집등, 산대등山臺燈과 영

등影燈, 알등, 병등甁燈, 벽장등, 가마등, 난간등, 사자탄체괄이며

호랑탄 오랑캐며, 발로 툭 차 구울등燈에

칠성등 버려있고, 일월등日月燈 밝았는데

동령東嶺에 월상月上하고

곳곳이 불을 켜니

어언간於焉間에 찬란燦爛도 한저이고

이윽고 월명등명천지명月明燈明天地明하니

대계광명大界光明하여라

(작자미상)

　불교의 쇠퇴된 이조시대에도 4월 초 8일의 관등풍속이 없지 아니하였
으나, 이렇게 등의 종류가 복잡하며 시의 작풍이 광명光明한 것은, 둔세적,
폐퇴적, 사상적인 이조의 작풍과는 서로 용납지 못할 점이 있는 것 같이
보인다. 더구나 체괄[72]이라든지 오랑캐(둘 다 민족의 명칭인 듯)가 없던 시대에
조선과 접촉하였으며, 그러한 등은 없던 시대에 특유하였든 것이 아닌가
하는 것을 명백히 함에 따라, 이 시조가 지어진 시대를 알게 될 것이다.
　그 다음 대체 시조는 어떻게 해서 일어난 것인가 하는 문제는 역시 큰
문제이다. 당시唐詩나, 중국문학의 모방으로부터 시작되어 일어난 것이냐,
혹은 조선 고유한 어떤 가곡 상에 그 기초를 둔 것이냐, 또 혹은 이상의 양
자에는 아무 관계가 없이 어떤 시대에 독특한 형식과 운율을 가지고 창시

---

72) 망석중이라고 함. 나무로 만든 인형. 꼭두각시의 하나임.

된 것이냐?

시조의 원본으로 《청구영언》이나 《대동악부》 혹은 근래의 《가곡선》을 읽은 이에게는 누구에게든지 생각이 나겠지마는 시조는 조선 사람의 고유한 시가이며, 조선 사람의 독특한 문학일 것임에 불구하고, 매우 한문취漢文臭, 한시취漢詩臭 그중에도 당시취唐詩臭가 많다. 이렇게 말하는 것보다도 당시의 번역 ─ 더 심하게 말하면 당시에다 조선말의 토를 단 것이 많다. 이러한 방면으로 보면, 시조란 중국시의 번역으로부터 시작된 것이 아니냐 하는 생각이 나지 않는 것도 아니다. 더구나 소위 평조平調라는 단형短形의 시조는 대략 7·7조調의 운율을 가진 것도, 혹은 중국의 칠언고시七言古詩, 칠언절구七言絕句, 칠언배율七言排律, 칠언율七言律과 같은 것의 7·7조를 모방한 것이 아닌가 하는 생각까지도 난다. 그러나 단형의 시조도 그것을 반드시 7·7조라고 할 수도 없으며, 7·7조라 하더라도, 7·7조가 반드시 중국의 독특한 운율이요, 중국 사람만이 발견한 특성을 가진 것이 아니다. 이 의문은 우리의 민요, 동요, 속요, 부요婦謠 등은 물론, 원시종교 상의 축사祝詞 같은 것의 운율을 연구하여 보면 해결될 것이다. 동요, 부요 등이 대개 4·4조로 된 것은 인예引例할 필요도 없는 것이요, 수심가愁心歌나 진양조라는 것은 5·5조로 볼 수 있는 것이다. 육자백이는 6·6조요, 어떻게 보면 7·7조로도 볼 수 있는 것이다. 육자백이 같이 음과 음사이의 시간이 느린 노래는 이러한 변통이 용납된다.

저 건너 갈미봉峰(저 건너 갈미봉에)

비 묻어 들온다(비 묻어 들어 온다)

우장雨裝을 둘어고(우장을 둘러 메고)

지심매려 갈거나(지심매려 갈거나)

4·4조의 긴 것은 8·8조로 볼 수 있는 것이다. 가령, 담바구타령 같은

것은 4·4조이나 8·8조로도 볼 수 있다. 동요에도 7·7조가 없는 것은 아니다. 어머니가 아이의 머리를 만지면서 하는 노래에

둥굴 둥굴 모개야
아무따나 크거라
네 치장은 내 할게

4·3조로 된 7·7조이다. 이외에도 자세히 분류를 하여보면 3·4조로 된 7·7조, 4·5조, 5·7조, 5·3조 등이 있다. 그러면 운율의 비슷한 것으로는 시조를 중국시의 모방에서 생긴 것이라고 할 수 없는 것이며, 고려 중엽 이후로 조선 사람은 여러 방면으로 중국을 숭배하며, 한문학을 존숭하였으므로 시조가 고려 말이나, 더구나 이조 때에 당시나 송문학의 감화를 극단으로 보아서 혹 중국시의 번역과 모방이 성행하였는지는 알 수 없으나, 그것으로서 시조의 기원이나 기초가 중국시에 있다고는 말할 수 없다.

여기 또 한 가지 의문이 있다. 재래의 음악계에서는 ─ 통속으로 말하면 가인歌人이나, 광대, 기생계에서는 시조와 〈노래〉를 구별하였던 것이다. 《청구영언》이나 《여창유취》, 《대동악부》, 《남훈태평가》, 《가곡원류》 등 사본寫本에 전해 내려온 국가國歌는 총괄적으로 그것을 시조라고 하여 왔다. 나도 그런 생각을 가지고 이 글을 쓴다. 그런데 재래의 음악계에서는 〈시조〉라면 〈평조〉, 〈역금〉, 〈질님〉의 삼장을 읽었다. 그리고 우조羽調라든지 계면조界面調, 우악羽樂, 농弄, 편編 등을 〈노래〉라고 하였다. 이것은 곡보曲譜 상의 구별이었다. 그러면 조선 재래 고유한 곡조로서 부르는 것을 〈노래〉라고 하였고, 중국시의 곡조로서 ─ 혹은 중국시의 곡조를 모방한 곡조로서 부르는 것을 특히 〈시조〉라고 하지 아니 하였나 하는 의문이 생긴다. 만일 그렇다면 시조時調가 아니요, 시조詩調라고 쓰는 것이 옳을 것이다. 그

리고 〈노래〉에 속할 바 모든 시조는 《삼국유사》 내의 소위 향가와 동일한 원류에 속할 것이라고 나는 생각한다.

그러면 시조는, 재래 음악계에서 소위 〈시조詩調〉라고 부르는 평조, 역금, 질념이 중국시의 영향을 그 곡조상에 받았을 뿐이요(?), 그 대부분은 형식상으로 보든지 곡조상, 내용상으로 보든지, 그것은 전혀 고래고유古來固有한 〈노래〉 위에 그 기초를 두고, 그 기초 위에서 자연적 발달을 하여 오다가, 중도에 당시 기타 중국문학의 감화를 극단으로 받았던 시대가 있었던 것이 아닌가 나는 생각한다.

다음에 시조는 처음부터 귀족문학 또는 지식계급, 유한계급의 문학이라고 하지 않으면 안 될만치 일부계급에게 독점되었을 것이라고는 보기 어렵다. 왜 그러냐 하면, 시조중에 속요와 그렇게 현저한 차이를 발견할 수 없는 속적俗的인 것이 많이 있는 까닭이다.

예를 들면

개를 열아문 기르되
요개같이 얄미우리
미운님 오량이면
꼬리를 회회치며 반기워 내닫고
고운님 오량이면
물으락 나으락 쾅쾅짖어 도로 가게 하니, 요죄오리 암캐
문밖에 개장사 외치거든
찬찬 동여 주리라

(작자미상)

이러한 노래는 소위 교양이 없는 일반민중이라도 넉넉히 부를 수 있는 것이다. 그러나 일반으로 시조는 비속적이 아니요, 말하자면 노래 중에서

점잖은 편이다. 그러므로 시조는 일반농민의 것이 아니요, 좀 교양 있는 관리, 학자, 한량, 기생, 유음가인遊吟歌人, 귀족, 궁녀, 국왕 같은 사람들이 불렀던 것이며, 그들의 손으로 산출된 것이다. 이러한 점으로 보면, 시조는 그 기초는 재래 고유한 어떤 노래 위에 있으나, 그것이 자연적 발달도정을 지나서, 중국문학의 감화를 받던 지식계급의 손으로 넘어 갔을 때에는 의식적으로 일종의 계획하에서 그 형식과 음율이 통일되고 고정되어, 지금 전해온 시조는 그때를 새로운 신기원(epoch)으로 하여 출발을 다시 시작하지 아니하였는가 하는 생각도 없지 아니하다. 그때의 선구자들은 현란한 당시에 감복하는 동시에 재래한 조선노래가 너무 비속적임에 불만을 느꼈을 것이다. 그래서 일방으로는 형식과 운율을 고정통일 하며, 일방으로는 노래의 내용에 혁명을 일으켰을 것이다. 그러므로 그때부터 시조는 일시 당풍唐風의 내용을 가지게 됨과 함께 난해한 한 문취文臭를 가지게 된 까닭에 일약하여 지식계급의 전유물이 되어버린 것이 아닌가 한다.

이상에서 나는 주로 시조의 기원에 관하여 의견을 말하였다. 약언하면 시조는 그 존재를 기원 2세기 말 을파소의 시대까지 가져가기에는 여러 가지로 어려운 점이 많고, 백제 말년(7세기 말경) 성충의 시대부터는 시인하고 싶었다는 것을 말하였다. 그리고 시조는 중국시의 모작으로부터 시작된 것이 아니요, 조선 고유한 어떤 가곡 위에 그 기초가 있는 것이 아닌가 하는 나의 생각을 말하였다. 그러므로 시조가 처음에는 반드시 일부 계급의 독점 예술이 아니었겠으나 그것이 중국문학의 영향을 받은 뒤에는 형식과 내용에 의식적 변화가 일어나게 되어 그때로부터 일반민중과는 교섭이 멀어지게 되지 아니하였나 하는 상상도 하여 보았다.

다음으로 나는 시조의 형식, 음율의 과학적 구성과 시조의 음악적 가치, 조선문학상의 지위, 예술적 가치, 역사적 변천 등에 대하여 대략이나마 상당한 의견을 여기 내어놓아야 할 것이다. 그런데 정직히 고백하면, 아직 나에게는 이상의 제 문제에 대하여 하나도 구체적 생각이 없다. 독지篤志

하신 이의 연구를 절절히 바란다.

제일 간단한 형식으로 평조가 칠칠조에 가깝다는 말은 이상에서 하였다. 그러나 이것은 엄밀한 의미에서 할 말은 아니다. 평조 중에서라도 초장은 칠칠(혹은 칠팔, 혹 팔팔…), 중장은 칠팔(혹 칠칠, 혹 육팔, 혹 오칠…), 말장은 팔칠(혹 구칠…) 조로 된 것이 있으며 좀 복잡한 형식으로 된 장형의 시조는 정형을 발견하기에 곤란하며 조調도 퍽 복잡하다. 내가 평조를 칠칠조 같이 본 것은 전술한바 육자배기가 육육조로도 보이고 칠칠조로도 볼 수 있다는 이론과 동일한 견지에 있는 것이다.

조선문학이라고 하면, 조선 사람이 쓴 문학을 의미하는 것이냐, 조선문자(혹은 말)로 된 문학을 의미하는 것이냐 하는 지위의 서로 다름으로, 의논이 일어난다 하면 일어날런지는 모르겠으나, 일반 여러 외국학자들의 예를 따라 문자나 말로나 그 구별을 한다면 조선문학에서 시조와 소설밖에 아무것도 없는 것 같다. 문학의 영역을 훨씬 넓힌다면 소위 구비문학 ─ 원시극에 쓰는 대사, 신화 전설 동화 등의 민간설화, 민요, 동요, 부요, 속요 등과 심지어 무녀맹인들이 가진 종교적 가사, 기타 여러 가지 가사를 조선문학 중에 넣어서 생각할 수도 있을 것이다.

그러나 문자로 남아 있는 문학만을 문학이라고 볼 때에는 시조는 소설보다도 천년 이상의 장구한 역사를 가지고 문학적 가치로 보아서도 소설보다는 더 발달되었으며, 정말 잘 조선 사람을 표현한 것이 아닌가 생각한다. 시조는 이것을 기록함에 다수한 문자를 필요치 아니하는 까닭에 국문이 없던 천수백 년 전에도 이두문자를 빌려 그것을 표현하였다. 그러나 소설은 훈민정음이 창제된 이후 백년을 지나 비로소 시작된 것이다. 그러므로 겨우 수백 년의 역사밖에 가지지 못하고 따라서 그렇게 발달도 되지 못한 것이다. 시조 외에 우리가 세계적으로 자랑할 만한 무슨 문학을 가졌는가?

시조에 표현된 조선사람

　이로부터 나는 이조 이전(주로 고려시대)의 시조에 대하여 그 작풍과 예술에 대한 시대적 태도를 비교하여 가면서 두 시대의 작품에 나타난 조선사람의 생활 또는 국민성이라고 할런지 ― 그러한 방면을 생각하여 보고 다시 전 역사를 통하여 있는 조선사람의 특성, 생활 이상 등을 말하여 보고자 한다. 이하에 작자불명의 시조를 고려시대의 예로 인용하는 것은 나의 글을 읽는 동안에 그 이유의 어느 곳에 있는 것을 이해할 줄 믿는다. 고려시대는 대체로 보다 평화한 시대였다. 삼국시대의 중엽에 수입된 불교는 동시에 수입된 유학에 비하여 삼국시대부터 더욱 성하였지만 고려시대에도 그러하였다. 유학이 머리를 들기 시작한 것은 고려 중엽 이후였으며 불교를 압도한 것은 이조였다. 불교가 전성하였으므로 고려시대의 조선사람들은 모두 염세주의, 둔세주의자들이었을 것이라고 생각하면 그것은 큰 오견誤見이다. 실상 그들은 늦은 봄날의 공기와 같이 유창한 마음으로 나무아미타불을 찾은 것이었다. 고려 사람의 불교신앙 정도가 나변那邊까지 이르렀는지는 다음의 노래가 잘 그것을 말하여 줄 것 같다.

팔만대장 부처님께 비나이다
나와 님을 다시 보게 하옵소서
여래보살, 지장보살
문수보살, 보현보살
오백나한, 팔만가람
서방정토, 극락세계
관음보살, 나무아미타불
후세에 환도상봉還道相逢하여
방록芳綠을 낮게하면, 보살님 은혜를

사신보시捨身報施하오리다.

(작자미상)

　부처님이란 그들의 결혼신이나 연애의 신인 줄 알았던 것 같다. 또 이렇게 부처님을 시인하고 부처의 위대한 힘에 의지하고자 한 것에 나는 중세인의 단순하고 소박 천직한 감정을 몰아 낼 수 있을 줄 안다. 이렇게 애인을 잃은 고통과 감정을 만일 이조 때 사람으로 하여금 표현시켜 본다면 마치 춘향모가 이도령이 거지가 되어 남원에 돌아온 꼴을 보고 칠성단을 무너뜨리면서 "부처님도 무심하고, 칠성님도 허사로다"하는 격으로 종교적 힘을 부인코자 하며 무조건 그에 귀의코자는 하지 아니하였을 것이다. 이조 때 시조의 대부분은 그것을 사회적으로 보아서 거의 소극적이요, 은둔적이다. 정치적으로 경제적으로 고생스러운 생활을 한 그때 사람의 감정이 그러하였을 것은 당연한 일이다. 또 그러한 반면에는 반드시 적극적 감정을 가진 시인들이 나는 것이다. 그렇지만 그 적극적 감정은 항상 흥분하여 있는 것이 원칙이다. 그런데 시조 중에는 소극적, 은둔적도 아니요, 또한 흥분적도 아닌 감정을 가진 평화스럽고 유창한 감정을 가진 ─ 뿐만 아니라 그 감정 중에는 일종의 독특한 비속적이 아닌 해학을 가진 작풍의 일대 조류가 있다. 나는 이것을 가리켜 고려나 이전의 작품이며 그들의 생활의 표현이라고 한다. 팔만대장부처님께 "후세에 님과 나를 다시 만나게 하여 주시면, 보살님 은혜를 사신보시 하오리다"고 노래한 작자도 물론 그러한 조류를 가졌던 시대의 시인이었을 것이다. 돌아간 님을 애정해서 부른 노래 중에도 오히려 해학이 있으며 후세에 상봉하리라는 희망을 잃지 아니한 것이 중세의 한국 사람이었다. 이조 작풍作風의 일례를 들면

　창 밖에 가마솥 막히란 장사
　이별나는 구멍도 막히옵는가

장사가 대답하는 말이

진시황, 한무제는 영행천하令行天下하되

위엄으로 못막았고

제갈량의 경천위지지재經天緯地之才로도

막단 말을 못들었고

서초패왕 힘으로도 능히 못 막았나니

이 구멍막히란 말이 하 우스웨라

진실로 장사의 말과 같을진데

장이별長離別인가 하노라

(작자미상)

　

이렇게 실망하고 애조를 띤 것이 이조의 작풍인 것 같다. 나는 이러한 점으로 보아 어떤 정도까지는 작자 불명한 노래 중에서 이조 이전의 작품을 유출할 수 있을 줄 믿는다. 시조의 시대적 구획을 하필 왕조로서 표준할 필요가 없다고 하면 막연하게 중세, 근세로 구별하여도 좋을 것 같다. 여유작작한 중세 사람의 생활을 잘 표현한 예를 다시 하나 들면,

　

재우에 우뚝 서있는 소나무

바람불 제마다 흔들

개울에 섰는 버들은

무음일 쫓아서 흔들 흔들

님 그려 우는 눈물은 옳거니와, 입하고 코는

어이 무음일 쫓아서 후루룩 비쭉이는고

(작자미상)

　

님그려 울면서도 중세사람들은 오히려 입과 코가 무의미하게 싱겁게 후

루룩 비쭉이는 것을 발견해 낼 심적 여유와 그것을 해학화할 천진한 감정을 가졌었다. 그들의 연애는 결코 고생스러운 연애가 아니었었다. 그들의 연애는 열과 생명이 있고 청춘의 향락이 있었다.

발운갑拔雲甲이라 하늘로 날며
투지透地쥐라 땅을 파고 들냐
금종달이, 철강에 걸려, 풀떡 푸드덕인들
날아보았자 제 어디로 갈까
오늘은 내 손에 잡혔으니
풀떡여 본 들 어떠리

(작자미상)

그들의 애인은 대개 기생이었다. 그러므로 시에도 이러한 향락적 유희 기분이 나타났는지는 알 수 없다. 그러나 당시의 기생과 금일의 기생은 인격상으로나 사회적 지위 또는 그들의 예술적 태도로 보아 하늘과 땅의 차가 있을 것은 많은 말을 할 필요가 없다. 뿐만 아니라, 그들의 애인이 결정적으로 기생이라고만도 말할 수 없으므로 이러한 천진한 향락적 기풍은 중세인들의 연애에 대한 일반적 태도라고 보는 것이 그렇게 과언은 아닐 것이다.

그들은 고통 중에도 실망을 가지지 아니하였으며 '웃고 재미있게 살자'는 귀중한 〈유—모어〉를 잊지 아니하였다.

청천에 떠서 울고 가는 외기러기
날지 말고 내말 들어
한양성내에 잠간 들러, 부디 내 말 잊지말고
외쳐불러 일어기를

'월황혼月黃昏게워갈 제

적막공규寂寞空閨에 더 진 듯 홀로 앉아

님 그리워 참아 못살네라'하고

부디 한 말을 전하여 주렴

'우리도 님보러 바삐 가옵는 길이오매

전할똥말똥 하여라'

(작자미상)

　공규空閨에 앉아 있었다는 것을 보면 여성의 작품인 것도 같다. 기러기의
대답을 통하여 표현된 중세 여성의 정적생활도 역시 전술한 중세인의 그
것과 동일한 '카테고리'에 집어 넣을 수 있을 것 같다. 비속하지 않은 유머
(Humour)는 양성兩性을 통하여 일반이었다.

　다시 여성의 시를 하나 인례引例하면,

우뢰같이 소래난 님을

번개같이 번적 만나

비같이 오락가락

구름같이 헤어지니

흉중에 바람같은 한숨이 나서

안개 피듯 하여라

(작자미상)

　교묘한 기교도 상탄賞嘆할 바이겠지마는 답답한 가슴을 남에게 내보일
때도, 너도 웃고 나도 웃고 실망하지 말자는 그들의 인생관이 마치 눈앞에
보이는 것 같다. 사랑하는 사람과 이별하는 것은 정말 고생스럽고 딱한 일
이다. 그러나 그렇다고 스스로 사서 고통을 당하는 것은 어리석은 짓이라

고 중세사람들은 생각하였다. 다음의 노래는 그러한 방면을 말하는 것이 아닌가.

　가슴에 둥글둥실하게 뚫고
　윈색기를 눈길게느슬 뷔여내어
　그궁에 그 색기를 넣어두고
　두 놈이 마주서서
　흘근 훌라드들 제면, 남남 즉 남대로
　그는 아무렇게나 견디어 내려니와
　할이나, 님떠나 살라하면
　그는 그리 못하리라

　가슴에 궁글 뚫고, 거기다 색기를 집어넣어 그것을 헐건적 그리는 것 같은 쓰라리는 감정을 표현하면서도 그들은 조금도 독자에게 아픈 느낌을 주지 아니한다. 이 점이 중세적이다.

　미인의 애인을 가진 것은 아무에게라도 걱정일 것이다. 왜! 남이 그저 보지를 아니할 것이요, 미인 자신도 마음이 항상 동요하기 쉬운 까닭에, 이러한 불안을 노래할 때에도 중세인들은 남을 웃기지 아니하고는 말지 않았다.

　약산동대藥山東臺 일그러진 바위 틈에
　왜척촉倭躑躅 같은 저 내 님이
　내 눈에 덜 밉거든
　남인들 지내 보랴
　새 많고 쥐꼬인 동산에
　오조간 듯 하여라

(작자미상)

(지내 보랴=허투루 보랴, 쥐꼬인=쥐끓는, 오조=올조=조속早粟)

   미인의 마누라도 걱정거리거니와 감정이 너무 예민한 애인을 가진 것도 딱할 때가 많을 것이다. 중세 사람들은 감상적인 애인을 이렇게 노래하였다.

   이님을 데리고 산에 가도 못살 것이

   독백성獨魄聲에 애끓는 듯

   물가에 가도 못살 것이

   물위의 사공과 물아래 사공이 밤중만 배떠날제

   지국총 어이와… 닷채는 소리에

   한숨지고 도라눕네

   이후란 산도 물도 말고

   들에 나가 살린다

   (독백獨魄=두격杜鵑)

(작자미상)

   향락적 연애를 싫어하는 '플라톤'파들은 중세사람들의 연애를 야비하다고 볼는지 모르겠으나, 나는 사실을 있는대로 말하는 것이다. 그들의 감정에는 이지理智의 구속이 없는 것만치 그 감정은 소박하며 천진하며 단순하며 정직하였다. 나는 그들의 가식없는 정적 생활을 찬상讚賞하고 싶다. 그들이 노래한 연애에는 향락적 색채가 농후히 보이면서도 결코 비속한 점이 없으며, 점잖은 태도를 잃지 아니하였다. 이러한 특성이 조선사람의 귀중한 민족성의 하나가 아닌가, 나는 생각한다. 좀 농후한 예를 두어 개 들어 보면,

어젯밤도 혼자 곱승그려 새우잠자고
지난밤도 혼자 곱승그려 새우잠잤네
어인놈의 팔자 주야장상晝夜長常에 곱승그려
새우잠만 자노, 오오우오오우후오오
오늘은 그리던 님 만나, 발을 펴 벌리고
찬찬히 감아 잘가 하노라

(작자미상)

사랑 사랑 고고이 맺친 사랑
온 바다를 두루덮는 그물같이 맺친 사랑
왕십리往十里라, 참외넝굴, 수박넝굴
얽히고 트러져서, 골골이 뻗어 가는 사랑
아마도 이 님의 사랑은
싯간대를 몰내라.

(작자미상)

이렇게 행복스러운 희망있는, 향락적 생활을 한 중세의 사람들에게는 세상의 모든 것이 자미스럽고 우스웠다. 그들은 추醜에서 미美를 발견하였다. 곰보를 용케 놀려 준 그들의 곰보타령을 보자.

바독… 뒤얽어진 놈아
제발 빌자 네게, 냇가에란 서지마라
눈 큰 준치, 허리 긴 칼치
츤츤한 가물치, 두루처 메억이
넙적한 가재미, 등곱은 새우
겨레 많은 곤쟁이 네 얼골 보고서

그물만 티여 풀풀뛰여 다라나는데
열업이 생긴 조적어鳥賊漁 둥개는고나
진실로 너곳와서 있으면
고기못잡아 대사로다.

(작자미상)

　누언한 바와 같이 해학과 향락은 중세인의 시조에 공통하여 있던 큰 조
류였다. 그리고 그 유—모어와 향락은 죽림칠현식이나 에피쿠로스학자
(Epicureans)와 같이 초현실적인 것도 아니었었고 데카당(Decadent)과 같이
야비한 것도 아니었었다. 소박하고 농후하며 어디까지든지 조선식 해학
과 향락이었다. 조선식이라고 할 수밖에 달리 좋은 형용사를 발견하기 어
렵다.

　근세작가들의 비상적悲傷的 폐퇴적廢頹的 작풍에 대하여 중세사람들의 작
풍은 어째서 해학적이었으며, 경쾌하고도 양적陽的 향락을 가졌었나? 이
문제에 대답을 주기 위하여 나는 간단히 중세사람의 생활과 근세사람의
생활을 정치적으로 경제적으로 생각하여 보고자 한다.

　신라의 삼국통일(A.D. 668년) 이후 고려 중엽에 이르기까지 약 500여 년
동안의 반도는 대체로 평화한 시대였다. 견훤이 전라도에 후백제를 건국
한 것은 물론, 신라 말년의 일시적 내란도 그것이 국민생활을 근본적으로
위혁威嚇한 것은 아니었었다. 정인지의 《고려사》〈식화지〉에 의하면 신라
말에 토지제도가 비상히 문란하였다고 한다. 그러나 고려태조가 건국벽두
에 토지국유제를 확립하였으므로, 그 문란은 일시적 현상에 불과하였다.
그리고 신라와 고려 사이의 왕조수수授受는 극히 평화리에 수행되었다. 뿐
만 아니라 고려왕조는 구신라인이나 백제인에 대하여 하등의 박해를 하지
아니하였다. 이렇게 고려 초기의 민중들은 정치적으로 별로 불평이 없었
으며 경제적으로도 그 생활이 보증되었으며, 내란 외구의 우환도 크게 있

지는 아니하였다. 그러므로 평화리에서 염불을 하였으며 극락길을 찾으려 하였다. 승려를 우대하였으므로, 일하기 싫은 놈들이 모두 가인假人자 승려가 되어 유식계급이 발호하는 악현상이 일어나기는 하였으나 그런 유식계급을 먹여낼만큼 그들의 생활에는 여유가 있었던 것이다.

고려 중세에는 함경도 방면에 여진족의 침략을 받았다. 그러나 그것은 윤관 및 그 부하의 무력으로 격퇴하였다. 그 뒤에 여진족 즉 통구스족들이 만주와 중국의 북부를 점령하여 금이란 제국을 건설하였을 때에도 고려는 조금도 침략을 받지 아니하였다. 북방유목민들이 만주에 세력을 가질 때마다 조선을 침략하지 아니한 때는 없었다(발해, 거란, 요, 몽고 등이 모두 적어도 몇 번씩은 침입하였다. 중국도 각 왕조를 통하여 한 번씩은 다 조선을 먹겠노라고 침략하여 보았다). 한무제 이래로 위魏, 수隋, 당唐, 원元, 청淸 등이 이러한 중에도 금과 명과의 관계는 매우 화평하였다. 명과의 관계는 이태조의 정책이 좋았을 뿐 아니라 명의 내정형편도 있었지만, 금과 고려가 화평하였던 것은 금의 선조가 고려의 황해도 사람이라는 혈연적 관계로 인함이었다. 반도는 지리적으로 삼면이 강적의 사이에 있으니, 역사적으로도 외민족의 침략을 계속적으로 받았지마는 통일신라 이후 고려 초기까지는 전술한 이유로 평화하였고, 고려 중엽은 황해도 평천의 일승려 금민(금국의 선조)의 덕택으로 또한 무사하였다. 풍부한 해학과 소박한 향락기풍은 이러한 태평시대에 전혀 일어난 것이 아닌가 한다.

고려의 말기가 시작되는 13세기의 소위 고원지세高元之世로부터 다시 반도의 민중생활은 혼란하게 되었다. 첫째로 토지사유가 발기하여 권력계급은 민중의 토지를 백방의 수단으로 점탈겸병하기 시작하였다. 권력계급의 수괴인 최충헌은 왕위의 계폐繼廢를 임의로 하였으며 3천 명의 부랑식객을 양성하는 동시에 막대한 사유재산과 토지를 점탈하여 일종의 왕국을 형성하였다. 승려 대 유도儒徒의 반목은 날로 심하여 갔다. 국내적으로 이렇게 정치가 타락하였을 때에 북방유목민인 몽고족은 약 60년에 달하여 계속적 침입을 하였다. 당시의 몽고인은 전아시아와 유럽 일부를 그들의 말발굽 아래에 유린한 맹포한 민족이었다. 몽고(원)와 겨우 강화를 하자말자, 몽고인은 고려에 향하여 일본원정을 강요하였다. 고려는 전국의 곡물과 전국의 민력을 기울여 그것을 몽고인에게 희생하였다. 정부가 경제적으로 파산하는 동시에 민중도 가혹한 세금에 생활의 보증을 잃어버렸다. 여원연합군의 일본원정으로 인하여 고려가 받은 경제적 문화적 타격은 마치 도요토미 히데요시豐臣秀吉의 침입에 비하여 조금도 경중이 없었다. 이조 멸망의 원인이 임진왜란에 있는 것과 일반으로, 고려 멸망의 원인도 일본원정에 있었다. 이조의 토지국유제도가 파괴되고 국민생활이 동요하기 시작된 것도 임진란에 그 원인이 있고 고려의 토지국유제도가 파괴된 것도 그 원인이 일본출정에 있었다. 전쟁이란 백해百害있고 일리一利 없는 것을 유럽 사람들은 대전쟁 이후에 겨우 알았지만 조선 사람들은 5·6백 년 이전부터 잘 알았다. 조선 사람이 전쟁으로 이익을 취한 사실은 한 번도 없었다.

일본원정 이후 고려는 경제회복운동을 요구하였다. 말년에 이르러서는 조준 이하의 정치가들이 세세히 사유토지 엄금제를 주장하여 공양왕 말년에 전국의 사유토지문권을 개성에 산같이 추적한 뒤에 흔연히 거기 불을 지르고 토지국유제도를 확립한 평화리의 경제적 혁명이 있었다. 그러나 그 흑막에는 이태조라는 괴걸이 있었으므로 소위 민심은 공양왕에게로 가지 아니하고 이태조에게로 기울어지게 되어 필경 이조가 건설된 것이다. 원과 명과의 외교문제도 두통거리였으며 서해안과 남해안에는 왜구가 맹렬히 침입하고 함경도 방면에는 다시 여진의 잔민이 말썽을 피웠다. 이러한 경제적 정치적 이유로 고려조는 극단으로 신경이 쇠약할 때였으므로 이태조는 쉽게 공양왕을 차 넘겨 버리고 용상에 뛰어 오른 것이다.

이조는 초기에 고려 말에 개혁된 토지국유제도를 답습하여 평화리에 비교적 문화사업을 많이 하였다. 국문國文을 창제하고, 주자鑄字를 발명하며,

각 방면의 기록사업에 노력하였다. 그러나 벌써 이때부터 사람들은 이기적으로 되고 인생의 신산을 많이 겪어 현실생활을 점점 부인하기 시작하였다. 뿐 아니라 세조조(1456~68)에 왕위계승 문제로 일어난 소위 6신의 변을 위시하여 사신유자史臣儒者들이 너무 완명고집頑冥固執하여 국왕의 말을 잘 듣지 아니하여 일어난 사화史禍, 사화士禍, 다음에는 정치상으로 동서분당 등이 일어나 무의미하고 불필요한 분요와 권력투쟁을 일삼는 동안에 민중은 정치에 압증壓症이 나게 되고 성실한 정치가들까지도 은둔하여 무사주의를 승봉하게 되었다. 내정의 문란한 때를 타서 교활한 권력계급배들은 토지를 점병하기 시작하였다. 그러할 때에 일본병이 물밀듯 바다를 건너 몰려왔으니 조선의 운명은 벌써 예정적이었다. 조선역사상에 이 임진왜란 같이 참혹한 기록을 남겨두고간 시대가 없는 것은 결코 우연한 일이 아니었다.

임진란(1592~98)이 끝나자마자 새로운 대화근이 또 하나 생겼다. 임진란 전의 조선구원과 내란으로 쇠약한 명조明朝의 약점을 타서 만주의 노아합적奴兒哈赤의 일어난 것이 그것이었다. 유목민인 퉁구스족의 주장 누르하치는 1616년에 만주에서 왕국을 건설하여 점점 중국본토를 침략하여가면서 1620년에는 벌써 반도에까지 침범하였다. 중국을 경영함에는 먼저 조선을 요동치 못하도록 하여둘 필요가 있었다. 그래서 청조는 조선을 협박하였으나 조선은 임진란 당시의 은혜가 있으므로 명조를 차마 져버리지 못할 경우였다. 그런데다가 명은 조선에 구원을 청하였다. 조선의 처지는 매우 딱하였으므로 필경 1627년에 청군의 침입이 있었고 소위 병자호란(1636~7)에 반도는 다시 참담한 전장이 되고 말았다. 이러한 대전역大戰役을 지낸 뒤에는 경제회복이 무엇보다도 급무이다. 조선에 있어서는 문란한 토지제도의 정돈이 최대급무였어야 할 것이다. 그런데 조선의 소위 위정자들은 무엇을 하였노. 역시 그들은 정권쟁탈에만 눈이 어둡고 왈 서인 왈 남인하는 남서인의 반목, 왈 노론 왈 소론하는 원로와 청년간의 충돌로 세월을 보내었다. 그러한 반목과 충돌이 정말 국가를 위한 혹은 민중생활을 위한 투쟁 같았으면 존경할 바이겠지마는 중국식 유학적 도덕률로 사소한 일을 엉터리로 하여 거기 각각 진부한 해석을 가해서 실상은 정권투쟁의 도구를 삼은 것이다. 이러한 점으로 보면 중국의 유학이 조선문화에 많은 공헌을 함과 동시에 커다란 치명상을 남겨놓은 것은 부정치 못할 일이다. 이런 짓을 하는 동안에 토지는 지방호족과 권력계급의 점탈에 방임되었다. 양반, 상놈의 계급구별은 점점 맹렬하여졌다. 임진란 후 3백여 년 동안에 발달된 토지 사유제도는 국민생활의 보증을 근거로부터 파괴하여 세상은 날로 이기적으로 날로 개인주의적으로 되었다.

이러한 공기 중에서 자라난 예술이, 아직도 옛날의 유—머와 소박한 향락적 작풍을 지지치 못하였을 것은 다시 말할 여지도 없다. 우리가 만일 전래의 이조 시조를 연산조 이전과 이후의 둘로 구별하여 놓고 그들의 작풍을 비교하여 보면 그 중에 현현한 차이를 발견할 것이다. 조준이나 정도전, 김종서, 남이, 황희, 성석린 등의 작품에는 연산조 이후의 작풍과 같이 폐퇴적 은둔적 색채가 그렇게 보이지 않는다. 내 말을 믿지 아니하는 이에게는 그들의 작품을 읽어주시기를 바라고, 나는 다음에 연산조 이후에 극단으로 발달된 폐퇴적, 은둔적 시조에 관하여 몇 가지 말을 준비코자 한다 (연산조는 1495년부터 시작된다 – 거금 약 4백 수십년. 연산조 이전의 이조는 1392년~1494년, 약 백 년간이다. 내가 앞에 시조를 이조 이전의 것과 이조의 것으로 구별한 것은 연산조 이전의 백년을 무시한 까닭임을 양해하여 주시를 바란다.).

한 마디로 폐지하면 이조는 신산한 세상이었다.

말하면 잡류라 하고
말 아니하면 어리다네
빈한을 남이 웃고
부귀를 새오난이

아마도 이 하늘알에
사올일이 어려워라
(새오난이=질투하난이)

(김상용)

김상용의 이 시는 백락천의 〈행로난〉보다 더 당시의 인심을 잘 표현하
였다. 이 하늘 밑에서 살길이 어려우면 어떻게 하여야 되겠나? 이조사람
들 사이에는 두 가지 다른 해석이 있었다. 한편에는 산중에 들어가 은둔생
활을 하자는 소극파가 생겼고 다른 한편에는 은둔은 비열한 짓이다, 어디
까지나 세상과 싸워 보리라는 생각으로 눈을 부릅뜨고 칼을 빼어쥔 적극
파가 생겼다. 그러나 일부분의 군인계급을 제외한 우리 선조들은 모두 겁
쟁이들이었다. 그들은 세상일에 단념코자 하였다.

드른말 즉시 닛고
본일도 못본드시
내 인사人事이러하니
남의 시비是非 모를노다
다만 지,손이 성하니
잔 잡기만 하리라

(송인)

뇌정雷霆이 파산破山하되
농자聾者는 못 듣나니
백일白日이 도천到天하여도
고자瞽者는 못보나니
우리는 이목耳目총명聰明한 남자로데

농고鼇簪같이 하리라

(이황)

이렇게 사회생활에 실망한 사람에게는, 산 좋고 물 맑은 곳을 찾아가 자연과 즐기는 수밖에 다른 도리가 없었다. 산골에서 산채나 심어 가면서 자연과 함께 늙어가자는 노래는 예를 들기에 창황愴惶할 만큼 많다.

유벽幽僻을 차자가니	산촌에 눈이 오니
구름속에 집이로다	돌길이 뭇쳣세라
산채에 맛드리니	시비柴扉를 여지말아
세미世味를 니즐노다	날차즐이 뉘잇스리
이 몸이 강산풍월과	밤중만 일편명월이
함귀 늙자하노라	귀벗인가 하노라
(조립)	(신흠)

이렇게 세상과 몰교섭으로 지낸 그들에게는 세상의 맛이 쓰든 달든 알자고 할 바가 없었다. 뿐아니라 사람세상의 일이란 극히 우스웠을 것이요, 녹녹한 영위營爲로 보였을 것이다. 어떤 시인들은 다음과 같이 노래하였다.

매암이 맵다울고
쓰르람이 쓰다우니?
산채를 맵다는가
박주薄酒를 쓰다는가
우리는, 초야에 뭇처으니
맵고 쓴줄 몰내라

(이정신)

산 밋헤 사자하니
두견이 도붓거립다
내집을 굽어보며
「솟적다」우는구나
저 새야, 세간사世間事 보다간
그도 큰가 하노라

(작자미상)

(속설에 두견새를 풍년조豊年鳥라고 한다. 두견이 봄에 와서 '솟적다 솟적다'하고 울면 그 해
는 풍년이 된다는 말이 있다. 즉 금년은 풍년이 될터이니 좀 커다란 솥을 장만해서 밥을 먹고 싶
은 대로 먹어보라는 의미로 두견이 그렇게 우는 것이라고 한다) 비록 적은 솥이지만 세
상일보다는 크다고 이조 시인은 생각하였다. 그러나 이조 사람이 최초부
터 소극적 둔세적 태도를 취한 것은 아니요, 그들도 여러 가지로 현실과
싸워 보았으나 필경 그들은 패배하였다. 사변斯邊의 소식을 말하는 시가
있다.

풍파風波에 놀난 사공沙工
배팔아 말을 사니
구절양장이
물도곤 어려워라
이후란, 배도 말도 말고
밧갈기나 하리라
(물도곤 = 물보다)

(장만)

여러 가지로 세상과 싸워보았으나, 정의의 신은 악마에게 굴복하였다.

현실의 세상은 그들을 이해하지 아니하였고 사회는 아이들의 장난에 불과하였다. 어떤 시인은 이러한 풍자시를 읊었다.

중놈은 중년의 머리털을 손에 츤츤 휘감아쥐고
중년은 중놈의 상투를 풀쳐잡고
이외고 저외다. 작자공이치는데
뭇소경 놈들은 굿보는구나
그것해 귀먹은 벙어리들은
외다. 올타 하더라

(작자미상)

이렇게 우습고도 신산하고도 속상하는 세상이니, 술이나 먹고 춤이나 추면서 만사를 잊어버리자는 사상적 조류가 한편에서 거연히 일어나기 시작하였다. 천년 전 중국의 시인들이 〈행로난〉과 〈일생일장춘몽중〉을 절규하였으나 이조에 이렇게까지 우리 선조들은 그 의미를 정말 이해치는 못하였다.

그러던 것이 4백여 년 전부터 당금에 이르기까지의 우리 민중들은 그 진미를 코에서 단내가 나도록 철저하게도 맛보게 되었다. 이에 관한 예는 내가 길게 끌 필요도 없이, 지금의 젊은 제군들이 무엇보다도 애송하는 것이오, 민요, 속요를 통하여 일상에 슬프도록 부르짖는 것이다.

인생이 꿈인줄을
저마다 아노라네
아노라하시나
아는 이를 못본네고
우리는 진실노 아오매

취醉코 놀녀 하노라

(송종원宋宗元)

가로지나 세지낫중中에

죽은 후면 뉘알넌가

나 죽은 무덤우에

밧츨갈지 논을풀지

주불도유령분상토酒不到劉伶墳上土하니

안이 놀고 어이리

(작자미상)

이렇게 그들은 놀기를 좋아하고 술을 좋아하였지마는, 그것은 조선의 탁주맛이 그렇게 좋아서 그런 것도 아니요. 술이 몸에 이로워 그런 것도 아니었다. 한 시인의 고백한 바와 마찬가지로 그들에게는 억만의 시름이 있었으므로 그것을 잊고자 한 까닭이었다.

술을 내줅이더냐

광약狂藥인줄 알건마는

일촌간장一寸肝腸에

만단萬端시름 실허두고

진실로, 술곳안이면

시름풀것 없세라

(작자미상)

시로서는 그렇게 잘 되었다고 할 수 없으나, 조선사람의 술먹는 까닭이 정직하게 고백되어 있다.

사회생활의 신산을 노래하던 그 술은 필경 현실을 부정하고, 생의 고독과 비애를 호소하는 동시에, 그 비애를 춤과 춤으로 잊고저 하였다. 이것이 데카당식 향락이다. 이 향락이 중세의 향락과는 본질상 현저한 차이가 있는 것을 독자는 알아주실 줄 믿는다. 이 조류가 아직도 우리의 생활을 지배하고 있는 것도 우리는 의식하여야 될 것이다.

이렇게 타락된 폐퇴적 분위기를 깨뜨리고자 맹렬한 반동운동이 한편에서 일어났다. 그 운동의 선두자는 군인들이었다. 그들은 유약한 학자들을 대성매도大聲罵倒하는 동시에 열열히 상무정신과 애국열을 고취하였다. 몇 가지 예를 들면

장백산에 기를꽂고
두만강에 말씻기니
썩은 저 선배야
우리안이사나희야
엇지타, 능연각상凌烟閣上에
뉘 얼굴을 그릴고

(김종서)

벽상壁上에 칼이 울고
흉중에 피가 뛴다
살오른 두팔둑이
밤낮에 들먹인다
시절아, 너돌아오거든
왔소, 말만하여라

(작자미상)

이러한 시에 나타난 그들은 남성적이요, 상무적 애국적인 동시에 침략적으로 보이기도 쉽다. 그러나 조선은 고려 말과 이조 중엽에 두 번 중국 원정을 자발적으로 계획한 일이 있었을 뿐이요, 결코 침략적 정신을 가진 국민은 아니었다. 그나마 두 번의 계획은 계획만이었고 실행은 물론 하지 못하였다. 조선으로서는 외국침략을 할래야 할 수 없는 처지에 있었다. 장군들이 호전적 노래를 부르기는 하였으나, 정말 그들의 속마음을 들여다보면, 그것은 다만 폐퇴한 국내의 공기와, 침략적인 중국, 만주유목민 기타에 대한 반항심, 적개심으로부터 일어난 감정적 소산이었다. 그들은 결코 의식적, 계획적으로 만주나 중국을 점탈코자 한 것은 아니요, 그들의 이상은 항상 평화에 있었다.

천하비수검天下匕首劍을
한데 모아 뷔매여
남만북적을
다쓰러 버린 후에
그쇠로 호미를 만들어
강상전江上田을 매리라

(작자미상)

이 노래와 같이 호전적인 모든 국민을 다 정복한 뒤에, 인류사회를 모두 농원화코자 하는 것이 그들의 이상이었다. 그러나 냉정한 현실은 그들의 부르짖음에 일고一顧를 주지 아니하였다. 평화한 세계란 꿈에도 보기 어려웠다. 그래서 한 사람의 시인은 이렇게 탄식하였다.

초당에 일이 없어
거문고를 베고누워

태평성대를
꿈에나 보렸더니
문전門前에 수성어적數聲漁笛이
잠든 나를 깨워라

(유성원)

그들의 평화이상을 분쇄하고, 그들의 사회생활을 위혁威嚇하는 외적원인은 주장 중국에 있었다. 도요토미 히데요시豊臣秀吉의 침입이 공전의 파괴였으나, 일본의 침략은 계속적이 아니었으므로, 그들의 적은 항상 중국이었다. 근일까지 조선사람들은 중국을 대국이라고 존칭하였다. 그것은 중국이 조선에 한문과 비단을 갖다 준 까닭이 아니라, 왜란 때에 명이 이여송 장군과 20만 군대로 약소한 조선을 도와준 까닭이었다. 그 의미 외에 조선사람은 결코 중국을 선량한 나라라든지, 고마운 나라라고 생각하지 아니하였다. 계속적으로 중국에게 압박침략을 당하면서 무슨 까닭으로 그들을 선량하고, 고맙게 생각하였을 턱이 없다. 다음의 노래를 들어보자.

간밤에 대취大醉하고
북평루北平樓에 올라서 큰 꿈을 꾸니
칠척검七尺劍 천리마千里馬로 요해遼海를 건너가서
천교天驕를 항복받고 북궐北闕에 도라드러
고궐성공告厥成功하여 뵌다.
아해야, 강개한 마음이 흉중에 울울하야
꿈에 시험하도다.

(작자미상)

천교天驕란 것은 물론 중국황제를 의미함이다. 강개한 시인은 꿈에 중국

황제를 항복받고, 그 통쾌한 마음을 이 노래에 읊은 것이다. 그는 중국의 토지가 탐스러웠거나, 중국의 부원富源에 욕심을 낸 것이 아니다. 다만, 한 번이나마 중국이라는 노회영맹老獪獰猛한 나라를 무릎 꿇려 보겠다는 천진한 승벽勝癖을 솔직하게 표현한 것이요, 결코 침략적 의미는 아니다. 문화적으로 보면 중국은 조선에 여러 가지 의미로 없지 못할 나라이었다. 또 무수한 중국문화 숭배자를 조선은 산출하였다. 그러나 다른 면으로 보면, 조선민중의 실제 생활을 동요케 하고, 조선의 민족성을 퇴영적, 폐퇴적으로 만들어 버린 것도 역시 넓은 의미의 중국이었다.

나는 이상에서 시조의 시대적 특색과 그 사조의 대강을 생각하였음과 동시에 조선민족성의 변천에 관하여 나의 의견을 약술하여 보았다. 그리고 그것들의 정치적, 경제적, 사회적 원인의 윤곽도 그려 보았으며, 조선 사람은 고래로 호전적 침략적이 아니오, 인류사회의 농원화가 그들의 이상이었음도 언급하였다. 최후로 나는 조선민족의 우정에 대하여 몇 가지 말하고자 한다.

조선의 민족성은 그것이 중세에는 소박하였으며 해학이 풍부하였으며 향락적이었다. 또 그것이 이조에 있어서는 퇴영적, 은둔적, 폐퇴적인 동시에 일방에는 비분강개한 애국적 색채도 있었다. 훨씬 올라가서 고구려 초기는 호전적이었다. 그러나 당면의 문제로 우리는 고구려시대의 민족성까지는 생각할 필요가 없다. 민족성은 물적 조건을 따라 항상 변하는 것이다. 그렇지만, 여기 조선의 역사가 있은 뒤로 아직 변함없이 내려오는 귀중한 우리 민족성의 하나였다. 그것은 우리가 우리의 보물로서 세계에 자랑할만한 우정이었다. 조선의 농민들은 가을을 다 거둔 뒤에 온갖 동무들을 청해다 놓고 그들과 춤추고 노래하기를 그들의 행복의 하나로 생각하였다.

저 건너 명당明堂을 얻어

명당 안에 집을 짓고
밭갈고 논만들어, 오곡을 갖춰심은 후에
뫼밑에 우물파고, 지붕우회 박朴 올리고
장독에 더덕널고, 구월추수 다한 후에
백주白酒 황계黃鷄로
남린북촌南隣北村 다 청하여 희호동락熙皡同樂하오리라
아마도, 농가흥미는
이뿐인가 하노라

(작자미상)

이러한 향락은 결코 폐퇴적도 아니요, 개인적도 아니다. 순진무구한 농민의 촌락적 우정적 향락이었다. 그들은 친구들을 대접함이 결코 산해의 진미나 고가의 좌석을 필요치 아니 하였다. 옛날의 조선사람들은 인위적인 모든 귀중품보다도 자연이 주신 보물을 사랑하였으며, 그들의 우정은 마음과 마음으로 결합된 우정이었다.

집방석 내지마라
낙엽에라 못앉으랴
솔불여지 마라
어제 진 달이 돗아온다.
아희야, 산채와 탁주일망정
없다 말고 내여라

(작자미상)

구차한 것이 결코 치욕이 아니었을 뿐만 아니라, 옛날부터 가난뱅이인 조선사람이었다. 가난뱅이였던 까닭에 더욱 감히 남보다 우정을 알게 되

었는지 모르겠으나, 그들은 헌옷을 잡혀서라도 친구의 탁주대접은 하고자
하였다.

　빚은 술 다 먹으니
　먼데서 손이 왔다.
　술집은 제연마는
　헌옷에 얼마나 하라
　아희야, 석이지말고서
　주는 대로 받아라

(작자미상)

(석이지말고=여러 소리 귀찮게 하지 말고)

　그들은 노인의 짐지고 가는 것을 보고 그것을 무심히 지나치진 못하였
다. 노인을 존경하던 그들은 이렇게 노래하였다.

　이고진 저 늙은이
　짐벗어 나를 주소
　우리는 젊었거늘
　돌인들 무거우랴
　늙기도 설워라커늘
　짐을 조차 지실가

(작자미상)

　이것도 역시 우정의 발로이다. 이와 같이 물적인 것보다 정적인 것을 사
랑한 그들은 필연히 농촌의 생활을 찬미하며 사람의 마음이 순후하기를
열망하였다.

이좌수李座首는 검은 암소를 타고

김약정金約正은 질장고 둘처메고

손권농孫勸農 조당장趙堂掌은 취하여 뷔거르며

장고 더더럭 무고巫皷 둥둥치는데 춤추는구나

협리우맹峽裡愚氓의 질박質朴천진天眞태고순풍太古淳風은

이뿐인가 하노라

(작자미상)

일생에 한하기를

의황義皇제 못난줄이

초의草衣를 무릅쓰고

목실木實을 먹을망정

인심이 순후하든 줄을

못내 불워하노라

(최충)

한국의 여성들은 그들의 정조를 노래하였다.

솔이라… 하니

무슨 솔만 여기는가

천인절벽千仞絕壁에

낙락장송 내긔로다

길아래 초동의 졉났시야

거뢰본줄 있으랴

(송이)

자존심은 여성에게 뿐 아니라 남성에게도 있었다. 은둔적인 그들이었지마는, 나도 영웅이라는 자부심을 그들은 항상 가지고 있다.

청산아, 말물어보자
고금古今을 네 알리라
만고영웅이
몇몇이나 지나더냐?
이 후에 묻는이 있거든
나도 함께 일러라

(김상옥)

그들은 다시 기절氣節을 존중하였다. 명리에 급급치 않는 청절淸節을 즐겨 노래하였다.

국화야, 너는 어이
삼월三月동풍東風스려한다
성긴울, 찬비뒤에
차라리 얼지언정
반드시 군화群花로 더부러
한봄 말려 하노라

(안매영)

그들은 이별을 싫어하였다. 몸은 늙어 정사政事는 감당치 못하겠으나, 마음은 아직 임금의 위에 있다. 그래서 노신老臣은 이렇게 탄식하였다.

늙었다, 물러가자

마음과 의논하니
「이 님을 버리고
어디로 가자 하리」
마음아, 너란 있거라
몸이 먼저 가리라

(작자미상)

이상을 종합적으로 일언하여, 나는 이 편의 결언에 대신코자 한다. 중세의 조선사람들은 비교적 평화한 생활을 내보였으며, 그들은 해학을 좋아하였고, 소박한 감정과 순후淳厚한 마음을 가졌다. 그러나 고려 말로부터 그들의 생활은 점점 이기적으로 물질적으로 되었으며, 외적의 침입과 무의미한 전쟁으로 인하여 그들의 사회적, 경제적 생활은 근본적으로 동요하기 시작하였다. 이조 초기의 소강少康이 있었으나, 그것은 일시적이었고, 16세기 말과 17세기 초의 왜란·호란으로 인하여 그들의 생활은 다시 구할 수 없도록 파괴되었다. ― 경제적으로, 문화적으로, 그래서 중세의 광명한 희망에 넘치는 소박한 해학적 민족성은 점점 침울하게 절망적으로 되고 필경은 은둔적 폐퇴적으로 되었다. 처음에 그들은 커다란 포부와 이상을 가졌었다. ― 세계를 농촌화하고자 하는 위대한 포부를 그러나 냉담한 현실은 그것을 비웃었다. 그들은 현실과 싸워보았다. 그러나 그것은 허虛일이었다. 그들은 사람의 세상을 버리고 자연의 세상으로 들어가고자 하였다. 자연을 노래하며 자연과 함께 늙고자 하였다. 그러나 그들은 그러할수록 사람의 사회가 그리우며, 약하고 가난한 동포를 차마 저버릴 수가 없었다. 그래서 그들 중의 어떤 사람은 강개한 노래를 부르며, 독한 술을 어지럽게 마셨다. 또 어떤 사람들은 적극적으로, 폐퇴된 국민의 원기를 다시 진흥코자 목이 아프도록 애국가를 불러 보았다. 이렇게 근세의 그들은 비장하고 강개한 민족이 되었다. 이러한 민족성이 시조를 통하여도 분명히 나타나 있다.

  세계의 많은 민족 중에 그들과 같이 인생의 신산을 맛볼 수 있는 대로 맛본 민족은 드물 것이다. 그러나 그들은 그러한 고초 중에서도 오히려 귀중한 우정을 지금까지 지켜왔으며, 구수한 벼 냄새 나는 농촌낙원을 이 지상에 건설하고자 하는 포부를 아직도 파지把持하여 왔음을 나는 특히 끝으로 말하여 둔다.

(1926. 5)

조선의 동요와 아동성

학우 정인섭 군은 열렬한 향토예술연구가이다. 군이 3년 전에 나에게 보여 준 군의 채집록에는 헤일 수 없는, 우리의 동요, 부요, 처녀요, 민요가 있었다. 나는 그것을 보고 입을 벌렸다. 동시에 나는 군의 모토애母土愛에 경복하였다. 말만 내면 왈 영국의 누구의 시가 어떠니, 왈 프랑스·독일의 누구의 소설이 어떠니 하는, 외국문학 모방, 숭배시대에 있는 우리 문단에 이러한 초류超流한 독지가篤志家 있음을 나는 쳐다 보았다.

나는 원래 텁텁한 토속연구자이지만, 군의 연구와 나의 연구에는 어느 곳에서인지 공통되는 점이 있었다 하고, 군의 감정과 나의 감정 사이에 향토애라는 공통한 정열이 흘러 있다. 그래서 군의 재료에 나는 약간의 도심盜心을 느꼈다. 나는 군에게 수개월 간만 그 채집록을 빌려 달라고 하였다. 군은 그것을 허락하였다. 나는 무슨 큰 보패寶貝나 얻은 것처럼 수면시간을 절약하면서 그것을 등서騰書하였다. 그리고 다음에도 정군과 함께 더 많은 채집을 하리라고 생각하였다. 허나, 그 다음에 시간의 흐름을 따라, 나의 결심도 흘러버렸다. 정군은 지금도 아마 열심히 수집 중에 있으리라고 믿는다. 이렇게 생각하면, 나의 약한 심지에 분하기도 하지만, 구태여 자변자위自辯自慰를 하면, 군에게는 큰 후원자가 있고, 나에게는 그것이 없다. 그 숨은 후원자는 군의 누이였다. 그러한 누이를 가지지 못한 나야 어떻게 하랴.

위와 같은 까닭으로, 내가 지금 쓰고자 하는 우리 동요의 재료는 대부분이 정군의 '노-트'에서 나온 것이오. 군이 경상도 출생이므로 인하여 그 재료도 권반拳半 경상도의 것이다. 허나, 원래 고유한 동요는 방언의 차이로 각 도 사이에 약간의 틀림은 있으나, 대체로는 공통되는 것이 많으므로, 경상도의 재료로서도 일반을 규지窺知할 수가 있다. 만일 전국의 재료를 모두 채수探收한 뒤에 이 글을 쓸려면, 그건 참 하대세월何待歲月이다.

또 한 가지 말해 둘 것이 있다. 전년에 정군은 어떤 회 석상에서(연회가 아니라. 아동문제를 연구하는 '색동회'라는 회) 군의 조선동요연구의 장편논문을, 우리 회원들 앞에 낭독한 일이 있었다. 나는 군에게 그 논문을 어떤 잡지에든지 발표하여 보라고 권고하여 보았다. 하나, 군은 아직 미완결된 것이라고 사양하였다. 은건착실穩健着實한 군의 태도로서는 당연한 조처이겠지만, 군보다 조급한 나의 성미로서는 완성을 기다릴 수 없다. 해서 진선진미盡善盡美한 군의 동요재료 맛은 독자와 함께 다음날에 맛볼 셈치고, 우선 나의 조잡한 동요재료를 제군의 식욕 앞에 내어 놓기로 하였다. 건조하나마, 귀한 맛으로 한술 떠 주시면 감하감하感荷感荷.

생동성

전년에 어떤 외국학자가 조선을 여행한 뒤에, 그 감상의 일절로 이러한 말을 나에게 하였다.

"조선에 살아있는 것은 오직 아이들뿐이다. 영리하고 귀여운 조선 아이들을 볼 때에는, 조선의 전도前途에 많은 동적動的 광명과 환희를 느꼈으나, 청년들의 느릿느릿한 꼴을 볼 때는 한숨이 나오더라"고 하였다. 나는 웃으면서 이렇게 대답하였다.

"우리깐에는 이만하면 꽤 쾌활하고 똑똑한 줄 아는데, … 그것참. … 하나 그것은 모두 환경의 영향이겠지요. 우리도 불원不遠한 장래에는 당신 나라의 청년만큼 똑똑하여져 보겠습니다."

두 사람은 웃었다. 아동이란 비단 조선뿐 아니라 아무 나라의 아이들이라도 생동적인 것이다. 그들은 정적한 우울을 싫어 하고, 항상 뛰고, 노래하기를 좋아하며, 쾌락과 광명을 요구한다. 요사이 조선아이들은 감상적인 것을 일반으로 좋아하는 경향이 있지만, 그것도 조금 큰 아이들의 말이요 더 어린 아이들에게는 역시 생동적인 것이 갈채를 받을 것이다. 하지만 그렇게 동심을 추구시킬 작품을 짓는 사람은 발견할 수 없다. 재래의 동요는 아동의 산물이요. 아동생활의 표현이므로, 많이 그런 것을 볼 수 있다. 예를 들면,

갈밭에 갈잎이 가—ㄹ갈
대밭에 대잎이 대—대
솔밭에 솔잎이 소—ㄹ솔
무당의 부채가 휘—ㄹ휠
아전의 갓신이 떠—ㄹ떨
기생의 댕기가 따—ㄹ딸
활량의 장구가 떠—ㅇ떵   (경상)

그들은 이렇게 동적 음향을 좋아했다. 또 가령, 우리가 엽초 장사나, 나무신 장사를 볼 때에 우리에게는 그것이 심상하게 보이지만 그들은 시적 음향을 거기서 발견하였다.

버석버석 담배장사
왈각달각 나무신장사

받아라 반두나물
밀어라 미나리나물
울넘어간다 호박넝쿨
움벅둠벅 호박나물
놀짱놀짱 배초속잎   (경상)

마치 지금 호박넝쿨이 울을 뛰어 넘어 가는 것처럼 그들은 노래한다. 그
들은 모든 것에 생동의 무서운 힘을 보았다.

　우리가 만일, 아이들에게 이야기를 한번 하라고 요구하여 그들에게 일
석一席의 재료가 막힐 때에는

덕석짓놈 허리넝청 한자리
담배꼭대기짓놈 궁기빠굼 한자리
똥장군이짓놈 꾸리꾸리 한자리
울섬짓놈 버석버석 한자리
(자ㅡ. 이만하면 네자리나 했소)   (경상)

하고 둔사遁辭[73]를 부린다. 똥장군의 꾸리꾸리한 냄새에도 그들은 한없이
흥미를 느꼈다. 덕석의 허리가 넝청넝청함도 그들에게는 허투루 보이지
아니하였다. 담배꼭지의 빠끔 뚫려진 구멍에도 그들의 탐색심은 움직였
다. 그래서 그것들을 모두 그들의 생활과 같이 살렸다.

　아이들은 장부다운 말타기를 부러워하였다. 하나, 그것은 위험성이 있
으므로 그들은 죽마竹馬를 타고도 의기意氣만은 큰 사람보다 배가 컸다.

---

73) 책임을 회피하려고 꾸며서 하는 말

이랴 말아 굽 다칠라

양반님 나가신다　　　　　　　(경상)

라고 소리치면서 용감스리 말을 달린다. 그들은 무엇이든지 잡아타기만 하면— 어머니 등이든지, 친구들의 허리든지, 하다 못해 문지방이라도 잡아 타기만 하면

말탄놈도 꺼댁꺼댁

소탄놈도 꺼댁꺼댁　　　　　　(경상)

하면서 맞추어 몸도 꺼댁거린다. 이렇게 동적인 그들은 부슬비를 쓰려하였다. 세우細雨가 올 때에는 맹렬한 악수惡水가 따리워지도록 소리를 친다.

비야 비야 세우細雨비야

깐치동동 세우細雨비야

악수惡水같이 따뤄져라!　　　　(경상)

'깐치동동'이란 것은 무슨 말인지 알 수 없지만, 그들은 귀여운 어린 용사들이었다.

식욕, 소유욕

우리의 어린 용사들은, 그들의 발발潑潑한 생동을 위하여 양분을 필요로 하였다. 그들은 무엇보다도 먹는데 마음을 빼앗기고, 먹는데 흥미를 느꼈다. 그들의 돼지 노래를 들어보자. 집집에 저녁 연기가 그치고, 대지가 커

다란 눈썹을 스르르 감기 시작할 때에, 아이들은 거리에 모인다. 그 중에 한 아이가 돼지로 선거選擧되고, 다른 한 아이는 돼지를 붙들고 이렇게 노래의 문답을 주고 받는다.

　무엇 먹고 살았노?
　돼지먹고 살았다.
　무슨 저로 먹었노?
　쇠저로 먹었다.
　누구누구 먹었노
　나혼자 먹었다.

　그러면, 여러 아이들이 혼자 먹었다는 놈을 쫓아가면서

　꿀꿀, 돼─지 돼─지.

하고 소리 지르며, 돼지 된 아이는 걸음아 날 살려라고 달아난다. 이 노래는 경상, 강원 제도諸道에 있는 모양이다. 돼지란 원래 이 노래와 마찬가지로 혼자 먹기를 좋아하는 짐승이오, 새끼에게까지도 나눠 먹을 줄을 모른다. 그것이 아이에게 증오감을 일으키게 한 동시에, 그들의 식욕의 한 모퉁이를 자극하여, 이 노래를 산출케 한 것이다. 식욕이 왕성한 그들에게는 혼자 먹는 것이 한없는 쾌감을 주는 것만치, 나눠 먹지 아니하는 놈에게는 증오감을 가지게 되는 것이다.

　그들은 어머니가 주시는 조그마한 식기에 항상 불만을 가졌을 것이다. 그래서 말(斗)만한 밥그릇으로 한번 먹어 보았으면 하였다. 그들이 산곡山谷의 반향反響을 들을 때에 그 반향은 산에 있는 거인이 보내는 것이라고 생각하였다. 그리고, 그 거인의 식기는 아마 굉장히 크리라고 연상하여 백산아 백산아 너 밥그릇하고 내 밥그릇하고 바꾸자! 하고 산곡을 향하여 소리 지른다. 산골이 역시 "너 밥그릇하고, 내 밥그릇하고 바꾸자"라고 대답하면, 그들은 그 말만으로도 포식을 느끼는 모양이다. 다른 노래를 들어보자

바람아 바람아 불어라
대추야 대추야 떨어지거라
어른아 어른아 주워라
아이야 아이야 먹어라   (경상)

질풍이 휘─소리치며 부는 것도, 그들에게는 쾌快하였을 것이다. 하나 그보다도 그들의 열망하는 것은 대추가 떨어지는 것이었다. 대추가 성숙하기 전에는, 어른들이 그것을 따먹지 말라고 야단을 친다. 그래서 그들은 바람에게 응원을 청하였다. 하고 어른아 주워오너라 아이들은 먹어주마 함은, 평소에 그들을 억압하는 장자長者에 대한 복수 심리의 발로일 것이다. 그렇게 보는 것이 재미있을 것 같다. 이 노래를 조금 윤리적인 아이들은

아이야 아이야 주워라
어른아 어른아 잡수시오

라고 한다. 하지만 이것보다 전자가 매우 예술적이다.
그들은 무엇이든지 한번 제 손에 들어온 것이면, 단연코 그것을 남에게 주지 아니한다. 그들이 길을 가다가 낫(鎌)을 한 개 주웠다. 그러면 그들은 이렇게 노래하였다.

길로 길로 가다가
낫 한가락 주웠네

주은 낫을 남 줄가

꼴이나 베―지

베인 꼴을 남줄까

말이나 먹이지

먹인 말을 남줄까

각씨나 태우지

태운 각씨 남줄까

첩이나 만들지　(경상)

　버릇 없는 말이지만, 그들은 귀여운 이기주의자들이었다. 이렇게 먹구
잡이오, 이기주의적인 그들은 먹을 것을 남에게 주지 않고자 하기는 물론,
그것으로 동무들의 속을 조금 태워주려고까지 하였다.

　그들이 만일, 어머니에게나, 어른에게 먹을 것을 얻으면, 그것을 가지고
동무들에게 뛰어간다. 그는 맨입으로 놀고 있는 동무들에게 음식을 빗보
이면서

누 줄고?

하고 묻는다 하면, 그 중의 한 아이가

날 도고(날다오)

하고, 손을 내민다. 그러면 아까 아이는

날도깨비 똥줄가?　　　(경상)

하면서, 가졌던 음식을 제 입에 집어 넣어 버린다. 하므로, 이 예정적豫定的
전술을 아는 아이들은 처음부터 날 다오 소리를 하지 않는다. 하지만 마음
씨 고운 아이들 중에는 한번 전통적으로 거절한 뒤에 다시 나누어 먹는 일
이 있으므로 그들은 다투어 '날다고' 소리를 지른다. 함흥 아이들은

누 줄고?

내 달라

내란게 똥과 사촌인가?

하면서 제 입에 슬어 넣는다. 그들은 귀여운 작은 악마들이었다!

하나, 그들도 남에게 무엇을 빌 때에는 음식을 주어야 되리라고 생각하였다. 예를 들면, 그들이 동무들과 장난을 치며 쫓아다니는 바람에, 어떤 동무의 눈에 먼지나 티가 들어가면, 그애의 눈을 손으로 부벼주면서

까치야 까치야

물에 빠진 너 새끼 건져 줄게

이 애눈 나사 다오

고기하고 밥줄게

이 애눈 나사 다오

(휘여-, 나삿다, 가자가자)　　　　　(경상)

하면서, 눈을 아직도 뜨지 못하는 동무를 끌면서 달아난다. 제가 말할 때에는 "까치야, 까치야 내 눈 나사다고"라고 한다.

까치가 눈을 낫게 하여 준다는 것은, 아마 석일昔日의 신조숭배神鳥崇拜에서 나온 것일 것이다. 옛날 우리 조선祖先들은 귀신 까마귀 즉 신조神鳥를 위대한 신이라고 숭배하여 병과 복을 빌었다. 제군의 동구洞口 앞에 '솟대'(소도蘇塗 혹 소줏대, 혹 표줏대, 혹 거릿대라고도 한다)가 있거든, 그 위에 앉힌 목조木鳥는 고대의 신조숭배의 유물인줄 짐작하시오. 아이들은 그 신조가 그들의 눈병도 고칠 수 있다고 생각한 것이다. 하나, 그저 고쳐 달래서는 효력이 적을 것 같으므로, 고기하고 밥을 줄께 하는 것이다. 신조도 고기와 밥을 그들과 같이 좋아하는 줄 알았던 그들의 심리가 매우 재미있게 생각된다.

단순, 자연아自然兒

　생동적이오, 탐욕적인 그들은 동시에 단순하였다. 그들은 잠자리(청합蜻蛉)를 잡을 때, 혹은 두 손가락을 집게와 같이 오물켜 쥐던지 또 혹은 갈대 끝에, 거미줄을 얼켜서 만든 삼각형의 그물을 붙혀가지고 돌아다니면서, 잠자리를 보기만 하면

　　철철이 붙거라
　　붙은 자리 붙거라
　　먼 데 가면 죽는다.　　　（경상）

고 유혹한다. 얼마나 단순한 유혹이뇨! 또 그들이 개똥벌레를 잡고자 할 때에는

　　개똥 불아 개똥 불아
　　번쩍 번쩍 개똥 불아
　　이리 와서 나와 놀자
　　그리 가면 더웁단다
　　이리 오면 서늘하다.
　　개똥불아 개똥불아
　　나의동무 개똥불아
　　그리 가면 도랑있다.
　　어둔 밤에 떨어져서
　　고운 쭉지 젖어질라　　　（원산. 엄필진,《조선동요집》에서）

　마치 개똥벌레를 끔찍하게 생각하는 것처럼 유인하는 것도 우습지만,

개똥벌레가 저희들과 같이 더워하리라고 생각하는 것도 가관이다.

　그들은 육체의 속박을 싫어하였다. 어른들이 가죽신과 메투리를 신더라도, 그들에게는 그것이 고생스러워 보였다. 해서, 그들은

　양반은 가죽신
　상주는 메투리
　어른들은 짚신
　아이들은 맨발　　　　　(경상)

하고 맨발을 찬미하였다. 인도의 타고르 영감이 들었으면 매우 좋아할 노래이다. 그 영감은, 아이들에게 신발시키는 것은 매우 감각생활을 저해하는 것이라고 하는 고집쟁이였다. 조선 어머니들은 옛날부터 타고르 학도였다. 그들은 아기의 머리를 만지면서

　둥글둥글 모개야
　아무따나 커거라
　너치장은 내 할께　　　　　(경상)

라고 노래한다. 자연대로 크거라라는 말이겠지. 아이들은 자연을 사랑하였다. 그들은 어른들과 산보하기를 좋아하지 아니한다. 아이들은 자연물의 모든 미에 심취한다. 하나, 같이 갔던 어른들은, "이놈, 무슨 헛눈을 파노 빨리가자"하면서, 어여쁜 화초와 귀여운 동물의 미에 취하고 있던 아이들의 감흥을 깨뜨려 버린다. 이론보다 예를 들어보자, 그들은

　이청저청 대청밧게
　사랑청청 권청밧게

왕대조大棗라 휘출남네
금실나비 안젓길비
그 나무 구경타가
부모간곳 모를네라   (전라)

의미 불명한 말도 있지만, 대의는 "부모야 집에 가면 만나겠지, 이러한
아름다움을 어찌 지나쳐 보랴" 하는 것이다.

음악적

자연을 사랑하는 그들은 필연적으로 음악을 좋아하였다. 무엇이든지 음
악적으로 한다. 가령, 날씨가 추우면, 우리는 '어, 추어라'라고 한다. 그러
나 아이들은 그것을 비음악적이라고 비웃는다.
그들은 모퉁걸음을 걸으면서

아이고 칩어라 칩도당
건너ㅅ도당 내ㅅ도당
아회 하나는 쥐색기
어룬 하나는 당나귀   (경상)

를 계속해 부르면서 닫는다. '건너ㅅ도당 내ㅅ도당'은 아마 '내(천川)를 건넜
다'는 말을 그렇게 들어서 하는 모양이나, 무슨 까닭으로 이 노래 중에 '아
회 하나는 쥐새끼, 어룬 하나는 당나귀'라고 집어넣었는지 알 수 없다. 하
나, 그것은 그 중에 의미와 윤리를 구하는 우리가 무리일 것이다. 추우니
까, 논리를 생각할 여가도 없이, 입에서 나오는 대로 부른 것일 것이다. 이

렇게 그들은, 아무리 추운 때에라도 음악을 잊지 아니하였다.

　그들은, 먼지가 들어 아픈 눈을 부비며, 눈물을 흘려가면서도, 오히려 '까치야 까치야, 고기하고 밥줄게'운운云云의 노래를 잊지 아니하였다. 문지방이나 목침을 타고도 '이랴 말아 굽다칠랴'라고 용감한 노래를 부른다.

　그들은 무슨 일이든지 묵묵히 몰취미하게 하지를 아니한다. 그들이 어른들의 기와 밟는 흉내를 내면서도

　기와밟자 기와밟자
　어화칭칭 기와밟자
　서른두장 기와밟자
　기와밟자 기와밟자
　경상도 기와밟자(경상)

라고 노래한다. 달팽이(와우蝸牛)가 뿔을 내밀면, 그들은 그것을 달팽이가 그들과 같이 춤추는 줄로 알았다. 해서, 그들은 달팽이를 보기만 하면,

　영감영감 장구쳐라
　할맘할맘 춤추어라　　　(경상)

라고 소리친다. 그들에게는 모든 현상이 음악적으로 시적으로 반영되었다. 또 그들이 만일, 어떤 초근草根(실명失名)을 얻게 되면 그것을 손가락으로 부비면서

　사령使令방에 불켜라.
　군노軍奴방에 불켜라　　　(경상)

라고 노래한다. 그러면 그 초근은 점점 적색으로 변하여, 마치 불을 켜는 것 같이 된다. 그들은 이러한 변화성에 흥미를 가지면서도, 그 태도는 과학적이 아니오 항상 시적이며 음악적이었다. 이렇게 음악을 좋아하는 그들임을 어머니들은 잘 알았었다. 하므로 어머니들도 그들의 교육에는 극 적劇的 음악적 태도를 취하였다.

예를 들면, 어머니들이 아기에게 말을 가르칠 때에는, 어머니가 자기의 머리를 흔들어 보이면서 '도래도래 도래도래'를 가르친다. 표정은 극히 간단한 극적으로 말은 가장 단순한 음악적으로 하여야 되는 것이다. 주먹을 쥐었다 폈다 하면서는 '조막조막 조막조막'을 가르친다. 한편 손바닥을 다른 편의 둘째 손가락으로 찔렀다 폈다 하면서는 '진진 진진'을 가르치며 손바닥을 서로 마주치면서는 '짝장구 짝장구'를 가르치며, 한 손바닥으로 입을, 덮었다 떼었다 하면서는 '아와아와 아와아와'를 가르친다. 이것은 모두 극적 음악적 발음교수법이다. 불메란 것을 가르치고자 할 때는, 어머니가 아기의 두 손을 쥐고, 마주 두발을 아기와 함께 합한 뒤에, 아기를 앞뒤로 흔들면서

불메불메 불메야
이불메가 누불멘고
경상도 대불멜세　　　　(경상)

라고, 불메의 모양을 흉내내어 보인다. 그들에게 이야기를 할 때에도, 보통의 회화로서는 효과가 적다. 하므로 아기보는 사람들은

알강달강 서울가서
밤 한되를 어더다가
찰독안에 두었더니

머리감은 새양쥐가
들락날락 다까먹고
단한개만 남았구나
껍질랑은 애비주고
본일랑은 어미주고
알킬랑 너하고 나하고 갈라먹자! 　(경상)

고 노래한다. 밤알맹이를 너하고 나하고만 먹자는 것은 아기보는 사람들의 지어낸 말이겠지만, 여기서도 아이들과 음식의 관계를 엿볼 수 있다. 운율 가진 말, 즉 음악이라야, 아기의 흥미를 끌 수 있는 까닭으로 이야기도 반드시 이렇게 음악적으로 하는 것이다.

여러 동무들이 군群이 되어 놀 때에, 만일 저도 한번 같이 그 군群 속에서 놀고 싶다고 하면 "이 애들아, 나도 같이 놀자꾸나" 해서는 비예술적이다. 그러므로, 그들은

참깨 들깨 다노는데
아주깨는 못노는가　　　　　(경상)

노래하면서, 군중 속으로 뛰어 들어간다. 음악은 그들의 생명의 반분半分이었다.

혁명적, 정복적

발발한 생동적인 그들에게는, 무서운 것이 없었다. 그들의 앞에 무슨 장해물이 있을 때에 그들의 의기는 그것을 파괴치 않고는 참지 못하였다. 그

들은 남에게 지기를 싫어하고, 계급적 하대를 미워하였다.

만일 거리에서 누구가, 그들에게 어른이라는 태도로 고만高慢히 굴면 역완力腕으로 대적치 못할 것을 잘 아는 그들은,

어릉이 더릉이 동내파랭이   (경상)

라고 욕을 하면서 도망한다. 동내 파랑이란 말은, 아마 동내에서 파리와 같이 남의 것을 빨아먹고 사는 비루한 놈이라는 의미일 것이다.

또 그들의 일군群이 뛰면서 노는 것을, 어른들이 곁에서 구경만 하고 있을 때에는

뛰자 뛰자 뛰어나 보자
먼데사람 듣기 좋게
곁에 사람 보기 좋게
모기들도 한데 자네
이때 아니면 언제 놀고
오소오소 이리오소
어른이라고 빼지 말고   (전라)

하면서, 콧소리를 높이 친다. 이 노래는 어른들이나 혹은 아이들이 환環을 지어서 춤추며 놀 때에 부르는 것이라고 기억한다. 그들의 안중에는 어른이 빼는 꼴이 우스웠을 것이다. 음악과 무용을 모르고 소위 어른을 그들의 목우인시木偶人視[74] 하였다. 그들의 의기에는 전통적 장유계급長幼階級이 똥같이 보였다.

---

74) 나무를 깎아 만든 사람인 양.

동시에, 양반계급의 자식이나, 부가富家의 자손들이 서당에 가서 글공부 하느라고 오만부리는 것이 속물같이 초개草芥같이 보이었다. – 그들은 시 인이오, 음악가였으므로, 또한 용사들이었으므로, 서당에 다니는 도련님 을 붙들고는

서당 강아지 똥강아지
누른밥 딸딸 긁어서
선생님 한 그릇 처받드리시오
나 한그릇 잡숫고　　　　　　　(경상)

라고 놀려준다. "이놈들 외면外面으로는 바로 얌전을 빼면서도, 내심으로는 선생님을 처먹라 하고, 저는 잡숫는다고 생각하는, 표리부동한 위선자" 라는 의미의 욕일 것이다. "너희들 똥강아지에 비하여, 우리의 태도를 보 라, 얼마나 솔직한 자연아들이냐"하는 의미도 포괄되어 있을 것이다. 동요 에 그렇게 깊은 의미가 있을 턱이나 있나, 그것은 너의 자작自作한 군소리 해석이다 라고 웃는 이가 있다면, 나는 다음의 노래를 그 이의 코 앞에 내어 놓는다. 그들이 두꺼비를 보면, 그놈의 우스운 꼴을 이렇게 말한다.

두껍아 두껍아 너등어리가 왜 그렇노
전라감사 살적에 기생첩妓生妾을 많이 해서
창이 올라 그렇다
두껍아 두껍아 너 속바닥이 왜 그렇노
전라감사 살적에 장기바둑을 많이 두어서
두껍아 두껍아 너 눈까리가 왜 그렇노
못이 박혀 그렇다
전라감사 살적에 울군불군 많이 먹어서

붉힌눈이 남아있네   (전라)

두꺼비 눈알이 튀어나온 것을 전라감사 살적에 울군불군 착취해 먹을 때 붉혔던 눈이 습관성으로 남아있는 것이라고 한다. 얼마나 통쾌한 사회 풍자이며 흡혈계급에 대한 귀여운 어린 반항심의 발로이냐! 아이들이라고 업수이 여기다가는 코를 뺄일 것이다.

다음에, 그들의 승벽勝僻을 보자. 속담에 나병자가 보리밭에 숨었다가 아이들이 지나가면 잡아서 그 살을 먹어 병을 고치고자 한다고 한다. 하므로 아이들이 혼자서 보리밭을 지날 때에는 전전긍긍한다. 하나, 한편으로 그들은 조그마한 복수심을 느끼게 된다. 석양에 보리밭을 지날 때에는

보리밭에 문둥아
해 다졌다 나오너라!   (경상)

하고는 문둥이가 정말 나올까 싶어 주자走字를 뺀다. 그 때에 누군가 정말 보리밭 속에서 '어악' 소리를 치고 나왔다고 하면, 그들은 혼비백산을 할 것이다. 그렇게 신경이 약한 그들이면서도, 그들의 의기는 충천을 하고도 오히려 여유가 있었다. 만일 누가 그들에게 '너희들은 아직 어리니까 발음을 잘못한다'고 하여 보라.

그러면 그들은

저건너 지붕에 있는 콩작대기가
깐콩깍지인가, 안깐콩깍지인가

를 서슴지 말고 반복하여 보라고, 도로 우리들에게 난제難題를 제출한다. 우리들이 그것을 서슴다가는 그들에게 '너희들 어른도 별수 없구나'하는

조소를 받게 될 것이다. 그들의 눈에는 어른도 없고 아이도 없다. 그들에게는 시가 있을 뿐이오, 음악이 있을 뿐이다. 함경도 아이들은

　별하나 뚝따 행주닦아
　망태너어 동문에 걸고
　별둘 뚝따 행주닦아
　망태너어 서문에 걸고
　별셋 뚝따 행주닦아
　망태너어 남문에 걸고
　별넷 뚝따 행주닦아
　망태너어 북문에 걸고

를 서슴지 말고, 한숨에 다해보라고 한다. 별을 따서 행주로 닦는다고 한다. 또 어떤 함경도 아이들은

　별하나 뚝따 구어서 불어서
　　　　줌택이 넣어라
　별둘 뚝따 구어서 불어서
　　　　줌택이 넣어라
　별셋 뚝따 구어서 불어서
　　　　줌택이 넣어라
　별넷 뚝따 구어서 불어서
　　　　줌택이 넣어라

를 서슴지말고 한숨에 몇 번이든지 반복하라고 한다. 아이들끼리는 그 반복의 수를 헤아림으로서 그들의 승부를 결정한다. 먹구집이인 그들은 별

도 밤같이 먹는 것인줄 알았다. 경상도 아이들 사이에는

별하나 뚝따 별둘 뚝따
별셋 뚝따 별넷 뚝따
별다섯 뚝따 별여섯 뚝따
별일곱 뚝따 별여덟 뚝따
별아홉 뚝따 별열 뚝따

를 한숨에 서슴지 말고 다 해보라는 것이 있는 모양이다. 모두 그들의 승부의 표현인 것 같다. 또 그들이, 이야기(이야기를 경상도에서는 '이박이' 혹은 '이박우'라고 한다)의 재료에 궁박할 때에는

이박 저박 갓치박
덤풀밋에 고두박
이웃영감 두루박   (경상)

이라고 둔난遁亂을 부린다. 그들은 자퇴를 비겁하다고 생각하므로, 무슨 소리든지 해서 그 자리를 호도糊塗라도 하고야 만다. 또 어떤 아이들은 이야기하라고 조르면

옛날옛적 간날 갓적에
아이 어른적에
어른 아이적에
툭수바리 영감적에
나무접시 소년적에
한사람이 잇섯그든…   (경상)

하면, 방청자들은 벌써 궁여窮餘의 허튼수작인줄 알고 '그만 두어라'라고
방문妨聞(야지)를 한다. 어떤 경상도 아이들은

　이야기 때에기 밭때기
　마루밑에 만萬자리
　천장밑에 천千자리
　배나무 밑에 백百자리
　신나무 밑에 쉰자리
　한울밑에 한자리. 하하하하

한다. 부산 아이들은, 이바구(이야기) 재료에 궁하면, 소리쳐 노래를 부른다.

　이박우 저박우 강태박우
　강태江太한짐 짊어지고
　좌천佐川장에 팔러갔더니
　강태한짐 다못팔고
　매만맞고 똥만쌌네
　저 아버지한테 기별하니
　기별 한둥 만둥
　저 어머니한테 기별하니
　기별 한둥 만둥
　형님한테 기별하니
　기별 한둥 만둥
　동생한테 기별하니
　기별한둥 만둥
　계집한테 기별하니

기별 한둥 만둥
저 할머니한테 기별하니
고 내 손자 잘 마졌다!   (홍재범洪在範군의 말)

강태江太란 강원도산의 명태란 말이오. 좌천佐川장은 부산진釜山鎭의 시장
이다. 이 노래는 아이들의 독립성을 말하는 동시에 그들의 잔인성 − (남의
불행을 쾌히 여기는) − 이 표현되어 있다. 그러나, 그들의 잔인성은 그들의 노
래 중에 훌륭히 미화되어 있다.

호기성好奇性

상적常的이요 자연적인 것은 그들의 감흥을 끌지 못하였다. 이상하고 비
자연적인 현상만이 그들의 쾌흥을 일으켰다. 그들의 감정은 물리적이 아
니요, 화학적이었으며, 그들의 취미는 과학적이 아니요, 시적이었다. 역시
그들이 이야기 재료에 몹시 졸릴 때에는 그들의 최후의 비결을 내어 '꼬바
부' 할미 이야기를 시작한다.

옛날 옛적에
꼬부랑 할머니가 꼬부랑 짝지를 집고
꼬부랑 길을 가다가 꼬부랑 남게 올라가서
꼬부랑 똥을 누니 꼬부랑강아지가 와서
꼬부랑 똥을 먹거든…
꼬부랑할머니가 꼬부랑 짝지로
꼬부랑 강아지를 때리니
꼬부랑 강아지가 꼬부랑깽깽 꼬부랑깽깽 꼬부랑깽깽

하면서 달아 나더란다.

'자— 이만하면 한자리 했구나' 한다. 이 소리가 나오면, 이야기판은 식어지는 법이다. 하나 이 소리는 그들의 꼬부랑 할미에 대한 호기심에서 산출된 것이다. 그들은 꼬부랑 할미의 꼬부랑 똥과 꼬부랑강아지의 꼬부랑 깽깽에 갈채를 하는 것이다. 아이들은 '장님'에게도 호기심을 가졌었다. 그들이 장님 소리를 할 때는 한 아이가 장님 된 아이를 붙들고 다음과 같이 문답한다.

봉사 봉사 대봉사
어데를 가오 대봉사
아이잡으려 간다.
아이는 잡아서 무엇할네
콧구멍에 약할란다!

콧구멍에 약하겠다는 소리를 들으면, 다른 아이들은 "야 이것 봐라 장님(경상도에서는 봉사라고 한다)의 콧구멍에 약이 되었다가는 큰 일이다"싶어서 달아날 준비를 한다. 장님을 붙든 아이는 계속하여

동으로 갈래 서로 갈래
길건너 줄게 말해 봐라   (경상)

하고는, 장님의 머리를 붙들고 한바탕 뺑뺑이를 돌린 뒤에는 어아 소리를 치며 달아난다. 다른 아이들도 달아나고, 장님은 아이들을 잡으려고 쫓아간다. 잡히는 아이는 다음번의 장님이 되는 것이다. 생각건대 이 소리의 기원은 이러할 것이다. 옛날 어떤 아이가 장님이 도랑 건너려고 애쓰는 꼴

이 불쌍해서 "여보, 장님 어디로 가시오"하고 물었다. 장님은 아이의 친절에 모욕감을 일으켰다. "이놈 내야 어디를 가던 네게 업어다 달라니"하는 생각으로 "아이 잡으러 간다"고 위혁威嚇[75]을 하였다. 아이는 "이걸 좀 놀려주리라"하고는 "아이는 잡아서 무엇할래"하고 물었다. 장님은 내친 길에 위혁적으로 "콧구멍에 약할란다"라고 대답하였다. 아이는 골이 번쩍나서 "에, 이놈의 장님"하고는 뺑뺑이를 시킨 뒤에 도망질을 하였다. 장님은 그 애를 잡으려고 터덕거렸다. 아이는 집에 돌아와서 지난 광경을 가만히 생각하여 보니, 꼭 한판의 놀이거리가 되었다. 그래서, 동무 아이들을 모아다 놓고 시작해 본 것이, 이 장님 놀이일 것이다.

그들은 미꾸라지(추어鰍漁)의 딱딱 벌리는 입에도 흥미를 느꼈다. 그리고 아마 저희들과 같이 먹을 것을 달라는 의미라고 해석하였다. 그래서 그들은 미꾸라지를 건져다 놓고는

아구리 딱딱 벌려라
열무김치 들어간다   (경상)

를 반복하여 노래한다. 그들은 말을 보기만 하면

콩볶아 줄게 배처라   (경상)

를 높이 지른다. 그러면, 마른 콩이 먹고 싶어 그런지 '오르간'을 내어서 자기 배를 친다고 한다.

속담에 웃음 잘 웃는 사람은 '방귀만 뀌어도 웃는다'고 하지만, 아이들은 방귀뀌는 말만 들어도 웃는다. 그들의 노래 중에는 이러한 것이 있다.

---

75) 위협.

아자바 까자바 아디가노
새 잡으러 간다
한 마리 다고 구어먹자
두 마리 다고 쩨지먹자
쩨지 남게 불이 붙어
요록쪼록 박쪼록
연지臙脂새끼 분쪼록
숭어새끼 납조록
오줌이 짤끔 방구 투두랑탕   (경상)

하고는, 허허 치며 웃는다. 논리도 없는 노래이지만, 오줌이 짤끔하고, 방귀가 투두랑탕 나온다는 것이, 그들의 소신경笑神經을 매우 자극하는 모양이다.

애愛 — 비애悲愛

최후로 특히 말하여 둘 것은, 그들의 귀여운 애정의 맹아이다. 이것은 어떤 나라 아이들보다 우리 아이들의 가슴 속에 깊이 아름다운 뿌리를 박고 있는 것 같다. 이상에서 번술煩述한 여러 아동성은 외국의 동요에서도 다 같이 발견할 수 있는 바이다(외국과의 비교는 후일에 정인섭군의 완전한 발표가 있겠기로, 나는 일절을 생략하였다). 하지만 인정애仁情愛—라고 할런지, 특히 그들의 애처러운 애심愛心의 맹아는 외국 동요 중에 많은 유례를 구하기 어렵다. 일례를 들면, 영英·미美 아이들은

Rain, rain, go away,

Come again another day ;
Tommy Piper wants to play. Mother Goose.

라고 한다. 대의大意를 말하면

비야비야 오지마라
다음날에 또오너라
'토미 파이퍼' 못놀겠다… 〈〈모아母鵝〉에서〉

고 놀지 못하는 것을 한탄한다. 일본아이들은

雨てん 雨てん 降つもくれ
あしたの晩に 降つもくれ

라고 한다. 대의大意는

비야 비야 오너라
내일밤에 오너라

는 것이다. 영국 아이들은 다음날에 오라고 하고, 일본 아이들은 내일밤에 오라고 한다. 여기에 국민성의 일부가 표현되었다. 금일今日주의적인 일본 아이들은, 오늘만 아니오면, 내일밤에야 오던지 말던지 관계하지 않다고 하지만, 영국 아이들은, 조금더 여유있게 다음날에 오라고 한다. 하지만 조선아이들은 놀지 못하는 걱정보다는, 누이님의 결혼복이 젖을까 염려한다.

비야비야 오지마라
우리누나 시집간다
가마꼭지 비들치면
다홍치마 얼넝진다
무명치다 들러쓴다.
비야비야 오지마라　　　　(경상)

라고 한다. 전라도 아이들은

비야비야 오지마라
울어머니 시집간다

라고 한다. 어머니가 시집간다는 건, 우습지만 유춘섭군의 말에 의하면, 전라도에서는 이 노래에 관하여 다음과 같은 전설이 있다.

　논고동이 새끼를 칠 때에는 모체의 저부底部에 산란産卵을 한다. 그 산란은 모체를 식량으로 하여 성장하므로 고동의 새끼가 1회의 고동이 되려면 모체를 다 먹는 것이다. 하므로, 어미 고동은 새끼를 위하여 그의 생명을 희생하게 되는 것이다. 비가 올 때면 껍질만 남은 어미고동은 정처없이 둥둥 떠나게 된다. 이것은 마치 아기를 기르느라고 애쓰는 어머니의 헌신적 애정에 비할 만한 것이다. 그래서 아이들이 비오는 날 어미고동의 빈 껍질을 보고는 또 혹은 그것을 연상하고는 '비야비야 오지마라, 울어머니 시집간다'를 부르는 것의 원의原意라고 한다. 이렇게 조선 아이들은 비오는 날을 당하면, 외국 아이들이 상상도 못할 여러 가지 애처러운 설움을 노래한다. 그들은 어렸을 때부터 인생의 비애를 맛보았다. 이것은 과거 우리 민족의 외롭고 비통한 생활을 말하는 것이 아니고 무엇이랴!

　우리 아이들은 녹두綠豆남게 앉은 새를 보고는, 청포장수 할머니의 설움을 위하여 뜨거운 동정을 바쳐 노래한다.

새야새야 파랑새야
녹두남게 앉지마라
녹두꽃이 떨어지면
청포장수 울고간다

부르는 아이들에게는 심상하다 할지라도, 듣는 우리는 이 노래에 울지 않을 수 없다. 이 노래는 우리 조선민족의 과거 현재의 전 역사적 생활을 한 말에 표현한 것이다. 행복스런 외국아이들은 생의 비애를 모르고 자란다. 하지만 우리 아이들은 어른과 함께 생의 고통을 맛보며, 생의 고통에 눈물짓는다. 생의 고통을 맛보고, 그 고통에 눈물짓는 아이들은, 그것을 범연히 생각하는지 모르고, 제3자들은 그것이 아동의 처지로서는 행복스럽다고 할런지 모르겠다.

하나, 제2자인 우리의 처지로서는, 천진한 우리 아이들에게, 생동적인 우리 아이들에게, 용감한 우리 어린 사람들에게, 비애감을 주게 되는 것이 얼마나 분한 일이며, 얼마나 부끄러운 일인가! 그들은 우리의 슬퍼하는 것을 보고 우리와 함께 울고자 한다. 하나, 우리들의 죄로서 우리의 아이들을 울리는 것은 우리의 차마 못할 일이 아닌가! 그들은 어머니의 품 속을 그들의 천국이요 낙지樂地로 생각한다. 그래서, 그들은

새는새는 남게 자고
쥐는쥐는 궁게 자고
돌에 붙은 땅갑지야
나무에 붙은 솔방울아
나는나는 어디잘고

우리엄마 품에자지   (경상)

라든지, 또는

　숭어새끼 물에 놀고
　미구랭이 뻘에 놀고
　나는나는 우러머니 품에 노네   (경상)

하고, 어렸을 때에도 어머니의 가슴을 찬미한다. 하지만, 그들이 장차 커
지면 어머니의 가슴을 잃어버리지 않치 못할 것을, 그들은 잘 알았다.

　새는새는 남게 자고
　쥐는쥐는 궁게 자고
　나는나는 우러머니 품에 자고
　오육년이 되어가니
　속절없이 떨어지네?   (경상)

라고 큰 아이들은 노래한다. 이것이 어찌, 다만 아이들의 평범한 한탄뿐이
랴. 성장코자 하는 아이들이면서도, 조선의 아이들은 장성하기를 슬퍼하
였다. 왜?

유교와 조선

유교사상

비록 부득이하나 붓을 들고 글을 만들려고 하니 제목이 유교와 조선이다. 그러면 유교란 것은 무엇이냐, 그리고 그것이 조선에 어떠한 영향을 미치었느냐 이 두 가지를 중심으로 생각 아니할 수 없다. 그런데 유교사상의 본질을 알려면 그 본종本宗되는 공자, 맹자의 사상부터 좀 검토하여 볼 수밖에 없는데 두 분의 남긴 말씀이 자수로는 그다지 큰 수가 아니지만 그 본질을 따질려고 한 즉 여간 곤란한 일이 아니라 도저히 나의 능이 할 바 아니로되 우암 송시열 시대보다는 비판의 자유가 좀 있는지라 사문지적斯文之賊[76]이라고 나를 귀양 보낼 사람은 없을 것 같아서 대담스리 몇 마디 지껄여 화급한 책임이나 면하여 둘까 하는 것이니 독자는 양해하여 주시기를 바란다.

유가의 가르침으로서 중요한 것은

1. 수신에 관한 것
2. 가족에 관한 것

---

76) 성리학에서 교리를 어지럽히고 사상에 어긋나는 언행을 하는 사람을 이르는 말.

3. 사교에 관한 것

4. 사환에 관한 것

5. 정치에 관한 것

으로 대개 분류할 수 있을 것 같은데 수신에 대해서는 근신을 근본정신으로 한 것 같고 사교에 대해서는 신의를 근본으로 한 것 같으며 이 두 가지 교훈은 조선사회에 있어 그다지 큰 영향을 미치지 아니 하였으므로 특히 여기에 거론할 필요를 느끼지 아니하나 다른 세 가지는 우리의 근세사에 있어 지극히 중요한 관계를 가졌으므로 다음에 좀 자세히 논하여 볼까 한다.

가족에 관한 설

유가의 이른바 제가齊家에 대한 교훈은 요약하건데 가족도덕이었다. 그리고 이 가족도덕은

1. 부자관계

2. 형제관계

3. 부부관계

4. 조선祖先관계

로 대별할 수 있는데 부자의 관계에 있어서는 효를 근본으로 하고 형제장유(長幼)의 관계에 있어서는 제悌(혹은弟)를 근본으로 하였고 공자의 말씀에 따르면 효제 두 도덕은 그의 지고이상인 인仁의 근본윤리였다. 그리고 군신간의 지고도덕인 충은 실로 의義(인仁에 다음하는)의 근본윤리였다. 그러면 사람의 도덕 중에서 가장 근본이 되고 가장 중차대한 것은 효제이었다.

그러면 그 효제란 무엇이냐 일언으로 말하면 어버이와 형에게 절대로 복종하라는 것이다. 무슨 까닭으로 절대 복종하라느냐 하는 이유로서는 태어남으로부터 양육, 가취嫁娶에 이르기까지 부모의 정신적 물질적 은택

을 들었다. 이 은택에 대하여 비록 천하를 잃을지라도 부모와는 바꿀 수 없다는 것이 맹자의 설이오. 신체와 모발도 부모에게 받은 것이니 어찌 조금인들 다치게 하랴 하는 것이 공자의 설이었다. 그들은 실로 효 지상론자였다.

이렇게 사회보다 국가보다 또 국민이나 민족보다 효를 지고의 윤리로 하는 사상은 무엇보다 가족생활을 중대시하던 사회의 소산이 아니면 안 될 것이다. 부족사회에 있어서는 오직 부족전체의 이익을 위하는 행동만이 합리적이요 도덕적이었고 개인이나 가족의 이익을 주로 하는 도덕은 중시아니하였다. 그렇다면 이 공맹의 사상은 봉건사상의 발흥기인 춘추전국시대의 소산이 아니면 안 될 것이다.

그러면 봉건사회에는 왜 가족주의가 일어났느냐. 그때에는 상하를 물론하고 치부致富란 것이 유일의 이상이 되었다. 그리고 그 치부 이상은 일가, 일족을 위한 것이며 또 부는 귀와 상호적 인과관계를 가지었다. 그런데 이 가족의 부력이란 것도 이것을 분산적으로 지키는 것보다는 그것을 집중적으로 발전시키는 것이 더욱 효과적이므로 이에 그들은 장자상속제도와 조선숭배祖先崇拜를 시작한 것이었다. 부족시대의 공동 조선숭배사상은 이로부터 개가個家 조선숭배사상과 그 지위의 경중을 바꾸게 되었다.

가장으로부터 장자에게 재산을 상속하는 이 제도에 있어서는 필연적으로 가장의 절대권을 요청하게 되고 가장의 다음으로는 장형長兄의 권력이 강하지 아니할 수 없었다.

이렇게 가족재산의 집중적 발전을 옹호하기 위하여 생긴 가족규율이 즉 효제라는 가족도덕이었다.

이 효제사상은 물론 공자의 창견創見이 아니오, 사회발전상의 필연적 산물이었다. 그것을 유가들이 특히 강조하였다는 것은 유가가 그때 사회에 영합하기 위하여 노력한 것을 의미하는 것이다. 그 다음 부부관계에 있어서도 부夫는 부婦에 대하여 절대적 지위에 있었다. 여자에게는 칠거지악七去之惡이란 것이 있어 무자無子하든지 음일淫佚[77]하든지 불사남고不事男姑하든지 구설口舌이 많든지 절도, 투기妬忌, 악질惡疾이 있으면 자유로 이혼할 수 있었으나 남자에게는 아무런 구속도 있지 아니하였다. 이것도 재산옹호를 근본으로 한 가족절대주의의 소산이며 특히 질투를 이혼의 한 요건으로 한 것은 축첩제도의 옹호가 그 목적이었다.

조선숭배는 효사상의 연장이었다. 생족生族한 부父에 한한 효만으로는 사상적으로 철저치 못한 것이다. 그러므로 모든 조선을 숭배하며 또 기사조선既死祖先의 제사를 담당한다는 구실로 일가의 재산은 모조리 장자에게 상속하게 된 것이었다. 그러나 그것은 사실에 있어 합리치 못한 말이었다.

유가들은 상술한 가족도덕에 대하여 이것을 선왕先王의 소제所制, 선성先聖의 소정所定이라 하여 그것에 대한 비판이나 의문을 용납지 아니하였다. 그러나 이것이 어떤 개인의 소제所制가 아니오 사회발달상의 필연적 산물이었다는 것은 이미 위에서 말하여 두었다. 그런데 내가 이렇게 장황하게 유가의 가족윤리에 대하여 말한 것은 요컨대 이것이 사회적이 아니오 개인주의적 봉건사회의 산물이란 것과 또 그것은 근본적으로 권력관계에 입각한 것이며 그 권력관계는 그 근본목적이 사유재산의 집중적 발전에 있었다는 것을 명백히 하여 두고자 함에 있다.

이러한 윤리사상을 조선의 귀족들이 두 손을 들어 환영한 것은 당연한 사상事像이었다. 그들의 이익에 합치하는 사상이기 때문이었다. 만일 이것을 불신하는 이가 있거든 다음을 들어 보라. 맹자는 정전주의井田主義를 고조하였고 혁명사상을 시인하였으나 그러한 불리한 설은 일고一顧도 하지 아니하였다. 이 같은 유가로서 순자荀子 같은 이는 "입효출제入孝出悌는 인

---

77) 마음껏 음란하고 방탕하게 놂.

지소행人之小行이요 상순하독上順下篤은 인지중행人之中行이요 종도불종군從道不從君하고 종의불종부從義不從父는 인지대행야人之大行也"라고 하였으나 이러한 사상도 몰살을 당하지 아니하였는가. 우리의 유가 귀족들은 복종적 효제와 장葬, 상喪, 제사의 예를 지상의 도덕이라 하고 이것이 실현되는 사회를 이상적 사회라고 고조하였다. 그러나 사실은 이와 정반대의 결과를 나타내었다. 그들이 주자가례朱子家禮 중의 관혼冠婚의 예는 거의 무시하다시피하고 오직 사조선死祖先을 위한 상제喪祭에만 치중한 것도 그 실實인 즉 효도주의의 보강적 수단에 불과한 것이었다.

효는 비록 미덕이나 사회를 망각한 개인주의적 효는 불가하며 비판을 거부하고 맹종을 강요하는 효는 사회의 발달을 위하여 심대한 장해가 되지 아니할 수 없었다.

사환仕宦에 관한 설

공자의 효의 중요한 일부분은 사환에 관한 설이다. 제후의 국가에 출사하여 수행할 바 의례에 대하여 열심히 제자들을 교훈하였다. 종묘사직의 제사에 관한 다시 말하면 국가의 종교적 의식에 관한 교회敎誨 및 신하로서 군주에 복사服事할 바 행위 기타의 예의에 대하여 많은 주의를 하였다. 제사에 관한 것은 예이요, 군주에 관한 것은 충의忠義가 그 근본도덕이었다. 그리고 이 충의사상이 효제와 배치되지 아니함을 말하여 "효제한 사람 중에는 반역을 도모하는 자가 없다"고 하여 양자의 합치를 주장하였다. 이러한 공자의 사상도 영합적이며 그 본질은 역시 권력관계에 근거를 둔 것이었다.

순자에 있어서는 충에 대해서도 약간 비판적 견해를 용인하여 종도불종군從道不從君이라 하였으나 그러나 그 근본사상은 권력에 대한 복종적 관계를 이설離說치 못하였다. 맹자에 이르러서는 일보를 나아가 공공연 혁명사상을 시인하여 "임금이 신하를 수족과 같이 보면 신하는 임금을 복심과 같이 볼 것이나 임금이 신하를 견마와 같이 보면 신하는 임금을 구리寇離와 같이 볼 것이라"하고 또 '민위귀民爲貴 사직차지社稷次之 군위경君爲輕'이란 말도 하였다. 추鄒나라와 노魯나라가 싸워 추나라의 신하 33인이 전사하였으나 추의 민중들은 어아하관於我何關의 태도를 취하였다. 추왕은 이것을 개탄하여 맹자에게 그 대책을 물었을 때 맹자는 "평소에 국가가 민중의 생활에 대하여 어아하관於我何關의 태도를 취하고 오직 창고의 충실만 꾀하였으니 이것은 출호이자出乎爾者 반호이反乎爾가 아니냐"고 대답하였다. 그러므로 이러한 위험사상은 당시의 지배자들에게 용납되지 아니하였다. 그러나 이러한 맹자의 사상도 그 본질인즉 그의 소위 인의에 입각한 왕도정치를 위하여 왕자가 민중에게 어떻게 하여야 되겠느냐 하는 것을 말한 바이오 민중이 민중자신의 생활을 위하여 어떻게 하여야 되겠느냐 하는 사회적 지도이론은 아니었다. 그러므로 이 또한 권력관계 지배관계에 입각한 사상이었다. 공자도 사환을 구하였고 맹자도 사환에 열심하였다. 그러나 그들이 위位를 얻지 못한 것은 그들의 설이 너무 비현실적이요 이상론적이었던 까닭이었다. 이 점은 다음에 재론하려니와 이 절에서 내가 강조하려 하는 것은 상술한 그들의 가르침을 보아 또 그들의 일생의 행동을 보아 그들의 주主가 되는 목적이 그 이상을 실현하기 위한 지위를 얻기에 열심이었다는 점이다. 즉 그들은 사환에 다대多大한 관심을 가지었다는 것이다.

이 전통을 받은 유가들은 한漢에 이르러 비로소 그 목적을 달성하였다. 그래서 그 이후의 유가들의 이상은 오직 사환에 있었으므로 왕자에 영합하기 위하여 위험한 맹자의 설 같은 것은 전연全然투엽抛棄하여 버리고 맹종적 충효만을 고조하게 되었다.

이러한 사상을 전승한 조선의 유가들이 사환지상적仕宦至上的 심사를 가지게 된 것은 당연한 일이었다. 조선에 학자다운 학자가 거의 나지 못한 것은 그 원인의 대부분이 이 사환지상사상에 있었던 것이다. 이조 학문의 목적은 진리의 탐구에도 있지 아니하고 사회생활이나 국민생활의 비판향상에도 있지 아니하고 오직 사환에만 있었던 까닭이었다.

정치에 관한 설

공자는 정치에 대하여 오직 이상이 있었을 뿐이요, 실제의 책策은 없었던 것이다. 엽공이 정치를 물었을 때에는 '가까운 자를 기쁘게 하고 멀리 있는 자를 오게 하라'고 답하였을 뿐이며 자로가 물었을 때에는 '선지노지先之勞之'라 하고 좀 더 자세히 말하기를 청함에 무권無倦이라고 하였다. 모두 한연漢然한 추상적 말이다. 중궁이 정치를 물었을 때에는 '선유사사소과先有司赦小過 거현재擧賢才'라고 하였다. 이러한 몇 마디 말로 천하의 정치를 요리할 기대를 누가 공자에게 가졌으랴. 복잡한 민족투쟁이 전개되었던 그 시대에 있어 공자가 위位를 얻지 못한 것은 당연 이상의 일이었다. 위衛나라의 영공靈公이 진법陣法[78]을 공자에게 물은 것도 정신없는 말이지만 "종교의 의식범절儀式凡節(조두지사俎豆之事)에 대한 일은 알지만 실쟁室爭에 관한 일은 배우지 못하였다"고 분연이 그 나라를 떠난 공자도 결코 그 시대의 요구하는 사람은 아니었다. 어떤 제자가 농포農圃를 물었을 때 공자는 "인의의 정치를 행하면 천하의 민중이 스스로 올 것이며 농업문제를 운운할 필요가 무엇이냐"고 대답을 거절하였다. 이것은 맹자에 비하여 얼마나 공상적이었던가를 말하는 바이다.

맹자는 공자와 같이 선왕지도先王之道라는 왕도를 정치이상으로 하였으나 공자보다는 매우 구체적 정견을 가졌다. 그의 농상산림農桑山林 어업교육漁業敎育 등에 관한 의견은 가경可驚할만한 사상이며 기근빈궁에 대해서도 대책을 논하였다. 여기에 그 상세를 거론치는 아니 하겠으나 요컨대 이

---

78) 전투를 수행하기 위하여 진을 치는 방법.

상정치인 왕도를 실현하려면 먼저 국민에게 항산恒産을 주어 그 생활을 보장하라는 것이다. 정치의 근본이 되는 이 경제문제를 해결하지 않고는 왕도도 공론에 불과하다는 것이다. 이것은 당시에 있어서도 극도의 위험사상이었다. 그러므로 맹자도 정치적으로 불우의 경우에 시종하였다.

정치와 결탁한 한漢이래의 유가들이 이 설을 치지불문置之不問한 것은 고연固然한 일이었다. 조선에 있어서도 맹자의 이러한 설은 같은 모양으로 불문에 붙인 바 되었다. 그것은 그들의 목적하는 사환과 서로 용납되지 아니하는 까닭이었다. 그리고 오직 충만을 고조하여 왕자의 뜻에 영합하고자 하였다.

이상은 국내적 정치사상이지만 국제적으로 그들은 어떠한 사상을 가지었던가 맹자에 "이대사소자以大事小子는 낙천자야樂天者也요 이소사대자以小事大者는 외천자畏天者니 낙천자樂天者는 보천하保天下하고 외천자畏天者는 보기국保其國하나니라"란 말은 조선에 중대한 영향을 미치었다. 약소한 자가 강대한 자에게 대항코자 함은 결정적으로 불가능한 일이요 그리하고자 함에는 오직 한 가지 길이 있으니 그것은 인의를 기초로 하는 왕도를 행함이었다.

이렇게 하여 그들은 무력을 극도로 배격하고 패자覇者를 국민의 경敬이라 하였다. 이것은 당시의 정치에 대한 반항사상이었으나 그것은 고사지始舍之하고 하여튼 이 무력반대사상과 사대사상은 조선의 근세사에 심대한 영향을 주었다. 근세의 정권을 전횡한 유가귀족들은 이것을 공맹의 사상이라고 해서 신봉하였다기 보다는 그것이 그들의 개인적 이익과 합치하므로 취한 것이었다. 조선의 사대사상이며 반무력사상이 전연 공자의 설에서만 출발된 것은 물론 아니지만 그 영향은 자못 심대하였던 것이다.

이 외에 또 유가에는 대중화주의大中華主義가 있었다. 인의의 왕도王道에 의한 천하통일주의가 그것이다. 이것이 중화에 있어서는 유리하였으나 국정이 다른 조선에 있어서는 막대한 악영향을 주었다. 당시의 중화는 동일한 종족이 다수한 소국가에 분립되어 상호투쟁을 마다하지 아니하였다. 이것은 지배자층을 위하여서는 유익한 일이었으나 유가의 이상으로 본다면 아무 의미없는 유해한 사상이었다. 그들은 중화종족을 통일한 대중화제국을 이상으로 하였다. 그런데 이 대중화주의는 그 본질상 소국가주의를 배격하였다. 그러나 처지가 다른 우리는 이 사상을 따를 필요가 없음에도 불구하고 무비판적으로 맹종하였다. 그러므로 근세의 유가들은 소중화를 자처하여 국가주의나 민족사상같은 것은 염두에 두지도 아니하였다. 오직 사대주의만을 유일의 보국지책으로 생각하였다.

결언

상술한 바는 유교가 조선에 미친 바 영향 중 좋지 못한 점만을 들게 되어 심히 편협하게 되었으나 지면의 관계도 있고 하여 우선 상술한 것만을 다음에 요약하여 말하면 조선은 특히 이조에 있어서 대체로 중국의 유교사상을 그대로 섭취하였으나 순자나 맹자사상의 일면과 같은 그들 귀족계급에 불리한 사상은 치지도외하고 오직 그들에게 이로운 설만을 고조하였다. 이것을 조목을 들어 말하면

1. 유교의 가족본위사상은 조선에서 가장절대사상을 조성하여 공동조선숭배사상의 발전을 방해하고 도를 지나친 효제孝悌 · 제사 · 상장喪葬의 구속적 행동을 강요한 결과, 국민의 사회생활 또는 전체생활에 관한 자각과 흥미를 상실케 하였다.

2. 유교의 개인주의적 사상은 전체의식을 잠식하고 전체생활에 대한 지도사상의 발생을 저해함이 적지 아니하였다.

3. 유교의 봉건적 사상은 주종관계에 있어 명령과 복종을 미덕으로 하였으므로 국민의 자기생활에 대한 비판을 거부하여 해방과 자유사상의 발생

을 저지하였다.

공자가 '민民은 가사유지可使由之요 불가사지지不可使知之'라고 한 말은 유가정치의 철칙鐵則이라 유가귀족은 교육과 정치를 독점하여 국민에게는 오직 맹종만을 요청하였다.

4. 유가의 사환지상주의는 필연적으로 관존농비官尊農卑사상을 조장하여 거세擧世가 오직 사환에만 관심을 가지고 농상공의 산업을 전연 몰각게 또 독창적 학문의 발달을 저해하였다.

5. 유교의 문치주의는 무력을 거부하였으므로 이것은 더구나 유가귀족들의 환영을 받아 그들이 횡행한 5백 년간의 조선은 하등 무비武備도 없는 인류 유사 이래의 기괴망측한 국가를 현출하였다.

6. 유교의 대중화주의는 소국가주의를 배척하였으므로 유가귀족들은 오직 사대주의를 보국보가保國保家의 지상책으로 알고 인식 착오의 중화모방에만 급급하여 국민사상 또는 전체사상의 발달을 저지하였다.

민중과 함께 하는 역사, 민족과 함께 하는 역사

김정인

 남창南滄 손진태의 이력은 독특하다. 그의 행보에는 그가 감내한 세월의 흔적과 고민이 흠씬 묻어난다. 망국민으로 태어나 '제국' 일본으로 유학을 가서 역사학을 전공한 학자, 그는 조선 민중의 삶의 현장을 누비며 학문적 구도의 길을 찾는다. 종국에는 역사 속에서 민족과 민족의 힘을 확인한다. 그리고 신민족주의에 입각한 역사를 일구어낸다.

 손진태의 학문적 궤적에 걸맞게 후대의 평가 또한 다양하다. 일단 손진태는 신민족주의 역사학을 대표하는 역사가로 널리 알려져 있다. 하지만, 최근 그의 신민족주의의 실체를 되묻는 논의가 등장했다. 민속학의 정체성을 고민하는 학자들에겐 그는 역사 민속학의 선구자이자 동시에 극복 대상이다. 분명한 건, 그가 일본 유학을 통해 근대 학문을 익혔고, 그 때 만난 학연을 이어나갔지만, 실증을 빌미로 현실과 유리된 과거로서의 역사만을 연구하고자 했던 문헌고증사학자들과는 다른 길을 걸었다는 것이다. 일본과 타협하지 않았던 손진태, 그는 역사를 무기로 식민과 종속의 현실을 타개하고자 했던 실천적 역사가였다.

민속학자로서의 여정

 식민지하에서 무엇을 할 것인가. 손진태는 한국사 연구가 자유롭지 못해 민속학을 연구했다고 한다. 이 담백한 고백에서 손진태의 학문적 좌표를 읽어낼 수 있다. 당시에는 일본 유학을 통해 익힌 학문과 학연에 기대어 한국사를 연구하는 학자들이 다수 있었다. 그들이 식민사관의 자장을 벗어날 가능성은 별로 없었다. 그런데 동일한 현실에서 손진태는 한국사 연구가 그야말로 "자유롭지 못하다"고 생각했다. 그리고 그들과는 다른 길을 걸었다. 민중의 삶 속에서 역사를 읽어내고자 했던 것이다. 민속학의 이름으로!

1900년생인 손진태는 중동학교에 다니던 시절부터 "조선사 편저를 기도"할 만큼 우리 역사에 깊은 관심을 갖고 있었다. 고학생이던 그는 경북 성주 이부자의 후원으로 동경 유학 길에 올랐다. 그리고 1924년 4월에 와세다 대학 사학과를 입학했다. 역사학에 대한 애정이 남다른 그를 지도한 것은 일본사와 인류학을 전공한 니시무라 신지西村眞次 교수였다. 대표적 식민사학자로 알려진 쯔다 소우기치津田左右吉도 사학과 전임교수로 재직하고 있었다. 손진태는 대학 시절 문헌고증과 함께 니시무라에게서 문화인류학적 방법론을 배웠다. 1927년에 대학을 졸업한 뒤 동양학 도서관이자 연구기관인 동양문고에 근무하면서 또 한 명의 식민사학자인 시라토리 구라키치白鳥庫吉와 인연을 맺게 된다. 그리고 1934년 귀국할 때까지 손진태는 민속학 연구에 매진했다.

손진태는 '제국' 일본이라는 공간에서 식민사학 계열의 학자들과 교류하며 학문 활동을 했으나, 자신이 식민치하에 사는 한국인 학자라는 점을 망각하지 않았다. 또한 손진태는 역사학, 신화학, 종교학, 민속학, 사회학, 고고학 등 서양 학문을 배웠으나, 단순히 이론 도입에만 만족하지 않았다. 자신의 연구 대상인 '우리 것'과 관련지어 그것을 이해하고자 했다. 민족과 계급을 내세우는 정치 운동 대신에 '반제국주의적·민족적 학술운동'을 택한 그는 한국인, 그 중에서도 민중의 삶의 궤적에 주목했다.

손진태는 민중의 과거지사를 탐사하는데 있어 문헌자료에 만족하지 않았다. 그야말로 발로 뛰는 채방採訪, 즉 현지조사 방식을 겸비했다. 3·1운동 당시 시위를 주도한 혐의로 4개월간 복역한 경험이 있는 그는 일찍부터 민중을 발견하고 그들의 생활 속에 배어 있는 역사에 주목하면서 그들 간에 회자되던 설화에 관심을 가졌던 것 같다. 1920년 고향인 하단 마을의 설화 수집에서 시작된 채방은 귀국할 때까지 거의 매년 주로 여름방학에 진행되었다. 1932년에는 제국학사원 학술연구비 보조로 전국을 돌아다녔다. 부산·진해·마산·여수 등 경남 및 전남의 해안 지역, 안동·왜관·대구 등 경북 지역, 전주(전북), 괴산·진천(충북), 강화·개성(경기), 서울 등을 돌아다녔다. 황해도와 평안도에서는 장기적으로 수차례에 걸쳐 민속 채방에 나섰다. 주로 동일 지역을 반복 조사하는 방식을 취했다.

이와 같은 현지 조사를 통한 민속학 연구는 당시로서는 독보적인 것이었다. 그 무렵 민속학에 관심을 보였던 최남선이나 이능화의 경우, 민속 관련 문헌을 시간순으로 열거하는 탁상 작업에 그치고 있었다. 송석하의 경우는 민속의 수집, 보존, 홍보에 치중하고 있었다. 현지조사를 통해 수집된 자료는 그의 손을 거쳐 민속 관련 논문과 저서로 외화되었다. 《조선 고가요집》(1929), 《조선신가유편》(1930), 《조선민담집》(1930), 《명엽지해》(1932) 등이 당시 성과를 모아 발간한 책들이다.

손진태의 민속학 연구 대상은 다양했다. 구비전승 분야에서는 신화, 전설, 민담, 무가巫歌, 동요, 그리고 욕설까지 대상으로 삼았다. 민간신앙 분야에서는 무속 일반과 서낭당, 장승, 솟대, 선돌, 삼신, 산신, 검줄 그리고 문헌에 입각한 조선과 중국 민족의 신앙을 연구대상으로 삼았다. 그 밖에도 데릴사위제, 과부약탈혼속, 근친혼을 포함한 혼인풍습, 민간의 주거형태인 온돌, 감자·고구마의 전래 문제, 줄다리기, 세시풍습 등도 살폈다. 고고학적 자료인 돌멘도 연구했다.

손진태의 민속학 연구는 설화에서 출발한 특징을 갖고 있다. 그는 신화, 전설, 고담古談, 동화, 소화笑話, 잡설 등을 모두 설화의 범주에 넣었다. 설화에 주목한 것은 그것이 무식 계급 특히 일반 민중의 것으로 기록에 남지 않는 사료이기 때문이었다. 그는 설화와 관련된 현지 조사에서 구술을 중시했다. 구술자가 제공한 것을 충실히 그대로 기록하면서 자신의 의견을 첨가하거나 수정·삭제하지 않고 설화마다 채집 연월일, 장소, 구술자의 이름·성별·연령까지 정리하여 발표했다. 《조선민담집》에 실린 설화는 대부분 손진태가 채록한 것이라고 한다.

설화에 대한 주목은 손진태의 문학에 대한 관심과도 관련이 깊다. 그는 일찍이 시와 동시를 지어 발표하거나 아동극 대본을 작성하는 창작활동을 펼쳤다. 또한 1923년에는 색동회에 창립멤버로 참여했고, 와세다 대학 문학부에 다니던 유학생들이 발간한 《금성》의 동인으로 활약한 바 있었다.

손진태의 민속학에 대한 관심은 1932년 송석하, 정인섭 등과 조선민속학회를 조직하고 다음해 《조선민속》을 간행하는 등의 활동으로 대표적인 민속학자로서의 명성을 얻으면서 꾸준히 이어졌다. 1934년 식민지 조국으로 돌아온 후부터는 더 이상 현지조사를 하지 않고 문헌 자료 등을 통해 역사학과 민속학을 넘나드는 연구를 진행했다. 해방 후에도 조선인류학회를 창립하고 일제 치하에서 발표한 민속학 관련 논문을 모아 《조선민족설화의 연구》(1947), 《조선민족문화의 연구》(1948)를 발간한 이력을 볼 때, 그의 민속학에 대한 애정은 식지 않았던 것으로 보인다.

민중의 삶으로 민족 문화를 엮다

손진태의 민속학은 '토속학'을 지향했다.

인류학은 민족을 초월하므로 유사를 구하여 그 재료로서 인류의 일반 생활사를 고구考究하지만, 토속학은 유사보다도 차이를 존중하고 한 민족 내의 재료를 수집·분석하여 과학적 비판을 가한 뒤에 타민족과 그것을 비교 연구할 수 있으며 역사상에 채용할 수도 있는 것이다.

차이에 주목하는 토속학을 통해 그는 우리의 민족 문화를 궁구했다. '차이'에 대한 분명한 인식과 실천적 모색은 손진태로 하여금 식민모국의 학문 경향은 물론 이를 추종하는 식민지 지식인과는 다른 안목을 갖게 했다. 가령 우리 민요의 주된 특징을 애조와 한탄이라 한 일본 학자들의 주장을 대다수 지식인들이 수용한 것에 비해 채방에 바탕을 둔 그는 우리 민요의 주된 정서는 해학과 풍자라고 주장했다. 또한 구비 문학의 싱싱한 동력을 살아있는 민족 문학 내지 민중 문학의 핵심으로 간주한 그는 전형적인 양반시조인 평시조를 고집하던 기성의 시조부흥론을 거부하고 사설시조를 부활하자며 시조부흥운동을 주창하기도 했다. 그런 의미에서 손진태는 식민지적 학문 풍토에서 '비주류'였다.

손진태는 해방 후에 비로소 민속학에 대한 자신의 생각을 솔직하게 토로했다.

민속학은 민족문화를 연구하는 과학이다. 여기서 민족이라고 하는 술어는 지배 귀족 계급을 포장하는 광의의 말이 아니요, 민족의 대다수를 구성하는 농민과 상공농민 및 노예 등 피지배 계급을 의미하는 것이니, 따라서 민족문화란 것은 귀족문화에 대한 일반 민중의 문화를 이르는 것이다.

여기서 민족은 민중이요, 민중은 또한 피지배계급이니, 결국 민족 문화는 피지배계급인 민중의 문화를 의미한다. 결국 그는 일제치하에서 민속학의 이름으로 '토속학'을 추구하면서 민족 문화를 연구한 것이고, 그 민족 문화의 주체가 바로 민중이었던 것이다. 하지만 손진태의 민속학이 차이만을 강조하며 민족 범주 안에 안주할 수는 없었다. 야만과 미개의 문명론적 시각으로 '조선문화'를 정의하려는 제국주의적 학풍과 대결해야 했기 때문이다. 그는 보편성이라는 잣대를 무기로 들이댔다.

　미개시대의 유풍을 가지고 있는 것이 그렇게 자랑될 것은 없다. 그러나 그
렇다고 조금도 부끄러워할 까닭은 없다. 우리가 성인이 된 뒤에라도 오히려
동심을 가지고 있는 것과 일반으로 아무리 소위 문화인이라도 먼 옛날의 유
풍을 무슨 형식으로서라도 가지고 있는 것이다.

　미개시대의 유풍인 민속은 모든 문화 민족에서 발견되는 보편 현상일
뿐이라는 것이다. 그리고 그 민속이 오히려 민족에 대한 애정과 존경을 갖
게 한다는 것이다. 당시 민족주의 계열의 학자들이 민속의 고유성을 강조
하고 또 그것을 우수하고 자랑스러운 문화로 이해하고자 했던 것과는 달
리 손진태는 민속이 대부분 다른 민족에서 볼 수 있는 세계성을 지니고 있
으며 전파되는 것으로 파악했다. 실제로 손진태는 우리 민속을 주변의 여
러 민속과 비교했다. 가령, 〈오대 강산의 전설 신화 고구〉에서는 백두산
천지 전설을 청나라 시조 애친각라의 설화와, 금강산 선녀 전설을 몽고의
브리야트 민족의 설화와 비교하고 있다.
　이처럼 손진태의 민속학 연구는 단순히 학술 연구 차원에 머문 것이 아
니라, 그 자신 제국주의적 속성을 지닌 일본 근대 학문의 경향성을 의식하
고 또한 그와 대결하는 '학술운동'의 성격을 지니고 있었다. 그는 민속학
연구를 통해 민족사의 주체로 간주되어온 귀족과 귀족문화가 아닌 피지
배층인 민중과 민중문화에 주목했다. 또 민족 문화는 우리 문화로서의 특
색이 있는 것이지만 그러나 그것은 예부터 결코 고립된 문화가 아니요 실
로 세계문화의 일환으로서 존재했음을 강조했다. 즉, 자신이 배운 근대 학
문에 근거해 민중이 주체가 되는 민족 문화를 연구하되, 개별 민족 문화가
나름의 개성을 갖는 동시에 상호 연관 속에 보편성 · 세계성을 지니게 되
는 것임을 입증함으로써 식민주의를 극복하고자 했던 것이다. 그 길은 손

진태식의 '신 민족주의'의 발견을 위한 도정이기도 했다. 손진태가 민속학 연구를 통해 보여준 우리 문화에 대한 인식은 민족사 전체의 인식을 위한 방법론 모색으로 이어졌고, 나아가 신민족주의 이론으로서의 민족사관으로 집약되었다. 그는 해방 후 신민족주의 사관을 피력하면서 다음과 같이 '생활'을 강조한 것은 민속학적 연구 경험에 바탕한 것으로 볼 수 있을 것이다.

우리들의 역사적 흥미는 지금까지 오직 정치적 사건과 영웅의 일화 등에 경주되어 왔으며, 오직 그러한 것에만 역사의 가치를 인식하였다. 그러나 오늘날의 연구자는 그러한 사회의 상층, 표면에 현출하였던 사건보다는 드러나지 않은 차라리 민족의 사회적 생활 또는 직접 생활의 역사에 관하여 흥미와 가치를 느끼게 되었다.

역사과학은 오로지 가시적·물질적 사실만을 취급하는 학문이 아니다. 이 과학은 사람의 물질적 정신적 모든 생활을 취급하는 학문이다. …협의의 역사는 기록으로부터 출발하지만, 광의의 역사는 인류의 생활과 함께 시작된다는 것이다.

역사학자의 길, 교육가의 길

손진태는 1934년 귀국한 뒤 연희전문학교에서 강사로 동양사 강의를 시작했다. 같은 해 9월에는 보성전문학교에서도 문명사를 강의하는 강사로 활동하며 그 해 창립한 진단학회를 통해 역사학자로 활동을 본격화했다. 연희전문학교에는 1941년까지 출강하다 일본사 강의를 요청받고 이를 거부하며 그만두었다. 1937년에 보성전문학교 전임강사가 되면서 도서관장을 겸임했다. 그가 조선의 민속, 민담의 연구에 조예가 깊고 한때 동양문

작품 해설 315

고의 사서로 있었던 만큼 도서관 경영에 안목이 있어서 적임자라는 것이 당시 평이었다. 1939년에 교수로 승진했다. 그렇게 손진태는 보성전문학교 교수로서 해방을 맞았다.

이 시절 손진태는 정규대학에서 역사학을 전공한 까닭에 진단학회 등을 통해 문헌고증사학 계열의 학자와도 긴밀한 관계를 맺고 있었으나, 그의 민족지향적 학문 성향으로 인해 사립인 전문학교에서 활동하던 학자들과 더 긴밀한 친화성을 갖게 된다. 연희전문학교와 보성전문학교를 거치면서 손진태는 정인보, 안재홍, 문일평 등 민족사학 계열의 학자나 백남운 등 사회경제사학 계열의 학자와 교류했다. 특히 그는 안재홍의 역사학에 상당한 호감을 갖고 있었다고 한다.

손진태는 귀국 후에도 주로 문헌자료를 중심으로 민속학과 역사학을 넘나드는 연구성과를 꾸준히 발표했다. 그와 함께 한국사의 체계화, 즉 한국적 역사이론의 창출을 위한 모색을 본격화했다. 그의 회고에 따르면 태평양전쟁이 발발하던 무렵부터는 '동학 수우數友로 더불어 때때로 밀회하여 이에 대한 이론을 토의하고 체계를 구상했다'고 한다. 당시 그는 창씨개명을 거부해 용산경찰서에 끌려가 곤혹을 치루기도 했다. 물론 손진태는 이미 한국사 관련 사료를 정리하는 작업을 계속하고 있었지만, 이때부터 본격적이고 집중적으로 민족사의 체계화를 새로운 모색을 시작했다. 손진태의 '동학'이었던 조윤제는 당시를 이렇게 회고한다.

우리는 여기서 근본적으로 우리들 학문 연구의 태도를 비판하고, 나아가서는 학문 그 자체의 의의에 대하여 검토하기 시작하였다. 학문은 학자의 도락이 아니다. … 학문은 오로지 우리들이 현재 부닥쳐 몸부림치는 현실 문제를 여하히 해결하여 우리의 생활을 건설하고 또 장래를 건설하느냐 하는 데에 그 목적이 있다고 우리는 규정하였다. 확실히 그렇다. 세상 사람은 모두 살기 위하여 현실과 싸우고 있다. 이것을 또 바꾸어 말하면 현실 문제를 해결하기 위하여 모두 생활하고 있다. 학문도 하나의 생활이다. 그러면 현실을 떠난 학문이란 것은 우리는 생각할 수 없다. … 그러므로 우리는 과거의 우리 학문은 학문도락적인 일종의 관념론이라 하여 배격하고, 현실 문제를 해결할 수 있고 민족이 살아나갈 수 있는 길을 명시하는 과학적 학문을 요구하였다.… 따라서 민족이 걸어 나갈 길을 명시하여 주기를 희망하기를 이와 같이 급한 때가 없는 때인 만큼 우리는 학문에 있어 민족이라는 문제를 떠나서는 생각할 수 없게 되었다. 그래서 우리는 모든 학문 연구에 있어 민족사관적 입장을 버려서는 참다운 우리의 학문이 될 수 없다고 깊이 깨닫고, 또 굳이 믿었다. 민족사관, 이것은 우리 학문연구의 입장이다. 이 사관을 가짐으로써 우리의 학문은 비로소 생생한 생명 있는 학문이 될 수 있는 것이다.

참으로 절박한 심정이 담긴 고백이다. 생활, 즉 현실 문제를 해결하는 과학적이고 생명력 있는 학문, 그것을 민족사적 입장에서 추구하고자 했던 이들은 암울한 전시체제하에서 이미 해방을 맞을 준비를 하고 있었다.

해방이 되자 손진태는 경성제국대학 사학과 교수로 자리를 옮겼다. 한국민주당, 고려청년단 등의 정치 단체에 이름을 내걸며 정치에도 관여하기 시작했다. 1946년 서울대학교가 개교하자 문리과대학 사학과 교수로 활동하면서 신국가 건설기의 역사 연구의 방향을 주도했다. 그의 학적 영향 하에 여러 제자들이 한국사학자로서 성장할 수 있었다. 정부 수립 후에는 평소 친분이 있던 안호상이 초대 문교부장관이 되자 그의 요청으로 문교부 차관 겸 편수국장이 되었다. 1949년에는 서울대학교 사범대학장으로 취임했다가 학생 호국대를 반대하는 학생들에게 테러를 당하기도 했다. 다행히 총알이 손가락을 스치는 경상에 그쳤다.

해방 전부터 진행되던 손진태의 방향 모색은 학자이자 관료로서의 바쁜 행보 중에도 세상을 향해 신민족주의 사관을 천명함으로써 결실을 보게 된다. 그는 본격적인 개설서인 《조선민족사개론》(1948)과 함께 교육적 목적의 교양서인 《우리 민족의 걸어온 길》(1947), 《국사대요》(1949) 등을 발간하면서 신민족주의 사관에 입각한 우리 역사의 체계화를 정립하고자 시도했다. 한편, 학술운동가 · 실천적 학자로서의 손진태의 면모는 그가 역사교육에 대해 보인 지대한 관심과 활약에서도 엿볼 수 있다. 그가 처음으로 신민족주의 사관을 제창한 것도 〈국사교육의 기본적 제문제〉(1947)라는 역사 교육 관련 논문에서였다. 〈국사교육 건설에 대한 구상〉(1948)을 통해서도 국사교육과 연관지어 거듭 신민족주의 사관을 천명했다.

한국전쟁이 일어나던 1950년 손진태는 서울대학교 문리과대학장으로 부임했다. 그리고 전쟁이 나자 교직원에게 밀린 월급을 나눠주다 때를 놓쳐 한강을 넘지 못하고 말았다. 삼각산에 숨어 있던 그는 발각되어 북으로 끌려갔다. 그리고 다시 고향으로 돌아오지 못했다. 전쟁이 끝나고는 함께 끌려간 인사들과 생활했으나, 북한 당국과 원만한 관계를 유지하지 못한 채, 끝내는 국영농장 평사무원으로 살다가 1960년대 중반 사망했다고 한다.

신국가 건설기의 신민족주의 사관

손진태의 신민족주의 사관에 따른 우리 역사의 체계화는 앞에서 언급했듯이 《조선민족사개론》과 《국사대요》로 대표된다. 해방 이후 미구未久에 착수했다는 《조선민족사개론》은 1948년 12월에야 원시시대부터 신라 말까지 다룬 상권이 출판되었을 뿐 고려 이후로 예정된 하권은 끝내 완성되지 못했다. 그나마 그 다음해 출간된 《국사대요》를 통해 그의 통사 인식에 대해 대체적인 윤곽을 짐작할 수 있을 뿐이다.

신민족주의 사관이 제기된 이후 1980년대 민중사관이 등장할 때까지 역사학계에서는 사론 부재의 시절을 겪어야 했다. 식민사학의 그늘을 벗어나지 못하는 문헌고증사학이 득세한 현실에서 새로운 사론의 등장은 기대하기 어려웠다. 신민족주의 사관조차 1960년대 말 · 1970년대 초에 와서

야 비로소 하나의 역사이론으로서 새삼 주목을 받게 되었다. 손진태에 대한 기억의 복원도 이 때부터 본격적으로 이루어졌다. 학문의 무덤에서 다시 살아난 것이다.

그렇게 안재홍과 함께 대표적인 신민족주의 사학자로서 '복권'된 손진태의 민족 문제에 대한 인식은 처음부터 확고했던 것은 아니었다. 민속학 연구를 하면서는 삼국도 각각 다른 민족이라고 주장한 바 있었다. 그리고 민속학으로는 민족문화의 '특색'을 설명할 수는 있으나, 민족의 형성, 발전, 변화를 설명하는 것은 불가능한 것이기도 했다. 그의 민족관이 변화한 것은 아마도 해방 직전 한국사의 체계화를 꿈꾸던 시절이었을 것으로 짐작된다. 모색 끝에 그는 역사에서 민족을 불변적인 것으로 상정하게 된다. 그에게 민족은 역사이해의 전제조건이자 역사전개의 기저였다.

손진태는 신민족주의, 즉 '진정한 민족주의'를 다음과 같이 정의하고 있다.

진정한 민족주의는 민족 전체의 균등한 행복을 위하는 것이 아니면 안 될 것이다. 민족 전체가 정치적으로 경제적으로 사회적으로 문화적으로 균등한 의무와 권리와 지위와 생활의 행복을 가질 수 있을 때에 비로소 완전한 민족 국가의 이상이 실현될 것이요 민족의 친화와 단결이 비로소 완성될 것이다.

그 핵심이 민족 전체의 균등한 행복을 추구하는 데 있음을 알 수 있다. 그러므로 그는 종래의 민족주의, 즉, 민족 내부에 계급적 차별을 내포하는 전통사회에서의 민족주의와 자본가의 권익을 옹호하는 자본주의 사회에서의 민족주의를 쇄국적·배타적·독선적인 것이라 비판하면서 청산의 대상으로 인식했다. 한편, 일제 강점기 민족주의는 동아일보 계열-자치론 계열-'조선문화'를 표방한 문화[문명]사학 계열 - 일본 자본과 협력한 자본가 계열의 이념성을 지칭하고 있었다. 이를 제국주의적 민족주의로 인식하고 있던 손진태는 해방 후에도 여전히 득세하자, 대결과 저항의식에서 '신'민족주의를 전면에 내세운 것이었다.

이러한 민족주의 입론은 역사학에 어떻게 적용되는가. 우선 손진태는 우리 역사 연구가 민족적 입지에서 출발해야 한다고 주장한다.

조선사에 있어 민족 문제는 그 연구의 핵심이 되는 것이며, 따라서 제일의적 근본적 중대성을 가지는 것이다. 조선사가 경과한 모든 민족투쟁·계급투쟁·정치·문화 등 사실史實은 모두 민족의 입지에서 비판되고 가치가 판단되어야 할 것이니, 민족은 실로 조선사의 근본적 안목이 되는 것이다.

그렇다면, 왜 우리 역사는 민족문제로부터 출발해야 하는가. 손진태는 유사 이래로 동일한 혈족이, 동일한 지역에서, 동일한 문화를 가지고, 공동한 운명 하에서 공동한 민족투쟁을 무수히 감행하면서 공동한 역사생활을 해왔고 이민족의 혼혈은 극소수이기에 우리 역사는 곧 민족사라고 인식했다. 그래서 동일 문화를 가진 단일 민족이란 것을 명백하게 하는 것이 민족사학의 당연한 의무라는 것이다.

우리가 유사 이래 동일 혈족으로 동일 지역에서 언어 의복 풍속 기타 문화를 가지고 외민족과의 무수한 투쟁을 감행하여 가면서 지금까지 민족을 지켜왔다는 이 뚜렷한 민족협력 민족투쟁의 중대한 사실은 장래의 민족국가에 있어 민족적 단결력과 민족적 친밀감을 더욱 굳세게 할 것이다.

유사 이래 우리가 동일 지역에서 동일 문화를 가지고 공동운명체로서 생활하여 온 까닭에 우리가 다른 민족보다 특히 강렬한 민족의식을 가진 것은 우리의 장점이다.

내가 이에서 조선민족의 혈액적 단일성을 추구한 것은 우리 민족의 우수성을 자랑하려고 한 것도 아니요 또 세계민족사상에 있어 단일혈족의 희귀성을 과언하려고 한 것도 아니다. 혈액의 순수가 민족의 우수를 결정하는 것이 아님으로써이다. 그러나 민족 혈액의 순수 단일은 민족적 친화와 단결에 있어 내지는 자주독립의식에 있어 이와 반대의 경우보다 훨씬 강력할 것만은 스스로 명백한 일이며, 또 이러한 단일민족은 분열을 원하지 않고 통일을 욕구하는 것도 특징의 하나이다. 그뿐 아니라 우리가 유사 이래로 동일 문화를 가진 단일 민족이란 것을 명백하게 하는 것은 민족사학의 당연의 의무의 하나이기도 하다.

민족사에 대한 체계적 인식의 첫걸음은 시대구분이다. 손진태가 민족 전체의 균등한 행복이라는 신민족주의 사학의 잣대로 우리 민족사를 다음과 같이 두 가지 방식의 시대 구분을 제시했다.

[시대구분1]
　○ 씨족공동사회
　　　기원전 30세기-기원전 4(5)세기
　　　신석기시대, 공동생산, 재산공유
　○ 부족사회 부족국가 부족연맹왕국
　　　(북) 기원전 3(4)세기~1세기경
　　　(남) 기원전 2(3)세기~3세기경
　　　금석기병용, 계급과 재산 사유의 시작, 남북구족南北九族
　○ 귀족국가
　　　(북) 기원전 2세기경으로부터
　　　(남) 3세기경으로부터
　　　금석기시대, 왕국시대, 귀족정치시대

이 시대구분에서는 부족사회·부족국가·부족연맹왕국 단계를 설정했으나 크게는 우리 역사를 씨족공동사회와 귀족국가로 나누고 있다. 민족 전체의 균등한 행복이라는 관점에서 크게 균등사회와 불균등사회를 대별한 시대구분이라 할 수 있다.

[시대구분2]

　민족형성배태기-씨족공동사회

　민족형성시초기-부족국가

　민족통일추진기-삼국

　민족결정기-통일신라

　민족의식왕성기-고려

　민족의식침체기-이조

　민족운동전개기-일제

민족의 형성과 발전이라는 준거에 따라 정리된 이 시대구분은 민족형성을 근대 이후로 보는 시각과도 다르고, 영토에 비중을 두고 민족의 흥망성쇠를 이해하는 시각과도 다르다.

시대구분에서 여실히 드러나듯 '새로운 견지의 민족사를 개척'하고자 했던 손진태의 신민족주의 사학은 기왕의 민족사학 계열이나 사회경제사학 계열과는 안목을 달리하는 나름의 개성을 갖고 있었다. 양 계열과의 상관성을 살펴 보면, 우선 손진태는 민족사학 계열에 대한 견해를 공개적으로 피력한 적이 없었다. 민속학에 매진하던 시절에도, '조선심', '조선얼' 등을 언급한 적이 없었다. 그런데, 안재홍의 신민족주의에는 대단히 호의적이었다고 한다. 연구자에 따라서는 양자 간의 신민족주의 이론이 맥을 같이 하는 것으로 보기도 한다. 그런데, 손진태의《조선민족사개론》과 안재홍의《조선상고사감》을 비교해 보면 그가 온전히 안재홍의 사관에 동조했다고 보기는 어렵다.

　사회경제사학 계열, 즉 계급사관에 대해서는 자신의 견해를 분명히 피력했다. '계급의 생명은 짧고 민족의 생명은 길다'고 본 그는 일단 귀족중심 왕실중심의 역사서술을 타도하는데 공이 컸던 계급사관을 대표하는 학자 백남운의 업적에 경의를 표했다. 그리고 다음과 같은 애정어린 비판을 한다.

　　나의 견지로 보면 씨는 〈우리 자신〉의 일부만을 발견했고 〈우리 자신〉의 전체를 발견하지는 못했다. 씨의 의식적 결과인지 아닌지는 모르되, 씨는 피지배계급을 발견하기에 너무나 열중한 나머지 〈민족의 발견〉에 극히 소홀하였다

　그는 계급은 민족이라는 전체의 일부이므로 계급 간의 대립과 알력과 항쟁의 문제는 민족사의 내부 문제, 즉 사회 발전의 문제로 인식해야 할 것으로 보았다. 그러므로 자본주의의 극성과 병행하여 등장한 계급사관처럼 어떤 특정한 문제나 또 그것을 파악하기 위한 특정한 방법론으로는 민족문화 전체에 관련된 문제들을 종합적으로 구성을 이해하기 곤란하다는 것이다.

　이처럼 민족사학과 사회경제사학의 성과를 비판적으로 '계승'한 손진태가 도달한 신민족주의 사관은 대내적으로는 민족을 구성하는 전 사회계급의 모순 관계와 의식의 문제를 사회발전의 체계 속에서 인식하고, 대외적으로는 타민족과의 투쟁과 문화교류를 통한 우리 민족문화의 성장을 파악하여 상호 연관성 속에서 전 민족의 성장 발전이란 시각에서 한국사를 전개하고자 하는 것이었다. 즉, 민족 성장의 논리와 사회 발전의 논리를 하나의 논리로 종합하여 우리 역사를 '전체'로서의 민족사로서 파악하고자 했다.

이러한 신민족주의 사관을 펼치는 역사 방법론에 대해서는 다음과 같이 피력했다.

역사학은 오직 과거의 사실史實의 나열만으로써 되는 것도 아니요, 어떤 계급의 이익만을 중심으로 술작述作될 것도 아니요, 또 일국민이나 일민족만의 복리를 위해서 고구攷究될 바도 아니다. 모든 사실史實을 사실 그대로 공정하게 파악하여 그 복잡한 사실을 종합 비판하여 거기서 민족의 참된 행복의 길을 발견하고 겸하여 인류사회의 발전 향상과 평화를 재래齋來할 수 있는 이론과 방법을 터득하는 것이 사학의 지고의 목적일 것이다.

사실의 종합 비판을 통해 이론과 방법을 터득하고자 한 그는 이미 방법론상에서 문헌고증사학 계열을 뛰어넘고 있었다. 주목할 것은 손진태는 역사 연구 방법론으로서 특히 과학성을 강조했다는 사실이다.

과학은 공정하여야 할 것이요 편협하여서는 안 될 것이다.

사실을 사실 그대로 이것을 인식하여 거기에 비판을 가하는 것이 진정한 과학자로서의 취할 바 당연한 태도이다.

역사과학은 이에 대하여 엄정한 비판을 가할 의무를 가졌을 뿐이요 이 사실을 무시 또는 간과할 권리는 갖지 못하였다.

역사과학이란 표현을 쓰면서 엄정한 사실 고증과 함께 비판을 겸비한 과학적 태도를 요구했던 것이다. 그가 요구한 비판은 사료 비판을 넘어서 가치 판단을 요구한 것이었다. 비판에는 반드시 기준이 필요한 것이고 기준은 이론에서 나오는 것으로 보았다. 그는 이론에 대해 다음과 같이 언급하고 있다.

조선사의 당면한 근본명제는 국내의 계급 알력과 정권 쟁탈을 청산하고 민족자주의 정신을 견지하면서 장래한 인류 평화의 이상사회 건설에 공헌할 이론을 발견하는 데 있어야 할 것이다.

나는 민족 투쟁의 사실을 사실 그대로 취급하여 승리와 패배의 원인을 구명함과 동시에 그 본질의 파악에 노력하여 민족의 행복과 인류의 친선에 관한 일단의 이론을 발견하고자 노력하였다.

근대학문으로서의 역사학을 전공한 손진태. 그는 감성적 · 계급적 · 제국주의적 민족주의를 동시에 경계하면서 역사과학의 과학성과 이론이라는 잣대로 민족사를 재구성하고자 했다. 하지만, 그는 탈이념적 · 탈가치적 역사학을 표방하지 않았다. 오히려 민족의 입장에서 사실을 비판하여 선과 악을 명백하게 할 것을 요구했다. '민족사는 민족생활의 감계鑑戒를 위하여 존재한다는 것이 신민족주의 사관의 정신'이라는 점을 강조했다.

인류의 이상은 투쟁과 파괴에 있지 않고, 친선과 건설에 있어야 할 것이니, 민족의 이상도 그러하다. 국제적인 투쟁도 악이지마는, 민족 내부의 투쟁은 더욱 악이다. 그러므로 신민족주의 사관은 그러한 동족상잔의 원인이 되는 계급적 불평등을 발본색원적으로 없이 하자는 것이니, 계급주의 사관처럼 계급투쟁을 도발하는 것도 아니요, 또 자유주의사관처럼 방관방임하는 것도 아니다. 봉건주의사관은 말할 나위도 없다. 그러므로 신민족주의사관은 민족의 입장에서 사실을 재비판하여 선과 악을 명백하게 한다.

이 대목에서 손진태의 신민족주의 사관의 관념성보다는 오히려 철저한 현실 인식에 바탕한 실천적 면모를 엿볼 수 있다. 해방 이후 신국가 건설의 격동기에 역사학의 수립을 고심해야 했던 손진태. 그는 역사는 민족사의 향도와 방법을 과학적으로 제시할 수 있는 것이어야 한다고 보았다. 그러므로, 미소 진주하에서 극단적인 사상노선에 부화뇌동하는 학문 경향에 맞서 주체적 학문노선을 제시하는 것이 중요했던 그 무렵, 손진태는 민족의 입장에서 '도덕적'일 것을 요구하지 않을 수 없었던 것이다.

역사학은 역사교육으로 통한다

손진태는 신국가 건설기의 역사학의 방향 모색은 곧 역사 교육의 미래와 결부되는 것으로 보았다. 역사학과 역사교육을 둘이 아닌 하나로 보았던 것이다. 그 마차를 이끌 말이 바로 신민족주의였던 것이다.

국사교육은 어떤 방향으로 나아갈 것인가. 그것이 민주주의 방향이어야 된다는 점에는 아무런 이론이 없을 것이다. 그러나 우리는 소련적 민주주의나 영미적 민주주의를 모두 원치 않는다. 그들은 모두 다수한 이민족을 포섭한 국가일 뿐 아니라 세계 지배를 꿈꾸는 강자들이다. 강자의 철학과 약자의 그것은 스스로 달라야 할 것이다. …우리는 그들의 장점을 취하고 단점을 버리고 조선민족에게 적절하고 유리한 민주주의 이념을 창조하여야 할 것이다. 그러한 민주주의를 우리는 민주주의적 민족주의라 하며, 간단하게는 신민족주의라고 한다. 신민족주의는 국제적으로는 모든 민족의 평등과 친화와 자주독립을 요청한다. 국내적으로는 모든 국민의 정치적 경제적 교육적 균등과 그에 인한 약소민족의 단결과 발전을 요청한다.

그가 역사교육의 목표로서 신민족주의를 강조한 것은 일제하에서 소위 '주류' 역사학에는 목표와 교육은 없고 학습만 있었기 때문이었다. 역사 교육은 역사의 대강, 즉 사론을 수립해야 방향 설정이 가능하다. 그러므로 독자 사론을 갖고 있지 않았던 문헌고증사학의 경우 역사 교육에 대한 논의가 있을 수 없었다. 손진태는 이러한 문헌고증사학에 대해 "심한 자는 기자, 한사군, 국도 문제 같이 아무런 중대가치도 없는 사실을 필요 이상으로 장황히 말하면서 중대문제인 정치 경제 문화 및 민족에 관한 사실에는 아무 비판적 견해를 제시하지 않았다"고 신랄히 비판했다.

미군정하에서 이념과 방향없이 교육제도가 수립되는 상황을 지켜보면서 손진태는 신국가 건설기의 역사교육의 가장 중요한 임무는 '실패한 경험을 배제하고 성공한 경험을 살리어 장래한 민족국가 건설에 이바지 하는 것'이라고 보았다. 또한 '역사교육의 생명은 비판과 반성'에 있음을 강조했다. 이를 바탕으로 그는 주체적이고 도덕적인 역사교육을 제창했다. 당시 도덕의 문제는 친일 청산의 문제이기도 했다. 손진태는 문교부 편수국장으로 있을 때 '민족정기를 해할 우려가 있는' 최남선의 《중등국사》, 《조선본위 중등동양사》, 《조선본위 중등서양사》, 《조선역사지도》 등을 교과서로 사용하지 못하도록 조치한 바 있었다. 역사교육을 곧 민족사 교육으로 파악한 그의 신념이 드러난 사건이라 할 수 있다. 청산 대상인 제국주의적·부일적 지식인과 대결해야 하는 한 진정한 '해방'은 요원한 현실에서 그는 여전히 '학술운동'을 계속하고 있었던 것이다.

미완의 역사학, 신민족주의 역사관

손진태는 한국사의 특징을 일국가사이며 일민족사로 파악했다. 그리고 그것을 '국사'로서 체계화하고자 했다. 그것은 사회변동과 민족문제를 하나의 문제로 정리하고자 하는 시도였다. 즉, 역사연구를 통해 '민족의 참된 행복의 길을 발견하고 겸하여 인류사회의 발전 향상과 평화를 가져올 수 있는 이론과 방법'을 찾고자 노력했다. 그 결과 신민족주의 사관의 초석을 다질 수 있었다. 그의 생애를 관통하는 학문 구도의 길은 그렇게 학문을 위한 학문 연구를 넘어선 고민과 모색의 여정이었다. '학술운동가' 손진태. 그는 격랑의 세월로 인해 결국 자신이 던진 화두를 스스로 매듭짓지 못하고 말았다.

1900년   경남 동래군 사하면 하단리에서 출생.

1919년   곡물상을 하던 중 구포장터에서 3·1운동에 참여했다가 구속됨. 부산 감옥에서 4개월 징역살이를 함.

1921년   중동학교 졸업(15회).

1923년   〈신화상에 본 고대인의 여성관〉을 《신여성》 2호에 발표. 〈만수산에서〉, 〈짝사랑〉, 〈별똥〉, 〈달〉 등을 《금성》 1호에 발표.

1924년   와세다 제1고등학원 졸업. 〈처녀의 비밀〉, 〈나의 마음〉, 〈외로운 혼〉, 〈병든 강아지〉, 〈신선바위에서〉, 〈둔세자의 눈〉을 《금성》 2호에 발표. 〈생의 철학〉외 3편을 《금성》 3호에 발표.

1925년   〈조선의 샤머니즘〉을 《동양》 11호에 발표.

1926년   〈시베리아 각 민족의 혼인 형태〉를 《신여성》 26호에 발표. 〈토속연구여 행기〉를 《신민》 13호에 발표. 〈시조와 시조에 표현된 조선사람〉을 《신 민》 15호에 발표. 〈조선상고문화연구〉를 《신민》 16·17·18·19호에 발 표. 〈금태조는 황해도인이라〉를 《신민》 20호에 발표.

1927년   일본 와세다대학 사학과 졸업. 〈조선의 동요와 아동성〉을 《신민》 22호 에 발표. 〈조선상고문화연구〉를 《동광》 11·12·14·15·16호에 발표. 〈반드시 고형固形을 고집함은 퇴보〉를 《신민》 23호에 발표. 〈온돌문화 전파고〉를 《신민》 24호에 발표. 〈조선민족의 구성과 그 문화〉를 《신민》 28·29·30호에 발표(《조선사상통신》438~449호에 12회에 걸쳐 연재), 〈조선 민간설화연구〉를 《신민》 27호부터 연재 시작(1929년 48호까지).

1928년   〈기미전후의 문화상〉을 《신민》 33호에 발표. 〈개미전설〉과 〈온돌예찬〉 을 《별건곤》 12·13합병호에 발표. 〈조선지나민족의 원시신앙연구—광

명에 관한 신앙과 태양숭배의 기인〉을 《여시》 1·2호에 발표. 〈최근 조
선사회상의 변천〉을 《동양학보》 23호에 발표.

1929년 일본 도쿄에서 《조선고가요집》을 펴냄. 〈독서여록2제〉를 《신생》 2권 9
호에 발표.

1930년 동양문고 사서로 근무. 일본 도쿄에서 《조선신가유편》와 《조선민요집》
을 펴냄. 〈맹인고〉를 《신민》 6권 1호에 발표. 〈처용랑전설고〉를 《신생》 3
권 1호에 발표. 〈동경과 처용가에 대하여—안자산에 답함〉을 《신생》 3권
4호에 발표. 〈지나의 무巫에 대하여〉를 《민속학》 2권4호에 발표. 〈태자
무녀고〉를 《신민》 6권5호에 발표. 〈동방기속〉을 《신생》 3권10호에 발표.

1931년 〈조선욕설고〉를 《신생》 4권 1호에 발표. 〈지나와 조선에서의 복화술에
대하여〉를 《향토연구》 5권 4호에 발표. 〈무巫의 복화술 추기〉를 《향토
연구》 5권 5호에 발표. 〈조선온돌고〉를 《향토연구》 5권 6·7호에 발표.
〈조선불교의 국민문학—불도의 남긴 국민문학〉을 《불교》 86호부터 연재
(1932년 92호까지).

1932년 부인 연영화 여사와 결혼. 일본 도쿄에서 《명엽지해》를 펴냄. 〈태자명도
의 무칭에 대하여〉를 《여旅와 전설》 6권1호에 발표. 〈민속채방여록〉을
《향토연구》 6권4호에 발표. 〈소도고〉를 《민속학》 4권4호에 발표.

1933년 〈조선의 약과掠寡습속에 대하여〉를 《여旅와 전설》 6권 3호에 발표. 〈생고
樁考〉와 〈강계의 정월세사〉를 《조선민속》 1호에 발표. 〈부락 내 부속部俗
의 연구〉를 《향토연구》 7권 2호에 발표. 〈조선의 약과습속 보유〉를 《여
旅와 전설》 6권 3호에 발표. 〈소도고 속보〉를 《민속학》 5권 4호에 발표.
〈조선민가형식소고〉를 《민속학》 5권 5·6·9호에 발표. 〈조선의 돌멘에
대하여〉를 《あ》 5권 6호에 발표. 〈잉화도의 근친혼속〉을 《민속학》 5권 7
호에 발표. 〈조선의 솔서혼속에 대하여〉를 《사관》 3호에 발표. 〈조선의
돌멘에 대하여〉를 《민속학》 5권 6호에 발표. 〈조선민속채방록〉을 《ドル
メン》 2권 7호에 발표. 〈장생고〉를 《이치무라市村 박사 고희기념 동양사

논총》에 발표. 〈석전고〉를 《민속학》 5권 9호에 발표. 〈조선돌멘고 추보〉를 《민속학》 5권 9호에 발표. 〈무라야마 지쥰村山智順씨의 조선민간신앙의 4부작을 읽고서〉를 《민속학》 5권 10호에 발표. 〈측厠에 있어서 조선민간에 대하여〉를 《ドルメン》 2권 11호에 발표.〈조선의 누석단과 몽고의 악박鄂博에 대하여〉를 《민속학》 5권 12호에 발표

1934년　연희전문학교 강사(동양사), 보성전문학교 강사(문명사) 겸 도서관 사서. 〈강계 채삼자의 습속〉을 《조선민속》 2호에 발표. 〈오대강산의 전설신화와 그 고구〉를 《신동아》 4권7호에 발표. 〈조선심과 조선민속〉을 《동아일보》 10월 10일부터 19일까지 7회 연재. 〈조선고대산신産神의 성性에 대하여〉를 《진단학보》 1호에 발표. 〈조선돌멘고〉를 《개벽》 1권 1호에 발표. 〈조선솔서혼제고〉를 《개벽》 1권 2호에 발표.

1935년　〈전설에 나타난 돼지 이야기〉를 《동아일보》 1월 1일부터 10일까지 7회 연재. 〈경주〉를 《동아일보》 9월 19일부터 28일까지 6회 연재. 〈조선무격의 신가神歌〉 1–42를 《청구학총》 20 · 22 · 23 · 28호(1937년까지)에 발표. 〈지나민족의 계웅鷄雄신앙과 그 전설〉을 《진단학보》 3호에 발표.

1936년　〈온돌은 언제 어떻게 생겨났나〉를 《조광》 2권 1호에 발표. 〈포천송우리장생조사기〉를 《조광》 2권 2호에 발표. 〈중화민족의 혼에 관한 신앙과 학설〉을 《진단학보》 4 · 5호에 발표.

1937년　보성전문학교 전임강사, 도서관장. 〈맹자와 사회사상〉을 《학등》에 발표.

1939년　보성전문학교 교수, 도서관장. 〈지게〉를 《박문》 2권 3호에 발표. 〈단군檀君 단군 壇君〉을 《문장》 1권 3호에 발표.

1940년　〈무가의 신가〉를 《문장》 2권 7호에 발표. 〈조선감저전파고〉를 《서문동호회회보》 9호에 발표. 〈수문록〉을 《조선민속》 3호에 발표. 〈소도고 정보〉를 《조선민속》 3호에 발표.

1941년　〈성달생필사경불존본(보전편)〉을 《춘추》 2권 3호에 발표. 〈감저전파고〉를 《진단학보》 13호에 발표. 〈향토예술과 농촌오락의 진흥책〉을 《삼천

리》13권 4호에 발표.

1943년 〈유교와 조선〉을 《반도사화와 낙토만주》에 발표.

1945년 경성대학교 사학과 교수.

1946년 서울대학교 문리과대학 사학과 교수.

1947년 《조선민족설화의 연구》를 을유문화사에서 출간. 〈국사교육의 기본적 제
        문제〉를 《조선교육》 1권 2호에 발표. 〈조선민족사개론〉을 《조선교육》
        4~12호에 연재(1948년까지).

1948년 문교부 차관 겸 편수국장. 《조선민족문화의 연구》와 《조선민족사개론》
        (상)을 을유문화사에서 출간. 《우리 민족의 걸어온 길》을 국제문화사에
        서 출간. 〈화랑제도와 그 역사적 의의〉를 《현대문감》(서울대 출판부)에 발
        표. 〈국사교육 건설에 대한 구상〉을 《새교육》 1호에 발표.

1949년 서울대학교 사범대학장. 《국사대요》를 을유문화사에서 출간. 〈삼국유사
        의 사회사적 고찰〉을 《학풍》 2권 1 · 2호에 발표. 〈한국민족의 유래와 형
        성-민속학적 논증〉을 《대한인류학회》 3권 2호에 발표.

1950년 서울대학교 문리대학장, 서울 수복 직전 납북. 《국사강화》를 을유문화사
        에서 출간. 《이웃나라의 생활》을 탐구당에서 출간.

1960년대 중반 사망.

강재철 · 김남웅, 〈해제-주해 손진태의 온돌고〉,《비교민속학》19, 비교민속학회, 2000.

고을무, 〈민족주의에 관한 일소고, 신민족주의의 방향 모색〉,《영남대사회과학》10, 1979.

김수태, 〈손진태〉,《한국사시민강좌》21, 일조각, 1997.

김수태, 〈손진태의 사회사연구〉,《사회와역사》40, 한국사회사학회, 1993.

김수태, 〈손진태의 식민주의사관 비판 재론〉,《한국사학사학보》2, 2000.

김수태, 〈손진태의 신민족주의사관 비판〉,《길현익교수정년기념사학논총》, 1996.

김수태, 〈손진태의 정치사상〉,《중산정덕기박사화갑기념한국사학논총》, 1996.

김수태, 〈신민족주의사학론〉,《역사민속학》11, 한국역사민속학회, 2000.

김용섭, 〈우리나라 근대사학의 발달-1930 · 40년대의 민족사학〉,《문학과지성》4, 1976

김용섭, 〈우리나라 근대사학의 발달-1930 · 40년대의 민족사학〉,《문학과지성》여름호, 1971.

김윤식, 〈도남사상과 신민족주의사관-남창과 도남〉,《한국학보》3, 1983.

김정배, 〈신민족주의사관〉,《문학과지성》봄호, 1979.

남근우, 〈손진태학'의 기초연구〉,《한국민속학》28, 1996.

남근우, 〈손진태의 민족문화론과 만선사학〉,《역사와현실》28, 1998.

남근우, 〈신민족주의 민족학의 방법론 재고〉,《역사민속학》10

남근우, 〈'신민족주의' 사관 재고-손진태와 식민주의〉,《정신문화연구》105, 한국학중앙연구원, 2006.

노태돈, 〈해방 후 민족주의사학론의 전개〉,《현대 한국사학과 사관》, 일조각,

1991.

류기선, 〈1930년대 민속학 연구의 한 단면-손진태 '민속학' 연구의 성격을 중심으로〉, 《민속학연구》 2, 1995.

박동원, 〈신민족주의사학 비판〉, 《광주교육대학논문》 25, 1984

방기중, 〈해방후 국가건설문제와 역사학〉, 《김용섭기념사학논총》, 1997.

서중석, 〈민족사학과 민족주의〉, 《한국근현대의 민족문제연구》, 지식산업사, 1989.

손보기, 〈해방 40년 한국 인물 40선-손진태〉, 《정경문화》 1월호, 1985.

심우성, 〈민속학의 근대적 개안-손진태론〉, 《민속문화와 민중의식》, 동문선, 1985.

유병용, 〈민세와 남창의 신민족주의론〉, 《강원대사회과학연구》 35, 1996.

유병용, 〈신민족주의론 연구〉, 《강원사학》 10, 강원대학교, 1994

이기동, 〈고유섭과 손진태〉, 《이 땅의 이 사람들》, 뿌리깊은 나무, 1978.

이기백, 〈신민족주의사관론〉, 《문학과지성》 가을호, 1972.

이기백, 〈근대한국사학의 발달〉, 《근대한국사논선》, 삼성문화문고, 1973

이기백, 〈신민족주의사관과 식민주의사관〉, 《문학과지성》 가을호, 1973.

이기백, 〈신민족주의사관론〉, 《한국사학의 방향》, 일조각, 1978.

이기백, 《손진태선생전집》 1~6, 태학사, 1981.

이기백, 〈손진태의 학문과 업적〉, 《한국사상의 재구성》, 일조각, 1991.

이만열, 〈국사학과 민속학〉, 《한국근대역사학의 이해》, 문학과지성사, 1981.

이미숙, 〈신채호의 민족주의사관과 손진태의 신민족주의사관의 비교연구〉, 《청대춘추》 29, 1985

이수자, 〈구비문학 연구의 성격과 의의〉, 《역사민속학》 11, 한국역사민속학회, 2000.

이종욱, 〈손진태의 신민족주의와 역사만들기의 정체〉, 《한국사학사학보》 11, 한국사학사학회, 2005.

이종욱, 《민족인가, 국가인가》, 소나무, 2006.

이호영, 〈역사의 현재적 비판–손진태의 신민족주의 입장〉, 《사학지》 16, 1982.

이필영, 〈남창 손진태의 역사 민속학의 성격〉, 《한국학보》 41, 1985.

이필영, 〈민속 연구를 통해 민족의 생활사를 밝힌 손진태〉, 《한국인》 3, 사회발전 연구소, 1985.

이필영, 〈민간신앙 연구의 성격과 의의〉, 《역사민속학》 11, 한국역사민속학회, 2000.

이필영, 〈서평–남창 손진태 선생 유고집〉, 《한국사연구》 119, 한국사연구회, 2002.

인권환, 《한국민속학사》, 열화당, 1978.

전경수, 〈송석하 · 손진태〉, 《한국인류학 100년》, 1999.

전호태, 〈서평 : 문헌과 현장의 만남–조선민족문화의 연구〉, 《역사와현실》 16, 1995.

정창렬, 〈1940년대 손진태의 신민족주의사학〉, 《한국학논집》 21 · 22합집, 한양대 한국학연구소, 1992.

정창렬, 〈손진태〉, 《한국의 역사가와 역사학》 하, 1994

주강현, 〈역사민속학의 단절과 복원〉, 《역사민속학》 11, 한국역사민속학회, 2000.

최광식, 〈손진태의 생애와 학문활동〉, 《역사민속학》 11, 한국역사민속학회, 2000.

최광식, 《남창 손진태 선생 유고집》 1 · 2, 고려대박물관

최길성, 〈한국민속연구의 과거와 현재〉, 《문화인류학》 3, 한국문화인류학회, 1970.

최길성, 〈손진태의 한국 무속의 연구〉, 《한국문헌학연구의 현황과 전망》, 아세아 문화사, 1983.

최재석, 〈손진태저작문헌목록〉, 《한국학보》 39.

한국역사민속학회, 《남창 손진태의 역사민속학 연구》, 민속원, 2003

한영우, 〈손진태의 신민족주의사학〉, 《한국독립운동사연구》 3, 1989.

한영우, 〈신민족주의사관〉, 《국사관논총》, 1989.

홍승기, 〈도덕사관론〉, 《동아시아 역사의 환류》, 2000.

홍여구, 〈국문학-남창 손진태의 국문학 연구〉, 《계명어문학》 10, 계명어문학회,
  1997.

책임편집 김정인

서울대학교 역사교육과 졸업.
서울대학교 국사학과 대학원 졸업.
문학박사, 현 춘천교육대학교 사회과교육과 교수.
주요 논저 : 〈미래를 여는 역사〉(공저), 〈동아시아 공동 역사교재 개발, 그 경험의 공유와
도약을 위한 모색〉, 〈민족해방투쟁을 가늠하는 두 잣대 : 독립운동사와 민족해방운동사〉,
〈개벽을 낳은 현실, 개벽에 담긴 희망〉, 〈일제 강점기 천도교의 민족운동 연구〉 등.

입력·교정 권영규

한림대학교 사학과 대학원 석사과정 수료.

범우비평판 한국문학·44-❶

우리 민족의 걸어온 길

초판 1쇄 발행 2008년 7월 20일

지은이   손진태
책임편집 김정인
펴낸이   윤형두
펴낸데   **종합출판 범우(주)**
기 획   임헌영·오창은
편 집   김영석
디자인   김왕기
등 록   2004. 1. 6. 제406-2004-000012호
주 소   413-756 경기도 파주시 교하읍 문발리 525-2 출판문화정보산업단지
전 화   (031) 955-6900~4
팩 스   (031) 955-6905
홈페이지 http://www.bumwoosa.co.kr
이메일   bumwoosa@chol.com
ISBN   978-89-91167-34-6 04810
         978-89-954861-0-8 (세트)

*책값은 뒤표지에 있습니다.
*잘못된 책은 바꾸어 드립니다.

범우비평판한국문학

잊혀진 작가의 복원과 묻혀진 작품을 발굴, 근대 이후 100년간 민족정신사적으로
재평가한 문학·예술·종교·사회사상 등 인문·사회과학 자료의 보고—임헌영(한국문학평론가협회 회장)

www.bumwoosa.co.kr TEL 031)955-6900 범우사

2005년 서울대·연대·고대 권장도서 및

논술시험 준비중인 청소년과 대학생을

범우비평판

제인 오스틴의 신간소설 《엠마》 외

溫故知新으로 21세기를! 범우사
T.031)955-6900 F.031)955-6905
www.bumwoosa.co.kr